اس دیوانگی میں

اس دیوانگی میں

سلمیٰ کنول

سنگِ میل پبلی کیشنز، لاہور

891.4393 Salma Kanwal
          Is Diwaangi Main/ Salma Kanwal.-
     Lahore : Sang-e-Meel Publications, 2007.
          310pp.
          1. Urdu Literature - Novel.
          I. Title.

2007

نیاز احمد نے
سنگ میل پبلی کیشنز لاہور
سے شائع کی۔

ISBN 969-35-1945-0

Sang-e-Meel Publications

25 Shahrah-e-Pakistan (Lower Mall), P.O. Box 997 Lahore-54000 PAKISTAN
Phones: 7220100-7228143 Fax: 7245101
http://www.sang-e-meel.com e-mail: smp@sang-e-meel.com

حاجی حنیف اینڈ سنز پرنٹرز، لاہور

وہ جیسے کوئی سپنا دیکھ رہی تھی۔ بڑا حسین اور سندر سا...... یہ وسیع وعریض اور عالی شان گھر...... یہ جگمگاتی روشنیاں...... دلکش موسیقی کی یہ دھیمی دھیمی روح پرور دھن......

یہ خوبصورت لہراتے سرسراتے قیمتی آنچل...... پیشانیوں پر جگمگ جگمگ کرتے ٹیکے اور جھومر...... گلوں میں چمکتے ہار اور گلوبند اور باہوں میں کھنکتے کنگن......!!

جوان لڑکیاں' جوان لڑکے...... چست لباس...... تھرکتے جسم...... بل کھاتی کمریں...... دھیمی دھیمی اور دلآویز مسکراہٹیں......!!

یہ سب کچھ تو اس نے اپنے اردگرد کبھی بھی نہ دیکھا تھا۔ کبھی بھی نہیں۔ عجب طلسماتی سا ماحول تھا۔

اور وہ خود...... ان سب کے درمیان' خوبصورت ملبوسات اور بھاری زیورات میں لدی پھندی...... وہ کون تھی......؟ اور اس پریوں کے دیس میں کیسے آ گئی تھی......؟؟

یہ سب کچھ تو اس کے تصور...... اس کی سوچ سے بھی بہت دور تھا۔ ان سب کی تو اس نے کبھی تمنا بھی نہیں کی تھی۔

ایسے ماحول...... ایسے امیرانہ ٹھاٹھ...... ایسے ملبوسات اور ایسے زیورات کی تو اس نے کبھی خواہش بھی نہیں کی تھی۔

آکاش کے ستاروں کو اپنے دامن میں سمیٹ لینے کی اس نے کبھی آرزو بھی نہ کی تھی۔

جانے کیا ہو گیا......؟ یہ اتنی حسین اور اتنی خوبصورت دنیا اس کا مقدر کیسے بن گئی؟ اس کی سمجھ میں کچھ نہیں آ رہا تھا...... کچھ بھی تو نہیں......

کل تک وہ ایک کٹیا نما کوٹھری میں اپنے ماں باپ' ایک بہن اور ایک بھائی کے ساتھ رہتی تھی۔

سات آٹھ سال کی معصوم سی اس کی بہن...... گوری چٹی...... گول گپی سی۔ آنکھیں کسی

بلی کی آنکھوں جیسی رنگت اور چمک لیے تھیں۔ اس لیے اس کا نام ہی مانو پڑ گیا تھا...... گھر والے رہے ایک طرف، سارے محلے والے بھی اسے بہت پیار کرتے......

اور اس کا بھائی نواز...... دو بہنوں کا ایک ہی بھائی...... بڑا لاڈلا تھا۔ گو اس سے عمر میں چھوٹا تھا مگر قد کے لحاظ سے اس سے بہت بڑا لگتا تھا......

بے حد ذہین اور شرارتی...... کس قدر اس سے اسے پیار تھا۔ لڑائی جھگڑا بھی بہت رہتا...... مگر...... جانے کیا تھا......؟ پل بھر کے لیے بھی نگاہ سے اوجھل ہو جاتا تو وہ تڑپ اٹھتی...... کچھ ایسی ہی عجیب قسم کی چاہت اس کے دل میں اس کے لیے تھی......

دس جماعتیں پاس کی تھیں اس نے...... وہ بھی صرف اپنی ذہانت کے بل بوتے پر...... ورنہ اس کے پاس نہ کوئی کتاب تھی نہ ٹنک کی کاپی، قلم اور پڑھائی کے دوسرے لوازمات...... مگر پھر بھی اچھے نمبروں پر فسٹ ڈویژن لے لی۔

ابا کو کتنا شوق تھا اسے ولایت پاس کرانے کا...... خود اسے اور اماں کو بھی اسے بڑا لائق فائق دیکھنے کا ارمان تھا...... مگر ان سب کی خواہشوں اور آرزوؤں کے باوجود وہ آگے تعلیم جاری نہ رکھ سکا تھا......

یہ غربت، یہ مفلسی...... کب کسی کے ارمان پورے ہونے دیتی ہے...... اور اب وہ دو تین مہینوں سے نوکری کی تلاش میں تھا...... یہ جاننے کے باوجود کہ اس زمانے میں میٹرک پاس کو کوئی پوچھتا بھی نہیں......

مگر...... مگر...... اسے پھر اپنا خیال آ گیا...... وہ...... جس کے اردگرد غربت کا راج تھا اور مفلسی کی حکومت...... کبھی پیٹ بھر کھانے کو نہ ملا تھا۔ اور تن ڈھانپنے کی بھی صرف ضرورت ہی پوری ہوتی تھی۔ آرزو کبھی نہیں......

مگر یہ سب...... یہ سب...... یہ کیا تھا؟

زندگی کی آسائشوں کی چمک سے جگمگ جگمگ کرتے چہروں کے درمیان وہ دلہن بنی بیٹھی تھی...... یہ قیمتی ملبوسات میں لپٹی ہوئی...... حسین زیورات سے لدی ہوئی...... اتنے خوبصورت، نرم گرم چھپر کھٹ پر بیٹھی ہوئی تھی۔

7

وہ...... جس کے نصیب میں اکثر کُھری چارپائی ہی ہوا کرتی تھی...... اس لیے کہ مارے دلار کے اپنے حصے کی ادھڑی پھٹی ہوئی چادر یا کھیس بھی وہ نواز کے بستر پر بچھا دیتی۔ تا کہ اس کا بستر کچھ نرم ہو جائے اور وہ اچھی طرح سو سکے......

اس کا کیا تھا۔ وہ تو لڑکی ذات تھی۔ بڑے بوڑھوں کے کہنے کے مطابق جو آپ ہی آپ امر بیل کی طرح پروان چڑھ جایا کرتی ہے......

جانے کیوں اسے نواز سے اتنا زیادہ پیار تھا...... جانے کیوں اس کے دل میں اس کے لیے تڑپ تھی...... وہ اکثر سوچا بھی کرتی تھی کہ کیوں اسے اماں، ابا اور مانو سے بھی زیادہ نواز پیارا تھا...... کیوں...... کیوں؟

مگر کبھی اس کی سمجھ میں کچھ نہ آتا۔ وہ اس سے لڑائی کر کے بھی جاتا تو پھر بھی وہ چپکے سے اپنے حصے کی روٹی اس کی روٹی میں رکھ دیتی۔ اپنا بستر اس کے نیچے بچھا دیتی......

اور آج...... یہ لذیذ کھانے...... جو وہ ابھی تھوڑی دیر پہلے کھا کر بیٹھی تھی...... اس کے حلق میں اٹکتے جا رہے تھے...... سب کچھ بڑا اچھا تھا...... بڑا مزیدار...... مگر نواز، مانو اور اماں ابا کے بغیر اسے کسی چیز کا بھی مزہ نہیں آیا تھا۔ سب کچھ پھیکا پھیکا اور بدمزہ ہی لگا......

اور یہ نرم گرم بستر...... یہ...... اس کا بھائی۔ اس کی ماں اور باپ اور اس کی بہن...... وہ...... وہ...... اوہ...... اوہ......! ان کے بغیر ان سب آسائشوں کو کیسے قبول کر سکے گی؟

''سمن......''

وہ چونکی...... کتنا ترنم، کتنا پیار اور کتنا رس تھا اس آواز میں...... اس نے پلکیں اٹھائیں......

''یوں بیٹھے بیٹھے تھک تو نہیں گئیں......؟''

یہ مسکراتا چہرہ اسے بے حد اچھا لگا۔

''جی نہیں......'' وہ بدبدائی......

''کوئی بات کرو......'' وہ اس کے پاس بیٹھ گئی۔

''جانتی ہو میں کون ہوں؟'' اس کا گھونگھٹ تھوڑا سا سرکا کر وہ پیار سے پوچھنے لگی۔

زبان سے وہ کچھ نہیں بولی.....صرف نفی میں سر ہلا دیا.......

''میں سروش کی بڑی بہن ہوں......تمہاری نند......''

سروس کا نام سن کر وہ شرما گئی......سروش، جو آسائشوں بھری اس جگمگ کرتی حسین دنیا کا شہزادہ تھا......اس کی زندگی کا مالک......جس کے ساتھ بیاہ کر وہ یہاں آئی تھی۔

اس نے اسے کبھی دیکھا نہیں تھا......مگر......اس کی جوانی کے تخیل نے جب بھی اس کی نگاہوں کے سامنے ایک جوان مرد کو لا کر کھڑا کیا تو وہ بڑا بانکا' بڑا وجیہہ اور بڑا بہادر تھا......شاید......شاید......سروش ایسا ہی تھا......!

''کیا سوچنے لگیں......؟''

مارے شرم کے اس کا سر گھٹنوں سے جا لگا......معاً بہت سارے قدموں کی چاپ اور نقرئی قہقہوں کی آواز نے اسے چونکا دیا......وہ نگاہ اٹھا کر ابھی دیکھنے ہی لگی تھی کہ اس کی نند نے جلدی سے اس کا گھونگھٹ پیشانی سے نیچے سرکا دیا۔

''شاید کوئی عورتیں تمہیں دیکھنے آئی ہیں......''

وہ پھر اسی طرح گٹھڑی سی بن گئی۔

''رعنا آپا......! پھوپھی اماں دلہن دیکھنے آئی ہیں......'' ایک لڑکی نے ہنس ہنس کر اس کی نند کو مخاطب کیا......

''ارے! پھوپھی اماں آپ نے ابھی تک دلہن نہیں دیکھی......''

''کہاں بی بی......یہ لڑکیاں میرا پیچھا نہیں چھوڑ رہیں۔ پہلے اِدھر آنے لگی تو یہ لڑکیاں مجھے گھسیٹ کر سروش کے پاس لے گئیں۔ وہ بیٹھا......''

''پھوپھی اماں!'' رعنا نے ایک دم ان کی بات کاٹ دی۔

مگر اس کا جی چاہا کہ سروش کی جو بات وہ کرنے لگی تھیں، کرتی جائیں اور وہ سنے۔

وہ تو اُدھر یوں سمٹی سمٹائی بیٹھی تھی......عورتیں آتیں اسے دیکھتیں اور پھر دعائیں دینے کے بعد اس کی مٹھی میں کچھ نوٹ دبا کر چل دیتیں۔

اور جانے وہ کیا کر رہا تھا......اس کی کونسی بات پھوپھی اماں سنانے لگی تھیں۔ کہیں

دوستوں عزیزوں میں بیٹھا ہوگا۔ گپ شپ ہو رہی ہوگی۔ ہنسی قہقہے اڑ رہے ہوں گے......

دو گورے گورے ہاتھوں نے اس کا گھونگھٹ الٹ دیا......

''ماشاء اللہ...... ماشاء اللہ......!!'' پھوپھی اماں اس کی ٹھوڑی پکڑ کر چہرہ اوپر اٹھائے اسے گھورے جا رہی تھیں......

''پھوپھی اماں......! یہ آپ اتنی غور سے کیا دیکھ رہی ہیں......؟''

ایک لڑکی نے شریر نظروں سے انہیں دیکھتے ہوئے پوچھا۔

''مجھے یقین ہی نہیں آرہا کہ یہ سروش کی دلہن ہے......''

''کیوں......؟'' رعنا نے تنک کر کہا۔

''دلہن تو بے حد خوبصورت ہے......'' پھوپھی اماں اسی وارفتگی سے اسے دیکھتے ہوئے بولیں۔

''دلہن خوبصورت ہے تو ہمارا دولہا بھی تو کسی سے کم نہیں......'' پیچھے سے ایک لڑکی بولی ......اور پھر سب قہقہہ لگا اٹھیں......

''ثروت......!'' رعنا نے اس لڑکی کی طرف گھور کر دیکھا۔

''تم سب چلو باہر...... چلیے پھوپھی اماں آپ بھی......'' اور رعنا نے پھوپھی کے ہاتھ سے اس کا گھونگھٹ جھپٹ کر دوبارہ چہرہ چھپا دیا......

''دلہن بہت تھکی ہوئی ہے...... اب آرام کرے گی......''

رعنا نجانے کیوں تلخ ہوگئی تھی...... وہ سوچ میں کھوگئی۔

''اور سائمہ تم امی کو اِدھر بھیج دینا......''

سب لڑکیاں کھی کھی کر کے ہنستی ہوئی آگے پیچھے باہر بھاگ گئیں۔ رعنا چپ چاپ گم سم سی بیٹھی رہ گئی...... چہرے پر کچھ افسردگی بھی چھاگئی تھی......

اس نے چپکے چپکے گھونگھٹ میں سے دیکھا......

آخر بات کیا تھی......؟ پہلے بھی چند ایک خواتین نے اسے دیکھ کر اچنبھے کا اظہار کیا تھا...... اسی طرح، جیسے پھوپھی اماں حیران ہوئی تھیں...... نجانے اس کا حسن...... اس کی خوبصورتی

سب کو حیران کیوں کر رہی تھی......؟

اپنے رشتہ داروں، ملنے جلنے والوں اور محلے بھر میں تو اپنی اسی خوبصورتی کی وجہ سے وہ بہت مشہور تھی......سبھی اسے ہمیشہ بڑی تعریفی نگاہوں سے ہی دیکھا کرتے تھے......مگر......

یوں حیرت کا اظہار تو کسی نے بھی نہیں کیا تھا...... یہ سب ایسا کیوں کر رہے تھے......؟

کیوں کر رہے تھے؟ کیوں کر رہے تھے؟

وہ الجھ سی گئی......پھر رعنا کا رویہ......سوچنے لگی...... ''دلہن خوبصورت ہے تو ہمارا دولہا بھی تو کسی سے کم نہیں۔'' اس فقرے کے ساتھ ہی عجیب سے قہقہے بلند ہوئے تھے......پھر رعنا نے گھور کر سب کو دیکھا تھا اور ایک دم ہی تلخ ہو گئی تھی۔

سوچتے سوچتے......یکا یک وہ ساری جان سے لرز گئی......کہیں......کہیں سروش کے ساتھ تو اس کا مقابلہ نہیں کیا جا رہا تھا۔ کیا سروش بدصورت تھا؟

''اوہ......! یہی بات ہوگی......تبھی......تبھی......''

اس نے گھبرا کر رعنا کی طرف دیکھا......رعنا......سروش کی سگی بہن......وہ تو خاصی خوبصورت اور طرحدار خاتون تھی......ہونٹوں پر ہر وقت مسکراہٹیں رقص کرتی رہتیں......اور باتیں کرنے کا دھیما دھیما سا انداز......!!

وہ کافی پُرکشش تھی......پھر سروش کیوں بدصورت تھا......نہیں......نہیں اسے بدصورت نہیں ہونا چاہئے تھا۔ اس کے تصورات میں بسنے والا جوان اور بہادر مرد تو بدصورت نہیں تھا۔

گو بہت زیادہ خوبصورتی کی بھی اس نے کبھی تمنا نہیں کی تھی مگر یہ حیرتوں کے اظہار......اللہ......! کہیں کریہہ المنظر سی بدصورتی اس کے مقدر میں نہ کر دینا......یہ بھی تو اس نے کبھی نہ سوچا تھا۔

اگر ایسا ہی ہوا......تو......تو......اسے اپنی سہیلیاں......اپنی ہمجولیاں یاد آ گئیں......وہ سب تو اس کا مذاق اڑا اڑا کر اسے عاجز کر دیں گی......

اسے وہ بیتے ہوئے دن یاد آنے لگے جب سب مل کر پروین کو بہت ستایا کرتی تھیں۔ پروین کا دولہا بہت کالا تھا۔ بس اسی بات پر جب وہ میکے آتی تو سب سہیلیاں اسے چھیڑا کرتی

تھیں.....اور اب وہ بھی یونہی مذلق بنے گی۔

"یا اللہ.....! یہ کیا ہو گیا.....؟"

"دلہن.....!"

وہ پھر چونکی.....رعنا وہاں نہیں تھی اور اب اسی جگہ پر اس کی ساس بیٹھی اسی کی جانب دیکھ رہی تھی.....

"رات کے بارہ بج گئے۔ تم بہت تھک گئی ہوگی.....وہ سروش۔" پھر وہ کچھ کہتے کہتے خاموش سی ہوگئی۔

سروش.....سروش.....سروش کی بات کرتے کرتے سبھی خاموش کیوں ہو جاتے تھے.....؟ اس نے سوچا۔

وہ اس کے متعلق کچھ سننا چاہتی تھی.....کچھ جاننا چاہتی تھی.....اس کے متعلق، جس کی پوری زندگی اس کے ساتھ وابستہ ہوگئی تھی۔ مگر وہ سوائے اس کے نام کے اور اس کے متعلق کچھ بھی نہیں جانتی تھی.....

چار دن پہلے.....صرف چار دن پہلے.....یہ عورت' جسے اس کی ساس کہا جاتا تھا۔ ان کے گھر گئی تھی۔ جانے کیوں.....؟ اس وقت یہ اسے معلوم نہیں تھا۔

بس وہ ان کے گھر میں داخل ہوئی تو اماں اور ابا نے ایک دوسرے سے آنکھوں ہی آنکھوں میں کوئی بات کی.....اور پھر اماں نے اسے زرینہ کے گھر بھیج دیا.....یہ کہہ کر کہ جب تک اسے خود نہ بلایا جائے وہ واپس گھر نہ آئے۔

عجیب سا حکم تھا.....مگر.....اماں اور ابا کا حکم اس نے کبھی نہیں ٹالا تھا۔ بہت ڈرتی تھی باپ سے.....

اس عورت کو سر سے پاؤں تک غور سے دیکھتے ہوئے چپکے سے کمرے سے نکل گئی۔

وہ زرینہ کے ساتھ دو تین گھنٹے باتوں میں مصروف رہی۔ گھر سے کوئی بلانے ہی نہیں آ رہا تھا۔ اندر ہی اندر الجھتی بھی رہی۔

اور پھر اس نے زرینہ کو اپنے گھر آنے والی عورت کا سارا حلیہ بتایا۔ کس قدر باوقار تھی

وہ اور اس کے چہرے پر کیسا اونچے گھرانوں کی سی شان کا رعب چھایا ہوا تھا۔ وہ تو ایسی مرعوب ہوئی تھی کہ اس سے نگاہ بھی نہ ملا سکی تھی۔ اور اس کی اماں اور ابا بھی تو کیسے ایک دم اس کے لیے جگہ بنانے لگے تھے...... بھاگ بھاگ کر چائے پانی کا انتظام کرنے لگے تھے......

پھر وہ اس کے لباس اور وضع قطع کے متعلق بھی حیران ہو ہو کر زرینہ کو بتاتی رہی۔ اس نے لمبی سی موٹر کا بھی ذکر کیا جس میں بیٹھ کر وہ عورت آئی تھی۔ اور پھر ماں کے حکم پر زرینہ کے گھر آتے آتے سب کی نظر بچا کر وہ کتنی ہی دیر کھڑی اس لمبی موٹر کی ملائم اور چمکیلی چھت اور کھڑکیوں پر ہاتھ پھیرتی رہی تھی۔ اس کا لمس بڑا لذت بخش تھا۔

مگر...... اس کے حصول کی خواہش اس کے اندر اس وقت بھی پیدا نہیں ہوئی تھی۔

تین گھنٹے...... تین سالوں کے سے...... اپنی عزیز سہیلی کے پاس گزارنے کے بعد جب وہ گھر واپس آئی تو ماں اور باپ کے چہروں پر عجیب سی سرخیاں پھیلی ہوئی تھیں اور مسرتوں کے عکس بڑے گہرے تھے۔ ہونٹوں پر تبسم رقص کناں تھے۔

''اماں......! وہ مہمان چلی گئیں......'' اس نے آتے ہی ماں سے پوچھا۔

''ہاں......'' ماں نے اس کی بجائے خاوند کی طرف دیکھتے ہوئے سر ہلایا۔

ابا نے آنکھوں ہی آنکھوں میں اماں سے کچھ کہہ کر مسکراتے ہوئے حقے کی نے ہونٹوں میں دبائی۔ وہ گڑ گڑ بولنے لگا۔ جیسے وہ بھی اس گفتگو میں شریک ہو گیا تھا جو ان کی آنکھوں کی زبانی ہوئی تھی......

''وہ کون تھی اماں......؟ اور کیوں آئی تھی......؟'' وہ ماں کے پاس پیڑھی گھسیٹ کر بیٹھ گئی۔

اماں نے پھر ابا کی طرف دیکھا...... وہ مسکراتے ہوئے پھر زور زور سے حقہ گڑگڑانے لگے۔

''تمہیں خود ہی معلوم ہو جائے گا کہ کون تھی اور کیوں آئی تھی......؟؟''

''خود ہی کیسے...... تم بتاؤ۔''

ماں کچھ کہنے لگی تھی کہ ابا زور سے کھانسے......

''سمی! بیٹے توے پر دو پھلکے تو ڈال دو...... بھوک بہت لگی ہے......''

''ابا! اس مہمان کے لیے جو چائے بنی تھی...... وہ آپ نے نہیں پی تھی......''

''پی تو تھی...... مگر ایک پیالی چائے سے کیا بنتا ہے؟''

''اور ساتھ جو نواز سے بسکٹ منگوائے تھے...... وہ نہیں کھائے تھے کیا؟''

''کچھ ہوش کر سمی! باپ کا حساب کتاب لینے بیٹھی ہے۔''

ماں کی ڈانٹ سن کر وہ کچھ بڑبڑاتی بڑبڑاتی باورچی خانے کی طرف چلی گئی۔

اسی عورت کے متعلق سوچتی جا رہی تھی کہ نواز مسکراتا ہوا اندر داخل ہوا۔

''یہ دانت کیوں نکل رہے ہیں تمہارے......'' اس نے بھائی کا منہ چڑاتے ہوئے تھپ کر کے توے پر روٹی ڈال دی......

''اوئی......!'' دیکھ اس کی طرف رہی تھی اس لیے ہاتھ جل گیا......

''ان ہاتھوں پر کیوں غصہ اتار رہی ہو......؟'' وہ اس کے پاس چوکی پر بیٹھ گیا۔

''غصہ کاہے کا......؟''

نواز کی مسکراتی صورت دیکھ کر وہ بھی ہنس دی......

''اماں نے جو تجھے اس عورت کے متعلق نہیں بتایا کہ وہ کون تھی اور کیوں آئی تھی؟''

''نہ بتائے......'' اس نے لاپروائی کا اظہار کیا۔

ایک طرف سے روٹی پک گئی تھی...... اسے الٹ کر توے پر گھی ڈالنے لگی۔

''یہ روٹی کو گھی کیوں لگا رہی ہو......؟'' وہ بڑے عجیب انداز میں اسے دیکھ کر مسکرا رہا تھا۔

''تمہارے لیے...... تمہیں گھی والی روٹی پسند جو ہے......''

''اوہ! میں سمجھا تھا۔ اس کے لیے۔''

''اس کے لیے؟'' وہ حیرت سے اسے دیکھنے لگی۔ ''کس کے لئے؟''

''وہ جو مہمان آئی تھی نا۔ اس کے بیٹے کے لیے۔''

''کیا؟'' اس کا چہرہ انگارہ بن کر دہک اٹھا۔

یہ نواز نے کیا کہہ دیا تھا۔

''بتاؤں وہ عورت تیری کون ہے؟''

''میری کیوں کچھ ہونے لگی۔ تمہاری ہی ہوگی۔''

نواز کے انداز نے اسے بہت کچھ سمجھا دیا تھا۔ جھینپتے ہوئے اس نے سر جھکا لیا۔

''اس کی کوئی کنواری لڑکی ہوتی تو شاید میری کچھ بن جاتی۔'' پھر وہ اسے چھیڑنے والے انداز میں مسکرایا۔

''لڑکی اس کی بیاہی جا چکی۔ اب تو اس کا صرف ایک کنوارا بیٹا ہی باقی ہے۔''

''تم مجھے یہ سب کیوں بتا رہے ہو؟''

''اماں سے جو پوچھ رہی تھیں۔''

''میں کسی سے نہیں پوچھتی۔ بس تم جاؤ اندر۔ میں کھانا نکال کر لا رہی ہوں۔''

آخری روٹی توے پر ڈالتے ہوئے وہ رخ موڑ کر ہنڈیا میں سے سالن نکالنے لگی۔

''اپنی چہیتی اس موٹی بلی کو بھی ادھر سے آواز دے لینا۔'' چھوٹی بہن کے متعلق اسے ہدایت کی۔

''ہمسایوں کے گھروں میں خود ہی جھانکتی پھرو اور ہانکیں لگاتی پھرو۔ یہ کام اپنے بس کا نہیں۔''

''تم جیسا نکما شاید ہی کوئی دنیا میں ہوگا۔''

''ہاں جی۔ اب تو ہم نکمے اور ناکارہ ہی ٹھہرائے جائیں گے۔ خود جواب بڑا آدمی بننے والی ہو۔''

''یہ تم کیسی اوٹ پٹانگ باتیں کر رہے ہو؟''

''اوٹ پٹانگ نہیں۔ سچ کہہ رہا ہوں۔ اتوار کو تم اس وقت جانتی ہو کہاں ہوگی۔ ایک بہت بڑے عالی شان گھر میں۔''

یہ کہتے کہتے وہ باہر نکل گیا اور سمی وہیں بیٹھی کی بیٹھی رہ گئی۔ دل دھک دھک کیے جا رہا تھا۔

یہ اتنی جلد۔ یہ کیا ہو گیا؟ اتوار آنے میں تو صرف چار دن باقی تھے۔ صرف چار دن! اور صرف چار دن میں اس کا رشتہ بھی طے ہو گیا۔ بات بھی پکی ہو گئی اور شادی کی تاریخ بھی مقرر ہو گئی......اور......اور......اس کی رخصتی بھی ہو جانا تھی۔

اور رخصتی کا وقت تو بہت سارے مراحل طے کر کے آتا ہے۔ دو چار پھیرے لڑکے والوں کے لگنا تھے۔ ادھر سے اس کے ماں باپ اور نواز اور چند دوسرے عزیز و اقارب نے لڑکے کو دیکھنے جانا تھا۔ اس کے گھر بار اور نوکری وغیرہ کا پتہ کرنا تھا۔

پھر۔ اس کی سہیلیوں نے اکٹھے ہونا تھا۔ اس کے ہونے والے دولہا کے متعلق قیافہ آرائیاں اور چھیڑ چھاڑ ہونا تھی۔ ہنسی اور قہقہوں کی پھلجھڑیاں چھوٹنا تھیں۔

پھر منگنی۔ پھر بیاہ کی تیاریاں۔ جہیز بننا تھا۔ سب نے مل کر جوڑے ٹانکنا تھے۔ کئی راتیں ڈھولک کی آواز ان کے گھر میں گونجنا تھی۔ لڑکیوں نے گیت الاپنا تھے۔

جانے کیا کیا ہونا تھا۔ جانے کیا کیا ہونا تھا۔ اور یہ۔ اور یہ چار دن۔ صرف ان چار دنوں میں کیا کیا ہو سکتا تھا۔

اور پھر۔ وہ چار دن، چار لمحوں میں بیت گئے۔ وہ کچھ سوچ سمجھ نہ پائے کہ یہ ایک دم اس کے ساتھ کیا ہو گیا تھا؟

چوتھے دن۔ چوتھے دن وہ اس عالیشان گھر میں تھی۔ سروش کی بیوی بن کر اس پریوں کے دیس میں آ گئی تھی۔

کیا خوبصورت، روشنیوں میں جگمگاتا گھر تھا۔ لہراتے سرسراتے قیمتی آنچل تھے۔ بے حد حسین چہرے تھے اور شائستہ اطوار لیے دھیمی دھیمی مسکراہٹوں والی ہستیاں اردگرد تھیں۔ عجب طلسماتی سا ماحول تھا۔ صرف خوابوں میں دکھائی دینے والا۔

وہاں اسے کچھ سوچنے کا وقت ہی نہ ملا۔ چار دن میں کیا سوچتی؟ اور یہاں۔ یہاں آئی تو اس دیس کے اس طلسماتی ماحول نے اس کے رہے سہے ہوش و حواس سلب کر لیے۔

اس کا اپنا دماغ، اپنی سوچیں اس طرح کند ہو گئیں۔ اور اردگرد بسنے والوں نے بھی سروش کے متعلق اسے کچھ نہ بتایا۔

ماں باپ اور بھائی زبان سے کچھ بتا نہ سکتے تھے۔ وہ ان کی بیٹی تھی بہن تھی۔ شرم مانع رہی۔ اور بہن۔ وہ بہت چھوٹی تھی۔ سکھیوں سہیلیوں کو اسے دیکھنے اور پھر سمی کو چھیڑنے اور مذاق کرنے کا موقع ہی نہ ملا۔ کہ ان کی چھیڑوں اور مذاقوں سے ہی کچھ پتہ چل جاتا۔

شادی کا دن بھی یوں سادگی سے گزر گیا کہ اس کا باپ اپنی غریبی کی مجبوری کو سینے سے لگائے بیٹھا تھا۔ اسی لیے وہ اس کی کسی سہیلی کو مدعو کر ہی نہ سکا۔

اور پھر۔ اس دن بھی۔ برات دیکھ کر کوئی سہیلی اسے دولہا کے متعلق کچھ بتانے کو موجود نہ تھی کہ وہ کیسا لگ رہا تھا؟ اس نے کیسا لباس پہنا ہوا تھا؟ شرما رہا تھا یا دیدے نچا نچا کر چاروں طرف دیکھ رہا تھا۔

یہ سب بتانے کو اس کے پاس کوئی موجود ہی نہیں تھا۔

نکاح ہوا۔ براتیوں کو دودھ اور مٹھائی پیش کی گئی۔ اور پھر۔ بس وہ گھر کے لوگوں اور کچھ بوڑھے بوڑھے رشتہ داروں کے گلے لگ لگا کر، رودھو کر رخصت ہو آئی۔

کیسی عجیب سی اس کی شادی تھی؟

سب کچھ ہی بہت عجیب تھا۔ سب کچھ ہی بہت انوکھا سا تھا۔ بہت پُراسرار سا۔ اور وہ ان اسرار میں بھٹک سی گئی۔ کھو سی گئی!!

خود ہی سوچ رہی تھی اور ہکا بکا سی سب کچھ یوں دیکھ رہی تھی جیسے کسی میلے میں آ گئی تھی۔ اور ایک خاموش تماشائی کی مانند اردگرد ہونے والے تماشوں کو دیکھ رہی تھی۔ خود اس کا اپنا تعلق ان سب سے کوئی نہ تھا۔

''بیٹی!''

ساس کی آواز پر وہ پھر چونکی۔

جانے کیوں وہ کچھ پریشان اور گھبرائی گھبرائی سی تھیں۔

''اب تم اس گھر کی عزت ہو۔'' ان کی آواز میں عجیب قسم کی لرزش تھی۔

''اور نہ صرف گھر کی۔ سروش کی بھی عزت ہو۔ میرا ایک ہی بیٹا ہے۔ میری بیوگی کا سہارا اور تمہارے سر کا تاج! بیٹی! تمہیں اس کی حفاظت کرنا ہے۔ تمہیں اس کا خیال رکھنا ہے۔ وہ۔

وہ۔'' کچھ کہتے کہتے وہ پھر خاموش ہوگئیں۔

سمی ہمہ تن گوش تھی۔ مگر اِدھر پھر خاموشی۔ ''ہائے! آخر بات کیا ہے؟ سروش کے ذکر پر سب خاموش کیوں ہو جاتے ہیں؟''

اس کے دماغ نے پھر سوچا اور دل نے چاہا کہ ساس کچھ کہے۔ کچھ کہے۔ کچھ بھی کہہ دے۔ وہ سب کچھ سننے کو تیار تھی۔

لڑکی تو کھونٹے کی گائے ہوتی ہے۔ ماں باپ نے جہاں باندھ دیا بندھ گئی۔ اس بیچاری نے کیا کہہ لینا تھا؟ وہ اگر بدصورت تھا تو پھر کیا تھا؟

وہ تو اب اس کے ساتھ وابستہ ہوگئی تھی۔ اب تو اس گھر سے اسے مر کر ہی نکلنا تھا۔ رخصتی کے وقت اس کے کان میں ابا نے یہی کہا تھا۔ اور باپ کا حکم وہ ہمیشہ مانتی آئی تھی۔

اب بھی ایسا ہی ہوگا۔ انشاءاللہ ایسا ہی ہوگا ابا!

''یہ گھر اب تمہارا ہے سمن بیٹی!''

ساس کی گومگو کے عالم میں بھرائی ہوئی آواز پھر اس کے کان میں اتری۔

''سمن؟ سمن کون ہے؟''

لمحہ بھر کے لئے اس نے سوچا۔ یہ وہ کس سے مخاطب تھیں؟

''اوہ!'' پھر وہ اپنے آپ پر ہنس دی۔

وہ اس فیشن ایبل اور پڑھے لکھے گھرانے کی بہو تھی۔ سمی نام اس کے سسرال والوں کو دیہاتی سا لگا تھا۔ اس لیے۔ اس لیے۔ یہاں وہ سمن ہوگئی تھی۔

سمن! پھول کا نام! خوبصورت پھول کا نام۔ مگر اسے تو بے حد اجنبی لگ رہا تھا۔ جیسے یہ سارا ماحول۔ یہ سارے لوگ۔ یہ گھر۔ یہ روشنیاں!!

اور۔ اور سروش۔ اسے اس نے دیکھا نہیں تھا۔ اس کے متعلق اس نے کچھ بھی نہیں سنا تھا۔ مگر جانے کیوں؟ صرف وہ اجنبی نہیں محسوس ہو رہا تھا۔

اور پھر اس کے ساتھ ساتھ۔ سروش کے خیال کے ساتھ ساتھ سمی کے خیالات کی رو جو چلی تو ساری اجنبیت ہی ختم ہوگئی۔ سب کچھ ہی اپنا لگنے لگا۔

پھر اسے یوں محسوس ہوا جیسے اس کی اماں‘ ابا‘ نواز‘ مانو اور وہاں بسنے والی ایک لڑکی سمی۔ وہ سب ایک دم ہی اجنبی ہو گئے تھے۔ ایک دم ہی۔

اس نے حیا بھری پلکیں اٹھائیں اور غور سے ساس کی جانب دیکھا۔ بڑی اپنائیت سے۔

’’میں۔ میں یہ کہہ رہی تھی،‘‘ سمن سے آنکھ ملی تو وہ مزید گھبرا گئیں۔

’’سروش کی طبیعت کچھ ٹھیک نہیں۔ تم نے اس کا خیال رکھا تو انشاء اللہ وہ بہت جلد ٹھیک ہو جائے گا۔ بہت جلد۔ تم گھبرانا نہیں بیٹی! بالکل نہیں بس......‘‘

اور اسی لمحے کمرے کا دروازہ کھلا۔ ساس نے بات ادھوری چھوڑ دی‘ چونک کر اُدھر دیکھا۔ سمن کی نگاہ بھی اُدھر ہی اٹھ گئی۔

’’سروش!‘‘

ساس ہلکی سی چیخ کے ساتھ دروازے کی جانب لپکیں۔

’’اوہ!‘‘

سروش کا نام سنا تو گھبرا کر سمن نے گھونگھٹ چہرے پر کھینچ لیا۔ اس نے اسے صرف ایک نظر دیکھا تھا۔ سینے کے اندر سے اطمینان کی لہر اٹھی۔

سروش تو اس کے تصورات میں بسنے والے مرد سے کہیں زیادہ وجیہہ اور جوان تھا۔ ایسا بانکا‘ ایسا چھبیلا سا!

یا اللہ! یہ اس کے ساتھ کیا ہو رہا تھا۔ یہ اتنا سب کچھ کی تو اس نے کبھی تمنا بھی نہیں کی تھی۔ اس نے تو کبھی بھی آکاش کے چاند کو اپنے آنچل میں چھپا لینے کی خواہش نہیں کی تھی۔

یہ تو نے ایک دم بن مانگے ہی اتنا کچھ اسے دے دیا۔

آسمان کے چاند ستارے اس کی جھولی میں ڈال دیے۔ تو کتنا بے نیاز ہے۔

’’یہ تیری اتنی کرم نوازی۔ مولیٰ! میں تیرا شکر کس طرح ادا کروں گی۔ میرے پاس وہ زبان نہیں۔ وہ گفتار نہیں۔‘‘

اس کا چہرہ گھٹنوں میں چھپ چکا تھا۔ اور سہاگ رات کے مدھر مدھر خیالات نے اسے

مدہوش سا کر دیا تھا۔ کہ۔ کہ لڑکیوں کے نقرئی قہقہوں نے اسے پھر ہوش وحواس کی دنیا میں لا کھڑا کیا۔

اس نے چونک کر گھونگھٹ کی اوٹ سے دیکھا۔ وہی سب لڑکیاں جو ہنسی ٹھٹھا کرتی پھر رہی تھیں۔ دروازے میں سے سر نکال کر جھانک رہی تھیں اور ہنس رہی تھیں۔

کمرے کے اندر اس کی مسہری کے قریب ہی سروش کھڑا حیران حیران سب کو دیکھ رہا تھا اور ماں کی کھا جانے والی نگاہیں اس کے چہرے پر گڑی تھیں۔

''کچھ ہوش کی دوا کرو۔'' وہ دانت کچکچا کر بڑبڑائیں۔

''آج تمہاری شادی ہوگئی اور اس وقت تم اپنی دلہن کے کمرے میں ہو۔ اب تو انسان بنو۔''

سمن نے ان کی بڑبڑاہٹ کچھ سنی۔ کچھ نہیں۔ گھبرا کر پھر گھونگھٹ کی اوٹ سے دیکھا۔

سروش اسی طرح خاموش کھڑا حیران حیران سب کو دیکھ رہا تھا۔ لڑکیاں ہنس ہنس کر دوہری ہوئی جا رہی تھیں اور ماں نیچے قالین پر بیٹھی اس کے پاؤں سے کھینچ کھینچ کر جوتی اتار رہی تھیں۔

سمن کی سمجھ میں کچھ نہ آسکا۔ اور پھر۔ اس کی حیرت کی انتہا نہ رہی۔ جب اس نے ساس کے ہاتھ میں زنانہ سینڈل دیکھے۔ جو انہوں نے سروش کے پاؤں سے اتارے تھے۔

''سچ بتاؤ۔ یہ جوتی کس نے اسے پہنائی ہے؟'' دروازے کے قریب جا کر وہ لڑکیوں سے مخاطب ہوئیں۔

سب ایک دوسری کی طرف دیکھ دیکھ کر پھر کھی کھی، کھی کھی کر کے ہنسنے لگیں۔

''میں ابھی جا کر بی آپا کو بتاتی ہوں۔''

''نہیں مامی جی! سروش بھائی نے خود پہنی ہے۔'' ایک لڑکی ان کی دھمکی سے کچھ سہم کر بولی۔

''پہنی خود ہے لیکن ان کے کمرے میں رکھی تو ثروت باجی نے تھی۔'' انہیں کے درمیان

میں گھسی کھڑی ایک چھوٹی بچی نے معصومیت سے سچ بول دیا۔

''یہ سارہ تو آفت کی پڑیا ہے۔ چل بھاگ یہاں سے۔'' ثروت نے بچی کا کان پکڑ کر اسے باہر دھکیلا۔

''سارہ کیا۔ تم سب ہی آفت کی پڑیا ہوں' کچھ تو خدا کا خوف کرو۔ آج ہی بیچارے کی جان بخش دو۔''

ماں روہانسی سی ہوئی ہوئی تھیں۔ اور سروش اسی طرح کھڑا کبھی ماں کو دیکھ رہا تھا اور کبھی لڑکیوں کو!

لڑکیوں نے ان کی آنکھوں میں آنسو دیکھے تو سب وہاں سے کھسک گئیں۔ اب وہاں صرف ماں اور بیٹا رہ گئے تھے۔ سمن کی نگاہ گھونگھٹ کی اوٹ سے انہیں دونوں پر ٹکی ہوئی تھی۔

یہ سب کیا تھا؟ اب بھی اس کی سمجھ میں کچھ نہ آیا۔ سروش خوبصورت تھا۔ صحت مند تھا۔ پھر۔ پھر ابھی ماں نے یہ کیوں کہا تھا کہ اس کی طبیعت ٹھیک نہیں۔ وہ تو اچھا بھلا دکھائی دے رہا تھا۔ بالکل ٹھیک ٹھاک!!

مگر۔ یہ لڑکیوں کے قہقہے۔ یہ زنانہ سینڈل سروش کے پاؤں میں۔ ایک مرد کے پاؤں میں۔ زنانہ سینڈل! زنانہ سینڈل!!

''اوہ خدا! یہ کیا اسرار ہے؟ یہ سب کیا ہے؟'' اس کا دماغ چکرا رہا تھا۔ وہ پریشان ہو ہو کر سوچنے لگی۔

نگاہ اب بھی ماں بیٹے پر ٹکی تھی۔ چند لمحے سروش کو گھورتے رہنے کے بعد ماں نے اسے بازو سے پکڑا اور باہر کی سمت کھینچنے لگیں۔

''چلو ادھر۔ اپنے کمرے میں۔''

''نہیں۔ میں نہیں جاؤں گا۔'' وہ وہیں جما کھڑا رہا۔ ''میں یہیں رہوں گا۔'' اس نے سجے سجائے چھپر کھٹ کی طرف دیکھتے ہوئے کہا۔

سمن گھونگھٹ میں اسے ہی دیکھ رہی تھی۔ اس کی خاطر وہ باہر جانے سے انکار کر رہا تھا۔ سینے میں خوشگوار سی دھڑکنیں رچ بس گئیں۔ انگ انگ میں بجلی کی لہریں دوڑنے لگیں۔ وہ

کسمسائی۔ گھونگھٹ ٹھیک کیا۔

''میں کہہ رہی ہوں چلو باہر۔''

''نہیں۔ میں نہیں جاؤں گا۔''

اور اب اس نے گھونگھٹ نکالے بیٹھی سمن کی طرف بڑے غور سے دیکھا۔ سمن کی نظر اسی پر جمی تھی۔

سروش کی یہ نگاہ! کچھ عجیب سی تھی۔ حیرت میں ڈوبی ہوئی۔ جیسے گھونگھٹ کے اندر سے اس نے اسے دیکھ لیا تھا اور اس کے بے پناہ حسن نے اسے بھی حیرت میں ڈال دیا تھا۔

کتنے غور سے وہ دیکھ رہا تھا۔ دیکھے جا رہا تھا اور ماں اسے دروازے کی جانب کھینچ رہی تھیں۔

اچانک۔ نجانے کیسے؟ بے خیالی میں ہی سمن کا گھونگھٹ سرک گیا۔ دونوں کی ایک دوسرے سے نظر ملی۔ سروش کے چہرے پر مسکراہٹ بکھر اٹھی۔ بڑی معصوم سی مسکراہٹ!!

سمن نے جھینپ کر جلدی سے آنکھیں میچ لیں۔ یہ اس سے کیسی غلطی ہوگئی تھی۔ سروش کو دیکھتے رہنے کی اس کی چوری پکڑی گئی تھی اور اس کی یہ چوری پکڑی بھی کس نے تھی؟ سروش نے ہی۔ جس نے ابھی سو سو منتیں کر کے اس کا گھونگھٹ اٹھانا تھا۔ اسے رونمائی میں کوئی تحفہ پیش کرنا تھا۔ اپنی محبت' اپنے پیار کا نذرانہ! خلوص و وفا کے عہد کے ساتھ۔ اپنی نئی نویلی دلہن کے حضور!!

اور پھر۔ پھر کہیں جا کر ان کی نظر سے نظر ملنا تھی۔ یہ اس سے کیا ہو گیا؟ آخر وہ اتنی بے صبر کیوں ہو گئی تھی؟ کیوں اسے دیکھے جا رہی تھی؟ نئی نویلی دلہن کو ایسی بے تابیاں زیب نہیں دیتیں۔ سروش کیا سوچے گا۔

وہ ابھی انہیں تصورات میں گم تھی کہ کانوں میں قدموں کی چاپ کی آواز پڑی۔ جھجکتے جھجکتے اور ڈرتے ڈرتے اس نے پھر گھونگھٹ کی اوٹ سے جھانکا۔

بے شمار وسوسے پھر دل میں اتر گئے۔ اس کی ساس کے ایک ہاتھ میں وہی زنانہ سینڈل تھے اور دوسرے سے بیٹے کا بازو تھامے کشاں کشاں باہر لیے جا رہی تھیں۔

وہ پورے لمبے قد کا مرد چپ چاپ سر جھکائے ان کے ساتھ ساتھ پاؤں رکھتا کمرے

سے باہر نکل گیا۔اس کے پاؤں مردانہ بڑے بڑے پاؤں ننگے تھے۔

اس کے خوبصورت مردانہ جسم پر زری کی اچکن اور چُوڑی دار پاجامہ بے حد اچھا لگ رہا تھا۔مگر ننگے پاؤں۔کیسی عجیب سی بات تھی۔اور عجیب سی اس کی حرکت!!

وہ پھر سوچوں میں کھوگئی۔

اب اسے نہ میکے کے گھر کا خیال تھا نہ میکے والوں کا۔نہ سسرال کے گھر کا نہ سسرال والوں کا۔اس کی سوچوں کا مرکز صرف اور صرف سروش ہی تھا۔وجیہہ اور دراز قد والا سروش! خوبصورت مگر حیران حیران آنکھوں والا سروش! دھیمی دھیمی بچوں ایسی معصوم سی مسکراہٹ والا سروش! زری کی اچکن اور چوڑی دار پاجامے میں ایسا بانکا سا دولہا بنا سروش!

مگر۔مگر۔زنانہ سینڈل! ننگے پاؤں! لڑکیوں کے قہقہے!! اور ماں کا گاہے طیش بھرا چہرہ اور گاہے آنسو بھری آنکھیں اور خجل سی صورت!!

یہ سب کیا تھا؟ یہ سب کیا تھا؟؟

اوہ خدا۔وہ کن بھول بھلیوں میں پھنس گئی تھی۔وہ پریوں کے اس خوبصورت دیس میں اس شکیل وجمیل شہزادے کے گھر میں کیوں اور کیسے آ گئی تھی؟؟ اور یہ سب کیا اسرار تھے؟؟ یہاں کی ہر بات کیوں انوکھی تھی اور ان سب کی حرکات کیوں نرالی تھیں؟ کیوں؟

جانے کب تک وہ انہیں خیالات میں کھوئی رہی۔

''سمن!'' رعنا کی پیاری آواز پر اس نے پلکیں اٹھائیں۔

''تم تو تھک گئی ہوگی۔بہت رات بیت گئی۔اب آرام کرو۔''

چھوٹے چھوٹے قدم اٹھاتے ہوئے وہ دروازے تک گئی۔اندر سے بند کر کے چٹخنی چڑھائی۔اسی طرح ہولے ہولے چلتی پھر اس کے پاس آ گئی۔

خاموشی سے اس کے سر اور گلے سے لپٹا ہوا اس کا گوٹے کناری والا دوپٹہ علیحدہ کیا۔

سمن بڑے غور سے اس کے سنجیدہ چہرے کو دیکھ رہی تھی۔

اب وہاں وہ تبسم نہیں مچل رہے تھے جو پہلے اس نے اس چہرے پر دیکھے تھے۔اب وہاں پژمردگیوں کے عکس تھے۔

پھر رعنا نے ایک ایک کر کے اس کے سارے زیورات اتارے۔ اسی خاموشی سے پھر اس کا بازو پکڑ کر ملحقہ سنگھار کمرے میں لے گئی۔ وہاں کھونٹی پر آسمانی شب خوابی کا بڑا خوبصورت اور ملائم سا لباس لٹکا ہوا تھا۔

سمن کو وہ پہننے کی ہدایت کرتے ہوئے رعنا واپس خواب گاہ میں چلی گئی۔ سمن بھی زبان سے کچھ نہیں بولی۔ چپ چاپ عروسی جوڑا اتار کر وہ شب خوابی کا لباس پہن لیا۔

خواب گاہ میں جانے سے پہلے سنگھار میز کے قد آدم آئینے کے سامنے کھڑی کتنی دیر خود کو دیکھتی رہی۔ شب خوابی کے اس مہین لباس میں اس کے جوان جسم کے خوبصورت خطوط نمایاں تھے۔

سمی! تو کہاں آ گئی ہے؟ یہ کیسا دیس ہے اور یہاں کے رسم و رواج کیسے ہیں؟؟

آج تیری سہاگ رات ہے اور سمی تیرے دیس میں تو سہاگ رات ایسے نہیں ہوتی۔ وہاں تو جب تک دولہا اپنی دلہن کو عروسی جوڑے میں اور اسی طرح زیورات میں سجی سنوری کو اپنی آنکھوں میں نہ بسا لے' اس کے کنگنوں کی کھنکار اپنے کانوں میں نہ اتار لے' اس کی شرمیلی شرمیلی مسکراہٹوں کی بجلیوں سے دل کے نہاں خانوں کو منور نہ کر لے' اسے شب خوابی کا لباس نہیں پہنایا جاتا۔

مگر یہ۔ یہ سب کیا ہے؟ تیرا دولہا کہاں ہے دلہن؟ تیرا گھونگھٹ کس نے اٹھایا؟

''اوہ!'' پھر وہ اپنے آپ ہی مسکرا دی۔

''میں بھول گئی۔ تو سمی نہیں۔ تُو تو سمن ہے۔ اور سمن کے دیس میں ایسے ہی ہوتا ہوگا۔ اس دیس کے یہی رسم و رواج ہوں گے۔''

ایک تلخ سی مسکراہٹ لبوں پر لیے وہ واپس خواب گاہ میں چلی آئی اسے دیکھ کر رعنا کے افسردہ چہرے پر تبسم پھیل گیا۔

''ارے! تم تو اس لباس میں بھی حوروں کو شرمائے دے رہی ہو۔ میں سچ مچ امی کے انتخاب پر بہت حیران ہوں۔ جانے کہاں سے اس گوہر نایاب کو ڈھونڈ لائیں۔ ایسے چپکے سے۔''

سمن اتنی ساری تعریف سے شرما دی۔ مگر ساتھ ہی دل کے اندر سے کہیں سے حسرت

بھری آہ سی نکل گئی۔

یہ سب کچھ تو سروش کی زبان نے کہنا تھا اور سروش کی نئی نویلی دلہن نے سننا تھا۔ عجیب سی لذت، عجیب سی مسرت اور مسکراتی تمناؤں کے ساتھ بیٹھی بیٹھی آنچ دیتے جذبات کے ساتھ۔ اور مدھم مدھم مسکراہٹوں اور دبی دبی امنگوں کے ساتھ۔ مدہوشیوں اور سرمستیوں کے عالم میں!!

''آج تو میرا بھی تھکن کے مارے جسم ٹوٹ رہا ہے۔'' ساتھ والے دوسرے پلنگ پر لیٹتے ہوئے رعنا بڑبڑائی۔ زندگی میں کبھی اتنی تھکن محسوس نہیں کی تھی۔ مگر خیر میں پھر بھی خوش ہوں۔ بہت مبارک ہے یہ تھکن۔ مجھے اتنی پیاری بھابی مل گئی۔ میں بہت خوش ہوں۔ بہت خوش!!''

آنکھیں بند کر کے وہ بڑبڑائے جارہی تھی۔ پھر اپنے آپ ہی چونکی۔

''ارے سمن! تم تو بیٹھی ہوئی ہو۔ میری جان لیٹ جاؤ۔''

خود اٹھ کر بڑے پیار سے اسے لٹایا۔ نرم نرم ملائم سا کمبل اسے اوڑھایا۔

''سو جاؤ۔ میٹھی میٹھی نیند سونا۔ صبح پھر بہت سارے مہمانوں نے آنا ہے۔ کل ولیمہ کی دعوت ہے نا۔ سارے شہر کے بڑے بڑے لوگ مدعو ہیں۔ بہت بڑا اجتماع ہوگا۔ بہت روشنیاں ہوں گی۔ ویسے۔'' بڑے دلفریب انداز میں مسکرائی۔ ''تمہارے ہوتے ہوئے کسی اور روشنی کی ضرورت تو نہیں۔''

سمن پھر شرما دی۔ یہ رعنا کتنے پیارے انداز میں اس کی تعریف کرتی تھی۔ اسی لمحے اسے اس کا بھائی یاد آجاتا۔ جانے اس کا اندازہ کیسا ہوگا؟ اس وقت اس کی مسکراہٹ تو بڑی معصوم سی تھی۔ سمن کے تو دل میں کھب کر رہ گئی تھی۔

''سروش۔ میرا ایک ہی بھائی۔ ماں کا ایک ہی بیٹا۔ جتنی خوشی بھی منائی جائے کم ہے۔ کل میں تمہیں نیلا ستاروں بھرا غرارہ سوٹ پہناؤں گی۔ اف! وہ پہن کر تو تم بالکل ہی۔ بالکل ہی۔'' جیسے اسے اس کی تعریف کے لیے الفاظ نہیں مل رہے تھے۔

سمن سب کچھ سن رہی تھی۔ خاموش۔ چپ چاپ۔ مگر۔ اس کا رواں رواں زبان بن کر کہہ رہا تھا۔

''سروش کی بھی تو کوئی بات کرو۔ کچھ اس کے متعلق بھی تو کہو۔ جو میری زندگی کا ساتھی

ہے۔ جو میرے ناموس کا محافظ ہے۔ میرے سر کا تاج ہے۔ جس کا گھر بسانے کے لئے میں یہاں لائی گئی ہوں۔ کچھ اس کے بارے میں بھی تو بتاؤ۔"

اور رعنا اپنی ہی لے میں بڑبڑاتی سو گئی۔

سمن جاگ رہی تھی۔ اسے نیند نہیں آ رہی تھی اور بار بار اس کی نگاہوں میں زری کی شیروانی اور چوڑی دار پاجامے میں ملبوس ایک صحت منداور خوبصورت مردانہ جسم پھر رہا تھا۔ مگر۔ اس کے پاؤں میں زنانہ سینڈل تھے۔

☆ ☆ ☆

نجانے وہ رات کب تک جاگتی رہی۔ رعنا تو لیٹتے ہی سوگئی تھی۔ نہ پاس کوئی بات کرنے والا تھا نہ دماغ میں سوچوں کے الجھے اس تانے بانے کو سلجھانے والا!

بس اپنے آپ ہی سے الجھتی سلجھتی رہی۔ اور پھر جانے کب نیند نے ہی ساری الجھنوں کو وقتی طور پر سلجھا ڈالا۔ جوانی کی نیند بڑی گہری، میٹھی اور پُرسکون تھی۔

اس کی ہمیشہ خود بخود ہی فجر کی نماز کے وقت نیند کھل جایا کرتی تھی۔ مگر پچھلے دنوں کی ذہنی تھکن اور جسمانی بے آرامی کی وجہ سے وقت کا خیال ہی نہ رہا۔ پڑی سوتی رہی۔

دس بجے رعنا کے جگانے پر آنکھ کھلی۔ وقت دیکھا تو شرمندہ سی ہوگئی۔

''دراصل رات بہت دیر تک نیند نہ آسکی۔'' خجل سی ہو کر کہنے لگی۔

''مجھے سب تجربات ہیں۔ شروع شروع میں سسرال کے گھر میں نیند مشکل سے ہی آیا کرتی ہے۔'' رعنا بستر درست کرتے ہوئے بولی۔

صبح کی روشنی میں اس کا مسکراتا چہرہ اور بھی پُرکشش لگ رہا تھا۔ یا پھر ابھی ابھی دھو کر ہلکا سا میک اپ کیا تھا۔ بڑا خوشگوار سا تاثر دے رہا تھا۔ تازہ تازہ اور نکھرا نکھرا۔

سمن ذہن میں سروش کا خیال لیے اسے دیکھے جا رہی تھی۔ ''رعنا بھائی سے کافی مشابہت رکھتی تھی۔''

''اتنے غور سے کیا دیکھ رہی ہو؟'' اچانک ہی رعنا نے پوچھ لیا۔

سمن سٹپٹائی۔

''وہ۔ وہ۔''

اب وہ اسے کیسے بتاتی کہ وہ ان نقوش میں سروش کی شبیہہ دیکھ رہی تھی۔ جو اس گھر میں سب سے زیادہ اس کا اپنا تھا۔ مگر سب سے زیادہ اجنبی!

''ہاں۔ ہاں۔ کہہ دو جو کہنا چاہتی ہو۔''

''وہ۔وہ۔'' پھر گھبرا کر جلدی سے بول پڑی۔

''آپ مجھے اچھی لگ رہی ہیں۔بہت پیاری!''

''اوہ!شکریہ!!'' رعنا مسکرادی۔

''ویسے اتنا بتا دوں۔ میں تو کیا۔ یہاں اس پورے گھر میں اور سارے مہمانوں میں بھی کوئی میری بھابی کا مقابلہ نہیں کرسکتا۔ اس لیے اگر حقیقتاً کوئی پیاری چیز دیکھنی ہے تو آئینہ دیکھو۔''

سمن کو کوئی جواب نہ سوجھا۔

جانے یہ تعلیم یافتہ اور اونچے گھرانوں کے لوگ کس قسم کی باتیں کرتے ہیں۔ کہیں وہ کچھ غلط سلط ہی نہ کہہ بیٹھے۔

ایک دلہناپے کی حیا اور دوسرے اس احساس نے کل سے اس کی زبان بند کر چھوڑی تھی۔ کیسی بے بسی تھی؟

کل تک اس کے دل میں کبھی اس قسم کا احساس پیدا نہیں ہوا تھا۔ کیونکہ ان کے خاندان میں لڑکیوں کو تعلیم دلانے کا رواج بالکل نہیں تھا۔ مگر وہ اس غلط رواج کے باوجود کچھ لکھ پڑھ گئی تھی۔

وہ یوں کہ نواز جو کچھ پڑھتا وہ بھی ساتھ ساتھ اس سے سبق لے کر پڑھتی رہتی اور انتہائے شوق نے اسے ہمیشہ اس سے پہلے سبق یاد کرایا۔

اردو اور فارسی پڑھتی۔ انگریزی پڑھتی۔ سائنس اور حساب سیکھتی۔ بالکل اسی طرح جس طرح نواز کرتا۔

اس سے اس کا فرق صرف یہ رہ گیا تھا کہ نواز نے امتحان دے کر سند لے لی تھی اور ان کے خاندان میں لڑکیوں کو پڑھانے کا رواج نہ تھا۔ وہ امتحان میں کیسے بیٹھتی اور سند کیسے لیتی؟

ویسے نواز کا خیال تھا کہ اگر اسے ابا سے امتحان دینے کی اجازت مل جاتی تو اس نے اس سے زیادہ نمبر لے لینا تھے۔

محلے میں بھی سب لڑکیاں ان پڑھ اور جاہل تھیں۔ خاندان کا بھی یہی حال تھا اور یوں سمی خود کو سب سے اعلیٰ ہی سمجھتی تھی۔ اس لیے کہ تعلیم کا تھوڑا بہت زیور اس کے پاس تھا اور پھٹا پرانا

ہی سہی۔ان کے مقابلے میں لباس پہننے کا کچھ شعور بھی رکھتی تھی۔

مگر یہاں۔یہاں کی بات ہی اور تھی۔کوئی لڑکی بی اے سے کم نہیں تھی۔اور تو اور۔اس کی ساس بھی ایف اے تک پڑھی ہوئی تھیں۔رعنا ایم اے کر رہی تھی کہ شادی ہوگئی اور اسے اپنی تعلیم ادھوری چھوڑنا پڑی۔

لباس پہننے کا ان سب کا طریقہ سلیقہ جدا تھا۔نفیس۔صاف ستھرا اور باذوق!!اور یوں۔ان سب میں وہ خود کو بہت چھوٹا محسوس کر رہی تھی۔کچھ پریشان اور سہمی سہمی تھی۔

''رعنا بی بی۔دلہن تیار ہوگئیں؟ ان کا ناشتہ آیا ہے۔'' دروازے میں ایک ملازمہ صورت عورت کھڑی کہہ رہی تھی۔

''نہیں اماں بی!ابھی ٹھہر جاؤ۔دراصل بات یہ ہے کہ میں نے ہی دلہن کو باتوں میں لگائے رکھا۔ورنہ جاگی تو کب کی ہوئی ہے۔''رعنا نے جلدی سے جا کر دروازہ بند کر دیا۔

''خاندان میں مل کے رہنا بھی عذاب ہی ہوتا ہے۔''

بڑبڑاتے ہوئے واپس آئی۔

''ذرا دلہن دیر سے جاگے تب باتیں بنتی ہیں۔ذرا غریب سے کوئی الٹی سیدھی حرکت ہو جائے تب بات کوٹھے پہ چڑھ جاتی ہے۔''

رعنا ساتھ ساتھ اسے تیار کرتی جا رہی تھی۔

''اور نئی نویلی دلہن بیچاری سے اکثر الٹی سلٹی حرکات ہو ہی جاتی ہیں۔غیر گھر آتی ہے۔سب اپنوں کو چھوڑ کر۔کچھ پریشان۔کچھ اداس۔کچھ نئے گھر اور نئے لوگوں سے واقفیت۔''یوں رعنا نے گویا باتوں باتوں میں اسے چوکس رہنے کی ہدایت کی۔

''میرے ساتھ بھی ایسا ہی ہوا تھا۔دن بھر کی تھکی ہوئی تھی۔کچھ رات......'' پھر وہ عجب انداز میں مسکرائی۔

''ساری رات باتوں میں گزر گئی۔صبح جب دنیا جاگتی ہے۔انہوں نے زبردستی مجھے سلا دیا۔کہ کہیں بے آرامی کی وجہ سے میری طبیعت نہ خراب ہو جائے۔''

رعنا نے زور سے قہقہہ لگایا۔

''وہ پاس بیٹھے پہرہ دیتے رہے کہ کوئی جگا نہ دے۔ دونوں ہی کو عقل نہ آئی۔ اور اس دن ایک بجے ہمارا ناشتہ ہی ہوا۔ پھر خوب باتیں بنیں۔ اپنی ساس نندوں نے تو کچھ نہیں کہا۔ اردگرد والوں نے بات کہیں سے کہیں پہنچائی۔''

اور رعنا جانے کیا کیا کہتی رہی۔ سمن کے خیال میں پھر سروش گھوم رہا تھا۔ رعنا کو تو اس کے خاوند نے باتوں میں لگائے رکھا اور وہ ساری رات جاگتی رہی تھی؟ اس کا خاوند کہاں تھا؟ سروش کہاں تھا؟

رعنا نے اسے تیار کیا۔ بڑی پریت سے دلہن بنایا۔ پھر ناشتہ آ گیا۔ دونوں نے ناشتہ کیا۔

سارا وقت اسے سروش کا ہی خیال آتا رہا۔ اس نے اس کے ساتھ ناشتہ بھی نہیں کیا تھا۔ ورنہ ان کے ہاں تو یہ رسم تھی کہ دولہا' اس کی بہنیں اور دلہن سب مل کر اکٹھے ناشتہ کرتے تھے۔ ساتھ ساتھ بہنیں چھیڑ چھاڑ کرتی رہتیں۔ کبھی دلہن کے حنائی ہاتھ سے دولہا کے منہ میں زبردستی نوالے دلواتیں اور کبھی دولہا سے دلہن کے منہ میں۔ ہنسی مذاق ہوتے۔ دولہا جھجکتا۔ دلہن شرماتی۔ سب بہنیں قہقہے لگاتیں!!

یہ سب کچھ صرف اس لیے ہوتا کہ سب ایک دوسرے سے گھل مل جائیں۔ کچھ بے تکلفی ہو جائے۔ دلہن خود کو اس اجنبی گھر میں غیر نہ سمجھے۔ یوں ہنسی مذاق سے اجنبیت دور ہو جائے۔

مگر۔ رعنا اور سمن نے اکیلے ہی ناشتہ کیا۔ اور سمن کو سروش کا خیال آتا رہا۔ رات کو وہ اپنی سجی سجائی دلہن دیکھ کر کیسے مسکرایا تھا۔ کتنی خوبصورت تھی اس کی مسکراہٹ!!! اور کتنی معصوم!!

پھر نجانے کیا ہوا؟ دل کے اندر ہی پریشانی سی ہونے لگی۔ جانے اس نے ناشتہ کیا بھی تھا کہ نہیں؟ دو تین بار دل چاہا۔ رعنا سے پوچھے۔ مگر الفاظ ہونٹوں میں آتے آتے رہ گئے۔ شرم نے زبان کھولنے ہی نہیں دی۔

ایک دن کی بیاہی دلہن' دولہا کے ناشتے کا فکر کرتی کیا اچھی لگے گی؟ پھر اسے اپنے آپ پر ہی ہنسی آ گئی۔

وہ تو یوں فکر کر رہی تھی جیسے ہمیشہ سے وہی سروش کو ناشتہ کرایا کرتی تھی۔ پاگل ہی تھی نا!

مگر یہ دو بول نکاح کے۔ جانے ان میں کیا جادو ہوتا ہے۔ یوں دو اجنبی انسانوں کو ایک دھاگے میں باندھ دیتے ہیں کہ اپنے آپ ہی سب خلیجیں، سب فاصلے مٹ جاتے ہیں۔

اور اسی ناطے اسے سروش کا خیال آئے جا رہا تھا۔

شام کو دعوت ولیمہ تھی۔ سارا دن اسی کی تیاریاں ہوتی رہیں۔ لباس ٹھیک کیے جا رہے تھے۔ بالوں کو رولر لگائے جا رہے تھے۔ ناخنوں کی پالش درست کی جا رہی تھی۔

کبھی کبھی کہیں دور، پرلے کمرے سے ڈھولک کی آواز بھی سنائی دے جاتی۔ کبھی قہقہے ابھرتے۔ کبھی تالیاں پیٹی جاتیں۔ جانے اُدھر دوسرے کمروں میں کیا کچھ ہو رہا تھا۔ اک ہنگامہ تھا۔ اک مسرت بھری رونق!!

سمن اسی کمرے میں تھی۔ رعنا نے اسے لباس تبدیل کرا کے اس کا سنگھار تو کر دیا تھا مگر خاص دلہن اسے شام کو بنایا جانا تھا۔

آج شہر کے معززین مدعو تھے۔ امراء و روساء!! اونچے گھرانوں کی شان ہی نرالی ہوتی ہے۔ سمن حیران حیران اپنے اردگرد یہ سب اہتمامات اور انتظامات ہوتے دیکھ رہی تھی۔ چپ چاپ۔ گم سم۔

کبھی کبھی کوئی خاتون دلہن کو دیکھنے اِدھر آ نکلتی۔ اور اس طرح اس کے حسن سے متاثر ہونے کے بعد حیران ہو کر پھٹی پھٹی آنکھیں لیے واپس کمرے سے باہر نکل جاتی۔

وہ سارا دن اس نے سروش کی جھلک تک نہیں دیکھی۔ دل بہت چاہتا رہا۔ ہر آہٹ اسی کی آہٹ محسوس ہوتی۔ بے اختیار گھنیری پلکیں اٹھ جاتیں۔ مگر ہر بار مایوسی کا منہ ہی دیکھنا پڑتا۔

دوپہر کا کھانا بھی رعنا، ثروت، نرگس اور سائمہ وغیرہ نے اس کے ساتھ کھایا۔

دو چچا اور ایک پھوپھی اسی گھر میں رہتے تھے۔ سب کی اولادیں تھیں۔ ایک چچا کی دو لڑکیاں دو لڑکے تھے۔ دوسرے کا ایک لڑکا اور دو لڑکیاں تھیں۔ پھوپھی کی تین لڑکیاں اور دو لڑکے!!

لڑکے تو ابھی اس نے نہ چچاؤں کے دیکھے تھے نہ پھوپھی کے' البتہ سب لڑکیوں سے رعنا نے اس کا تعارف کرا دیا تھا۔

سمن ذہین بہت تھی۔ ایک بار بتانے سے ہی سب کے نام اور صورتوں سے واقف ہو گئی تھی۔ اور نہ صرف نام اور صورتوں سے بلکہ ان سب کے انداز سے اسے یہ اندازہ ہو گیا تھا کہ سبھی بڑی چنچل اور شریر تھیں۔ زبانوں سے باتیں کرتیں تو ساتھ انگ انگ بولتے۔

سبھی نے مل کر کھانا کھایا۔ کھانے کے دوران سب خوب چہکتی رہیں۔ سروش کا نام لے لے کر اسے چھیڑتی رہیں۔ مذاق کرتی رہیں۔ سمن ہنستی، مسکراتی، شرماتی رہی۔

جانے کیوں سروش کے نام کی چھیڑ اسے اچھی لگتی۔ یہی دل چاہتا کہ وہ اسے چھیڑتی رہیں۔ ستاتی رہیں۔ مگر۔ رعنا تھوڑی دیر بعد انہیں ٹوک دیتی۔ کبھی آنکھیں نکال کر انہیں گھورتی۔ کبھی کسی کو جھڑک دیتی۔

غرض سارا دن اسی گہما گہمی میں گزر گیا۔ رات ہوئی۔ کوٹھی روشنیوں سے جگمگا اٹھی۔ لال، پیلی، سبز، نیلی۔ ہر کمرے میں، ہر دیوار پر' ہر اینٹ پر' باہر لان میں ہر درخت' ہر پھول اور ہر پتے پر!!

عجب سماں تھا۔ جدھر نگاہ اٹھتی۔ دور دور تک رنگ برنگی روشنیوں کا سیلاب سا آیا ہوا معلوم ہوتا۔ سمن نے کبھی کاہے کو یہ سب کچھ دیکھا تھا۔

ذہن سے ہر وسوسہ' ہر خیال اپنے آپ ہی نکل گیا۔ اور وہ ان روشنیوں کے سیلاب میں بہہ سی گئی۔ پھٹی پھٹی آنکھوں سے اس پریوں کے دیس کو حیران حیران ہو کر دیکھ رہی تھی۔

سب لڑکیاں تیار ہو گئی تھیں۔ اف توبہ! سمن کی تو آنکھیں چندھیائی جا رہی تھیں۔ معمولی سے معمولی شکل والی لڑکی بھی کتنی خوبصورت ہو گئی تھی۔ وہ ایک ایک کو پہچاننے کی کوشش کر رہی تھی۔

اب اسے دلہن بنانے کی باری آئی۔ سائمہ اور ثروت نے رعنا کو صاف کہہ دیا۔

''آپا بی! آپ ہٹ جائیے۔ اس وقت انہیں ہم سجائیں گی۔''

''کیوں؟ مجھے کیا اناڑی سمجھ رکھا ہے۔'' رعنا مسکراتے ہوئے تنک کر بولی۔

''جس عورت کی شادی ہو جائے وہ ان معاملات میں اناڑی ہو جاتی ہے۔ دلہن صحیح طرح ہم جیسی کنواری لڑکیاں ہی بنا سکتی ہیں۔ جن کے دلوں میں امنگیں......''

''سائمہ کی بچی! تو بڑی بے حیا ہوگئی ہے۔'' رعنا نے ہنس کر اس کی بات کاٹ دی۔

''پھوپھی کو کہتی ہوں کہ سائمہ کی امنگیں جوان ہو رہی ہیں اس کی شادی کر دیں۔''

''رعنو آپا! آپ کی سفارش کی ضرورت نہیں۔ ہم خود ہی کہہ لیں گے۔''

''اتنی جرأت ہے؟''

''کیوں نہیں؟ تعلیم کس لیے حاصل کی ہے۔''

''ہیئر۔ ہیئر۔'' ثروت نے ہنس کر تالی بجائی۔

''شاباش! شاباش!!''

رعنا نے گھور کر تینوں کو دیکھا۔

''تعلیم کو غلط انداز میں نہ لو بچیو۔ ہمارے زمانے میں......''

''واہ بڑی بی!'' نرگس نے ہنس کر رعنا کی بات کاٹی۔

''دیکھو تو ثروت! رعنا آپا ایسے باتیں کر رہی ہیں جیسے ہمارا ان کے زمانے کا کوئی سو سال کا فرق ہو۔''

''محترمہ کی شادی کیا ہوگئی خود کو کچھ زیادہ ہی بڑی اماں سمجھنے لگی ہیں۔''

''اچھا اچھا۔ اپنا کام کرو۔''

رعنا نے صندوق میں سے سمن کے لیے ستاروں والا نیلا غرارہ سوٹ نکال کر ثروت کو تھمایا۔ پھر بڑی سنجیدگی سے بولی۔

''سنو۔ کوئی اوٹ پٹانگ اور واہیات قسم کی بکواس مت کرنا۔'' ساتھ ہی آنکھوں سے نجانے کیا اشارہ کیا۔ سمن دیکھنے کے باوجود سمجھ نہ پائی۔

''اور اب میں بھی تیار ہو آؤں۔''

پھر جاتے جاتے دروازے میں سے گردن موڑ کر کہنے لگی۔

''میری بھابی کو ایسی دلہن بنانا کہ کھانے کی میز پر بیٹھے سب لوگ دوسری چیزوں کی

بجائے اپنی ہی انگلیاں کاٹ کر کھا جائیں۔''

''ہاں۔تاکہ آپ کا کھانا بچ جائے۔'' سائمہ زور سے ہنس دی۔

''ویسے جہاں تک میرا خیال ہے۔انہیں سجانے کے بغیر بھی اگر یونہی سب کے سامنے لے جا کر کھڑا کر دیں تو تب بھی کئی دل والے اپنی انگلیاں کاٹ کر کھا جائیں۔''

ثروت نے سمن کے چہرے کو تنقیدی نگاہ سے دیکھتے ہوئے کہا۔

''اور تو خیر میں کسی کے متعلق کوئی رائے نہیں دے سکتی مگر اشعر کا ضرور یہی حال ہوگا۔''

نرگس نے مسکراتے ہوئے دزدیدہ نگاہوں سے ثروت کو دیکھا۔

''ہاں۔میرا بھائی بڑا باذوق ہے۔حسن تو کیچڑ میں سے بھی تلاش کر لیتا ہے۔''

''باذوق کی بجائے دل پھینک کہو تو زیادہ بہتر ہے۔'' سائمہ نے نرگس کو آنکھ ماری۔

''ہر وقت ہتھیلی پہ لیے پھرتے ہیں۔جہاں کہیں کوئی لڑکی کی صورت دیکھی۔تاک کر نشانہ لگایا۔''

نرگس بے اختیار قہقہہ لگا اٹھی۔ثروت جھینپتے ہوئے دونوں کا منہ چڑا کر جلد جلد سمن کو تیار کرنے لگی۔سائمہ اور نرگس بھی مصروف ہو گئیں۔

اشعر، زلفی، خاور اور صولت۔یہ چاروں لڑکے ہی ان کی گفتگو کا موضوع رہے۔زلفی سائمہ کا بھائی تھا اور خاور اور صولت نرگس کے۔

اپنے اپنے بھائیوں کو بچا بچا کر دوسروں کو باتیں بناتی رہیں۔چوٹیں کرتی رہیں۔ہنستی کھلکھلاتی رہیں۔

اور اسی نوک جھونک میں وہ سادہ سی سمی کی بجائے سمن دلہن بنتی رہی۔ان کے سامنے حنوط شدہ لاش کی طرح چپ چاپ ساکت بیٹھی تھی۔مگر ذہن پھر الجھا ہوا تھا۔

رعنا کا سنجیدہ چہرہ اور انہیں گھور کر یہ کہنا۔''کوئی اوٹ پٹانگ اور واہیات قسم کی بکواس مت کرنا۔'' اور پھر آنکھوں ہی آنکھوں میں کوئی اشارہ کیا۔بار بار ذہن میں گھوم رہا تھا۔

کوئی بات تھی ضرور۔جو اس سے چھپائی جا رہی تھی۔کیا تھی؟ وہ سوچ سوچ کر تھک گئی۔پریشان ہو گئی۔کئی بار جی چاہا کہ ان لڑکیوں سے پوچھے۔

یہ جو وسوسے اور پریشانیاں دل میں اترتے جا رہے تھے۔ کچھ ان کے رفع کرنے کا سامان کرے۔ مگر دلہناپے کی شرم وحیا نے زبان نہ کھولنے دی۔

ہائے! یہ کیسی الجھن۔ کیسی پریشانی اور کیسی بے بس تھی!

"دیکھئے بھابی۔"

سائمہ کے مخاطب کرنے پر وہ چونکی۔ سامنے نگاہ اٹھی۔ سنگھار میز کے بڑے آئینے میں۔ کون تھی وہ؟ ایسا بناؤ سنگھار۔ ایسی سجاوٹ!!

اس قدر عمدہ اور نفیس طریقے سے انہوں نے اسے دلہن بنایا تھا کہ وہ خود کو بھی پہچان نہیں پا رہی تھی۔

"سمی! اب تو تمہارا وجود دور دور تک کہیں دکھائی نہیں دے رہا۔ سمی! تم بالکل ختم ہو گئی ہو۔ جانے کہاں کھو گئی ہو۔ جانے کہاں؟"

وسیع ہال میں ایک طرف سٹیج سا بنایا گیا تھا۔ بڑے بڑے تخت لگے تھے۔ ان پر نرم و ملائم گدے بچھے تھے۔ نرم نرم سرخ چمکیلے گاؤ تکیوں کے درمیان اسے بٹھا دیا گیا۔

پریوں جیسی بجی بنی پیاری پیاری لڑکیاں اُس کے گرد ڈھولک لے کر بیٹھ گئیں۔ بہت دیر ڈھولک بجتی رہی۔ گیت گائے جاتے رہے۔ سمن خواب کے سے عالم میں یہ سب کچھ دیکھتی رہی۔

"سمن!" رعنا نے اسے دھیرے سے پکارا۔

"یہ تمہارے دیور تمہیں ملنے آئے ہیں۔"

سمن نے پلکیں اٹھائیں۔ چار پانچ جوان جوان لڑکے تھے۔ بیل باٹم پتلونیں اور سفید چکن کی کفوں اور کالروں والی قمیصیں پہنے تھے۔ بال تو بالکل لڑکیوں جیسے ہی لگ رہے تھے۔ کنپٹیوں سے ٹھوڑی تک لمبی قلمیں تھیں۔ جانے کیوں اسے سبھی بڑے عجیب سے لگے۔

نرگس، سائمہ، ثروت اور پانچ چھ کوئی اور ان کی رشتہ دار لڑکیاں ڈھولک چھوڑ چھاڑ ان کے گرد جا کھڑی ہوئی تھیں۔ اور بہت لہک لہک کر اور مسکرا مسکرا کر ان سے باتیں کر رہی تھیں۔ وہ بھی رقص کرنے کے انداز میں تھرک تھرک کر ایک ایک کو گھور رہے تھے اور منہ ٹیڑھے میڑھے کر کے باتیں کر رہے تھے۔

سمن کو ان میں سے ایک بھی اچھا نہیں لگا۔ انہیں دیکھتے ہی اسے عروش یاد آ گیا۔ کوئی بناؤ سنگھار نہیں۔ کوئی بناوٹ کوئی تصنع نہیں۔

شریفانہ لباس۔ سادہ سی حجامت۔ سادہ سا چہرہ۔ دو خوبصورت مگر حیران حیران آنکھیں اور بچوں ایسی معصوم سی مسکراہٹ لیے ادھ کھلے ہونٹ!!

وہ ان سب سے زیادہ خوبصورت' سمارٹ اور باوقار تھا۔ ان فیشن زدہ لڑکوں میں سے کوئی بھی اس کی وجاہت اور پُرکشش شخصیت کا مقابلہ نہیں کر سکتا تھا۔

''یہ خاور ہے پھوپھی اماں کا بیٹا۔'' رعنا نے اس کا تعارف کرایا۔

''تسلیم بھابی!''

''یہ صولت ہے۔ خاور کا چھوٹا بھائی!''

''یہ زلفی ہے سائمہ کا بھائی۔ چھوٹے چچا کا بیٹا۔''

''یہ خلیل ہے بڑے چچا کا لڑکا۔ ثروت کا بھائی۔''

سب قریب آ آ کر اسے سلام کرتے رہے اور کوئی چھوٹی موٹی چیز اسے رونمائی میں دیتے رہے۔ مذاق مذاق میں۔ ورنہ اصل سلامی تو سب کی ماؤں نے دے دی ہوئی تھی۔

خاور نے چیونگم کا پیکٹ دیا۔ صولت نے بیس پیسے والی کلائی کی گھڑی اس کی کلائی پر باندھ دی۔ زلفی نے خالی پاؤڈر کی ڈبیہ یہ کہتے ہوئے دی:

''پہلے اس میں پاؤڈر تھا۔ مگر دور سے آپ کی ایک جھلک دیکھی تو بھاگ کر گر آیا۔ آپ کو کسی ایسی چیز کی تو ضرورت ہی نہیں۔ لہٰذا یہ خالی ڈبیا ہی حاضر ہے۔''

سمن جھینپ گئی اور باقی سب قہقہہ لگا اٹھے۔

آخر میں اشعر آیا۔ جانے کیا بات تھی؟ اس کے قریب آنے پر سبھی لڑکیاں پاس آ گئیں۔

''یہ اشعر ہے۔ ثروت اور خلیل کا بڑا بھائی۔'' رعنا نے بتایا۔

''جانتی ہیں ہم سب اس کے اردگرد کیوں آ کھڑی ہوئی ہیں۔'' سائمہ نے آنکھیں نچا کر کہا۔

''اس نے کل سے شور مچایا ہوا ہے کہ یہ بھابی کو ایک انوکھا اور بے حد مفید قسم کا تحفہ دینے والا ہے۔''

''آداب بھابی!''

اس نے سمن کے گھونگھٹ میں ہی اپنا چہرہ گھسیڑ دیا۔ سمن گھبرا کر پیچھے ہٹی۔ سب ہنسنے لگیں۔

پھر اشعر نے ایک ایک کی طرف دیکھتے ہوئے ہاتھ میں پکڑا چھوٹا سا پیکٹ کھولا۔

''یہ لیجئے۔ یہ پاگلوں کی نفسیات کی کتاب۔ یہ پڑھ پڑھ کر آپ سروش بھائی کا علاج کیا کیجئے گا۔''

سب لڑکیوں اور لڑکوں کا ملا جلا قہقہہ فلک شگاف تھا۔ سمن حیرت سے کبھی کتاب کی طرف اور کبھی اشعر کی طرف دیکھ رہی تھی۔ اس کی سمجھ میں کچھ نہیں آ سکا تھا۔

چند لمحے تو رعنا بھی سٹپٹا کر کبھی سمن کو اور کبھی کتاب کو دیکھتی رہی، پھر۔

''اشعر!'' وہ بہت زور سے چیخی۔ طیش کے مارے اس کی آواز پھٹ رہی تھی۔

پھر اس نے سمن کے ہاتھوں سے کتاب جھپٹی اور اسے پھاڑ ڈالا۔

''آخر آپ کب تک ان سے حقیقت چھپاتی رہیں گی۔'' اشعر ڈھٹائی سے بولا۔

''تم۔تم۔'' رعنا نے دانت پیسے۔

''تم یہاں سے چلے جاؤ۔''

''اچھی بات۔''

اشعر اٹھا۔ اور پھر۔ پھر جانے کیا ہوا۔ ایک قہقہہ تھا۔ بڑا طویل سا قہقہہ۔ سارے ہال میں گونج اٹھا۔ سمن نے گھبرا کر اُدھر ہی دیکھا۔ جدھر اشعر اور ثروت وغیرہ دیکھ دیکھ کر قہقہے لگا رہے تھے۔

ہال کے دروازے میں سروش کھڑا تھا۔ ویسی ہی دو خوبصورت سی حیران حیران آنکھوں سے ہال میں بیٹھے سب لوگوں کو گھور رہا تھا۔ ہونٹوں پر وہی بچوں ایسی مسکراہٹ تھی۔ مگر۔

سمن کی پوری ہستی کو زلزلے کے سے جھٹکوں نے لرزا ڈالا۔ اس کی آنکھیں جھک

گئیں۔

اس ہال میں جہاں ایک سے ایک اعلیٰ سوٹ ڈالے‘ ٹائیاں لگائے‘ بے شکن سفید قمیصیں پہنے شہر کے معززین‘ امراء و روٗسا تشریف فرما تھے وہاں سروش۔ ننگا سینہ‘ ننگا پیٹ لیے صرف ایک پاجامہ پہنے کھڑا تھا اور اسے بھی آزار بند کی بجائے پتلون کی پیٹی سے باندھا ہوا تھا۔ پاؤں میں بڑا خوبصورت سا سلیم شاہی جوتا تھا اور سر پر قراقلی ٹوپی۔

یہ جوتا اور ٹوپی شاید کل اس شیروانی اور چوڑی دار پاجامے کے ساتھ اس نے پہنی ہو گی۔

’’اسی لیے میں نے وہ کتاب بھابی کو دی تھی۔ آپ نے غلطی کی‘ پھاڑ ڈالی‘‘ اشعر کے ہونٹوں پر طنز بھری مسکراہٹ تھی اور رعنا کی آنکھوں میں آنسو۔ پھر وہ گھبرا اٹھی اور بھاگ کر اس نے سروش کا بازو تھام لیا۔

جانے وہ کیا کہہ رہا تھا۔ کچھ دور تھا۔ کچھ سمن ہوش و حواس میں نہ تھی۔ کان سائیں سائیں کر رہے تھے۔ مگر اتنا اس نے دیکھا۔ رعنا اسے کھینچتے ہوئے ہال سے باہر گھسیٹ لے گئی۔

یہ سب کیا تھا؟ یہ کیا ہو گیا تھا؟ کیا ہو گیا تھا؟ سروش کا یہ حلیہ۔ اسے بھری محفل میں ننگا کر گیا۔ کچھ ہنس رہے تھے۔ کچھ حیران حیران پھٹی آنکھوں سے اسے دیکھ رہے تھے۔ چہ میگوئیاں ہو رہی تھیں۔

اور وہ۔ وہ۔ جیسے ان سب مہمانوں کے درمیان وہی ننگی کھڑی تھی۔ اور سب اسی پر ہنس رہے تھے۔ اسی کے متعلق تحیر کا اظہار ہو رہا تھا۔ اسی کے متعلق چہ میگوئیاں ہو رہی تھیں۔

اس کا سر چکرانے لگا۔ وہ لہرائی۔ اشعر کی نگاہ شاید اسی پر تھی۔ اس نے جلدی سے اسے بازوؤں میں بھر لیا۔

پھر سمن کو کوئی ہوش نہ رہا۔ سروش کی متاع۔ اشعر کے بازوؤں میں تھی۔ اس کا کنوارہ جسم ایک نامحرم کے بازوؤں میں تھا۔ اور وہ اسے بظاہر بھابی کے ناطے گود میں اٹھائے مگر سفلی جذبات کے تحت اس گوری گوری اور انتہائی حسین عورت کو سینے سے بھینچے اس کی خواب گاہ میں لیے جا رہا تھا۔

سمن کا معطر معطر اور ہلکا پھلکا جسم اشعر کے جذبات میں ہلچل مچائے دے رہا تھا۔اس کے قدم بہت آہستہ، بہت آہستہ اٹھ رہے تھے۔ وہ اس وقت کو طویل کر لینا چاہتا تھا۔

بیچاری نئی نویلی دلہن!! کہاں تھا اس کے ناموس کا محافظ؟؟ کہاں تھا اس کے کنوارے جسم اور اس کی زندگی کا مالک؟؟

اسے اس کی ضرورت تھی۔اسے اس کی پناہ کی ضرورت تھی!! اس کے تحفظ کی ضرورت تھی!!

مگر۔ یہ کیسی شادی تھی۔اور کیسی خانہ آبادی؟؟

☆   ☆   ☆

جانے کونسی آواز تھی؟ اس کی نیند ٹوٹ گئی۔ یا پھر خواب ہی میں شاید ڈر گئی تھی۔ اسی طرح آنکھیں بند تھیں اور خدا کا شکر ادا کر رہی تھی کہ یہ سب خواب تھا۔

کتنی ہی دیر چپ چاپ پڑی رہی اور اسی خواب کے متعلق سوچتی رہی۔

انسان سوتے میں کس کس دنیا کی سیر کرتا ہے۔ ویسے وہ دنیا اچھی تو تھی۔ رنگوں اور خوشبوؤں میں بسی ہوئی۔ دھیمی دھیمی مسکراہٹوں، جھلملاتے چہروں، ملائم ملائم سرسراتے ملبوسات اور چمکیلے زیورات کی دنیا۔ مگر۔

مگر پھر اسے اس دنیا میں اپنی حیثیت کا احساس ہوگیا۔ سروش، ایک دیوانے کی دلہن! وہ لرز اٹھی۔ اس کی ساری ہستی متزلزل ہوگئی۔ جتنا اس دنیا کا تصور حسین اور خوشگوار تھا اتنا ہی سروش کا خیال پریشان کن۔ اور دل لرزا دینے والا!!

یا اللہ رحم!!

یہ تو وہ کبھی بھی برداشت نہ کر سکتی تھی کہ لوگ اس پر ہنسیں۔ اس کی اپنی کسی کمزوری پر نہ سہی۔ خاوند کی کوئی بات، کوئی عادت، کوئی خامی بھی تو ایک بیوی کی اپنی ہی بات، عادت اور خامی ہوتی ہے!

اس نے تو بہت خوبصورت سپنے دیکھے ہوئے تھے۔ ان سپنوں کی دنیا بے شک اتنی خوبصورت نہ تھی مگر اس دنیا کا شہزادہ۔ اس کی زندگی کا ساتھی بڑا بانکا، سجیلا، بہادر اور سمجھدار تھا۔

اچانک اس کا ہاتھ سینے سے پھسل کر نیچے بستر پر جا پڑا۔ ''ہائیں!'' گھبرا کر اس نے آنکھیں کھول دیں۔

ریشمی شب خوابی کے لباس میں ملبوس وہ نرم سپرنگ دار پلنگ پر دراز تھی۔ کمرے میں اور کوئی نہ تھا۔ صبح کا ملگجا سا اجالا ہر چیز کو اپنی ملگجی ملگجی سی روشنی سے روشن کیے دے رہا تھا۔

''اوہ میرے خدا!!'' اس نے کانپ کر آنکھیں میچ لیں۔ وہ جسے سپنا سمجھ رہی تھی وہ

حقیقت تھی! ایک بھیانک حقیقت!! ایک روح فرسا حقیقت!

سچ مچ ایک دیوانے انسان کے ساتھ اس کی شادی ہوگئی تھی اور وہ اس وقت اسی گھر میں تھی۔ رات والا واقعہ پھر نگاہوں میں گھوم گیا۔

ایسی شرمندہ وہ زندگی میں کبھی نہیں ہوئی تھی۔ ایسی پریشان وہ زندگی میں کبھی نہیں ہوئی تھی۔ ان کے ہاں غربت اور مفلسی ضرور تھی مگر کوئی پریشانی' کوئی شرمندگی نہ تھی۔

کیسے ہلکے پھلکے دل و دماغ سے وہ بے غم سی زندگی بسر کر رہی تھی۔ لیکن یہ اچانک۔ یہ اتنا بڑا ظلم اس کے ساتھ کیوں ہو گیا تھا۔

آنکھوں سے گرم گرم آنسو ٹپ ٹپ سنبل کے نرم نرم تکیوں پر گرنے لگے۔ اس نے انہیں پی جانا چاہا۔ روکنا چاہا۔ مگر جانے کیا ہو گیا تھا؟ اپنے آپ پر قابو ہی نہ رہا تھا۔

جی کو کچھ ایسا صدمہ لگا تھا کہ آنسو آپ ہی آپ نکلتے رہے اور تکیوں کو بھگوتے رہے۔ اندر اک آگ سی لگی ہوئی تھی۔ اس کے سارے ارمان' سارے جذبات پگھل پگھل کر بہے چلے جا رہے تھے۔

کمرے کے باہر قدموں کی چاپ ہوئی تو اس نے جلدی سے دوسری سمت کروٹ بدل کر آنکھیں بند کر لیں۔ دروازہ کھلنے کی آواز آئی' نجانے کون تھا؟ مڑ کر دیکھنے کی ذرا بھی خواہش نہ ہوئی۔ ایک دم اس گھر' اور گھر کے ہر فرد سے نفرت سی محسوس ہونے لگی تھی۔ کیسا سب نے اسے دھوکے میں رکھا تھا!

آنے والا دبے دبے قدم رکھتا اندر آیا تھا۔ دبے قدموں کی چاپ کے ساتھ سروش کے ننگے پاؤں نگاہوں میں گھوم گئے۔ کہیں وہی نہ ہو؟

اس کا خیال آیا ضرور۔ مگر اب سینے میں نہ وہ ہلچل تھی نہ انگ انگ میں بجلیاں سی دوڑ گئی تھیں اور نہ ہی شرمیلے شرمیلے جذبات نے اسے گدگدایا' اسے چھیڑا تھا۔ بلکہ...... بلکہ...... ہلکے سے خوف کی ایک لہر تھی جو دماغ سے شروع ہوئی اور پاؤں تک پہنچ گئی۔ اس نے اور بھی زور سے آنکھیں میچیں اور سانس کھینچ لیا۔

"ابھی سوئی ہوئی ہے۔"

اس کی ساس کی آواز تھی جو اس پر جھکی ہوئی کہہ رہی تھیں۔ جانے کس سے کہہ رہی تھیں۔ یا شاید اپنے آپ سے ہی۔

اندر ہی اندر اس نے شکر کیا کہ اس پاگل کی بجائے اس کی ماں تھی۔ سروش کی ماں۔ سمن کی ساس۔ پہلے دن۔ وہ جب ان کے گھر آئی تھی تو وہ اسے بے حد اچھی لگی تھی۔

اس کا لباس، اس کی باوقار شخصیت اور باتیں کرنے کا ٹھہرا ٹھہرا سا انداز! تبھی وہ بار بار ماں سے اس کے متعلق پوچھتی رہی تھی۔

اور جب اسے معلوم ہوا کہ اسی۔ کے بیٹے کے ساتھ اس کی شادی ہو رہی تھی تو اسے اندر ہی اندر اک نامعلوم سی خوشی ہوئی تھی۔ حالانکہ اس نے نہ اس کا گھر بار دیکھا تھا نہ اس کا بیٹا۔ نہ ہی ان کے متعلق اس نے کسی سے کچھ سنا تھا مگر پھر بھی وہ خوش تھی۔ وہ عورت اسے اتنی اچھی لگی تھی۔

اور اب۔ اس کے دل نے آنکھیں کھول کر اس کی جانب دیکھنا بھی گوارہ نہ کیا۔ وہ پلنگ کی پٹی پر بیٹھیں بڑے پیار سے اس کے بالوں میں انگلیاں پھیر رہی تھیں۔ اس کے بے ترتیب لباس کو درست کر رہی تھیں۔ اسے ٹھیک طرح سے کمبل اوڑھا رہی تھیں۔

''سمن ابھی سوئی ہوئی ہے؟'' رعنا نے کمرے میں آتے ہوئے آواز دبا کر پوچھا۔

''ہاں۔'' ساس نے مدھم سے افسردہ لہجے میں کہا اور اس کے پلنگ کی پٹی پر سے اٹھ کر ساتھ والی کرسی پر بیٹھ گئیں۔

''امی!'' رعنا بڑی احتیاط سے دروازہ بند کر کے ان کے قریب آ کھڑی ہوئی۔

''میں ہفتہ کی آئی ہوئی ہوں مگر گھر میں اتنے مہمان اور ایسا ہنگامہ رہا کہ مجھے آپ سے بات کرنے کا موقع ہی نہ ملا۔''

رعنا نے آہستہ سے دوسری کرسی گھسیٹ کر ماں کے قریب کر لی۔

سمن اسی طرح دم سادھے پڑی تھی۔ ان پر یہ ظاہر کرنے کے لئے کہ وہ ابھی سوئی ہی ہوئی تھی۔ ان میں سے کسی کے ساتھ بھی بات کرنے کو اب اس کا دل نہیں چاہ رہا تھا۔

''میں آپ سے یہ پوچھنا چاہتی تھی امی! کہ یہ رشتہ کیسے طے ہوا؟ کیا آپ ان لوگوں کو پہلے سے جانتی تھیں؟''

''نہیں۔ وہ اپنی آپا اماں ہے نا۔ اس کی کوئی رشتہ دار ہے، وہ ان کے محلے میں رہتی ہے۔ اسی نے یہ رشتہ کرایا ہے۔''

''میں بڑی حیران ہوں امی کہ ان لوگوں نے یہ رشتہ قبول کس طرح کر لیا؟ سمنی اتنی خوبصورت اور تمیز والی لڑکی ہے۔''

''اس کا باپ اپنے لڑکے کو ولایت پاس کرانا چاہتا تھا۔ مگر اس کی غربت راہ میں حائل تھی۔''

''کیا مطلب؟'' رعنا سٹپٹا سی گئی۔

''اسے ہم ولایت پاس کرائیں گے۔ اس کا کرایہ اور چار سال کا وہاں کا خرچ تو میں دے بھی چکی۔''

''یہ آپ کیا کہہ رہی ہیں امی؟''

''یہ بالکل سچ ہے۔''

''بالکل سچ؟'' رعنا کو یقین نہیں آ رہا تھا۔

''تو کیا تم سے جھوٹ بولوں گی؟''

''کیا آپ نے سمن کے والدین کو بتا دیا تھا کہ سروش کو دیوانگی کے دورے پڑتے ہیں؟''

''ہاں۔''

''پھر بھی انہوں نے اپنی اتنی پیاری لڑکی کا رشتہ دے دیا؟''

''اسی لیے تو یہ سودے بازی ہوئی۔ اس کے باپ کو اور خود لڑکے کو بھی ولایت پاس کرنے کا بے حد ارمان تھا۔''

''اوہ!'' سمن کی دنیا زیر و زبر ہو اٹھی۔ تو یہ اس کے اپنوں کا ہی سب کچھ کیا کرایا تھا۔ دکھ سے تڑپ اٹھی۔ ہائے! یہ انہوں نے اس کے ساتھ کیا کر دیا تھا؟ رنج و غم نے بے چین کر ڈالا۔ کیسے اس کے سب مان توڑ دیئے تھے!

''توبہ توبہ! کتنا ظلم ہے۔ بیٹے کو ولایت پاس کرانے کی خاطر انہوں نے اپنی لڑکی کا

مستقبل تباہ کر لیا۔''

سمن کے دل کی بات رعنا کی زبان نے کہہ ڈالی۔

''اللہ نہ کرے اس کا مستقبل تباہ ہو۔ مجھے تو بڑا یقین ہے کہ سروش ٹھیک ہو جائے گا۔ ڈاکٹر بے حد پُر امید ہے۔''

''خدا کرے کہ ہو جائے۔ ورنہ.....''

''ورنہ کیا؟ رعنا! کبھی تو تم میرا کلیجہ بھی ٹھنڈا کر دیا کرو۔ ہمیشہ مایوسی کی باتیں۔ ہمیشہ مایوسی کی باتیں۔'' ساتھ ہی وہ رونے لگیں۔

''امی! میرا یہ مطلب تو نہیں تھا۔ میں تو رات دن سروش کی صحت کی دعائیں مانگتی ہوں۔ وہ میرا ایک ہی بھائی ہے۔ پریشان صرف اس لیے ہوئی تھی کہ سروش کی حالت پہلے تو ایسی نہ تھی۔'' رعنا آہستہ سے تشویش بھرے لہجے میں بولی۔

''پچھلی بار میں آئی تھی تو سروش بہت بہتر تھا۔ دن میں ایک دو ہی دورے پڑتے تھے۔ باقی وقت اچھا بھلا ہی رہتا تھا۔ اور اب۔''

رعنا شاید رو پڑی تھی۔ سمن کو اس کی رُندھی ہوئی آواز سے یہی اندازہ ہوا۔ ''دو دن سے وہ ہوش میں آیا ہی نہیں۔''

''اس کے متعلق تو میں خود حیران ہوں۔ اپنی شادی کی ساری تیاری اس نے خود کی ہے۔ بے حد خوش تھا۔ راضی تھا۔ تمہارے سامنے کیسے ہنس ہنس کر دولہا بنا۔ تمہیں اور باقی سب بہنوں کو نیگ دیا۔ پھر لڑکی والوں کے گھر گئے ہیں تو اس وقت بھی بالکل ٹھیک تھا۔ نکاح ہوا۔ بالکل ہوش وحواس میں تھا۔ جب تک وہاں بیٹھے رہے۔ ٹھیک ٹھاک رہا۔''

ساس بھرّائی ہوئی آواز میں بیٹی کو بتا رہی تھیں۔

''بلکہ رعنا! خود مجھے اندر ہی اندر ڈر سا تھا کہ کہیں یہیں دورہ نہ پڑ جائے۔ مگر وہ اتنا سنجیدہ اتنا باہوش کبھی نہ تھا۔ جتنا اس دن تھا۔ وہاں بڑی سنجیدگی سے بیٹھا رہا۔ سب سے بڑی عقل والی گفتگو کی۔ مگر معلوم نہیں کیوں؟ بس گھر واپس آنے کی دیر تھی۔ ہم اِدھر دلہن کی طرف لگ گئے۔ اس کے پاس اشعر وغیرہ تھے۔ انہوں نے آ کر بتایا کہ سروش کو دورہ پڑ گیا ہے۔''

''کل رات کیسی سب کے سامنے رسوائی ہوئی ہے۔ کیسے سب چہ میگوئیاں کر رہے تھے۔ مجھے تو امی کبھی رونا آئے اور کبھی غصہ!''

''میرا خیال ہے رعنا! اشعر وغیرہ نے کوئی ایسی باتیں کی ہیں کہ وہ بالکل ہی الٹ کر رہ گیا ہے۔ اس خاندان نے تو مجھے تباہ کر کے رکھ دیا ہے۔'' وہ رو رو کر بے حال ہوئی جا رہی تھیں۔

''یا اللہ تو ہی میرے حال پر کچھ رحم کر۔ میرے بچے کے حال پر رحم کر!''

''امی! چپ ہو جائیے۔ خدا کے لیے چپ ہو جائیے۔ سمن کہیں جاگ نہ جائے۔ اس نے سن لیا تو کیا کہے گی؟''

''مجھے بھی تو اسی سے شرم آ رہی ہے کہ دل میں کیا سوچتی ہوگی؟''

''ایک سروش ہوش و حواس کھوئے بیٹھا ہے۔ اوپر سے وہ اشعر بدتمیز۔ امی! ایسا بے ہودہ اس نے سمن سے مذاق کیا ہے نا کہ بس۔ کچھ نہ پوچھیے جو اس وقت میری حالت ہوئی۔ آپ تو اُدھر کھانے کے انتظام میں مصروف تھیں۔ بھلا یہ کوئی موقع تھا ایسا مذاق کرنے کا۔''

''مت یاد دلاؤ رعنا! مجھے یہ سب۔ میں تو سن کر ہی پریشان ہوگئی تھی۔ ان لڑکوں لڑکیوں نے تو بالکل ہی اُسے پاگل بنا ڈالا ہوا ہے۔ ہر وقت اس کے پیچھے ہی پڑے رہتے ہیں سب۔''

''ایک پاگل انسان کے ساتھ اور کس قسم کے سلوک کی توقع کرتی ہیں آپ محترمہ!'' سمن نے نفرت سے سوچا۔

''شکر کیجیے صرف زبان سے ہی کام لیتے ہیں۔ اینٹ پتھر وغیرہ نہیں اٹھاتے۔'' وہ غصے سے تلملا رہی تھی۔ اس کے ساتھ جو زیادتی ہوگئی تھی اسے بس اسی کا احساس تھا۔ نہ اسے سروش سے کوئی ہمدردی تھی، نہ اس کی ماں سے اور نہ اس کی بہن سے۔ اپنے گھر والوں اور سروش کے گھر والوں، ہر ایک پر غصہ تھا۔ ایک دم سے ہی سب سے نفرت ہوگئی تھی۔ ماں، باپ، بھائی سے بھی اور ساس اور نند سے بھی۔

اب پھاپھا کٹنیوں کی طرح رونے اور ہمدردی کرنے کا فائدہ؟ اس کا تو جو بگڑنا تھا بگڑ چکا۔ اس کی تو ساری زندگی تباہ ہوگئی۔ وہ سوچ رہی تھی۔

''میرا خیال ہے امی! اب سمن کو جگا دیں۔ پھر کوئی اِدھر آ نکلے گا تو باتیں بنیں گی۔''

کسی آہٹ سے چوکنّا ہو کر ایک دم رعنا نے کہا۔ ساس بڑھ کر اسے جگانے لگیں۔ سمن سوئی تو ہوئی نہیں تھی۔ ان کے ایک بار ہی ہلانے سے آنکھیں ملتے ہوئے اٹھ بیٹھی۔

''اٹھو بیٹی! بہت دن چڑھ آیا۔ ابھی کوئی نہ کوئی دلہن کو دیکھنے آ جائے گا۔ تیار ہو کر بیٹھو۔''

جانے کیوں؟ یہ کہتے کہتے ان کی آنکھیں جھک گئیں۔ پھر جھکی جھکی آنکھیں صاف کرتے ہوئے اٹھیں۔

سمن نے رعنا کی طرف دیکھا۔ وہ بھی چپ چاپ نگاہیں فرش پر گاڑے بیٹھی تھی۔ آج اس کے ہونٹوں پر وہ دلآویز مسکراہٹیں رقصاں نہیں تھیں۔

کچھ کھوئی کھوئی سی اٹھ کر اس کے پہننے کے لیے کپڑے نکالنے چلی گئی۔

اب پھر دلہن بن کر بیٹھنے کے خیال نے سمن کو پریشان کر دیا۔ لوگوں کی پھر وہی ہمدردی بھری نگاہیں۔ طنز میں ڈوبی ہوئیں اور معنی خیز مسکراہٹیں! اور اب تو سمن ان کا مطلب سمجھتی تھی۔

رعنا گوٹے لپے سے جگمگ جگمگ کرتا جوڑا نکال لائی۔

''میں یہ نہیں پہنوں گی۔''

سمن نے بغیر کسی جھجک کے، ان کے جذبات کا خیال کیے بنا کورا جواب دے دیا۔ رعنا نے چونک کر اس کی طرف دیکھا۔ سمن ایسی تو نہ تھی!!

''میں کوئی سادہ سے کپڑے پہنوں گی۔''

''مگر۔'' ساس کمرے سے باہر جاتے جاتے واپس آ گئیں۔

''بیٹی! سادہ لباس پہننا مناسب نہیں۔ تم دلہن ہو۔''

''دلہن!'' وہ ساس کی آنکھوں میں آنکھیں ڈال کر بڑے طنز سے مسکرائی۔

''بس! میں نے کہہ دیا نا کہ میں سادہ کپڑے پہنوں گی۔'' سمن کے تلخ جواب سے ساس کی نگاہیں جھک گئیں۔ مزید کچھ کہے، پرے ہٹ کر پھر اسی کرسی پر بیٹھ گئیں۔

دو دن کی بیاہی بہو نے کیسے تلخ لہجے میں ان سے بات کی تھی!! جواب میں وہ کچھ بھی نہ

کہہ سکیں۔ ان کی زبان تو سروش کی حالت نے بند کردی تھی۔ ان کی نگاہیں تو اس کل کی چھوکری کے سامنے بیٹے کی دیوانگی نے جھکادی تھیں۔ بے بس سی ہوکر رخساروں پر بہتے آنسوؤں کو پونچھنے لگیں۔

اور سمن۔ اس نے ان کے آنسو دیکھے' ان کی بے بسی بھری نگاہیں محسوس کیں مگر۔ اس کے ساتھ جو دھوکا کیا گیا تھا۔ جو زیادتی ہوئی تھی۔ اس کا ردعمل اتنا شدید تھا کہ ان کے آنسوؤں اور ان کی بے بسی کا دل پر کوئی اثر نہ ہوا۔

اس کے برعکس اس کے سینے کے اندر تو آتش فشاں ابل رہے تھے۔ یوں کہ پھٹ پڑنے کو تیار تھے۔ اتنا روئی بھی تھی مگر دل کا غبار اب بھی نہیں نکلا تھا۔ اس کی سمجھ میں نہیں آرہا تھا کہ اندر کی کھولن کو کس طرح نکالے۔

ساس کو کورا اور تلخی بھرا جواب دینے کے بعد اسے دوسرے قصورواروں کا خیال آیا۔

''میں آج اپنے گھر جاؤں گی۔''

آخر اس کے ماں باپ نے کیوں اپنے بیٹے کے مستقبل کی خاطر اپنی بیٹی کی زندگی تباہ کرڈالی تھی۔ اس کی حسرتوں اور ارمانوں کا اس بے دردی سے کیوں گلا گھونٹ دیا تھا۔ وہ ان سے پوچھنا چاہتی تھی۔

سینے کے اندر ابلتے آتش فشاں اسے بے کل کیے دے رہے تھے۔ اسے کسی طرح قرار نہیں آرہا تھا۔

''بیٹی۔ اب تمہارا گھر یہ ہے۔''

ساس نے جیسے سمجھوتہ کرنے کی خاطر انتہائی نرمی سے بات کی۔

''وہ تو میں جانتی ہوں۔''

سمن کے لہجے میں وہی طنز تھا۔ ماں بیٹی کی نگاہیں پھر جھک گئیں۔

''مگر میں آج اور ابھی ضرور جاؤں گی۔''

اُسے یوں محسوس ہورہا تھا کہ وہ ابھی ابھی ماں باپ کو مل کر اور چند کھری کھری باتیں سنا کر نہ آئی تو اندر کی کھولن اسے بھی جلاڈالے گی۔ یہ ابلتے لاوے اسے ہی خاکستر کردیں گے۔

"کل میں خود تمہیں لے کر جاؤں گی۔ آج کچھ خواتین تمہاری عیادت کو آنے والی ہیں۔"

"میری عیادت کو؟ کیوں مجھے کیا ہوا ہے؟؟"

"وہ۔ کل رات۔ کل رات۔" رعنا ہکلا کر رہ گئی۔

پچھلی رات کا تصور سب ہی کے لیے بڑا تکلیف دہ تھا۔ جیسے کوئی بھیانک سا خواب دیکھا تھا۔ اور اب اس کا خیال بھی پریشان کن تھا۔

"میں بے ہوش ہوگئی تھی۔" سمن نے نند کی بات پوری کر دی۔

"مگر اب ٹھیک ہوں۔ بستر مرگ پر تو نہیں پڑ گئی۔"

"اللہ نہ کرے!" بے اختیار دونوں کی زبان سے نکلا۔

"اللہ نہ کرے۔" دل ہی دل میں وہ منہ بگاڑ کر بڑ بڑائی۔

"اس سے تو موت بہتر تھی۔ کاش! سب نے مل کر میرا گلا گھونٹ دیا ہوتا۔ ایک ہی جھٹکے سے کام تو نمٹ جاتا"

اس کے ذہن میں پھر وہی واقعات گھومنے لگے۔ شادی کی رات سروش زنانہ جوتا پہنے تھا اور لڑکیاں اس کے اردگرد ہنستی قہقہے لگاتی پھر رہی تھیں۔ پھر اگلی رات۔

اف توبہ!! اتنے سارے لوگوں میں۔ سروش کس حلیے سے آ گیا تھا۔ اور سب کس طرح کبھی اسے حیران ہو ہو کر دیکھ رہے تھے اور کبھی انتہائی ہمدردی سے سمن کو۔ اور اشعر وغیرہ ہنس رہے تھے۔

نئی بیاہی دلہن۔ رسوائی۔ ذلت۔ ہنسی۔ ٹھٹھا۔ مذاق۔ پاگلوں کی نفسیات کی کتاب!!

ایک دم ذہن میں ہلچل سی مچ گئی۔ سینے میں طوفان سے مچل اٹھے۔ سمن گھبرا کر جلدی سے اٹھ کھڑی ہوئی۔

"میں ابھی اپنے گھر جاؤں گی۔"

"مگر۔ مگر بیٹی! گھر میں مہمان۔"

"بس چند منٹوں کے لیے۔ ابھی واپس آ جاؤں گی۔ ابھی۔"

''کل تمہاری امی خود جو تمہیں ملنے آ رہی ہیں۔''

''نہیں۔ میں خود جانا چاہتی ہوں اور ابھی۔'' سمن کی آواز بھرّا رہی تھی اور آنسو پلکوں میں اٹکے ہوئے تھے۔ دونوں ہاتھ سینے پر یوں باندھے ہوئے تھے جیسے اندر اٹھنے والے جوار بھاٹوں کو دبانے کی کوشش کر رہی تھی۔

رعنا بڑے غور سے اس کی طرف دیکھ رہی تھی۔ سمن کی حالت وہ محسوس کیے بغیر نہ رہ سکی۔ تھراتی آواز میں ماں سے مخاطب ہوئی۔

''امی! بھیج دیجیے۔ کہہ جو رہی ہے کہ ابھی واپس آ جائے گی۔''

''جیسی اس کی خوشی۔ پھر تم رعنا! ساتھ چلی جانا۔''

''نہیں۔ میں اکیلی جاؤں گی۔'' سمن جلدی سے بولی۔

''جیسی تمہاری مرضی بیٹی! میں گاڑی نکلواتی ہوں۔ شہباز تمہیں لے جائے گا۔''

''شہباز کون ہے؟ میں نے کہا نا کہ میں اکیلی جانا چاہتی ہوں۔'' اب کے سمن کا لہجہ بے حد تلخ تھا۔

''بیٹی! شہباز ڈرائیور ہے۔ اکیلی ہی جانا۔'' اور وہ پلکوں پر جھلملاتے موتی لیے باہر نکل گئیں۔

رعنا اس کے لیے سادہ سی پیازی ساڑھی نکال لائی۔

''سوٹ تو سب بھاری کام والے ہیں۔ بس صرف یہ ساڑھی سادہ ہے۔''

''مگر میں نے تو ساڑھی کبھی نہیں پہنی۔''

''میں پہنا دوں گی۔''

آج رعنا نے اسے تیار کرتے ہوئے کوئی بات نہ کی۔ چپ چاپ، کھوئی کھوئی سی تیار کرتی رہی۔ سمن سنگھار میز کے بڑے سے آئینے میں خود کو دیکھ رہی تھی۔

ساڑھی اس کے متناسب جسم پر بے حد اچھی لگی۔ رعنا اس کا بڑا سا جوڑا بنا رہی تھی اور سمن آئینے میں اپنی سج دھج دیکھ دیکھ کر سوچتی جا رہی تھی۔

یہ سب کچھ کتنا اچھا تھا۔ یہ گھر۔ اس گھر کی چیزیں۔ یہ ملبوسات۔ ساڑھیاں، غرارے

پاجامے، بیل باٹم سوٹ۔ یہ سنگھار میز کا قد آدم آئینہ۔ یہ نرم نرم تکیوں والا نرم نرم پلنگ۔ یہ خوابوں کی سی دنیا۔ یہ سب کچھ کتنا اچھا تھا۔

مگر دل میں چبھی سروش کی پھانس۔ اتنی تکلیف دہ تھی کہ یہ سب کچھ بھی اسے تکلیف ہی دے رہا تھا۔

رعنا نے اسے بہت سارے زیورات پہنا دیے۔ اس کے منع کرنے کے باوجود بھی۔

''بالکل سادہ لباس اور سادہ چہرہ۔ یہ بدشگونی ہے سمن!''

''بدشگونی؟'' آئینے میں بڑے غور سے رعنا کو دیکھتے ہوئے دل ہی دل میں بولی۔ ''بدشگونی تو ہو گئی۔''

دل کسی بھی طرح ایک دیوانے کو قبول کرنے پر راضی نہ ہو رہا تھا۔ یہ اتنے سارے لالچوں کے باوجود! رنگ و نور کی یہ حسین دنیا اس کا مقدر بن گئی تھی۔ جھونپڑی سے اٹھ کر محل میں آ گئی تھی۔ پھر بھی۔ پھر بھی۔ اس کی جوانی۔ کنواری جوانی کے مچلتے بھڑکتے جذبات ایسا ساتھی قبول کرنے کو تیار نہ تھے۔

کوئی بھی لالچ اسے للچا نہیں رہا تھا۔ بس وہ چوڑی چھاتی اور مضبوط بازوؤں والا بانکا سجیلا ساتھی چاہتی تھی۔ جس کے مضبوط بازو اس کا حصار بن جاتے۔ جس کی چوڑی چھاتی میں چہرہ چھپا کر وہ دنیا، اس کے دکھ اور تکلیفیں سب بھول جاتی۔

اور یہ سروش۔ یہ دیوانہ اسے کیا دے سکتا تھا۔ نہ تحفظ نہ پیار۔ اور انہیں کی ایک عورت کو ضرورت ہوتی ہے۔ پھر یہ گھر اور اس کی آسائشیں!

نہیں نہیں۔ اس سے بہتر تھا کہ اس کے ماں باپ اسے کسی اپنے جیسے غریب اور مفلس سے ہی بیاہ دیتے۔ بے شک روکھی سوکھی کھاتی، موٹا جھوٹا پہنتی۔ مگر جب رات کو وہ اپنی زندگی کے ساتھی کے چوڑے سینے میں سما کر اس کے مضبوط بازوؤں کی پناہ میں سکھ کی نیند سو جاتی اور میٹھے میٹھے اور سہانے سہانے سپنے دیکھتی۔ تو یہی اس کے لیے زندگی کا حاصل تھا۔

وہ آئینے میں اپنے سراپا کو غور سے دیکھتے ہوئی اٹھ کھڑی ہوئی۔ رعنا نے اسے کیا سے کیا بنا دیا تھا۔ سمارٹ سی بندھی ہوئی پیازی ساڑھی۔ سر پر سیاہ اونچا سا جوڑا۔ کانوں میں بڑے

بڑے بالے اور لمبی گردن میں گلوبند۔

اب وہ بالکل اس دنیا کی ہی شہزادی لگ رہی تھی۔ اپنے آپ سے خود ہی شرما گئی۔

''کہیں نظر نہ لگ جائے میری بھابی کو۔'' رعنا نے اس کے سراپا کو غور سے تکتے ہوئے مسکرا کر کہا۔

سمن اس کی ان سنی کر کے واپس خواب گاہ میں چلی آئی۔ جانے کیا ہو گیا تھا؟ رعنا یا اس کی ماں خلوص سے بھی اس کی تعریف کرتیں تو اسے غصہ آ جاتا۔

ایک سروش کی بہن تھی اور ایک ماں۔

آخر اس پاگل کی شادی کر کے کسی دوسرے کی زندگی تباہ کرنے کا انہیں حق ہی کیا تھا۔

بے شک وہ ایک کا بھائی تھا اور ایک کا بیٹا۔

مگر۔ ان خونی رشتوں کے جوش میں آ کر دلوں کو انصاف سے خالی نہیں کر لینا چاہیے تھا۔

رعنا کے ساتھ ساتھ کمرے سے باہر نکلی۔ بڑے ہال میں دونوں چچیاں، پھوپھی اماں، ان کی لڑکیوں اور سب لڑکوں نے جانے کیا اودھم مچا رکھا تھا۔ کان پڑی آواز سنائی نہیں دے رہی تھی۔

رعنا نے دروازے میں سے ہی جھانک کر اس ہجوم میں ماں کو تلاش کرنا چاہا۔

''کیا بات ہے رعنو؟'' بڑی چچی نے اسے جھانکتے ہوئے دیکھ لیا تھا۔

''امی کہاں ہیں؟''

''ابھی اُدھر سروش کے کمرے میں تھیں۔'' چچی کی بجائے خاور نے جواب دیا۔

''انہیں کچھ سمجھا بجھا رہی ہوں گی۔'' اشعر نے مسکرا کر پاس سے لقمہ دیا۔

''کیا سمجھا بجھا رہی ہوں گی؟'' صولت نے پوچھا۔

''یہی کہ۔ یہی کہ۔'' ساتھ ساتھ وہ رعنا کی طرف مسکرا کر دیکھ رہا تھا۔ اشعر جو کچھ بھی کہتا۔ کسی اچھی بات کی رعنا کو توقع نہیں تھی اور سمن اس کے پیچھے کھڑی تھی۔

''بس! رہنے دو تم اپنی قیافہ آرائیاں۔'' رعنا اس کے کچھ کہنے سے پہلے ہی جلدی سے

بول پڑی۔

’’چچی! سمن اپنے گھر جا رہی ہے۔ آپ کو سلام کرنے آئی تھی۔‘‘

’’ارے! تو ہماری بھابی بھی ساتھ ہیں۔‘‘ اشعر جلدی سے اٹھ کر پاس چلا گیا۔

’’لیکن رعنا! دلہن آج ہی کیوں میکے جا رہی ہے؟ اسے تو کل اس کے والدین نے لینے آنا تھا۔‘‘

’’رہنے کے لیے نہیں چچی۔ گھنٹہ آدھ گھنٹہ تک واپس آ جائے گی۔ آؤ سمن! سب کو سلام کر لو۔‘‘

رعنا اس کا بازو پکڑ کر ہال میں لے آئی۔ اتنی خوبصورت اتنی سمارٹ اور اتنی پُرکشش لگ رہی تھی وہ ساڑھی میں کہ رعنا جان بوجھ کر بھی اسے اُدھر سب میں لے آئی تھی۔

خاندان والوں نے ان سے جو سلوک روا رکھا تھا۔ شاید لاشعوری طور پر ان سب کو اس طرح جلا کر وہ اس کا بدلہ لے رہی تھی۔

دیکھ لیں گے جب تم لڑکیوں کو ایسی بھابی مل جائے گی۔ اور تم میں سے کسی لڑکے کو اتنی حسین دلہن اور چچی اور پھوپھی آپ کو ایسی بہو۔ دیکھ لیں گے۔ تم سب سروش کو کمتر سمجھتے ہو نا! مگر میرے بھائی کا نصیب۔

اور جب سمن سامنے آئی تو سچ مچ ہی سب دم بخود رہ گئے۔ اشعر ہنسی مذاق کرنے اس کے قریب آ گیا تھا۔ لڑکیاں کچھ اور کہنے والی تھیں۔ مگر سب۔

اپنی اپنی جگہ پر ٹھٹک کر رہ گئے۔ اس کے رانیوں ایسے بے پناہ حسن نے سب کو کچھ ایسا ہی مرعوب کر دیا تھا۔

’’آیئے۔ تشریف رکھیے بھابی!‘‘ خاور بڑے ادب سے اپنی جگہ اسے پیش کرنے لگا۔

’’آؤ۔ آؤ دلہن۔ ماشاء اللہ! ماشاء اللہ!!‘‘ بے اختیار بے ساختہ دونوں چچیوں اور پھوپھی اماں کی زبان سے نکلا۔

اشعر کچھ کہنے کی بجائے مسکرا مسکرا کر بڑے والہانہ انداز میں سمن کو گھورنے لگ پڑا تھا۔ ساتھ ہی بے خیالی میں اپنے سینے پر ہاتھ پھیر رہا تھا۔

شاید گزری رات کا اس حسین پیکر کا لمس اسے یاد آ رہا تھا۔ وہ ملائم، گرم اور مہکتا ہوا وجود۔ کیسے ہوش و حواس پر مستی سی چھائی جا رہی تھی۔

''بیٹھے گی وہاں سے واپس آ کر۔''

رعنا ایک ایک کو دیکھتے اور مسکراتے ہوئے سمن کا ہاتھ پکڑ کر ہال سے باہر نکل گئی۔

ساری زندگی ان سب رشتہ داروں نے کیسے کیسے انہیں جلایا تھا۔ کیسے کیسے انہوں نے سروش کے مرض کو نہیں بڑھایا تھا۔ اور اس کی ماں کو کیسے کیسے طعنوں کے تیروں سے اسے چھلنی نہیں کیا تھا۔

رعنا بڑی خوش تھی۔ اس وقت خصوصاً اس وقت۔ ماں کے اس انتخاب کو دل ہی دل میں بہت سراہا۔ ورنہ یہ پچھلے دو دن تو سمن کے حسن کو دیکھ دیکھ کر پریشان ہی ہوتی رہی تھی۔

سمن کا حسن و جوانی۔ اور سروش کی دیوانگی۔ آخر یہ بیل کیسے منڈھے چڑھے گی۔ کیسے؟

مگر اس وقت اور کوئی خیال کوئی جذبہ موجود نہ تھا۔ نہ ترس۔ نہ پریشانی۔ نہ کچھ اور۔

بس وہ ان سب کو یوں شکست دے کر بہت خوش تھی۔ کہ ہمیشہ سب نے سروش کا مذاق اڑایا' اسے حقیر جانا مگر اس کے باوجود بھی یہ گوہر آبدار اسے مل گیا۔

سمن کا حسن ایسا ہی مہرہ تھا کہ رعنا جدھر بھی چل دیتی شہ مات دے سکتی تھی۔

گاڑی اس کے گھر کے سامنے رکی تو محلے کے بچے اردگرد آ اکٹھے ہوئے۔

''سمی آ گئی۔ سمی آ گئی۔''

اس کی کھڑکیوں سے اندر جھانک کر سب شور مچانے لگے۔ بچوں کی آواز سن کر سمن کی سہیلیاں اور پڑوسنیں اپنے اپنے گھروں سے جھانکنے لگیں۔ اتنی خوبصورت کار میں اور ایسی سج دھج سے سمی آئی تھی۔ ہر ایک کی نگاہ میں رشک تھا!!

وہ گاڑی سے باہر نکلی۔ اردگرد کسی طرف نہیں دیکھا۔ تقریباً ہر گھر سے اسے پکارا گیا۔ مگر اس نے نگاہ ہی نہیں اٹھائی۔

شہباز کو وہیں گاڑی میں بیٹھ کر انتظار کرنے کو کہا اور خود اپنے گھر کے اندر داخل ہوئی۔

وہ اس سج دھج میں ایسی شان و شوکت میں۔ اپنی سہیلیوں سے ملنا چاہتی تھی۔ جس

عجیب وغریب دیس سے وہ آئی تھی اس کی باتیں سنا کرانہیں متحیر کرنا چاہتی تھی مگر۔

ان رنگ وبو والے پھولوں کے درمیان جو ایک سروش کی دیوانگی کا کانٹا تھا وہ کسی سمت سے بھی گل چینی کی اجازت نہیں دے رہا تھا۔

اس دیس کی باتیں سن کر آخر میں تان وہیں آ کر ٹوٹتا تھی۔ اس اپنے خوبصورت دیس میں بسنے والا شہزادہ بھی ویسا ہی ہوگا۔

پھر۔ پھر وہ انہیں کیا بتائے گی؟ ساتھ پلی بڑھی بے انتہا گہری سہیلیوں نے دھیمی دھیمی اور معنی خیز مسکراہٹوں کے ساتھ اس سے اس کی پہلی ملاقات اور سہاگ رات کی رنگ بھری' امنگ بھری باتیں پوچھنا تھیں۔

مگر۔ اس کے پاس انہیں سنانے کو کچھ بھی نہیں تھا۔ سوائے ان ایک دو رسوائی کے واقعات کے!!

سبھی مان ٹوٹ گئے تھے۔ حسرتیں ہی حسرتیں باقی تھیں۔ اور اسی لیے سمن اتنے سارے زیورات میں جگ مگ کرتی' اتنی نفیس ساڑھی میں ملبوس' اتنی خوبصورت اور ملائم ملائم سطح والی چمکیلی سی گاڑی میں آنے کے باوجود ان کی کسی پکار کا جواب دیئے بِنا کسی مجرم کی طرح سر جھکائے اندر چلی گئی تھی۔

اپنے والدین' بھائی' سروش اور اس کی ماں اور بہن کے لیے جو نفرتیں اس کے سینے میں بھر گئی تھیں۔ اس لمحے ان میں اور بھی شدت پیدا ہو گئی تھی۔

صحن عبور کر کے کمرے تک پہنچی۔ اتفاق ہی تھا شاید۔ سبھی گھر میں موجود تھے۔ ورنہ اس وقت ابا اپنی نوکری پر چلے جایا کرتے تھے۔ اور نواز نوکری کی تلاش میں۔

دہلیز میں ہی کھڑے کھڑے اس نے سب کا جائزہ لیا۔

ان دو دنوں میں ہی گھر کی کایا پلٹ گئی تھی۔ دونوں چارپائیوں پر بالکل نئی چادریں بچھی تھیں۔ میز پر انہیں کے ہم رنگ میز پوش پڑا تھا۔ اسی میز پر' جسے کبھی میز پوش نصیب نہیں ہوا تھا۔

اماں درمیان میں پیڑھی پر بیٹھی مشین آگے رکھے کچھ سی رہی تھیں۔ ابا حسب معمول

حقہ گڑ گڑا رہے تھے۔ چہرے پر ہمیشہ چھائے رہنے والے دکھوں کے سایوں کی بجائے مسکراہٹوں کی دھوپ تھی۔

مشین چلاتے سمے اکثر اماں کی پیشانی پر سلوٹیں سی پڑی رہا کرتی تھیں۔ اور پھر اس عالم میں وہ ہر ایک سے جھڑک کر ہی بات کیا کرتی تھیں۔ مگر اس وقت مشین چلاتے ہوئے بھی ان کی پیشانی پر کوئی شکن نہ تھا۔ ہونٹوں پر تبسم کی بجلیاں کوندرہی تھیں۔

نواز پرلی دیوار کے ساتھ کھڑا ایک خوبصورت گہرے سرمئی رنگ کا کپڑا ہاتھوں میں لیے مسل رہا تھا اور مسکرا مسکرا کر کہہ رہا تھا۔

''مجھے تو یوں لگتا ہے ابا! جیسے یہ کپڑا ولایتی ہو۔ جب پہن کر نکلوں گا تو میری اتنی شان ہوگی کہ وہاں کے سارے انگریز بھی مڑ مڑ کر دیکھیں گے۔''

چھوٹی بہن، وہ موٹی مانو ماں کے پاس گھٹنوں پر چنگیر رکھے بیٹھی تھی اور مسکرا مسکرا کر اور آنکھیں مٹکا مٹکا کر بھنے ہوئے گوشت کے ساتھ پراٹھا کھا رہی تھی۔

اور اس چنگیر میں پہلے ہمیشہ سمی نے سوکھی روٹی اور رکابی میں دال یا آلو ہی دیکھے تھے۔ یا پھر سوکھی روٹی پر گڑ کی بھیلی یا لیموں یا آم کے اچار کی ایک قاش!!

تن بدن میں آگ ہی تو لگ گئی۔ جن طوفانوں کو ضبط کے بند باندھ باندھ کر روکا ہوا تھا، وہ امنڈ پڑنے کو تھے۔

نواز باپ سے کوئی بات کرنے کے لیے مڑا تو اس کی نگاہ دروازے کی دہلیز پر چپ چاپ کھڑی سمی پر جا پڑی۔

''ارے!'' گھبراہٹ میں اس کے ہاتھ سے کپڑا نیچے گر گیا۔

حقے کی نے ابا کے منہ میں تھی۔ وہ گڑ گڑانا بھول گئے۔ ادھ کھلے ہونٹوں میں نے اٹکی رہ گئی۔ مشین کا پہیہ گھماتے گھماتے ماں کا ہاتھ وہیں رک گیا۔

اور سب ہی اسے یوں دیکھ رہے تھے جیسے کوئی غیر ان کے گھر میں بلا اجازت گھس آیا تھا۔ جیسے سال، مہینہ، ہفتہ، دن یا ایک لمحہ بھی اس نے کبھی ان کے پاس نہ گزارا تھا۔ ایسی ہی متحیر اور اجنبی اجنبی نگاہوں سے سب اسے گھور رہے تھے۔

''میں آپ کی سمی ہوں۔ آپ نے مجھے پہچانا نہیں؟''

''کیوں نہیں۔ کیسی باتیں کرتی ہو؟''

اماں ہڑبڑا کر اٹھ بیٹھیں اور دونوں بازو پھیلا کر اس کی جانب لپکیں۔ مگر سمن اس کے سینے کے ساتھ لگ جانے کی بجائے پرے ہٹ کر صاف ستھری نئی چادروں والی چارپائیوں میں سے ایک کی پٹی پر بیٹھ گئی۔

ان کی اس بدلی بدلی حالت نے بالکل ہی اسے دہکتے الاؤ میں پھینک دیا۔ اس کا سودا کر کے۔ اسے بیچ کر کیسے خوش تھے سب!!

''بیٹی! اکیلی آئی ہو؟''

کئی پریشانی بھرے لمحات خاموشی سے گزارنے کے بعد ابا کھنکار کر بڑی مشکل سے گلا صاف کرتے ہوئے بولے۔

''ہاں۔''

''کیوں؟'' ابا یکلخت چونکے۔

''اکیلی کیوں آئی ہو؟''

''اور کس کے ساتھ آتی؟'' وہ زہرخند سے بولی۔

''لیکن۔ لیکن اکیلی۔ اور انہوں نے تمہیں بھیج دیا۔''

''اکیلی سے آپ کی کیا مراد ہے؟ ویسے شہباز ڈرائیور باہر گاڑی میں بیٹھا ہے، جس میں مَیں آئی ہوں۔''

''اور کوئی نہیں آیا؟''

ابا نے بےیقینی سے دروازے کی جانب دیکھا۔

''کوئی اس قابل تھا کہ اس کے ہمراہ آتی۔'' اندر لگی آگ کو سمن مزید چھپا نہ سکی۔ زبان نے شعلہ اگلا۔

''ساری زندگی آپ کی احسان مند رہوں گی۔''

''یہ آتے ہی کیسی باتیں شروع کر دیں۔ کوئی سسرال والوں کا حال چال سناؤ۔''

''سب بہت راضی ہیں۔ بہت خوش ہیں اور اتنا اچھا سسرال لے کر دینے پر میں بھی آپ سب کو دعائیں دے رہی ہوں۔''

پھر سمن اسی طرح دیوار کے ساتھ چپکے کھڑے نواز کی طرف گھومی۔

''کیا کہیں جا رہے ہو؟''

''تمہیں کس نے بتایا؟'' نواز کی بجائے ابا نے پوچھا۔

''ابھی جب میں آئی تھی تو کہہ جو رہا تھا کہ اس کپڑے کا سوٹ پہن کر نکلے گا تو انگریز بھی مڑ مڑ کر دیکھیں گے۔''

''اوہ۔ ہاں۔'' ابا سٹپٹائے۔ تو سمن کو معلوم ہو گیا تھا؟

پھر جلدی سے سنبھل کر بولے۔

''تمہیں نہیں معلوم۔ نواز ولایت جا رہا ہے۔''

''کب؟''

''بس پاسپورٹ بننا دیا ہوا ہے۔ جب بن گیا تو فوراً چلا جائے گا۔'' یہ کہتے کہتے ابا کی آنکھیں خوشی سے چمک اٹھیں۔ نواز جب پیدا ہوا تھا تو اسی وقت سے ابا کی زبان پر یہ رٹ لگ رہی تھی کہ اسے ولایت پاس کرائیں گے۔

اور اب۔ جب کہ ان کی امنگیں اور آرزوئیں پوری ہونے جا رہی تھیں تو کیسے خوشی سے پھولے نہ سماتے۔ سمن بے حد دکھی ہو کر ان کے چہرے پر خوشی و مسرت کے عکس لہراتے دیکھ رہی تھی۔

''چپ ہو گئی ہو۔ کیا تمہیں خوشی نہیں ہوئی؟'' اماں مسکراتے ہوئے بولیں۔ ان سے بھی خوشی چھپائی نہیں جا رہی تھی۔

''ہوئی کیوں نہیں۔ بہت، بے حد۔'' سمن کی پلکیں جھلمل کر اٹھیں۔

''بھائی ترقیوں کے زینے پر قدم رکھے گا تو ایک بہن کو خوشی کیوں نہ ہو گی۔ اور وہ بھی اس بہن کو۔''

سمن نے کنکھیوں سے نواز کی طرف دیکھا۔ اس نے چپکے سے وہ کپڑا چارپائی پر پھینک

دیا تھا اور خود سمن کی جانب دیکھنے کی بجائے دروازے سے باہر خالی صحن کو گھور رہا تھا۔

''جس نے ہر ہر لمحہ بھائی کے لیے دعائیں مانگی ہوں۔ پھر مراد ملنے پر وہ خوش کیوں نہ ہوگی؟''

اس کے طنزیہ لہجے کو سب نے محسوس کیا مگر انجان بنے رہے۔

''نواز! تو یہیں جما کھڑا ہے۔ بہن آئی ہے۔ اس کی خاطر تواضع کے لیے کچھ لاؤ۔ میں چائے بناتی ہوں تم بازار جاؤ۔'' ماں نے الجھی الجھی سی آواز میں کہا۔

''نہیں۔'' بڑی دیر سے بار بار زبان تک آتی جس تلخی کو سمن شیرینی میں لپیٹنے کی کوشش میں تھی وہ آخر عیاں ہو ہی گئی۔

''میں تمہارے گھر سے کچھ نہیں کھاؤں گی۔ اور نہ ہی یہاں میرا زیادہ دیر رکنے کا ارادہ ہے۔ بس! تم سب سے صرف ایک بات پوچھنے آئی تھی۔'' سمن نے باری باری سب کی طرف دیکھا۔

''ابا! آپ نے جس کے ساتھ میری شادی کی اس کے متعلق اچھی طرح چھان بین کر لیا تھا۔ کہ وہ کون؟ کیسا ہے؟ اور کس قسم کا انسان ہے؟''

''یہ آخر تم کہنا کیا چاہتی ہو۔''

''وہی آپ سے پوچھنا چاہتی ہوں جو آپ مجھ سے چھپا رہے ہیں۔'' سمن طیش سے بولی۔

''اگر چھپا رہے ہیں تو کیوں پوچھتی ہو؟'' ابا کو بھی غصہ آ گیا۔ اولاد ہو کر کیسے منہ چڑھ رہی تھی۔

''میں پوچھ کر رہوں گی۔ اس لیے کہ میں بھی ایک انسان ہوں۔ اور ہر انسان کچھ خواہشیں، کچھ آرزوئیں اور کچھ ارمان رکھتا ہے۔ پھر۔ پھر ابا! تم نے مجھے انسان کیوں نہ سمجھا۔ بتاؤ۔ تم نے مجھے جانور سمجھتے ہوئے منڈی میں کیوں لے جا کر کھڑا کر دیا۔'' غصہ کے مارے اس کے ہونٹوں سے کف اڑ رہا تھا اور آنکھیں انگارے برسا رہی تھیں۔

''میں لڑکی ہوں تو کیا ہوا۔ تمہاری اولاد تو تھی۔ کیوں مجھ پر تم نے دوسری اولاد کو ترجیح

دی۔ اس لیے کہ وہ لڑکا تھا اور تمہارے بڑھاپے میں اس نے تمہاری لاٹھی بن جانا تھا۔'' غصے اور بے بسی کی زیادتی سمن کی آنکھوں سے آنسو بن کر پھوٹ پڑی۔

''بڑھاپے میں ہی نا۔ اور میں تو ابا! جب سے ہوش سنبھالا ہے۔ میں تو اسی وقت سے تمہاری لاٹھی بنی ہوئی ہوں۔ کونسا تمہارا کام ہے جو میں نے نہیں کیا۔ تمہارے کپڑے دھوئے۔ تمہارے جوتے پالش کیے۔ تمہارے لیے روٹی پکائی۔ تمہارے حقے کی چلمیں بھریں۔ ایک دن نہیں۔ پندرہ سال میں یہ سب کچھ کرتی رہی اور اس کا صلہ مجھے ابا! تم نے یہ دیا کہ ایک پاگل انسان کے پلے باندھ دیا۔ میرا سودا کرڈالا۔ اپنے بیٹے کی خاطر۔ کیا ابا میں انسان نہ تھی؟''

باپ کی آنکھیں جھکی ہوئی تھیں۔ اس کے منہ سے حقے کی نَے چھوٹ چکی تھی اور اس کا سارا وجود بید مجنوں کی طرح لرز رہا تھا۔

''مجھے یوں جہنم میں جھونکنے سے بہتر تھا تم پیدا ہوتے ہی میرا گلا گھونٹ دیتے۔ اس عمر کو پہنچنے ہی نہ دیتے کہ میری جوانی حسین سپنے دیکھتی اور امنگوں اور آرزوؤں کی دنیا سجاتی۔ کاش! میں اس زمانے میں جنم لیتی جب لڑکی کو پیدا ہوتے ہی زندہ زمین میں دفن کر دیتے تھے۔ کاش! کاش!!''

سمن نے پھر گنگا جمنا بہاتی آنکھیں ماں کے چہرے پر گاڑ دیں۔

''اور اماں! تمہاری ماممتا کدھر گئی۔ کس طرح اس نے یہ ظلم گوارا کرلیا۔ اس ہستی کے لیے، جس نے تمہیں کبھی دکھ نہ دیا تھا۔ جس سے تمہیں سکھ ہی سکھ ملے۔ تمہارے بچوں کو میں نے پالا۔ دن رات ٹوٹ کر تمہاری خدمت کی۔ تمہارے گھر کے سارے کام کاج کرنے کے بعد رات کو کئی کئی گھنٹے تمہیں دبایا۔ پھر۔ پھر اماں! کیوں تم نے یہ ظلم ہونے دیا؟''

ماں مجرموں کی طرح چپ چاپ سر جھکائے مشین کے ملائم پہیے پر ہاتھ پھیرے جا رہی تھی۔

''میری بربادی، ایک اولاد کی بربادی تمہاری ممتا نے آخر برداشت کیسے کرلی۔ اور وہ بھی اپنے ہی ہاتھوں۔ ہنسی خوشی۔ کیوں؟ کیوں؟ کیا میں اتنی ہی بری تھی اماں! میرا قصور کیا تھا آخر؟ کچھ مجھے بھی تو بتاؤ۔ تم سب خاموش کیوں ہو؟ مجھے بتاتے کیوں نہیں؟ اب یہ تمہارے سر

کیوں جھکے ہوئے ہیں؟''

سمی جو ہمیشہ بڑی بے زبان رہی۔ آج نہ اس کی زبان قابو میں تھی نہ آنسو۔ غم اور غصے سے سارا جسم اس کا کپکپا رہا تھا۔

''اور تم نواز! تمہیں میں کیا کہوں؟ تم نے تو میرے مزار پر شیش محل کھڑے کر لیے۔ جانے تم نے اپنا خون کس طرح اتنا سفید کر لیا۔ تم نے۔ جسے میں نے ٹوٹ کر پیار کیا۔ جس کے بہتر مستقبل کے لیے میں نے دن رات دعائیں مانگیں۔ روزانہ اماں کی جھڑکیاں سننے کے باوجود میں نے تمہیں گھی والی روٹی پکا کر دی۔ تمہارا بستر نرم کرنے کے لیے میں خود اکثر کھری چارپائی پر سوئی۔ میرا بھائی۔ میری جوانی کا محافظ! میرے میکے کی یادگار!! اسے میں نے محفوظ رکھنا چاہا۔ اپنا خون جگر پلا کر بھی۔ مگر۔ مگر۔''

اس کی ہچکیاں بندھی ہوئی تھیں۔

''اوہ میرے خدا۔ یہ کیسی محبتیں ہیں؟ کیسی وفائیں ہیں اور کیسے رشتے؟ تم سب نے مل کر مجھ جیسے خدمتوں، خلوص اور محبتوں کے خزانے کو بیچ ڈالا۔ اپنی آرزوؤں اور خواہشوں کی تکمیل کی خاطر میرے مستقبل کا سودا کر ڈالا۔''

وہ سسکتی ہوئی اٹھ کر کھڑی ہوگئی۔

''اور مجھے وداع کرتے وقت ابا! تم نے کہا تھا۔ اس گھر سے سمی اب تمہیں مر کر ہی نکلنا ہوگا۔ مجھے بے عزت نہ کرنا بیٹی! اور ابا! مجھے اب بھی تمہاری عزت کا خیال ہے۔ اسی لیے میں آج اکیلی آئی تھی کہ کوئی تمہارے یہ جھکے ہوئے سر نہ دیکھے۔ اتنا کچھ ہو جانے کے بعد بھی ابا! میں نے تمہاری عزت کا خیال رکھا۔''

اس کا سارا وجود طوفان کی زد میں آئے ہوئے درخت کی طرح ڈول رہا تھا۔

''اور تمہارا حکم اب بھی مانوں گی ابا! مجھ پر کچھ بھی گزر جائے۔ میں اب اس گھر سے مر کر ہی نکلوں گی۔ تمہارے در پر بھی آئندہ کبھی نہیں آؤں گی۔ کبھی نہیں۔''

ماں، باپ یا نواز کسی میں اس سے آنکھ ملانے کی ہمت نہ تھی۔ نہ اس کی کسی بات کا جواب دینے کی۔ سبھی اپنی اپنی جگہ پر گم سم اور ساکت تھے۔

''البتہ تم سب بھی میرے حال پر ایک کرم ضرور کرنا۔ وہ یہ۔ وہ یہ کہ مجھے ملنے کی کبھی کوشش نہ کرنا۔ اب تم یہ کبھی بھی نہ سوچنا کہ تمہاری ایک بیٹی سمی بھی ہے۔ مانو کے علاوہ نواز کی ایک بہن اور بھی ہے۔

نواز کی بہن۔ تمہاری بیٹی سمی آج مر گئی۔ خود تم سب نے مل کر اسے مار ڈالا۔ اسے زندہ دفن کر دیا۔ اپنے ایک شوق کی تکمیل کی خاطر تم ایسے اندھے ہو گئے۔ اس کا خون پی ڈالا۔ اپنی اولاد کا۔ اپنی ہی بہن کا۔ اس لیے۔ سمی اب اس دنیا میں نہیں ہے۔''

وہ روتی اور سسکیاں بھرتی ہوئی دونوں ہاتھوں میں چہرہ چھپائے کمرے سے باہر نکل گئی۔

''سمی۔ سمی رک جاؤ۔ سمی ٹھہر جاؤ'' ماں' باپ اور بھائی۔ تینوں کے حلقوں سے گھٹی گھٹی سی چیخیں اور آہیں نکلیں مگر سمن نے مڑ کر بھی نہ دیکھا۔

تینوں ایک دوسرے کی طرف پھٹی پھٹی آنکھوں سے دیکھ رہے تھے۔ کون کس کو مورد الزام ٹھہرائے؟

دو نے یہ سودا طے کیا تھا اور تیسرے کا اس میں مفاد تھا۔ کوئی بھی کسی کو کچھ نہ کہہ سکا۔ مجرموں کی طرح سر جھکائے اپنی اپنی جگہ سے پیوست' ہونٹوں کو کاٹتے رہے!!

☆ ☆ ☆

گاڑی میں بیٹھتے ہی اس نے اپنی سسکیوں، ہچکیوں اور آنسوؤں پر قابو پانے کی کوشش کی۔ اور پھر بڑی مشکل سے وہ اپنی اس کوشش میں کامیاب ہو سکی۔ بڑی مشکل سے۔

دل و دماغ پکے پھوڑے کی طرح دُکھ رہے تھے اور پھوڑے میں بھری غم و غصے کی پیپ آنکھوں کے راستے ابھی اور بہنا چاہتی تھی۔ اتنا روئی تھی مگر ابھی بھی جیسے دماغ میں وہی دُکھن تھی۔

مگر ساتھ ہی وہ اپنی اس کمزوری کا اظہار سسرال والوں پر نہیں کرنا چاہتی تھی۔ شروع سے ہی بے حد خود دار طبیعت پائی تھی۔

میکے اور سسرال والوں نے مل جل کر اس کے ساتھ جو کچھ کیا تھا کوئی معمولی بات نہ تھی۔

سسرال والوں نے ان کی غربت کا ناجائز فائدہ اٹھاتے ہوئے اس کی جوان امنگیں اور آرزوئیں خرید ڈالی تھیں اور میکے والوں نے اپنی آرزوؤں اور امنگوں کی خاطر اپنی اولاد کو بیچ ڈالا تھا۔ دونوں کے لئے ہی اس کے دل سے نفرت کے بھبکے اٹھ رہے تھے۔

میکے کو وہ ہمیشہ ہمیشہ کے لئے چھوڑ آئی تھی اور سسرال اس کا جانے کو جی نہیں چاہ رہا تھا۔ کوئی بھی تو کشش اُدھر ایسی نہ تھی جو کشاں کشاں اسے لیے جاتی۔

اگر جا رہی تھی تو صرف اس لیے کہ دل کے اندر کہیں اب بھی باپ کی عزت کا خیال تھا۔ دوسرے کوئی اور ٹھکانہ بھی تو نہ تھا۔ وہاں بھی نہ جاتی تو پھر کہاں جاتی؟

میکے والوں سے یہی انتقام بہت تھا کہ جیتے جی ان کی بیٹی ہمیشہ ہمیشہ کے لیے ان کی آنکھوں سے دور ہو گئی تھی اور یوں بھی وہ ان کے ضمیروں کو جس طرح جھنجھوڑ آئی تھی۔ ان کی کسک اور بے چینی نے انہیں بھی چین اور سکون نہیں لینے دینا تھا۔ ان سب کی باقی زندگیوں کے لیے یہ بے سکونی، بے چینی اور ضمیر کی سرزنش ہی بہت تھی۔

اور۔ اور سسرال والوں سے تو ابھی اس نے انتقام لینا تھا۔ سروش کی حقیقت کو کیا وہ

نہیں جانتے تھے؟ پھر انہوں نے اس کا گھر بسانے اور کسی معصوم لڑکی کا دل اور امنگیں اجاڑنے کے متعلق سوچا ہی کیوں؟

کسی غریب کو روپے کی چمک دمک دکھائی ہی کیوں؟ ایسی چمک دمک جس سے آنکھیں چندھیا جائیں۔ اتنی۔ کہ پھر کچھ اور دکھائی ہی نہ دے۔ نہ اپنا خون۔ نہ کسی کی زندگی بھر کی خدمتیں اور فرمانبرداریاں!! حرص کے ہاتھوں اپنا ہی خون پی لینے کو تیار ہو جائیں۔

قصوروار وہ ان سے بھی زیادہ تھے۔ ان کا گناہ ناقابل معافی تھا۔ کسی بھی طرح سمن کا دل انہیں معاف کرنے کو راضی نہ تھا۔

''انتقام! انتقام! انتقام!!''

دل کے جذبے، جوانی کی خواہشیں اور سمجھ رکھنے والے ایک انسان کی آرزوئیں۔ جو سب کچھ روند ڈالا گیا تھا۔ ان کی یہی پکار تھی۔

سسرال والوں کا گھر تھوڑی دور رہ گیا تھا۔ سمن نے جلدی جلدی رومال سے چہرہ خشک کیا۔ پرس میں سے چھوٹا سا آئینہ نکالا۔ رعنا کی ہدایت کے مطابق چہرے پر ہلکا ہلکا پف پھیرا۔ آنکھوں کے گوشوں میں پنسل لگائی۔ پھر غور سے آئینہ دیکھا۔ دوبارہ تر و تازہ ہو گئی تھی۔ بس ذرا صرف بہت زیادہ رونے کے باعث آنکھوں کے پپوٹے بھاری ہو رہے تھے۔

ان کے اردگرد پھر ہلکا ہلکا پف پھیرا۔ تنقیدی نگاہ سے پھر دیکھا۔ پپوٹے بھاری ہونے سے اس کی شکل میں کوئی خرابی نہیں پیدا ہو گئی تھی۔ بلکہ اسے تو یہی محسوس ہوا کہ یوں آنکھوں کی کشش کچھ بڑھ ہی گئی تھی۔ اس کی خوبصورتی میں اضافہ ہی ہو گیا تھا اور پھر۔ یوں مطمئن ہو کر اس نے پرس بند کر دیا۔

گھر آ گیا۔ اس کا گھر! لوگوں کے کہنے کے مطابق۔ مگر دل جسے قبول نہیں کر رہا تھا۔ صرف مصلحت ہی قبول کر پائی تھی۔

کوٹھی کے پورچ میں جا کر شہباز نے زور زور سے ہارن دیا۔ شاید سب جان گئے تھے کہ سمن آئی تھی۔

رعنا، سائمہ اور نرگس باہر نکلیں۔ سمن نے دیکھا ان کے پیچھے پیچھے اشعر بھی لپکا آ رہا تھا۔

پورچ کے قریب آتے آتے اشعر سب سے آگے نکل آیا۔

سمن گاڑی سے باہر نکلی۔ برآمدے کی سیڑھیاں چڑھتے ہوئے اشعر نے جلدی سے بڑھ کر اپنے بازو کا سہارا پیش کیا۔ وہ جھجک کر ذرا پرے ہٹ گئی تو اشعر نے خود بے تکلفی سے سمن کا ہاتھ تھام لیا۔

رعنا' سائمہ اور نرگس برآمدے ہی میں کھڑے تھیں۔

''آپ جلد آ گئیں۔ ہمارا خیال تھا میکے گئی ہیں شام سے پہلے کیا آئیں گی۔'' سائمہ نے بغیر کسی طنز کے بڑی سادگی سے یونہی بات کرنے کی خاطر کہا۔

''اچھا ہوا آ گئیں۔ ہم تو اتنے میں ہی اداس ہو گئے تھے۔''

اشعر کی بات پر نرگس اور سائمہ دونوں ہنس دیں۔

اشعر ان کی ہنسی کی پرواہ کیے بغیر پھر سمن سے بڑے والہانہ انداز میں مسکرا کر مخاطب ہوا۔

''آپ نے تو سمن! ہمیں کوئی لفٹ ہی نہیں دی۔''

''اونہوں! ادب سے۔'' رعنا کے لبوں پر وہی مخصوص پُرکشش سے مسکراہٹ تھی۔

''سمن نہیں۔ بھابھی کہو۔ تمہارے بڑے بھائی کی بیوی ہیں۔''

جواب میں اشعر نے صرف ایک قہقہہ لگایا۔ بڑا عجیب اور معنی خیز سا۔ قہقہہ ختم ہوا تو کتنی دیر ہنستا ہی چلا گیا۔

''پاگل ہو گیا ہو کیا؟'' نرگس اس کی بے موقع ہنسی سے جز بز ہوتے ہوئے بولی۔

''گھر میں ایک ہی پاگل کافی ہے۔''

پھر بڑے معنی خیز انداز میں مسکرا کر سمن سے سہیلیوں جیسے انداز میں پوچھنے لگا۔

''کیوں سمن جی! ہمارے بھائی جان پسند آئے آپ کو؟''

سمن اس کے اس اچانک سوال سے گھبرا سی گئی۔ نہ ہنس سکی۔ نہ مسکرا سکی اور نہ ہی غصے کا اظہار کر سکی۔ بس گھبرا گھبرا کر ایک ایک کی طرف دیکھنے لگی۔

رعنا نے اس کی حالت دیکھی تو جلدی سے قریب آتے ہوئے بولی۔

''اشعر! دو دن کی بیاہی دلہن سے بھلا کیا ایسی گفتگو کی جاتی ہے۔'' لہجے میں سرزنش کی آمیزش تھی۔

''کبھی تو اپنی زبان کو لگام دیا کرو۔''

''کیا رعنو آپا! دیور بھابی میں مذاق کا رشتہ نہیں ہوتا؟'' رعنا کے تیور دیکھ کر اشعر بھیگی بلی بن گیا۔

''ارے رعنو آپا! آپ سب کہاں رہ گئیں؟ وہ مسز اخلاق بھابی کو پوچھ رہی ہیں۔'' ثروت اندر سے تیز تیز چلتی آئی۔

''آ رہے ہیں ثروت!'' رعنا ثروت کو جواب دے کر سمن کی طرف گھومی۔

''یہ مسز اخلاق ہماری پروفیسر ہیں۔ ہم سب انہیں سے پڑھی ہیں۔ بڑی ملنسار اور خوش اخلاق ہیں۔''

''تو سیدھی طرح مسز خوش اخلاق کہیے نا۔''

سائمہ اور نرگس پھر ہنسنے لگیں۔

''ان دونوں چڑیلوں کو تو ہنسنے کے سوا اور کوئی کام ہی نہیں۔''

''دیکھیے اشعر بھائی! ہمیں کوئی بات نہ کیجئے گا۔ ہم سمن بھابی نہیں ہیں کہ چپ چاپ سن لیں گی۔''

''سمن بھی اب ہی سنتی ہیں۔ ورنہ دنیا میں لڑکی کوئی ایسی نہیں ہوگی جو صرف سنتی ہو۔ سناتی نہ ہو!'' اشعر نے سب لڑکیوں پر چوٹ کی۔

''کیوں نہیں؟ رعنو آپا کی ایک ہمسائی ہے۔'' سائمہ جھٹ بولی۔

''میں نہیں مان سکتا۔''

''سچی۔'' نرگس نے کھی کھی کرتے ہوئے سائمہ کی تائید کی۔

''حیرت ہے۔'' اشعر سر کو کھجلاتے ہوئے کہنے لگا۔ ''صد حیرت! کیا تم اسے مجھے ملا سکتی ہو؟''

''کیوں؟'' سائمہ تنک کر بولی۔

رعنا ان کی باتیں سن سن کر مسکرائے جا رہی تھی۔

''اس کے حضور کچھ نذر نیاز گزاروں گا۔ ورنہ اس دور کی کوئی لڑکی ایسی نہیں ہو سکتی۔'' .

''کیا بحث لیے کھڑے ہو؟ آؤ سمن ہم اندر چلیں۔'' رعنا نے مسکراتے ہوئے سمن کا ہاتھ تھام لیا۔ اشعر وہیں کھڑا کچھ سوچ رہا تھا۔ دو قدم چل کر رعنا رکی۔ پھر ہنستے ہوئے بولی۔

''خواہ مخواہ ہی سوچ سوچ کر دماغ کھپا رہے ہو۔ ارے یہ سائمہ کی بچی ثریا گونگی کی بات کر رہی ہے۔''

یہ کہتے ہوئے رعنا نے قدم آگے بڑھا دیئے اور اشعر، نرگس اور سائمہ کو مارنے کے لیے لپکا۔ وہ ہنستی، قہقہے لگاتیں آگے آگے بھاگ گئیں۔

رعنا کے کہنے کے مطابق مسز اخلاق واقعی بے حد خوش مزاج تھیں۔ لڑکیاں لڑکے سب ان کے گرد ہو رہے تھے۔ دنیا کے ہر موضوع پر بحث کر ڈالی۔ جنرل نالج اتنی تھی کہ کسی کو سامنے ٹھہرنے نہ دیا۔

سمن سے بڑی اچھی طرح ملیں۔ کسی وجہ سے شادی میں شامل نہیں ہو سکی تھیں۔ چنانچہ پہلی فرصت میں رعنا کی امی کو مبارک باد دینے اور دلہن کو دیکھنے چلی آئیں۔

سمن انہیں بے حد پسند آئی۔ بڑی دیر اس سے دھیمے دھیمے اور پیار بھرے لہجے میں باتیں کرتی رہیں۔

سمن کو اندازہ ہو گیا کہ ان سے اس گھر کے سب افراد کے تعلقات خاصے گہرے تھے۔ مگر سبھی حد ادب کو بھی ملحوظ رکھتے تھے۔

ان کے بیٹھے ہی بیٹھے دو اور مہمان خواتین آ گئیں۔ وہ سمن کی عیادت کے لیے آئی تھیں۔ پچھلی شام ولیمہ کی دعوت میں شریک تھیں اور سب کچھ ان کے سامنے ہی ہوا تھا۔

جانے کیوں؟ سمن ان سے نگاہ نہ ملا سکی۔ لمبی لمبی پلکوں کا سرخ عارضوں پر سایہ کیے بیٹھی رہی۔ چپ چاپ اور گم سم سی۔

چائے آ گئی۔ ساتھ پھل، مٹھائی، بسکٹ اور کیک اور نجانے کیا کیا کچھ تھا۔ مگر سمن سے کچھ بھی نہ لیا گیا۔ کچھ شرم۔ جھجک اور شرمندگی اور کچھ بوجھل بوجھل سا دل و دماغ۔ میکے والے۔

سسرال والے۔ سروش اور۔ اور جانے کیا کیا کچھ سوچتی رہی۔

''لو سروش بھائی بھی آ گئے۔''

جانے یہ فقرہ کس نے کہا تھا۔ سمن نے چونکتے ہوئے سر اٹھایا۔ نگاہ سیدھی ہال میں داخل ہوتے سروش پر ہی پڑی۔

بڑے خوبصورت سرمئی رنگ کا سوٹ پہنے ہوئے تھا۔ تازہ تازہ شیو بنائی تھی شاید۔ رخسار بڑے شفاف سے لگ رہے تھے۔ بال بھی خاصی احتیاط سے سنوارے گئے تھے۔ جوتے بھی بالکل ٹھیک ٹھاک تھے۔

غرض کل یا پرسوں جیسی کوئی بات نہ تھی۔ چہرے پر مسکراہٹ کی بجائے سنجیدگی تھی۔ اور اس درست حلیے میں وہ بہت وجیہہ لگ رہا تھا۔ وہاں موجود سب لڑکوں میں منفرد! سب میں ممتاز!!

مسز اخلاق نے اسے دیکھا۔ خاموش رہیں۔ نہ بے توجہی سے نگاہ پھیری اور نہ ہی بہت زیادہ توجہ دی۔ وہ ہال میں داخل ہوا تو خلوص بھری مسکراہٹ سے اسے دیکھ کر پھر چھوٹی چچی سے باتوں میں مصروف ہو گئیں۔

البتہ۔ دوسری دونوں خواتین آنکھیں پھاڑ پھاڑ کر اسے دیکھنے لگیں۔

سمن بھی اسی کی طرف دیکھ رہی تھی۔ خالی خالی نگاہوں سے۔ دل میں کوئی جذبہ نہ تھا۔ نہ ہمدردی۔ نہ محبت۔ نہ خلوص کا!!

سروش نے سارے ہال پر ایک طائرانہ نگاہ ڈالی۔ اور جب نظر سمن پر پڑی۔ تو۔ ٹھٹکا۔ چونکا۔ اور پھر بڑی گہری گہری نگاہوں سے دیکھتا ہی رہ گیا۔

سمن سٹپٹائی۔ گھبرائی۔ اسے ایسے لگا جیسے سروش کی نگاہوں میں پسندیدگی تھی۔ التفات تھا۔ اپنائیت تھی۔ اور محبت کی گرمی تھی۔

نفیس اور عمدہ لباس میں ایک سنجیدہ اور باوقار سا مرد۔ اور ان پیارے پیارے جذبوں سے بھرپور گہری گہری نگاہیں!!

سمن کے دل و دماغ اس کی دیوانگی بالکل ہی فراموش کر بیٹھے۔ شرم و حیا سے رخسار دہک اٹھے۔ کانوں کی لویں سرخ ہو اٹھیں۔ لب کپکپانے لگے۔

گھبرا کر اِدھر اُدھر دیکھا۔ کمرے میں اتنے سارے لوگ موجود تھے۔ کوئی دیکھ تو نہیں رہا تھا؟

''آیئے حضور۔ تشریف لائیے۔''

اشعر نے آگے بڑھ کر زور زور سے پکارنا شروع کر دیا۔

''با ادب! با ملاحظہ!! ہوشیار!!! عالی جاہ' پُر وقار' با اختیار' شہنشاہ پاگلاں سروش بہادر تشریف لا رہے ہیں۔''

اشعر نے کہا ہی کچھ اس انداز میں تھا کہ سب لڑکے لڑکیاں بے اختیار قہقہہ لگا اٹھے۔

''نہیں بھئی۔ ایسے مذاق نہیں کیا کرتے۔'' مسز اخلاق نے اسے ٹوکا اور باقی سب کو آنکھوں ہی آنکھوں میں گھورا۔

''اشعر! تم جیسے پڑھے لکھے انسان کو یہ بچوں ایسی حرکتیں زیب نہیں دیتیں۔'' مسز اخلاق پھر چچی کی طرف متوجہ ہو گئیں۔ نجانے کونسا ایسا مسئلہ تھا کہ حل ہونے میں ہی نہیں آ رہا تھا۔

وہ اُدھر متوجہ ہوئیں تو اشعر ان کی نظر بچا کر پھر سروش کی طرف مڑا۔ وہ اردگرد سے بے خبر ابھی تک سمن ہی کی جانب دیکھ رہا تھا اور اس کی سمن پر اٹھتی یہ نگاہیں جانے کیوں اشعر کو اچھی نہ لگیں۔

''مجنوں صاحب! آپ کیا اُدھر نظریں گاڑے دیکھ رہے ہیں۔ آپ کی لیلیٰ نے تو ہمیں پسند کر لیا۔''

سروش کے قریب جا کر بہت ہولے سے کہنے لگا۔ وہ چونکا۔ سمن نے دیکھا۔ اشعر نے اس سے کوئی بات کی تھی۔ کیا؟ یہ وہ سن نہ سکی۔

البتہ۔ سروش کی آنکھوں میں ایک دم حیرت امڈ آئی۔ اور اس کے ہونٹوں پر وہی بچوں ایسی معصوم سی مسکراہٹ پھیل گئی۔

بالکل وہی انداز' پچھلی دو راتوں والا۔ اور اب۔ دو خوبصورت مگر حیران حیران آنکھوں والا چہرہ لبوں پر بچوں ایسا معصوم سا تبسم لیے سب کو گھور رہا تھا۔

سب چائے پی چکے تھے۔ ملازمہ ٹرالی لیے اسی دروازے سے باہر نکل رہی تھی جس

میں سروش کھڑا تھا۔

سروش زبان سے کچھ نہیں بولا۔ بازو پھیلا کر ٹرالی کو اس نے روک لیا۔ ملازمہ اسے وہیں چھوڑتے ہوئے خود پرے ہٹ کر کھڑی ہوگئی۔

سروش نے چائے دانی کا ڈھکنا اٹھا کر دیکھا۔ وہ خالی تھی۔ واپس رکھ دیا۔ پھر پلیٹوں میں سے بچی کھچی چیزیں ایک پلیٹ میں اکٹھا کیں اور وہیں دروازے پر فرش پر آلتی پالتی مار کر بیٹھ گیا۔

اپنے اتنے قیمتی سوٹ کی پروا کیے بغیر!! نہ اسے اپنی عزت کا خیال رہا نہ وقار کا۔ اور نہ گھر آئے مہمانوں کا!!

اسی معصوم مسکراہٹ کے ساتھ سب کی طرف دیکھ رہا تھا اور کھا رہا تھا۔

سمن نے سٹپٹا کر ارد گرد دیکھا۔ نہ رعنا کمرے میں تھی اور نہ ماں۔ مسز اخلاق چچی سے باتوں میں مصروف تھیں۔ اشعر اور لڑکیاں سروش کو دیکھ دیکھ کر ہنسے جا رہی تھیں۔

اور سمن۔ نہ ہنس سکتی تھی اس کی حالت پر اور نہ رو سکتی تھی۔ اپنے آپ پر!! شرمندگی اور ندامت کی ایک لہر سی سر سے پیر تک دوڑتی محسوس ہوئی۔ پسینے سے تر بتر ہوگئی۔

جلدی سے اس نے آنکھیں میچ لیں۔ پھر نجانے سروش نے کیا حرکت کی تھی۔ قہقہے اور بھی زور زور سے بلند ہونے لگے تھے۔

اب لڑکے لڑکیوں کی آوازوں میں مہمان خواتین کی آوازوں کی گونج بھی تھی۔

سمن میں مزید برداشت نہ رہی۔ لڑکھڑاتے وجود کو سنبھالتے ہوئے دونوں ہاتھوں میں چہرہ چھپائے اٹھی اور تیز تیز قدم اٹھاتی کمرے سے باہر نکل گئی۔

”بھابی! اپنے دولہا میاں کو بھی لیتی جائیے۔ ورنہ ہمیں ہنسا ہنسا کر پیٹ درد کا مریض بنا دیں گے۔“

پیچھے سے کسی لڑکی نے صدا لگائی۔ طنز سے نہیں۔ عام انداز میں۔ مگر سمن نے یہی محسوس کیا جیسے یہ بھی چوٹ کی گئی تھی۔ سمن کے قدم اور بھی تیز ہوگئے۔ ایسی ذلت! ایسی رسوائی! دماغ میں یوں جیسے آندھیوں کے جھکڑوں کے جھکڑ چل رہے تھے اور سینے میں الاؤ دہک رہے تھے۔

شعلے اٹھ رہے تھے۔ آنکھیں دھواں دھواں ہو رہی تھیں۔

"یا اللہ! یہ آخر مجھے کس گناہ کی سزا مل رہی ہے؟؟"

اور وہ اسی نرم و گداز پلنگ پر اوندھی گری' تکیے میں چہرہ چھپائے سسکیاں بھر رہی تھی۔

☆   ☆   ☆

وقار چپ چاپ اور گم سم سے برآمدے میں ٹہل رہے تھے۔ سگار ہونٹوں میں تھا مگر سلگ نہیں رہا تھا۔ جانے کب کا بجھ چکا تھا۔ انہیں یہ بھی ہوش نہ تھا۔ بے چینی اور بے قراری ایک لمحے کو بھی چین نہیں لینے دے رہی تھی۔

کبھی کبھی جھانک کر بچی کے کمرے میں بھی دیکھ لیتے۔ اماں اسے بہلا رہی تھیں۔ کبھی بسکٹ کھلاتیں۔ کبھی دودھ پیش کرتیں۔ اور کبھی لوری دے دے کر سلانے کی کوشش کرتیں۔ مگر ماں کے بغیر وہ دادی سے بھی سنبھل نہیں رہی تھی۔

مہ جبیں دوسرے کمرے میں تھیں۔ کبھی کبھی ان کے کراہنے کی آواز آتی تو وقار کی بے چینی بڑھ جاتی اور ان کے قدم اور بھی تیزی سے اٹھنے لگتے۔ ایک گھنٹے میں سینکڑوں ہی تو چکر انہوں نے برآمدے کے لگا لیے تھے۔

مہ جبیں۔ ان کی چہیتی اور بے حد پیاری بیوی! تیسرے بچے کو جنم دے رہی تھیں۔ پہلوٹھی کی ایک بچی مردہ پیدا ہوئی۔ دوسری بھی خدا نے بیٹی ہی دی۔ مہ جبیں کو پھر امید لگی۔ اور اب سارے خاندان کے لب پر بیٹا پیدا ہونے کی ہی دعا تھی۔

کیونکہ ایک تو پہلے ہی وہ دو بیٹیوں کو جنم دے چکی تھیں۔ دوسرے وقار کے دو چھوٹے بھائیوں میں سے ایک کے ہاں بھی لڑکی ہی تھی اور دوسرے کی ابھی تک کوئی اولاد ہی نہیں ہوئی تھی۔ یوں ماں نے تین بیٹوں کی اولادیں دیکھیں مگر پوتے کا منہ دھلانا ابھی تک نصیب نہ ہوا تھا۔ بڑھاپے کے دن، جانے کب سانس جواب دے جائے۔ پوتا دیکھنے کی حسرت کہیں دل میں ہی لے کر قبر میں نہ چلی جائیں۔

اور اسی لیے مہ جبیں کی منتیں مرادیں مانی جا رہی تھیں۔ ویسے بھی یہ بہو انہیں بڑی عزیز تھی۔ چھوٹی دو تو بے حد بدزبان، جھگڑالو اور کینہ پرور تھیں۔

ہر وقت اپنے اپنے خاوندوں کو سکھاتی پڑھاتی رہتیں اور وہ بھی کچھ ایسے کاٹھ کے اُلو

واقع ہوئے تھے کہ جھٹ بیویوں کے سکھائے میں آ کر بے قصور ماں سے جھگڑ پڑتے۔ اور پھر ایک گھر میں رہنے سہنے کے باوجود بھی کئی کئی دن ماں سے بول چال بند رکھتے اور نہ صرف بول چال بند رکھتے بلکہ شکل دیکھنے دکھانے تک کے روادار نہ ہوتے۔

پھر بہت دن، بہت دن گزرنے کے بعد ماں کی ممتا ہی آخر جوش میں آتی تو ذلیل و رسوا ہو کر بھی خود ہی ان کے کمروں میں جا گھستیں۔

مہ جبیں ایسی فجر کے نام والی تھیں کہ ساس کو ہمیشہ ماں سے بھی بڑھ کر جانا۔ بڑھاپے میں برداشت کا مادہ ذرا کم ہو جاتا ہے۔ چھوٹی بہوؤں اور بیٹوں پر بس نہ چلتا تو ساس مہ جبیں بے قصور سے ہی الجھ الجھ پڑتیں۔ ذرا سی بات ہو جاتی تو سینکڑوں سنا ڈالتیں۔

''پھر کیا ہے۔ اگر میری ماں مجھے کسی بات سے ملامت کریں تو میں کیا برا مان لوں گی۔ بڑے کچھ بھی کہہ لیں۔ چھوٹوں کا فرض ہے سن لیا کریں۔ کیا بگڑ جائے گا؟''

مہ جبیں یہ سوچ کر چپ چاپ کانوں میں تیل ڈالے اپنے کام میں مصروف رہتیں۔

مہ جبیں سکھانے والی ہوتیں تو شاید وقار بھی چھوٹے بھائیوں کی طرح ماں کی عزت نہ کرتے۔ کیونکہ بیوی انہیں بھی بڑی پیاری تھی اور سب بھائیوں کی طبیعت باپ دادا پر گئی تھی۔

بیوی کی ہر جھوٹی سچی بات پر آمنا و صدقنا ہی کہا۔ خواہ مقابلے میں کوئی آ جائے۔ ماں باپ ہی کیوں نہ ہوں۔ سب کو جھٹلا کر رکھ دیتے۔

اماں خود ہی ہنس ہنس کر مہ جبیں کو بتایا کرتی تھیں کہ کس طرح پہلے ان کی ساس کے حکم میں ان کا سسر تھا اور پھر کس کس طرح خود ان کے خاوند نے ان کے ناز اٹھائے۔ اس خاندان میں تو یہ رسم چلی آ رہی تھی۔

البتہ مہ جبیں کی اپنی طبیعت میں ہی نیکی تھی۔ ہمیشہ بڑوں کا ادب کیا اور چھوٹوں کا لحاظ۔ کبھی ساس کے خلاف خاوند کو نہ سکھایا۔ نہ کبھی کسی اور کی بات میں دخل دیا۔

چنانچہ وقار بھی مہ جبیں کی طبیعت کے ساتھ ڈھلتے گئے۔ جس طرح بیوی ساس کا خیال رکھتی، ان کا ادب اور احترام کرتی۔ وہ بھی اسی طرح کرتے گئے۔ یہی وجہ تھی ماں کا دامن ان دونوں کی دعاؤں کے لیے ہر وقت پھیلا رہتا۔ اور شاید ماں ہی کی دعاؤں کی برکت تھی کہ۔

''مبارک ہو۔ خدا نے چاند سا بیٹا دیا ہے۔''

وقار ٹہلتے ٹہلتے رک گئے۔ مہ جبیں کے کمرے سے نرس جھانک رہی تھی۔ وہ تیز تیز قدم اٹھاتے اس کے قریب چلے گئے۔ خدا نے بیٹا دیا تھا۔

تھی تو خوشی کی بات۔ مگر انہیں مہ جبیں کی صحت کا زیادہ فکر تھا۔ اس بار پورے نو مہینے مہ جبیں کی طبیعت اتنی خراب رہی کہ بستر سے نہ اتر سکیں۔

اماں خود بھی پوتے کے لیے دعائیں مانگتیں اور منتیں مرادیں مانتیں اور وقار کو بھی جانے کیا کیا وظیفے کرنے کو کہتیں۔ مگر وقار کو تو سوائے مہ جبیں کی صحت اور طبیعت کے اور کوئی ہوش نہ تھا۔ ان کی ہر دعا انہیں کے لیے ہوتی۔

کچھ بھی ہو۔ بیٹا یا بیٹی۔ بس ایک بار مہ جبیں صحت یاب ہو جائیں اور ان کی مسکراہٹیں اسی طرح ان کے اردگرد بکھرتی رہی۔

وقت آیا تو دو دو لیڈی ڈاکٹریں اور نرسیں گھر میں ہی بلالیں۔ ہسپتال میں جانے پرواہ ہو یا نہ ہو!

''مریضہ کیسی ہیں؟'' انتہائی بے قراری سے انہوں نے نرس سے پوچھا۔

''اللہ نے دوبارہ زندگی دے دی۔''

اور وہ اسی وقت شکرانے کے نفل ادا کرنے چلے گئے۔

ماں کو معلوم ہوا تو بچی کو وہیں چھوڑ، ننگے پاؤں بہو کے پاس بھاگیں۔

مہ جبیں کے میکے اطلاع گئی۔ ماں باپ کی اکلوتی اولاد۔ وہ خود بھی بیٹے کی صورت کو ترستے رہے تھے۔ بیٹی بیاہی تو اس کی بھی پہلی دونوں لڑکیاں ہی ہوئیں۔

ان کے دل کی بھی یہی آرزو تھی۔ خوشی سے پھولے نہ سمائے اور بے شمار تحفے تحائف لیے نواسے کو دیکھنے چلے آئے۔

دو خاندانوں کو اس ننھے فرشتے نے لازوال مسرتیں بخش دی تھیں۔ نانا نے بڑے شوق سے سروش نام رکھا۔

اور سروش اپنے نام کی مناسبت سے واقعی ان کے لیے رحمت کا فرشتہ ہی ثابت ہوا۔

جنگلات کے محکمہ میں وقار کی ملازمت تھی۔ بڑے افسر سے کھٹ پٹ کی وجہ سے ترقی نہیں مل رہی تھی۔ جانے کیا ہوا؟ کیا اس کے جی میں آئی؟ آپ ہی آپ وقار پر مہربان ہوگیا۔ نہ کوئی وقار نے منت سماجت کی۔ نہ کوئی سفارش گزاری۔ خود ہی ترقی دے دی۔

نئے عہدے کا چارج سنبھالے تین چار مہینے ہی ہوئے تھے کہ وقار سے جو بڑا افسر تھا اچانک اس کا انتقال ہوگیا۔ وقار چونکہ تجربہ کار تھے اس لیے وہ رینک انہیں مل گیا۔

اور یوں۔ باپ کی ہر ترقی اسی کے نام سے موسوم ہونے لگی۔ اسی کی برکت گردانی جانے لگی۔

دوسرے ننھیال میں تو مہ جبیں کے اکلوتا ہونے کی وجہ سے لاڈ پیار تھا۔ ددھیال میں ہر طرف، ہر گھر میں لڑکیاں ہی لڑکیاں تھیں۔ اس کی قدر اور بھی بڑھ گئی۔

چچیاں، پھوپھی۔ جنہیں پہلے اس کی پیدائش پر بجائے خوشی کے حسد ہی ہوا تھا کہ ان کی گودیوں میں لڑکیاں تھیں اور مہ جبیں چاند سا بیٹا لیے پھرتی تھیں۔

مگر جب انہوں نے بھی وقار کے دن یوں دنوں میں بدلتے دیکھے تو وہ بھی اسے پیار کرنے لگیں۔

جس گھر میں جا پہنچتا۔ ہاتھوں ہاتھ لیا جاتا۔ وہ اتنی قسمت والا تھا کہ جہاں بھی قدم رکھتا شاید وہیں لہر بہر ہو جاتی۔ وہیں رحمتیں بکھر جاتیں۔

یونہی سب دلوں پر حکومت کرتے ہوئے وہ پلنے بڑھنے لگا۔ ذرا چھینک بھی آ جاتی تو کئی کئی ڈاکٹر اکٹھے ہو جاتے۔ سینکڑوں صدقے خیرات کر دیئے جاتے۔

جس جس عمر کو پہنچتا گیا۔ موقع اور وقت کے مطابق اس کی ضروریات اعلیٰ سے اعلیٰ قسم کی پوری ہوتی رہیں۔ خدا دے بھی بہت رہا تھا۔ اس کا کوئی بھی خرچ کرنے میں کبھی پریشانی نہ اٹھانا پڑتی۔

سروش ایک سال کا ہوگیا۔ سرخ وسپید پھولے پھولے گالوں والا گول مٹول سا بے حد پیارا بچہ۔ کئی تو راہ چلتے صرف اس کی پیاری سی شکل دیکھ کر ہی اسے پیار کرنے کو رک جاتے۔

نانی، نانا آتے تو وہ بے تحاشا پیار اور ڈھیروں تحائف لیے۔ دادی تو ایک لمحہ کے لئے

نگاہ سے اوجھل نہ ہونے دیتیں۔اور یوں اس نے اتنے پیار اور اتنی محبتیں پائیں کہ دنیا بھر میں کیا کسی بچے کا نصیب ایسا ہوگا۔

اچانک۔ بالکل اچانک ہی وقار کا تبادلہ ہوگیا۔ وہ مہ جبیں اور بچوں کو بھی ساتھ لے جانا چاہتے تھے مگر ابھی وہاں رہائش کا کوئی بندوبست نہیں ہوا تھا۔ مجبوراً انہیں اکیلے ہی جانا پڑا۔

چھوٹا سا قصبہ۔ نہ رہائش کا اچھا انتظام۔ نہ کوئی اور سہولت مہیا تھی۔ مگر وقار پھر بھی مہ جبیں کو بلا رہے تھے۔ ان کے بغیر اور بچوں کے بغیر ان کا وہاں دل نہیں لگ رہا تھا۔

مہ جبیں نے پورا خط ساس کو سنا دیا۔

''اے ہے۔ میں تو ایسی جگہ پر کبھی بھی اپنے بچے کو نہ جانے دوں۔'' اماں نے سروش کو سینے سے لپٹاتے ہوئے کہا۔

''اور بڑی دلہن! تم بھی میری کوئی دشمن نہیں ہو۔ جو ایسی اجاڑ اور ویران جگہ پر بھیج دوں گی۔''

''اماں! وہ بھی تو رہ ہی رہے ہیں۔'' جھجکتے ہوئے مہ جبیں نے گول مول الفاظ میں اپنے دل کی بات کہہ ہی دی۔

''مردوں کا کیا ہے۔ ہر جگہ گزارا کر لیتے ہیں۔ صبح سے سہ پہر تک تو دفتر میں رہے۔ پھر ان کے پاس وقت کونسا رہ جاتا ہے جو جگہ کی ویرانی یا رہائش کے ناقص انتظام کی تکلیف ہو۔ سارا دن تو وہاں غیر جگہ پر بچوں کے ساتھ تمہیں ہی رہنا پڑے گا۔''

اماں نے صاف دوٹوک فیصلہ دے دیا۔

''نہ بھئی نہ۔ میں کیسے جوان بہو کو ایسی اجاڑ جگہ بھیج دوں۔ اور سچی بات تو یہ ہے کہ میں بچوں کے بغیر نہیں رہ سکتی۔''

رعنا تو پاس نہیں تھی۔ ایک بار پھر سروش کو سینے سے لگالیا۔ ماتھا اور رخسار چومے۔ جیسے وہ ابھی ابھی ان سے بچھڑنے لگا تھا۔

سروش کو کھلیتے ہوئے بار بار دادی تنگ کرتی رہی تھیں۔ گالوں پر اتنے زور زور سے پیار کرتی تھیں کہ درد ہونے لگتا تھا اور پھر ان کی تھوکوں سے رخسار لتھڑ جاتے تھے۔

سروش غصے میں بھرا ہوا جھنجلا کر دادی کے بازوؤں سے نکلا اور گالوں کو ہاتھوں سے صاف کرتے ہوئے ان سے ذرا فاصلے پر جا کر بیٹھ گیا۔ اس کا غصہ ابھی بھی فرو نہیں ہوا تھا۔ تھوڑی تھوڑی دیر بعد کھیل میں مصروف جھکی ہوئی نگاہیں اٹھاتا' دادی کو منہ چڑاتا' پھر مصروف ہو جاتا۔

دادی اس کی اسی ادا پر نہال ہوتے ہوئے بولیں۔

''دیکھو تو۔ کیسی پیاری پیاری حرکتیں کرتا ہے۔ نہ بھئی! میں اس کے بغیر ایک پل نہیں رہ سکتی۔''

''تو اماں! آپ بھی ہمارے ساتھ چلیے گا نا۔''

''میں تمہارے ساتھ چلی گئی تو چھوٹی تو مجھے سارے خاندان میں بدنام کر چھوڑے گی۔ تمہیں معلوم نہیں کیا؟ ارے! اس کے کچے پکے سے دن ہیں۔ شادی سے چار سال بعد یہ خوشی کا وقت آیا۔ کہے گی۔ ساس کو خوشی نہیں ہوئی۔''

پھر بہت رازدارانہ انداز میں ہولے سے بولیں۔

''یوں بھی تو دونوں چھوٹی کافی پھوہڑ اور سست ہیں۔ میں بھی چلی گئی تو گھر چوپٹ ہی ہو کر رہ جائے گا اور ساری آئی گئی میرے سر پڑ جائے گی۔ آتا جاتا خود کو خاک نہیں اور میرے خلاف شوہروں کے کان بھریں گی اور چھوٹے دونوں کے دل تو بالکل ہی انصاف سے خالی ہیں۔''

اور یوں اماں دوسری بہوؤں اور بیٹوں کے ڈر سے خود ساتھ نہ جا سکتی تھیں۔ انہیں مصلحتوں کو نگاہ میں رکھتے ہوئے وقار کو لکھوا دیا کہ مہ جبیں کا وہاں جانا تقریباً ناممکن ہی تھا۔

مہ جبیں نے بھی کچھ اور کہنے کی جرأت نہ کی۔ ہمیشہ سے ہی ساس کا اتنا ادب اور لحاظ کرتی تھیں کہ جو انہوں نے کہہ دیا' اپنی مرضی نہ بھی ہوتی' تب بھی سر جھکا کر مان لیتیں۔

اماں کا کہنا پتھر کی لکیر ہو گیا۔ اپنی ضد پر ایسی اڑیں کہ دوبارہ' سہ بارہ جب بھی وقار نے مہ جبیں کو اپنے پاس بلایا' وہی جواب بھجوایا۔

اُدھر وقار اکیلے تھے۔ بیوی بچوں بغیر ایک پل کو ان کا جی نہیں لگ رہا تھا۔ ہر خط کا انکار میں ہی جواب آیا تو چند دن کی چھٹی لے کر خود انہیں لینے آ پہنچے۔

مگر۔ اماں دوسری بہوؤں اور بیٹوں سے ڈرنے کی وجہ سے خود کسی بھی طرح ساتھ

جانے کو راضی نہ تھیں اور سروش کی جدائی انہیں گوارا نہ تھی۔

اس کے علاوہ مہ جبیں ہی تو ان کے دکھ سکھ کی ساتھی تھی۔ ہر لمحہ ان کا خیال رکھتیں۔ ان کے جانے کے بعد کونسا کسی دوسری بہو نے ان کی خبر گیری کر لینا تھی۔

چنانچہ اپنی ہی مصلحتوں اور محبتوں کو نگاہ میں رکھتے ہوئے انہوں نے وقار کو صاف کہہ دیا کہ بہو پر ان کا بھی کوئی حق تھا۔ وہ اسے کسی صورت بھیجنے کو تیار نہ تھیں۔

وقار جس طرح آئے تھے۔ اسی طرح لوٹ گئے۔ مہ جبیں بھی کچھ نہ کہہ سکیں۔ خاوند کے پاس جانے کی خواہش دل میں رکھنے کے باوجود زبان پر ایک حرف نہ لائیں۔

وقار کے خط آتے رہے مگر پھر انہوں نے مہ جبیں کو اپنے پاس بلانے کے لئے ایک لفظ نہ لکھا۔ دور بہت تھے۔ جلدی پھیرا بھی نہ ڈال سکتے تھے۔ دوسرے وہاں کام اتنا تھا کہ دوبارہ چھٹی بھی نہ ملی جو خود ہی آ کر بیوی بچوں کو مل جاتے۔

چھ ماہ اسی طرح گزر گئے۔ اور پھر۔ اچانک ہی وقار کا خط آ گیا کہ وہ واپس آ رہے تھے۔ ان کا تبادلہ پھر وہیں کا ہو گیا تھا۔

مہ جبیں کی خوشی کی انتہا نہ رہی۔ اماں پھولے نہ سمائیں۔ ایک ایک بہو کو خود یہ خوشخبری دینے گئیں۔

اچھا ہی تو ہوا تھا جو وقار واپس آ گئے تھے۔ انہیں بچوں اور بہو کی اور خصوصاً سروش کی جدائی سہنا نہ پڑی تھی اور وقار کے بھی بیوی بچوں سے جدائی کے دن کٹ گئے۔

جس دن وقار نے گھر پہنچنا تھا گھر بھر کو خوب سجایا۔ بچوں نے صاف ستھرے کپڑے پہنے۔ انواع و اقسام کے کھانے پکے۔

اور پھر وقار آ گئے۔ گول کمرے میں بیٹھے تھے۔

مہ جبیں کام نمٹا کر وہاں آئیں تو دروازے میں ہی ٹھٹک کر رہ گئیں۔ وقار کے ساتھ ہی صوفے پر ایک خوبصورت سی عورت بیٹھی تھی۔ اتنی قریب بالکل پہلو سے پہلو ملا کر۔ گو لباس جدید فیشن کا تھا مگر چہرے مہرے سے گنوارپن ٹپک رہا تھا۔

یہ۔ یہ کون تھی؟ اور وقار کے اتنا قریب کیوں بیٹھی ہوئی تھی؟ سٹپٹا سٹپٹا کر سوچتے ہوئے

وہیں سے واپس چلی گئیں۔ کسی انجانے خدشے کے تحت دل کے اندر کہیں ٹیسیں سی اٹھنے لگیں۔

دل کبھی ڈوبتا رہا۔ کبھی دھڑکتا رہا۔ مگر چپ چاپ ملازموں کی مدد سے کھانا لگوایا اور خود بغیر کھائے خواب گاہ میں چلی گئیں۔

سبھی گول کمرے میں جمع تھے اور گھر بھر میں عجیب سا سناٹا چھایا ہوا تھا۔ ایسا سناٹا، جو کسی طوفان کے آنے سے پہلے اس کی خبر دے۔

اور پھر جلد ہی مہ جبیں کی ہستی کو اس طوفان نے آ گھیرا۔ وہ عورت جو وقار کے پہلو سے پہلو ملائے بیٹھی مسکرا رہی تھی وہ وقار کی بیوی تھی۔ انہوں نے دوسری شادی کر لی تھی۔

کیوں؟ کیوں آخر؟ کس ضرورت کے تحت۔ کس کمی کی بنا پر۔ مہ جبیں میں کونسا عیب تھا؟ خوبصورت نہیں تھی! زبان دراز یا جھگڑالو تھی۔ وقار کے لیے بچے نہ پیدا کر سکی تھی۔ زمانے کے مطابق فیشن ایبل اور تعلیم یافتہ نہ تھی۔

آخر کیا عیب تھا اس میں؟ کیا خامی تھی اس میں؟؟ مہ جبیں بلک بلک اٹھیں۔

جب سے وقار آئے تھے۔ سب کو مل چکے تھے۔ بہن کو۔ بھائیوں کو۔ بھاوجوں کو۔ ماں کو اور بچوں کو۔ اک مہ جبیں ہی دکھائی نہیں دی تھیں۔

کھانے کی میز پر بھی موجود نہ پایا تو خواب گاہ میں چلے گئے۔ مہ جبیں نے رو رو کر برا حال کیا ہوا تھا۔ بے چین ہو اٹھے۔ گلے سے لگایا۔ پیار کیا۔ بہلایا۔ پھسلایا۔ تسلی دلاسہ دیا۔

مہ جبیں پھر بھی روتی ہی رہیں۔ چین ہی نہیں آ رہا تھا۔ ہاتھ جوڑ کر قدموں میں بیٹھ گئے۔

''اصل بیوی تو تمہیں ہو میری۔ وہ تو صرف مجبوری کی بنا پر کرنا پڑی۔''

''مجبوری! کونسی مجبوری؟''

معافیاں مانگتے ہوئے کتنی ہی بار انہوں نے یہ لفظ دہرایا تھا۔ آخر ایسی کیا مجبوری آن پڑی تھی؟

وقار نے سچ سچ ساری بات بتا دی۔ کچھ بھی نہیں چھپایا۔ ایک لفظ نہیں۔ ایک حرف نہیں۔ ایک نقطہ نہیں۔

سب کچھ بلا کم و کاست سنا ڈالا۔

☆ ☆ ☆

مہ جبیں اور بچوں کے بغیر وہ بہت اداس تھے۔کئی خط انہیں بلانے کے لیے لکھے۔خود لینے گئے۔مگر جب ہر طرح سے کورا جواب ہی ملا تو اس جنگل بیاباں میں انہوں نے دل لگانے کا کوئی تو سامان کرنا تھا۔

شکار وہاں بہت ملتا تھا۔مگر اکیلا انسان۔کسی تفریح میں بھی دل نہیں لگتا۔مالی سے کوئی ایسا شخص تلاش کرنے کو کہا جو ان کا ساتھ دے سکے۔

اس بستی میں ایک بڑا مشہور شکاری تھا۔مالی نے ہی بتایا کہ وہ تین چار شیروں کو بھی مار چکا تھا۔اتنا ماہر تھا وہ!

چنانچہ مالی نے اس شکاری کی ان سے ملاقات کرا دی۔جب بھی چھٹی ہوتی وقار اس کے ساتھ شکار کھیلنے چلے جاتے۔یوں بھی وہ نڈر، زندہ دل اور گپ باز قسم کا انسان تھا۔ایک اکیلا ہی پوری محفل جتنی رونق لگا دیتا۔

کچھ سچ مچ کے شکار کی اور کچھ ساتھ گپیں شامل کر کے بے تحاشا باتیں اور قصے سنایا کرتا۔راستے میں، مچانوں پر، جنگل میں، گھر میں۔غرض کہیں بھی اس کی زبان ایک لمحہ کے لیے بھی بند نہ ہوتی۔

وقار بڑی دلچسپی سے اس کی باتیں سنتے۔یہ جاننے کے باوجود کہ ان میں زیادہ تر من گھڑت تھیں۔مگر اس کا انداز بڑا دلچسپ ہوتا۔اسی لیے!

شکاری بہت خوش رہتا۔اپنا زیادہ سے زیادہ وقت ان کے ساتھ گزارنے لگا۔وقار بڑے افسر تھے۔اور ایک افسر کی خوشنودی جسے حاصل ہو اسے اور کیا چاہیے؟

اس رات۔اس نے نجانے کونسا قصہ چھیڑا ہوا تھا۔کوئی بہت طویل تھا۔وہ سناتا رہا اور وقار بیٹھے سنتے رہے۔نہ اسے وقت کا احساس ہوا اور نہ انہیں۔

شاید آدھی رات بیت گئی تھی۔اچانک شکاری کی جوان لڑکی پریشان حال روتی پیٹتی

باپ کو بلانے آئی۔ شکاری کے جوان لڑکے کو سانپ نے کاٹ لیا تھا۔

حادثہ ہی ایسا تھا کہ وقار رہ نہ سکے۔ اس کے ساتھ ہی وہ بھی اس کے گھر جا پہنچے۔ اسی وقت بستی کے سیانوں کو بلایا گیا۔ کئی ٹونے ٹوٹکے کیئے گئے۔ مگر لڑکے کی حالت بگڑتی ہی گئی۔ زہر چڑھ رہا تھا اور وہ نیلا پڑتا جا رہا تھا۔

باپ' ماں' بہنوں اور بھائیوں کا برا حال تھا۔ ساری بستی جاگ پڑی تھی۔ پھر کسی نے بتایا کہ وہاں سے دس میل کے فاصلے پر ایک جوگی کٹیا میں رہتا تھا۔ وہ سانپ کے کاٹے پر منہ رکھ کر زہر چوس لیتا تو مریض اسی وقت بھلا چنگا ہو جاتا تھا۔ مگر اس وقت مسئلہ یہ آن پڑا کہ کوئی جوگی کو بلا کر لاتا تو اس کے لیے وقت نہ تھا۔ رات کو دس میل جانا اور پھر دس میل آنا۔ بیس میل کا چکر!

اور اگر لڑکے کو وہاں لے کے جایا جاتا تو مسافت اور وقت تو آدھا رہ جاتا تھا مگر اتنے بڑے جوان مرد کو اٹھا کر وہاں تک لے جانا اس سے بھی کٹھن مسئلہ تھا۔

ایک انسان کی قیمتی زندگی کا معاملہ! وقار خود جیپ میں لڑکے کو ڈال کر جوگی کی کٹیا تک لے گئے اور یوں خدا خدا کر کے' ساری رات پریشانی میں گزارنے کے بعد لڑکا ٹھیک ہو گیا۔

سب کی خوشی کی انتہا نہ رہی۔ ساری بستی والوں نے خوشیاں منائیں کیونکہ شکاری کا وہ لڑکا بڑا بہادر تھا اور ساری بستی کا محافظ سمجھا جاتا تھا۔

اور اس کے روبصحت ہونے کا سہرہ وقار کے سر پر ہی رکھا گیا۔ اسی خوشی میں جو کھیل تماشے ہوئے سب میں وقار کو بڑے احترام اور عزت سے بلایا گیا۔

وہ بھی اکیلے تھے۔ دن بھر دفتر کے بوریت کے کاموں میں مصروف رہتے تھے۔ چند شامیں اگر یوں دلچسپی اور رنگینی میں گزر جاتیں تو کیا حرج تھا۔ وہ بڑی خوشی سے ان کے ہر پروگرام میں شامل ہوئے۔

ان کے رسم و رواج بڑے عجیب قسم کے تھے۔ وقار حیران حیران دیکھتے رہے۔ اور کچھ نہیں تو یہ ان کے لیے ایک طرح کا ایڈونچر ہی تھا!!

اس کے بعد شکاری کے گھر والوں سے ان کے کافی مراسم ہو گئے۔ دیہاتی سے سادہ لوگ تھے۔ وقار کی بے حد عزت کرتے۔ غرض ان کا ہر طرح کا خیال رکھتے۔

اسی سلسلے میں شکاری کی جوان لڑکی ریشم بھی اکثر ان کے ہاں آنے جانے لگی۔ وقار کا ملازم بیمار ہو گیا۔ ریشم ہی ان کا کھانا وغیرہ بناتی۔ ان کے کمرے کی صفائی ستھرائی کا خیال رکھتی۔

شام کو وہ اکیلے ہوتے تو کتنی کتنی دیر اُن کے پاس بیٹھی سادگی سے بھولی بھالی باتیں کرتی رہتی۔

اس کا باپ بھی معمول کے مطابق وقتاً فوقتاً آ بیٹھتا۔ پھر وہ کچھ من گھڑت اور کچھ صحیح قصے سناتا۔ کبھی وقار شہر کی عجیب وغریب باتیں سنانے لگتے۔ ریشم پاس بیٹھی بڑی بڑی آنکھیں حیرت سے کھولے سنتی رہتی۔

اور پھر۔ اور پھر۔ وہ شام بڑی بھیانک تھی۔ بارش کے شور سے کان پڑی آواز سنائی نہ دے رہی تھی۔ بادل گرج گرج کر کلیجے ہلا رہے تھے۔ بجلی کی چمک آنکھوں کو خیرہ کیئے دے رہی تھی اور کڑک سینوں کے اندر شگاف ڈال رہی تھی۔

ریشم اس وقت باورچی خانے میں اکیلی تھی۔ وقار اپنی خواب گاہ میں لیٹے کتاب پڑھ رہے تھے۔

بادوباراں کا یہ طوفان جو کھڑکیوں دروازوں کو توڑ رہا تھا۔ درختوں کو جڑوں سے اکھاڑ رہا تھا۔ اس سے بڑے بڑوں کے دل ہول رہے تھے تو ریشم پھر بھی سیدھی سادی اور کچی عمر کی تھی۔ دوسرے عورت ذات!! سینے میں چڑیا کا سا دل رکھنے والی!!

گھر فاصلے پر تھا۔ اس طوفان میں وہاں تک پہنچ نہ سکتی تھی۔ بھاگ کر وقار کے پاس آئی۔ اس کا رنگ پیلا پڑا ہوا تھا۔ ہاتھ پاؤں سرد تھے اور خود ساری جان سے لرز رہی تھی۔

خوف کی زیادتی نے اسے ہوش وخرد سے بیگانہ بنایا ہوا تھا۔ ایسا کہ آقا اور ملازم کے رشتے میں بھی امتیاز نہ رہا۔

ان کے کمرے میں داخل ہوئی ہی تھی کہ بجلی پھر بڑے زور سے کڑکی۔ چیخ مار کر ایک جست میں وہ وقار کے بازوؤں میں تھی۔ طوفان کا زور بڑھتا جا رہا تھا اور وہ خوف کے مارے ان سے لپٹی جا رہی تھی۔

وہ لمحات۔ تنہائی۔ ایک جواں' بھرپور جوان۔ نرم و گداز جسم والی عورت۔ خودسپردگی کے انداز میں جواں مرد کے بازوؤں میں تھی۔

اس جواں مرد کے' جو بیوی سے دور تھا۔ اسے پاس بلا کر تھک گیا تھا۔ پریشان ہو گیا تھا۔ کسی کو۔ نہ بیوی کو نہ ماں کو۔ اس کی ضرورتوں کا خیال نہ آیا تھا۔

اور شیطان ہمیشہ انہیں لمحات کی تاک میں رہتا ہے۔ جانے کیا ہو گیا؟ کیسے ہو گیا؟

نہ ریشم کو اپنے کنوار پنے کو سنبھالنے کا ہوش رہا نہ وقار کو خیال آیا کہ وہ اپنی بیوی کی امانت تھے۔ اس بیوی کی' جو انہیں بے حد پیاری تھی۔

عقل و ہوش کے عالم میں وہ اس سے کبھی بھی بے وفائی نہیں کر سکتے تھے۔ بلکہ بے وفائی تو رہی ایک طرف اس کا تصور بھی نہیں کر سکتے تھے۔

مگر۔ اس وقت۔ وہ ہوش و حواس میں کب تھے۔ شیطان نے بہکایا اور وہ اس کے بہکاوے میں آ گئے۔ طوفان اپنی انتہا کو پہنچ چکا تھا۔

اور اس طوفان میں وہ بھی بہتے چلے گئے۔ ریشم وقار کے بازوؤں میں تھی اور وہ اس کے کنوار پنے کی سوندھی سوندھی خوشبوؤں میں مدہوش تھے۔

جانے طوفان کب تھما؟ جب انہیں ہوش آیا تو وہ مہ جبیں سے بے وفائی کر چکے تھے اور ریشم اپنے کنوار پنے سے محروم ہو چکی تھی۔

تاسف۔ ندامت۔ پریشانی۔ ضمیر کی سرزنش!!

ان سب کی یلغار سے پریشان ہو کر سر منہ لپیٹا اور پڑ گئے۔

رات کا کھانا بھی نہیں کھایا۔ جانے کب ریشم کا باپ آیا اور اسے لے گیا۔ گناہ کے احساس نے پھر انہیں چہرے سے کمبل ہٹانے ہی نہیں دیا۔ یہ چہرہ! گناہ کی سیاہی میں لتھڑا ہوا سیاہ چہرہ۔ وہ ریشم کے باپ کو دکھا ہی نہ سکے۔

دو تین دن اسی پریشانی میں گزرے۔ نہ ٹھیک طرح سے دفتر کا کام ہوا نہ گھر آ کر ہی کچھ پڑھ سکے۔ ریشم کا باپ آتا۔ طبیعت کی خرابی کا کہہ کر اسے بھی ٹال دیتے۔

ریشم بھی دو تین دن اس کے گھر نہیں آئی۔ اس کے باپ سے ہی معلوم ہوا کہ اس کی

بھی طبیعت خراب تھی۔ مطلب یہ کہ اس گناہ کا احساس اسے بھی تھا۔

چوتھے دن۔ اسی لٹی لٹی سی حالت میں، سوچوں میں کھوئے، تصورات کے سہارے مہ جبیں سے معافیاں مانگ رہے تھے کہ

''صاحب جی!''

انہوں نے چونک کر دروازے کی جانب دیکھا۔ ریشم صاف ستھرے لباس میں کھڑی مسکرا رہی تھی اور بڑی حجاب آلود نگاہوں سے انہیں دیکھ رہی تھی۔ عجیب سی اپنائیت اور یگانگت سے!!

جیسے۔ وہ ان کی نئی نویلی ایک دن کی بیاہی دلہن تھی اور سہاگ رات منانے کے بعد اپنے دولہا سے شرما رہی تھی اور لجا رہی تھی۔

وقار نے گھبرا کر نگاہیں پھیر لیں۔

وہ چھم چھم کرتی ان کے قریب چلی آئی۔ قدموں کی چاپ سن کر وقار نے آنکھیں بند کر لیں۔ شاید انہیں سویا ہوا سمجھ کر واپس چلی جائے۔

وہ ان پر جھکی۔ اسی اپنائیت کے ساتھ۔ اس طوفانی رات میں جس طرح ٹوٹ کر انہوں نے اسے پیار کیا تھا۔ اس پیار کی گرمی ایسی تو نہ تھی کہ دو تین دن میں ہی سرد پڑ جاتی۔ اسی گرما گرم پیار کے سہارے!!

ان کے اندرونی جذبات و احساسات کو تو وہ جانتی ہی نہ تھی کہ وہ نادم تھے، پریشان تھے۔ اور یہ دن انہوں نے بے وفائی اور گناہ کے احساس کے جہنم میں رہ کر، کس طرح جل جل کر گزارے تھے۔

ان کے ان احساسات و جذبات سے بے خبر اس نے جھک کر وقار کی پیشانی پر ہونٹ رکھ دیئے۔ جیسے وہ اس کی اپنی ملکیت تھے۔ بالکل اپنی!! ان دونوں میں کوئی غیریت نہ تھی۔

وقار کی پیشانی جل اٹھی۔ انہیں محسوس ہوا جیسے کسی نے دہکتا انگارہ رکھ دیا تھا۔ وہ اسے پرے ہٹانے ہی لگے تھے کہ۔ کہ۔ وہی انگارے انہیں اپنے رخساروں پر، آنکھوں پر اور ہونٹوں پر محسوس ہوئے اور۔ اور ان انگاروں نے ایک بار پھر ان کے عقل و ہوش جلا ڈالے۔

آج ریشم جانے کون کون سی خوشبوئیں لگا کر آئی تھی۔ وہ ایسے مست ہوئے کہ پھر انہیں ل ہوش آیا ہی نہیں۔

ریشم کی ٹھاٹھیں مارتی جوانی انہیں اپنی لہروں میں بہا کر گہرے پانیوں میں لے گئی وہ غوطے کھاتے رہے۔ ہاتھ پاؤں مارتے رہے مگر۔

وہ ایسے ڈوبے۔ ایسے بے بس ہوئے کہ ان میں اس طوفان سے نکل جانے کے لیے قوت مدافعت ہی نہ رہی۔

ہر روز ریشم اپنی ریشمی ریشمی مسکراہٹیں اور ریشمی ریشمی بدن لیے آتی رہی۔ وہ اس کی جوانی کے طوفان میں بہتے رہے۔ بلا کچھ سوچے سمجھے۔ یوں دو مہینے گزر گئے۔

اچانک ہی وقار کا تبادلہ ہو گیا۔ واپس اپنے شہر کا۔ تبادلے کا حکم دیکھ کر انہیں مہ جبیں، سروش، رعنا اور ماں سبھی بے تحاشا یاد آ گئے۔

مہ جبیں کی دھیمی دھیمی مسکراہٹیں، سروش کی توتلی توتلی باتیں اور ماں کی شفقت بھری دعائیں۔ ایک دم سے ہی اڑ کر اس دنیا میں پہنچ جانے کو دل چاہنے لگا۔

بڑی خوشی خوشی تیاریاں کر رہے تھے۔ ریشم آ گئی۔ آج اس کی مسکراہٹیں بجلیاں بن کر ہوش وخرد پر نہیں گریں۔

وہ اپنی مہ جبیں کے پاس جا رہے تھے۔ جھکی جھکی پلکوں اور شرمیلی شرمیلی اداؤں والی مہ جبیں کے پاس۔ صبح کے اجالے کی طرح اجلی اجلی اور نکھری نکھری مہ جبیں کے پاس!!

بڑی دیر ریشم کھڑی رہی۔ مگر وہ اپنی تیاری میں اتنے محو تھے کہ ریشم کی طرف کوئی توجہ ہی نہیں دی۔

ان کی یہ بے توجہی ریشم کو بری طرح کھٹکی۔ لیکن اس نے چہرے سے ظاہر نہ ہونے دیا۔ اور اپنی ریشمی ریشمی مسکراہٹیں لبوں پر بکھرائے ان سے اس بے انداز خوشی کا سبب پوچھنے لگی۔

وقار نے ان مسکراہٹوں کے پیچھے گھلا ہوا زہر محسوس ہی نہیں کیا۔ ہنس کر اپنے تبادلے کا مژدہ اسے سنا دیا اور ساتھ ہی یہ بھی بتایا کہ وہ اپنی بیوی اور بچوں کے پاس پہنچنے کے لیے کتنے بے تاب تھے۔

ریشم کو ان کی یہ خوشی' یہ بے تابی ایک آنکھ نہ بھائی۔ کچھ دیر چپ چاپ کھڑی انتہائی ناپسندیدہ نگاہوں سے ان کی تیاریاں دیکھتی رہی۔ پھر۔

آنسو بھری آنکھیں لیے واپس چلی۔ بہت آہستہ آہستہ قدم اٹھا رہی تھی کہ شاید وہ اسے یوں جاتے دیکھ کر پکار لیں۔

پھر اس کی آنکھوں کے آنسو اپنے ہونٹوں میں جذب کرتے ہوئے اسے تسلیاں دلاسے دیں۔ اس کے بغیر اداس ہو جانے کی داستانیں سنائیں۔ اس کے ریشمی ریشمی جوان بدن اور خوبصورتی کی تعریفیں کریں۔ مگر۔

وہ اپنی ہی تیاری میں مصروف رہے۔ اس کے قدموں کی چاپ سنی۔ لیکن انہوں نے نگاہ اٹھا کر اسے جاتے ہوئے نہ دیکھا۔ نہ ضرورت سمجھی۔

ریشم نے دروازے میں رک کر' ایک بار پھر مڑ کر انہیں دیکھا۔ وہ مصروف تھے۔ ان کی بے توجہی اس کے جذبات کو بری طرح کچل گئی۔ وہ زخمی ناگن کی طرح پھنکاری اور زمین پر دھپ دھپ پاؤں مارتی ہوئی باہر نکل گئی۔

اگلے دن وقار جیپ میں سامان رکھوا رہے تھے کہ ریشم کا باپ آٹھ دس بڑی بڑی مونچھوں اور بڑی بڑی پگڑیوں والے اشخاص کو ساتھ لیے آ گیا۔

وقار ہمیشہ کی طرح مسکرا کر اسے ملے اور تبادلے کے متعلق اسے بتایا۔ بالکل ایسے ہی جیسے کوئی دوست' دوست سے بات کرتا ہے۔ اسی سادگی اور اپنائیت سے!!

کتنے ہی مہینے تو ان کے ساتھ رہا تھا۔ اکٹھے شکار کو جاتے تھے۔ راتوں کو گھنٹوں بیٹھے گپیں ہانکا کرتے تھے۔ مگر۔

شکاری اب ان کا دوست نہ رہا تھا۔ وہ اس وقت ان کے پاس صرف ریشم کا باپ بن کر آیا تھا۔ اس ریشم کا جس کی کنواری جوانی کے مزے کئی راتیں وہ لوٹتے رہے تھے۔

ریشم نے سب کچھ اپنی ماں کی وساطت سے باپ کو بتا دیا تھا۔ وہ اسی وقت شیش ناگ کی طرح پھنکارتا ہوا چند عزیزوں کو لے کر وقار پر چڑھ دوڑا' اس کے تیور بڑے خطرناک تھے!

اتنی جلد روز حساب آ گیا تھا۔ وقار کانپے۔ لڑکھڑائے۔ وہ تو خوش خوش اپنی مہ جبیں

کے پاس جا رہے تھے۔ وہاں ان کے بچے بھی تھے دولت مند سسرال بھی تھا۔ خاندان کی عزت اور وقار بھی تھا۔ سوسائٹی میں اچھا اور اعلیٰ مقام بھی تھا۔

اور۔ اور سب سے بڑی بات۔ گھر میں سب بہن بھائیوں سے وہ بڑے تھے۔ یہ ان سے کیسی گری ہوئی حرکت سرزد ہوگئی تھی۔ اب ان سب کے سامنے کونسا منہ لے کر جائیں گے۔ سب کیا کہیں گے؟

چنانچہ اس معاملے کو انہوں نے یہیں رفع دفع کر دینا چاہا۔ چیک بک ان کے سامنے رکھ دی۔ جتنا ہرجانہ وہ لینا چاہتے تھے وقار دینے کو تیار ہو گئے۔ ہر قیمت پر وہ اس ذلت اور رسوائی کو یہیں دفن کر دینا چاہتے تھے۔

''ہم اپنی بیٹیوں کی عزتیں نہیں بیچتے بابوجی!''

شکاری نے چیک بک کو پاؤں کی ٹھوکر ماری۔

''پھر۔ پھر؟'' وقار ہکلائے۔ اس شیش ناگ کی پھنکار ہی انہیں دہلائے دے رہی تھی۔

''ریشم سے تمہیں شادی کرنا پڑے گی۔''

اس کے ساتھ آئے ہوئے لوگوں میں سے ایک بزرگ نے کہا۔

''شادی!'' وقار چونکے۔

نگاہ میں مہ جبیں پھر گئیں۔ بے زبان' نیک' پاک باز' خوبصورت' تعلیم یافتہ' اعلیٰ گھرانے کی بیٹی! کوئی بھی تو عیب یا خامی اس میں نہ تھی۔

پھر۔ اس پر سوت بٹھا دی جائے۔ بے گناہ اور بے قصور مہ جبیں پر۔ اتنے پیارے پیارے بچے۔ ان کے سر پر سوتیلی ماں مسلط کر دی جائے۔ سیدھی سادی مرغی اور بھولے بھالے چوزوں کے ڈربے میں بلی گھسیڑ دی جائے!!

وہ تین زندگیاں بھی تباہ اور اپنی بھی خراب!

''نہیں نہیں۔ یہ نہیں ہوسکتا۔ ایسے نہیں ہونا چاہئے!''

انہوں نے بہت ہاتھ پاؤں مارے۔ ہر طرح مصالحت کی کوشش کی۔ منت سماجت کر

کے بھی۔ ڈرڈر کر کچھ رعب بھی ڈالا۔ اپنی نوکری، اپنے عہدے اور اپنی امارت کا۔

مگران لوگوں نے کچھ اور سنا ہی نہیں۔ سب کا متفقہ فیصلہ یہی تھا۔ صرف یہی، وقار ریشم سے شادی کر کے اپنے ساتھ لے جائے۔ وہ اور کچھ بھی سننے کو تیار نہیں تھے۔

پھر آخر۔ وقار کو اس سے شادی کرنا ہی پڑی۔ یہ زہر کا پیالہ پینا ہی پڑا۔ وہی زہر کا پیالہ، جسے کئی راتیں امرت کی طرح چاٹتے رہے تھے۔ مگر اب اپنی عزت اور وقار پر حرف آ رہا تھا۔ تصور میں زمانے کی اٹھی ہوئی انگلیاں بھی دکھائی دے رہی تھیں، اس لیے وہ امرت پھر زہر بن گیا تھا۔

مگر۔ مگر۔ اس سے فرار کا کوئی اور راستہ ہی نہ تھا۔ چنانچہ وہ زہر کا پیالہ انہوں نے ہونٹوں سے لگا لیا۔

☆ ☆ ☆

مہ جبیں کے پاؤں سے رخسار رگڑ رگڑ کر وہ معافیاں مانگ رہے تھے۔ ہاتھ جوڑ جوڑ کر عفوو درگزر کی درخواستیں کر رہے تھے۔ بچوں کے مستقبل کا حوالہ دے دے کر اسے سب کچھ بھول جانے کو کہہ رہے تھے۔

مہ جبیں، جس کا خمیر ہی نیکی اور رحم دلی کی مٹی سے اٹھا تھا' وقار کو یوں گڑگڑاتے دیکھ کر موم کی طرح پگھل گئیں۔ پوری داستان سنی۔ اپنی بجائے وقار پر ترس آنے لگا۔

قدموں میں گرے مجرم کو اٹھا کر سینے سے لگالیا۔ اس میں عورت کا دل جو رکھتی تھیں!!

ریشم کو گھر میں علیحدہ ایک کمرہ دے دیا گیا۔ اس کے کھانے پینے اور لباس وغیرہ کا ہر طرح خیال رکھا جاتا مگر خاندان والوں نے وہ حیثیت اسے نہ دی جو مہ جبیں کی تھی۔

خود وقار بھی کبھی اس کے پاس نہ جاتے۔ وہ سارا سارا دن اکیلی کمرے میں پڑی رہا کرتی۔ تب بھی مہ جبیں کو ہی اس پر ترس آیا۔

اللہ اور رسول کے کلموں کو درمیان میں رکھ کر وقار اس کے محافظ بنے تھے۔ انہیں بھی تو اپنا فرض نبھانا چاہیے تھا۔ یہ فرض نہ نبھاتے تو وہ بھی گناہ ہی کی بات تھی۔

ان کے پہلے گناہوں کی بخشش کے لیے خود ہی دن رات دعائیں کر رہی تھیں۔ مزید گناہ سے بچ ہی جاتے تو اچھا تھا۔ مہ جبیں بہشت میں غلمان لینا نہیں چاہتی تھیں۔ انہیں کے گناہ بخشوا کر نیکیاں کرا کے اگلے جہاں میں بھی دائمی زندگی کا رفیق بنانا چاہتی تھیں۔

ان کی منتیں کر کر کے اکثر انہیں ریشم کے پاس بھیجتی رہتیں۔ شروع شروع میں تو ریشم بھی سہمی سہمی اور خاموش سی رہی۔ سب سے الگ تھلگ! مگر پھر آہستہ آہستہ وہ پر پرزے نکالنے لگی۔

وقار دفتر سے آتے تو اپنے کمرے کے دروازے میں کھڑی ہوتی۔ اس کے کمرے سے اگلا مہ جبیں کا تھا۔ وہاں سے گزرتے تو بازو تھام اندر لے جاتی۔ دو' چار' چھ دن' ہفتہ' دو ہفتے

ایسے ہی ہوا۔

پھر۔ وقار وہاں سے گزرتے ہوئے خود ہی ٹھٹکنے لگے۔ پھر کھڑے کھڑے مسکرا کر ایک آدھ بات کرنے لگے۔ پھر ایک قدم بڑھ کر دو منٹ کو ستانے کے لیے اس کے کمرے میں بیٹھنے لگے۔ اور پھر۔

نوبت یہاں تک پہنچ گئی کہ مہ جبیں کو کھانے پر بڑی بڑی دیر اُن کا انتظار کرنا پڑتا۔

کچھ وقت اور گزرا۔ اب مہ جبیں نے دیکھا۔ آدھی رات کو وقار چپکے سے اٹھتے۔ مہ جبیں سے چوری چوری آہٹ کیئے بنا، پنجوں کے بل چلتے ہوئے ریشم کے کمرے میں چلے جاتے۔

مہ جبیں بھرے بھرے دل اور آبدیدہ نگاہوں سے مسکرا پڑتیں۔ ''مجھ سے بھی چوری وقار۔ میں جو خود چاہتی ہوں کہ تم سے کوئی بے انصافی نہ ہو۔ تم مذہب اور خدا کے گنہگار نہ بنو۔ تم اپنے سارے فرائض خوش اسلوبی سے نبھاؤ۔ تاکہ تمہارا وجود جہنم کے شعلوں سے بچا رہے۔''

اب ریشم کا لباس بدلتا جا رہا تھا۔ طور اطوار بدلتے جا رہے تھے۔ اب وہ اپنے ہی کمرے میں نہیں گھسی رہتی تھی۔ کبھی نند اور کبھی اُس دیورانی کے پاس، اور کبھی اِس دیورانی کے پاس جا بیٹھتی۔

کمرے سے باہر نکلی تو اسے گھر کے حالات کا علم ہوا۔ حویلی نما اتنی بڑی اور وسیع و عریض کوٹھی تھی کہ ساری کا ایک چکر لگ جاتا تو دوسرے پر سانس دھونکنی کی طرح چلنے لگتا۔

ایک سمت بہت بڑا زنانہ صحن تھا۔ اتنا بڑا کہ ایک سرے سے دوسرے سرے تک آواز مشکل سے پہنچ پاتی۔

بیسیوں کمرے تھے۔ چار چار کمرے ہر بہو کے حصے۔ چھ بیٹی کے پاس۔ ایک اماں جی کا۔ ایک ریشم کا۔ پھر بھی اتنے فالتو تھے کہ دو تین مہمان خانے کے طور پر استعمال ہوتے۔

ایک بڑا ہال سب کے لیے مشترک تھا۔ کسی کے ہاں کوئی تقریب ہوتی تو وہ جگمگا اٹھتا۔

باہر لان بڑا وسیع اور بڑا خوبصورت تھا۔ دنیا بھر کے خوبصورت پھول اس میں اپنی بہار دکھا رہے تھے۔

اور اس اتنے بڑے، اتنے وسیع اور عالیشان گھر پر ایک ننھے سے فرشتے کی حکومت تھی۔

سروش سب ہی کی آنکھ کا تارا تھا۔ چچاؤں چچیوں کو پیارا۔ پھوپھی اور دادی کا دلارا!!

مہ جبیں اور وقار سے کسی کی بنے نہ بنے مگر سروش سب کے دلوں کی رونق بنا ہوا تھا۔

سرخ وسفید' گول مٹول سا' سارا سارا دن برآمدوں میں' کمروں میں' راہداریوں میں گھومتا پھرتا۔

جس چچی یا پھوپھی کے کمرے میں جا نکلتا وہیں سے صدقے اور قربان ہونے کی صدائیں بلند ہوتیں۔

دن عورتوں میں گزرتا تو شام کو دونوں چچا اور پھوپھا دفتروں سے آ جاتے تو ان کی گودیں آباد ہو جاتیں۔ ہر آنکھ جب تک سروش کو دیکھ نہ لیتی' چین نہ پڑتا۔

بے حد پیاری باتیں کرتا تھا۔ اتنی کہ گھنٹوں سننے پر بھی جی نہ بھرے۔ سبھی اس کی یہ توتلی توتلی باتیں سننے کے بڑے شوقین تھے۔

ریشم نے وقار کو پوری طرح قبضے میں کر لیا تھا مگر جہاں سروش کی آواز ان کے کان میں جا پڑتی یا وہ خود سامنے آ جاتا تو ریشم کا وجود گویا ہوا میں تحلیل ہو کر رہ جاتا۔

پھر ان کی نگاہ میں' ان کے دل میں اور ان کی زبان پر سروش ہی ہوتا۔

اور یہ ننھی سی پھانس ریشم کو کسی پہلو چین نہیں لینے دے رہی تھی۔ نہ رخ' نہ فیل' نہ فرزین۔ مات بھی کھائی تھی تو بے ضرر سے پیادے کے ہاتھوں۔

وہ تلملا رہی تھی۔ زخمی ناگن کی طرح بل کھا رہی تھی۔ جہاں کہیں سروش دکھائی دے جاتا تو اسے کھا جانے والی' کچا چبا جانے والی نگاہوں سے گھورتی۔

وہ ننھا بچہ! جب سے پیدا ہوا تھا۔ اس نے ہر ایک کی نگاہ میں پیار ہی دیکھا تھا۔ مگر ان نگاہوں میں۔ ریشم کی نگاہوں میں۔ کوئی اجنبی سا جذبہ تھا۔ پہچان تو نہ سکا۔ البتہ جہاں ریشم ہوتی وہاں جانے سے کترانے لگا۔

ایک دن صبح کے دس گیارہ بجے کا وقت تھا۔ مرد سب دفتر گئے ہوئے تھے۔ عورتیں اپنی اپنی ہنڈیا روٹی میں مصروف تھیں۔

رعنا بھی سکول گئی ہوئی تھی۔ دونوں چچا اور پھوپھی کی لڑکیاں ننھے ننھے گھروندے بنا کر گڑیوں کا کھیل کھیل رہی تھیں اور سروش معمول کے مطابق ٹرائیسیکل لیے برآمدوں اور

راہداریوں میں گھوم رہا تھا۔

کبھی گڑ گڑ گڑ کرتا اِس چچی کے پاس جا نکلتا۔ کبھی اُس چچی کے پاس۔ کبھی پھوپھو کے پاس اور کبھی دادی اور اماں کے پاس۔

یونہی گھوم رہا تھا کہ پرلی راہداری سے اس کی چیخیں بلند ہوئیں۔ ایسی خوفناک اور دل دہلا دینے والی چیخیں تھیں کہ جس جس کے بھی کان میں پڑیں وہی آواز کی سمت بھاگا۔

دونوں چچیاں، پھوپھی، دادی اور ماں۔ سبھی وہاں اکٹھی ہو گئیں۔ صرف ایک ریشم نہیں تھی۔

سروش ٹرائیسیکل کے قریب فرش پر بیٹھا دونوں منے منے ہاتھوں میں چہرہ چھپائے رو رہا تھا۔ اکیلا۔ بالکل اکیلا۔ آیا بھی پاس نہیں تھی۔

مہ جبیں نے جھپٹ کر اسے اٹھایا اور سینے سے لگاتے ہوئے رونے کا سبب پوچھا۔

''وہ۔ وہ۔ ابھی یہاں ایک چلیل آئی تھی۔''

ڈر ڈر کر، سہم سہم کر ماں سے لپٹتے ہوئے بولا۔

''نہیں بیٹے! چڑیل کیوں ہو گی؟ بھلا کبھی بستے گھروں میں بھی چڑیلیں ہوتی ہیں۔''

''میں نے دیکھی تھی۔''

''یہ اس رعنا نامراد کی بدبختی ہے۔''

دادی نے مہ جبیں کی گود سے سروش کو لیتے ہوئے قیافہ لگایا۔

''وہی سکول سے الٹی پلٹی باتیں سن کر آتی ہے اور پھر چھوٹے بھائی بہنوں کو ڈراتی ہے۔ کسی چڑیل کا کوئی قصہ سنایا ہو گا نا۔ بچہ ڈر گیا۔''

''ہائے! میں قربان ہو جاؤں اپنے چاند پر سے۔''

پھوپھی بڑے پیار سے چمکار چمکار کر اس کے چہرے سے ہاتھ ہٹا رہی تھیں۔

''نہیں نہیں پُو پُو! وہ پھر آ جائے گی۔''

اس نے ہاتھ اور بھی مضبوطی سے رکھ لئے اور زور سے چیخنے لگا۔

''اماں جی! اسے یہاں سے ہٹا لے جائیں۔ اسی جگہ ڈرا ہے۔ جب تک یہاں

کھڑے رہیں گے بے چارا سہا رہے گا۔"

بڑی چچی نے ساس سے کہا۔

قافلہ کا قافلہ اسے لیے برآمدے میں نکل آیا۔ بڑی مشکل سے سروش نے آنکھوں پر سے ہاتھ ہٹائے۔ اس کی منی منی خوبصورت آنکھوں میں ابھی تک خوف تھا۔

ہر ایک نے مختلف طریقوں سے اسے بہلانے کی کوشش کی۔ کسی نے کوئی کھانے کی چیز پیش کی۔ کسی نے کھلونے کی۔ کسی نے موٹر کی سیر کا بہلاوا دیا۔ اور یوں وہ بمشکل دو تین گھنٹے میں کچھ سنبھلا۔

دو دن چھوڑ تیسرے دن پھر ایسا ہی واقعہ پیش آیا۔ سروش چیختے ہوئے روتے ہوئے پھر اتنا ہی کہہ سکا۔

"وہ۔ وہ اس دن والی چلبل پھل آئی تھی۔"

وہی خوف اس کی نگاہوں میں تھا۔ اسی طرح سہا سہا سب کی طرف دیکھ رہا تھا۔

بیٹے کو دیکھ کر مہ جبیں کی حالت غیر ہوئی جا رہی تھی۔ جانے اسے کیا ہو گیا تھا؟ اچھے بھلے ہنستے کھیلتے بچے کو نجانے کس کی نظر لگ گئی تھی؟

دادی کا تو یہی خیال تھا کہ آسیب ہو گیا تھا۔ پھول سا بچہ۔ گورا چٹا بے حد خوبصورت تھا۔ وقت بے وقت کسی درخت کے نیچے کھیلتا رہا ہو گا۔ یہ ہوائی مخلوق بڑی خراب ہوتی ہے۔ خوبصورت بچوں اور خوبصورت عورتوں کی تاک میں رہتی ہیں یہ ہوائی چیزیں!!

"نہیں اماں! یہ آپ کا وہم ہے۔"

مہ جبیں نماز روزہ کی پابند تھیں اور کچھ نئی روشنی اور تعلیم نے ذہن کو ان توہمات سے پاک کر ڈالا تھا۔ وہ گھر ہی میں اس کے ڈرانے کا سبب معلوم کرنا چاہتی تھیں۔

مگر ماں اسی بات پر اڑی رہیں۔ دم جھاڑے والوں کے پاس خود لے کر گئیں۔ تعویذ دھاگے کرائے۔ لیکن کوئی افاقہ نہ ہوا۔

ہر دوسرے چوتھے کبھی کسی وقت، کبھی کسی وقت، جب وہ اکیلا ہوتا اسی طرح ڈر کر چیخیں مارنے لگ جاتا۔ اور پھر سب کے پوچھنے پر اسی چڑیل کا حوالہ دیتا۔

دو تین مہینے اسی طرح بیت گئے۔ سروش کی صحت بری طرح متاثر ہو رہی تھی۔ سوکھ کر کانٹا ہو گیا۔ چہرے کی شگفتگی کی جگہ پژمردگی نے لے لی۔

نہ کھیلتا' نہ ہنستا بولتا۔ چڑچڑا اتنا ہو گیا کہ کوئی قریب بھی آتا تو چیخنے لگ پڑتا۔ جیسے ہر ایک سے ہی خوف کھانے لگا تھا۔ بات بات پر ضد کرتا۔

انہیں دنوں بڑے چچا کے ہاں اشعر پیدا ہوا۔ اور دس دن بعد پھوپھو کے ہاں صولت۔ پھر تین چار مہینے بعد چھوٹے چچا کو بھی خدا نے ان کا نام لیوا دے دیا۔

یوں سب اپنے اپنے پھولوں میں مگن ہو گئے۔ پھر اس سوکھے کانٹے کی طرف کوئی نگاہ اٹھا کر بھی نہ دیکھتا۔

وقار کا تبادلہ پھر ہو گیا۔ تین چار دن تیاری میں گزر گئے۔ مہ جبیں ہی وقار کی ساری تیاری کر رہی تھیں۔

پہلے ان کا تبادلہ ہوا تھا تو سروش کی وجہ سے کسی نے ان کے ساتھ جانے نہیں دیا تھا اور اب ایسی کوئی وجہ نہ تھی۔ گھر میں سروش کی وہ حیثیت رہی ہی نہ تھی۔

باوجود اس کے کہ اماں جی کی دوسری بہوئیں ان سے اچھا سلوک نہ کرتی تھیں مگر پوتے تو ان کا اپنا خون تھے۔ ہنستے' مسکراتے' قلقاریاں مارتے اور اماں جی کو ان شگفتہ پھولوں کی کشش نے اپنی جانب اتنا کھینچ لیا تھا کہ سروش کی بھی انہیں پرواہ نہ رہی تھی۔

چنانچہ اب کس نے مہ جبیں کو روکنا تھا اور کس لیے؟

مہ جبیں وقار کے اشارے کی منتظر رہیں کہ اب بھی وہ انہیں اپنے ساتھ چلنے کو کہتے...... اب بھی کہتے...... مگر انتظار کرتے کرتے مہ جبیں پریشان ہو گئیں اور وقار کا جانے کا دن آ گیا۔

صبح اٹھتے ہی مہ جبیں کو خیال آیا کہ وہ وقار کی بیوی تھیں...... بھلا وہ ان کے کہنے کی منتظر ہی کیوں رہیں۔ خود ہی انہیں تیاری کر لینا چاہیے تھی اور اس بار تو رہائش کا بھی پہلے ہی بندوبست ہو گیا تھا اور بہت اچھا ہوا تھا۔ پھر بھلا سوچنے کی کیا بات تھی۔

وقار کی بیوی ہوتے ہوئے ان کی ہر ضرورت' ہر آرام کا مہ جبیں ہی کو خیال رکھنا تھا اور اب تک وہی رکھتی بھی آئی تھیں۔ اسی لحاظ سے وہ تو خود اب وقار کی ایک ضرورت بن چکی تھیں۔

پھر بھلا وہ خاص طور پر وقار کے کہنے کی کیوں منتظر رہیں۔ انہیں تو خود ہی سوچ لینا چاہیے تھا۔ خواہ مخواہ ہی اتنے دن پریشان رہیں۔ یہ تو ان کا پاگل پن ہی تھا!!

اپنے آپ پر خود ہی مسکراتے ہوئے اٹھیں اور اپنی بھی تیاری کرنے لگیں۔

چار بجے گاڑی چھوٹنا تھی۔ وقت کم تھا اور کام زیادہ۔ جانے کتنا عرصہ وہاں رہنا تھا۔ چھ مہینے، سال، تین سال۔ وقار کی اس ملازمت کا کوئی اعتبار تو تھا ہی نہیں!!

اپنے خیال کے مطابق مہ جبیں کو کم از کم سال کے لیے تو تیاری کرنا ہی تھی اپنی۔ بچوں کی۔ اس کے علاوہ دوپہر کے کھانے کا انتظام اور رات کے کھانے کا وقت سفر میں آنا تھا۔

اس کے لیے بھی کچھ بندوبست کرنا تھا۔ کیونکہ وقار کو ڈائننگ کار کا کھانا سخت ناپسند تھا۔ اگر گھر سے کوئی انتظام نہ ہو سکتا تو بھوکے رہ لیتے مگر ڈائننگ کار سے کبھی نہ کھاتے۔

مہ جبیں کی ایک اکیلی جان اور اتنے سارے کام۔ مگر ہمت نہ ہاری، سروش کو اس کی آیا کے سپرد کیا اور خود اللہ کا نام لے کر جٹ گئیں۔

دو تین گھنٹے چیزیں سمیٹنے، کپڑے وغیرہ بکسوں میں رکھنے میں ہی لگ گئے۔ پھر باورچی خانے میں پہنچیں۔ اِدھر بھی ان کی نگرانی کے بغیر کام چوپٹ پڑا تھا۔

بڑی مشکل سے اڑھائی بجے کے قریب کھانا تیار ہوا۔ اس وقت کھانے کے لیے بھی اور رات سفر کے لیے بھی!

مہ جبیں کام میں اتنی مصروف رہی کہ وقار کا بھی خیال نہ آیا۔ وہ کہاں تھے؟

ان کے ساتھ ہی تو جانا تھا...... اس لیے اس وقت اگر اتنی بے پرواہی ہو گئی تھی تو کوئی حرج نہ تھا...... ویسے ان کی تیاری تو مہ جبیں نے دو روز پہلے سے ہی کر لی ہوئی تھی۔

ادھر کہیں بھائیوں، بھاوجوں، بہن اور ماں کے پاس ہوں گے...... جانے کتنے عرصہ کی جدائی پڑ جانا تھی...... اچھا کیا تھا جو چار چھ گھنٹے ان کے ساتھ گزار لیے تھے۔

مہ جبیں یہ سوچ کر مطمئن ہو گئیں۔

کھانا میز پر لگوا کر مہ جبیں نے رعنا کو انہیں بلانے بھیجا...... بڑی دیر لگا کر وہ آئی۔

''ابو کہتے ہیں...... بس آ ہی رہے ہیں۔''

''دادی اماں اور پھوپھو کو بھی بلانا تھا...... آج پھوپھو ہمارے ساتھ ہی کھانا کھائیں گی...... پھر نجانے کب ملاقات ہو۔''

''پھوپھو تو کھانا کھا بھی چکیں۔''

''اور کیا تمہارے ابو نے بھی کھالیا۔''

''وہ تو اُدھر چھوٹی امی کے کمرے میں ہیں۔''

''چھوٹی امی کے...... اوہ! میں سمجھی تھی ماں بہن کے پاس ہوں گے۔''

صبح کی کام میں ایسی مصروف رہیں کہ ریشم کا وجود بھول ہی چکی تھیں۔ ذہن میں کہیں دور دور اس کا خیال نہ تھا۔

''اور چھوٹی امی کیا کر رہی تھیں؟''

ریشم کے واقعہ کو اتنا عرصہ گزر گیا تھا مگر اب بھی اس کا ذکر آجاتا تو وہ خود سامنے آجاتی تو سینے کے اندر کہیں درد اٹھتا۔

''وہ اور ابو مل کر ایک بکس بند کر رہے تھے!''

''تو ریشم بھی ساتھ جا رہی ہے۔''

مہ جبیں کے دل میں جیسے کئی کانٹوں کی نوکیں ایک دم ہی اتر گئیں۔

پانچ منٹ انتظار کیا۔ وقار ابھی تک نہیں آئے تھے۔ اور مہ جبیں کو ابھی غسل کرنا تھا۔ لباس تبدیل کرنا تھا۔ شاید کھانے کا بھی وقت نہ ملتا۔

''چلو دوپہر کا بھی رات کو سفر کے دوران ہی کھالوں گی۔''

یہ سوچ کر مسکرائیں اور رعنا اور سروش کو میز پر بٹھا کر خود نہانے چلی گئیں۔

نہا کر سفر کے لیے مناسب لباس پہنا۔ ہلکے زرد رنگ کی بالکل سادی سی ساڑھی۔ نہ کوئی زیور نہ ہار سنگھار۔ صرف جوڑنے کو چنبیلی کی کلیوں سے سجالیا۔

عین بین وقار کی پسند۔ مہ جبیں کی اسی سادگی بھرے حسن پر وہ فدا تھے۔

کھانے والے کمرے میں آئیں۔ کسی نے بھی ان کا انتظار کرنے کی زحمت گوارا نہ کی تھی۔ وقار کھانا ختم کر کے بیسن پر ہاتھ دھو رہے تھے اور ریشم بڑے چمکیلے لباس میں چمکتی دمکتی

مسکراہٹیں بکھیرتی، میز پر بیٹھی جلد جلد نوالے لے رہی تھی۔

''جلدی کرو نا ریشم! ورنہ گاڑی چھوٹ جائے گی۔''

مہ جبیں کی طرف کوئی توجہ دیئے بنا وقار نے کلّی کرتے ہوئے کہا۔

''بس جی۔ میں کھا چکی۔''

ریشم اٹھ کھڑی ہوئی۔

وقار تولیے سے منہ صاف کرتے ہوئے رعنا کے قریب جا کھڑے ہوئے۔ وہ چپاتی کے چھوٹے چھوٹے نوالے کیے، کھانے کی بجائے سامنے میز پر ڈھیر لگائے بیٹھی تھی۔

وقار نے اس کے سر پر ہاتھ پھیرا۔ پھر سروش کی جانب مڑے۔ آیا اس کی کرسی کے پاس کھڑی تھی اور وہ بیٹا بلاوجہ ہی ضد کیے جا رہا تھا اور رو رہا تھا۔

وقار نے جھک کر اسے پیار کیا۔

مہ جبیں دروازے میں کھڑی دیکھ رہی تھیں۔ انہیں صاف محسوس ہو گیا کہ بچوں کو وقار نے یہ جو پیار کیا تھا اس میں وہ گرمی اور جوش نہ تھا۔ جو پہلے کبھی ہوا کرتا تھا۔

یہ پیار......بس ایسا ہی تھا جیسے کسی کو خوش کرنے کے لیے اس کے بچے کو کوئی تھپتھپا دے......کوئی......! کوئی غیر......! کوئی بیگانہ......!!

اپنوں والا پیار......! خون کا پیار......!! ایک باپ کا پیار!! وہ اس پیار میں کہیں نہ تھا۔

''اب چلیں بھی......دیر خود لگا رہے ہیں۔''

ریشم کچھ تلخ لہجے میں بولی۔ وقار جلدی سے سیدھے ہو گئے۔

''چلو چلو......بس......'' ریشم کے پیچھے پیچھے یوں چل دیئے جیسے حکم کے غلام تھے وہ!

ریشم کمرے سے باہر نکل گئی......وقار جاتے جاتے دروازے میں رُکے یوں......جیسے اچانک کچھ یاد آ گیا تھا۔ کوئی بھولی بسری بات۔

مڑ کر پرلے دروازے میں کھڑی مہ جبیں کی طرف دیکھا......''اچھا بھئی خدا حافظ!!''

''لیکن......آپ کا کھانا۔''

مہ جبیں سے پوری بات نہ ہو سکی۔ پلکوں پر جھلمل کرتے موتی سجائے وقار کو بس دیکھے

ہی جا رہی تھیں۔

''میں نے کھالیا۔ بہت اچھا تھا۔''

جیسے کوئی مہمان دعوت سے اٹھ کر میزبان سے تکلفاً اور فیشن کے طور پر کھانے کی تعریف کریں۔ وہی انداز تھا بالکل!

''رات کا کھانا سفر کے لیے....... میں نے تیار کیا ہوا ہے۔''

حلق میں بہت کچھ اٹکے جا رہا تھا...... بڑی مشکل سے کہہ پائیں۔

''اوہ! تم نے خواہ مخواہ ہی تکلیف کی۔ رہنے دو بچے کھالیں گے''

''اور آپ۔''

''ریشم کو ڈائننگ کار میں کھانے کا شوق ہے۔''

''آپ کہاں رہ گئے؟ کیا اب دیر نہیں ہو رہی؟؟''

دوبارہ ریشم کا چہرہ دروازے میں نمودار ہوا۔ لہجے میں طنز پوشیدہ تھا لیکن چہرے پر وہی ریشمی ریشمی سی مسکراہٹیں تھیں۔

مہ جبیں کی طرف ظفر یاب نگاہوں سے دیکھتے ہوئے اس نے وقار کا بازو تھاما اور کمرے سے باہر نکل گئی۔

مہ جبیں کی ہستی ریزہ ریزہ ہوگئی۔ اس کا وجود ٹوٹ کر کرچی کرچی بکھر گیا۔

وقار ریشم کو ساتھ لے گئے تھے اور اسے جھوٹے منہ بھی نہ پوچھا تھا۔ دس سال کی رفاقت کو یوں نظر انداز کر گئے تھے....... یہ میاں بیوی کا کیسا رشتہ تھا؟

نہ آئندہ زندگی کے متعلق مہ جبیں کو کچھ بتا گئے تھے۔ نہ کوئی راہ دکھا گئے تھے اور نہ ہی جلد آنے کا کوئی وعدہ کیا تھا۔ کچھ بھی تو مہ جبیں کے لیے نہیں چھوڑ گئے تھے نہ کوئی جینے کی آس نہ امید!!

وہ ان کی بیوی تھیں۔ کوئی حق تھا انہیں خاوند پر.......مگر.......ریشم سارے حقوق چھین لے گئی۔ سب کچھ ہی ان کا لوٹ لے گئی۔

یہ صدمہ ایسا تھا کہ کئی دن تک مہ جبیں کو ہوش نہ آ سکا۔ بس ایک چلتی پھرتی لاش بن کر

رہ گئی تھیں۔ وقار کی روکشی نے ایسا غم اور صدمہ دیا تھا کہ بچوں کی طرف سے بھی توجہ ہٹ گئی......بس ہر وقت اپنے ہی دکھوں اور غموں سے الجھتی رہتیں۔

ایک آس تھی کہ شاید وقار وہاں جا کر اپنے طرزِ عمل پر پچھتائیں۔ جب وہ ہر وقت ان کی ہر ضرورت اور آرام کا خیال رکھنے والی پاس نہ ہوں گی......تو تب شاید ان کی یاد آئے۔

مگر......انہوں نے تو وہاں خیر خیریت سے پہنچ جانے کی بھی اطلاع نہ دی......بہت دن بعد......بہت دن بعد ان کا ایک خط آیا بھی تو'

سادا سپاٹ سا......نہ کوئی پچھتاوا......نہ کوئی تسلی دلاسہ......اور نہ کوئی پیار بھری بات !! باپ ہونے کے ناطے بچوں کے متعلق بھی نہ کوئی مشورہ نہ کوئی ہدایت !! جیسے بیگار ٹالی گئی تھی۔

سب امیدیں ٹوٹ گئی تھیں۔ زندگی میں کوئی بھی تو کشش باقی نہ رہی تھی۔ اپنا خیال نہ رہا تو باقی سب بھی بھول بھال گئے۔

سروش، جو پہلے ہی بیمار رہتا تھا ماں کی بے توجہی نے اسے اور بھی مریض بنا ڈالا۔ اب دن کے وقت تو کم ہی ڈرتا تھا۔ راتوں کو خوابوں میں ڈرنے لگا۔ اس چڑیل کا بھوت ایسا اس کے ذہن سے چمٹا تھا کہ بڑے معالجوں کے باوجود اتر نہ سکا۔

انہیں غموں اور فکروں میں گھل گھل کر زندگی کی کٹھن گھڑیاں گزرنے لگیں۔

ایک ہفتے سے سروش کی آیا چھٹی پر تھی۔ اس کا ایک ہی بیٹا تھا وہ اچانک بیمار ہو گیا تھا۔ مہ جبیں سروش کی ریں ریں سے تنگ اور الجھی ہوئی سی اسے گود میں لیے بیٹھی تھیں کہ آیا روتی پیٹتی کمرے میں داخل ہوئی۔

''کیا ہوا آیا؟'' مہ جبیں نے بڑی ہمدردی سے پوچھا۔

''بیٹے کا کیا حال ہے؟''

''وہ۔ وہ تو اللہ کو پیارا ہو گیا بی بی جی۔''

''ہائے! یہ کیا کہہ رہی ہو؟''

مہ جبیں کی آنکھوں میں سچ مچ آنسو آ گئے۔ دکھیا دکھی کا درد بخوبی سمجھ سکتی ہے۔ آیا بیوہ

تھی ......اور مہ جبیں بھی تو سہاگن ہو کر بیواؤں جیسی زندگی گزار رہی تھیں ......

رعنا اور سروش ہی کی خوشیاں دیکھنے کی آس لیے ......اور آیا ......وہ بھی تو اسی بیٹے کی آس پر زندہ تھی ......ایک اسی کے دم کے لیے ٹھوکریں کھاتی 'نوکریاں کرتی پھر رہی تھی۔

مہ جبیں آیا کے دکھ کو اپنے سینے میں محسوس کر رہی تھیں۔

''صبر کرو۔ صبر۔ اللہ کے کاموں میں انسان کب دخل دے سکتا ہے۔''

مہ جبیں آنسو پونچھتے ہوئے بولیں۔

''ہائے! بی بی جی!! مجھے کیسے صبر آئے۔ میں نے تو اپنے پاؤں پر آپ کلہاڑی ماری ہے۔''

یہ کہتے کہتے ایک دم جھکی اور مہ جبیں کے پاؤں پر گر کر گڑ گڑانے لگی۔

''مجھے معاف کر دیجئے بی بی جی! مجھے معاف کر دیجئے۔''

پھر لپک کر اٹھی اور سروش کے پاؤں کے تلوؤں کو چومنے اور آنکھوں سے لگانے لگی۔

''میرے بچے! مجھے معاف کر دے۔ میرے بچے! مجھ گناہ گار کا گناہ معاف کر دے۔''

مہ جبیں بوکھلا بوکھلا کر اس کی یہ دیوانوں جیسی حرکات دیکھ رہی تھیں۔ اچانک انہیں خیال آیا۔ اس کا ایک ہی بچہ تھا۔ زندگی کا واحد سہارا! کہیں اس صدمے نے اس کا دماغی توازن تو نہیں بگاڑ ڈالا تھا۔

اللہ رحم کر اس بیچاری کے حال پر!

مہ جبیں دکھ اور صدمے سے بے حال پھٹی پھٹی آنکھوں سے اسے دیکھے جا رہی تھیں۔

اس وقت انہیں اس کے وجود میں اپنا مستقبل تحلیل ہوتا محسوس ہو رہا تھا۔

ان کا سروش بھی تو بڑی تیزی سے کسی اور دنیا کی طرف قدم بڑھاتا چلا جا رہا تھا۔ مہ جبیں کانپ اٹھیں۔

''تو بی بی جی! آپ مجھے معاف نہیں کریں گی؟''

''آخر تم نے میرا کیا بگاڑا ہے؟''

''میں نے آپ کے کلیجے پر ہاتھ ڈالا تھا بی جی! اور خدا نے میرا کلیجہ نوچ ڈالا۔''

''یہ تم کیسی باتیں کر رہی ہو۔''

''ہاں بی بی! میں گناہگار ہوں۔ اس ننھی سی جان کی یہ حالت میرے ہی کارن ہوئی۔''

''کیا؟ یہ تم کیا کہہ رہی ہو؟''

''میں نے اسے چڑیل بن بن کر ڈرایا بی جی! مجھے معاف کر دیجئے۔ مجھے معاف کر دیجئے۔''

وہ ان کے پاؤں پکڑ پکڑ کر روئے جا رہی تھی...... گڑگڑائے جا رہی تھی۔

''تمہیں بھلا اسے چڑیل بن کر کیوں ڈرانا تھا؟''

مہ جبیں کو پوری طرح یقین ہو چکا تھا کہ بیٹے کے صدمے نے آیا کو پاگل کر ڈالا تھا۔ وہ اسے بڑی ہمدردی بھری نگاہ سے دیکھ رہی تھیں۔

''لالچ! بی بی لالچ بُری بلا ہے۔ مجھے لالچ نے اندھا کر دیا۔''

''لالچ! کونسا لالچ؟ یہ تم کیسی باتیں کیے جا رہی ہو؟''

''چھوٹی بیگم نے مجھے کہا تھا کہ میں کالے کپڑے پہن کر اور چڑیل بن کر سروش کو ڈرایا کروں۔''

''لیکن کیوں؟'' ریشم کا نام سن کر مہ جبیں چونکیں۔

''یہ مجھے علم نہیں کہ کیوں؟ بس انہوں نے کہا تھا۔''

''ہوں۔'' مہ جبیں نے کچھ سوچتے ہوئے سر ہلایا۔

''یقین کریں بی بی جی! میں کسی طرح نہیں مانتی تھی...... پھر...... پھر۔''

آیا پھر رونے لگی۔ ندامت اور پشیمانی سے اس کا سارا وجود کانپ رہا تھا۔

''میرے اللہ! مجھے معاف کر دے۔''

آسمان کی طرف ہاتھ باندھتے ہوئے وہ گڑگڑائی۔ ''پھر بی جی! پیسے کی چمک نے میرا ایمان لوٹ لیا۔ چھوٹی بیگم نے مجھے تین سو روپیہ دیا' پورے تین سو روپیہ۔ ہم غریبوں نے کبھی کاہے کو اتنی بڑی رقم اپنے پاس دیکھی تھی۔ بی بی جی! بس اس نے ہوش و حواس چھین لیے۔''

ایک بار پھر اس کی آنکھوں سے ساون بھادوں کی جھڑی لگ گئی۔

''اور میرے گناہ کی سزا خدا نے مجھے یہ دی کہ وہ سارا روپیہ' جو میں نے کسی کی اولاد کے ساتھ برا کرنے کے عوض لیا تھا...... وہ خود میرے بیٹے کی بیماری اور کفن دفن پر لگا۔''

مہ جبیں ساکت بیٹھی پھٹی پھٹی آنکھوں سے اسے دیکھے جا رہی تھیں۔

''میرے سینے میں آگ لگی ہوئی ہے بی بی جی! گناہ کی یہ آگ مجھے جلائے ڈال رہی ہے۔ضمیر کی لعنت ملامت میرے اندر مسلسل چھری کی نوک سے جیسے زخم لگا رہی ہے۔

آیا کی کسی بات پر مہ جبیں کا یقین کرنے کو جی نہیں چاہ رہا تھا۔مگر حقائق اسے جھٹلانے بھی نہیں دے رہے تھے۔سب کچھ واضح تھا۔سروش کی یہ حالت بھی زبان حال سے پکار پکار کر اس کی باتوں کی تصدیق کر رہی تھی۔

صدمہ اور غم انتہا کو پہنچ گیا۔ریشم سے انہیں اس اتنی بڑی دشمنی کی توقع نہیں تھی۔اس ریشم سے' جسے اتنا عرصہ اپنے ہاتھوں سے پکا کر کھلاتی رہیں۔خود اس کے کپڑے دھو دھو کر اسے پہناتی رہیں۔

وقار نے اس کی طرف سے بے توجہی برتی تو انہیں ان کا فرض یاد دلا کر اس کے پاس بھیجتی رہیں۔خود مہ جبیں ہی کی ڈھیل سے پھر جب وقار چپکے چپکے ان سے چوری ریشم کے کمرے میں جانے لگے تو اپنی آنکھوں سے دیکھ کر بھی وہ خاموش رہیں۔

صرف ریشم کے حقوق اسے دلانے کی خاطر...... پھر ان کے اپنے حقوق غصب ہوتے رہے...... ریشم کرتی رہی مگر تب بھی وہ حرف شکایت زبان پر نہ لائیں۔

سینے پہ چھریاں چلتی رہیں۔کانٹے دل میں اترتے رہے۔چبھن کسی لمحہ چین نہ لینے دیتی تھی...... مگر انہوں نے اف نہ کی...... اسی طرح ریشم کی خدمت کرتی رہیں۔

اور اسی ریشم نے یہ انہیں کیا صلہ دیا تھا۔خاوند چھین کر کیا چین نہیں آ گیا تھا جو ناگن بن کر ان کی کوکھ کو بھی ڈس ڈالا۔

آخر انہوں نے اس کا اتنا بڑا کونسا گناہ کر ڈالا تھا؟

''معاف کر دیجئے بی بی جی؟''

''تمہیں اب میں کیا کہوں؟'' وہ دکھ کے مارے کراہ کر بولیں۔

''تم تو اپنی سزا کو پہنچ گئیں۔ جاؤ میں نے معاف کیا۔ مگر۔'' بھرائی ہوئی آواز میں افسردگی سے کہنے لگیں۔

''مگر اصل مجرم کو میں کونسی دعا دوں؟ کونسی دعا؟ جس نے مجھے اتنا لوٹا۔ اتنا لوٹا کہ میرے پاس کچھ بھی نہ رہا۔ کچھ بھی نہ بچا۔''

''ایسی بات نہ کہئے۔ آپ کی دولت یہ سروش جو ہے...... خدا اسے سلامت رکھے!''

آپا نے ایک بار پھر مہ جبیں کے پاؤں پکڑ لیے ''میں بے شک آپ کی گناہگار ہوں مگر اب مجھے ایسا سبق مل چکا ہے کہ میں آپ کی اور سروش کی خدمت کر کے اس گناہ کی تلافی کرنا چاہتی ہوں۔ آپ مجھے اپنے قدموں سے جدا نہ کیجئے۔ ایک موقع' بس ایک موقع دے دیجئے۔ شاید اسی طرح میرے اس گناہ کی آگ پر دو چھینٹے پانی پڑ جائے۔''

وہ ایسی شرمسار تھی۔ اتنی منتیں سماجتیں کر رہی تھی۔ مہ جبیں کا دل پگھل گیا۔ خدا اپنے بڑے بڑے گناہ گار انسانوں کو معاف کر دیتا ہے تو ایک انسان کی کیا حیثیت ہے کہ وہ کسی کی اتنی ذراسی غلطی معاف نہ کر سکے۔

مہ جبیں نے صدق دل سے اسے معافی دے دی۔ مگر دل کے اندر جو تازہ گھاؤ لگے تھے ان کا علاج مہ جبیں کے پاس کوئی نہ تھا۔

زخمی روح اور دکھوں سے چھلنی سینے کے ساتھ سروش کو بھینچ بھینچ کر رونے لگیں' بے بس عورت اور کر بھی کیا سکتی تھی؟

وہ ناگن سامنے ہوتی تو کچھ پوچھتی بھی۔ مگر۔ مگر۔ یہ تو اس سے بھی زیادہ دکھ کی بات تھی کہ ان کی اور ان کے بچوں کی دشمن کو ان کا خاوند ہی' ان کے بچوں کا باپ ہی سینے سے لگائے بیٹھا تھا۔ کیسی عجیب دنیا تھی؟ کیسے یہ خونی رشتے تھے اور کیسے یہ زندگی کے بندھن تھے؟؟

خاوند بیوی کے ساتھ ہو تو سسرالی عزیز' رشتہ دار' سبھی اس کی قدر کرتے ہیں اور احترام کرتے ہیں۔

وقار ریشم کو لیے چلے گئے تھے...... مہ جبیں کو انہوں نے پوچھا تک نہیں تھا۔ دیورانیوں

کے سامنے یہ واقعہ ہوا تھا۔

کچھ دیر تو خیریت گزری۔ پھر آہستہ آہستہ یہ واقعہ مہ جبیں کے لیے طعنہ بنتا گیا۔ ان کی طرف سے کوئی بات کرنے والا نہ تھا...... خود بھی ہمیشہ سے بے زبان!!

ان کی طرف سے کوئی جواب نہ ملا تو سب کی زبانیں دراز ہی ہوتی گئیں۔

سروش کی حالت دھیرے دھیرے سنبھل رہی تھی۔ اب وہ رات کو کبھی کبھار ہی ڈرتا مگر کالی چیز یا کوئی کالا کپڑا دکھائی دے جاتا تو پھر اسی طرح خوف کے مارے چیخنے لگ جاتا۔

مہ جبیں نے گھر سے ہر ایسی چیز کا خاتمہ کر دیا جس کی رنگت سیاہ تھی۔ کبھی کوئی کالا کپڑا نہ استعمال کرتیں۔ چچیوں، پھوپھی تک کی منت کر دی۔ غرضیکہ ان احتیاطی تدابیر سے وہ کافی حد تک سنبھل گیا۔

سروش کی آیا اب اس کی ماں ہی بن گئی تھی۔ اسے بے حد پیار کرتی ہر طرح اس کا خیال رکھتی...... اتنا...... کہ کیا اولاد کے لیے سگی ماں بھی کرے گی...... گویا وہ اپنے گناہ کے داغوں کو یوں دھودھو کر اچھی طرح صاف کرنے پر تلی ہوئی تھی۔

سروش کو تو خیر اس نے اپنا وہی بیٹا سمجھ لیا تھا۔ خود مہ جبیں کا بھی بہت خیال رکھتی۔ ریشم، وقار اور باقی دنیا والوں نے انہیں جو جو دکھ دیئے تھے ان کے زخموں کو تسلی دلاسوں کے مرہموں سے ڈھانپنے کی کوشش کرتی رہتی۔

وقت کی رفتار جاری تھی...... سروش چھ سال کا ہو گیا۔ بیماری کی وجہ سے سکول بھی نہیں بھیجا گیا تھا۔ اب طبیعت کچھ بحال ہوئی تو داخل کر دیا گیا۔ اس کی حفاظت کے لیے آیا خود ساتھ جاتی...... ساتھ واپس آتی...... اور یوں وہ تعلیمی منازل طے کرنے لگا۔

وقار کا تبادلہ وہاں سے کہیں اور ہو گیا۔ پھر کہیں اور۔ پھر کہیں اور۔ شاید وہ جان بوجھ کر اِدھر کا نہیں کرا رہے تھے یا ریشم کی خواہش تھی یہ۔

تبادلہ اِدھر کا نہ ہوا تو یوں بھی کبھی چھٹی لے کر بھی ملنے نہ آئے۔ سب کی طرف سے ہی دل پتھر کر لیا...... کئی سال گزر گئے...... تین چار بچے بھی ہو گئے اور وہ ریشم اور ان بچوں میں ایسے پھنسے کہ بھولے سے بھی رعنا اور سروش کو نہ پوچھا۔

کبھی کبھار' بھولا بھٹکا جو کوئی خط آ جاتا تھا وہ بھی بند ہو گئے۔

ماں بہن کو بیٹے اور بھائی کی جدائی ملی تو وہ بھی مہ جبیں ہی کو قصوروار ٹھہرانے لگیں...... کہ اس سے خاوند نہ سنبھالا گیا تھا اور یوں وہ سب سے بچھڑ گیا۔

ماں کا بیٹا اور بہن بھائیوں کا بھائی ان سے بچھڑا تو اس کی بیوی اور اولاد کی بھی پرواہ نہ رہی۔ ان میں بھی کیڑے پڑنے لگے۔

گھر میں دونوں چچاؤں اور پھوپھی کے بچے بھی بڑے ہو رہے تھے۔ کبھی سب آپس میں مل بیٹھتے اور کبھی لڑائی جھگڑا ہو جاتا...... ساری آئی گئی سروش کے سر ہی آتی۔

باپ کی ڈھال اس کے پاس نہیں تھی اور ماں دکھوں کی ماری۔ اس سے خود اپنے دکھ ہی سنبھل نہیں رہے تھے تو کسی اور کو کیا سنبھالتی۔

رعنا بڑی تھی اور یوں بھی اردگرد کے ماحول نے اسے عمر سے پہلے ہی سمجھدار بنا دیا تھا۔ چچاؤں اور پھوپھی کے بچوں سے کم ہی کھیلتی۔ سکول سے گھر آتی تو اپنے ہی کمروں میں گھسی پڑھتی رہتی۔

البتہ سروش جو کم عمر تھا۔ سب کی توجہ کا مستحق! مگر بے توجہی کا شکار ہو رہا تھا اور آخر انہی لاپرواہیوں اور بے توجہیوں میں کچلا کچلایا بڑھ رہا تھا' پل رہا تھا اور تعلیم حاصل کر رہا تھا۔

نانی نانا بے حد امیر تھے۔ ان کی وفات کے بعد ان کی ساری دولت' جائیداد مہ جبیں کو ہی مل گئی۔ یوں ان کا پلڑا پیسے دھیلے کے لحاظ سے سب سے بھاری تھا۔

اور روپے پیسے سے ہر آسائش، ہر آرام حاصل ہو سکتا ہے۔ اس طرح سروش کو دنیا کی ہر نعمت حاصل تھی، مگر توجہ' پیار اور خلوص جیسے جذبوں سے اس کا دامن خالی تھا۔

اسی جیسے دوسرے بچوں کے باپ ان کے سرپرست تھے۔ ان کے محافظ تھے۔ اشعر' صولت' زلفی اور خاور' سبھی کیسے مطمئن تھے...... نہ کوئی فکر نہ پریشانی۔ کیسے ہنسی خوشی ماؤں کی مامتا تلے اور باپوں کی شفقت پدری کے سائے میں بڑھ رہے تھے۔

سروش دسویں جماعت میں گیا تو ہر بات اور ہر معاملے کا اسے احساس تھا۔ باپ کے متعلق سارے حالات کا علم ہو گیا۔ دولت پیسے کی اسے پرواہ نہ تھی۔ اسے توجہ پیار اور محبت جیسے

سہانے سہانے جذبوں کی تلاش تھی۔

ماں کے سرپرست اور خاوند کی بے رخی کا غم ہی ایسا مسلط ہو کر رہ گیا تھا کہ اس سے کوئی توقع کرنا زیادتی تھی۔

اپنی سوچ کے مطابق اس نے باپ کے سینے میں ہی ان سوئے جذبوں کو بیدار کرنا چاہا۔ ماں سے چوری چوری چپکے چپکے اس نے باپ کو خط لکھا۔ چھوٹی چھوٹی، معصوم معصوم سی باتیں!!

سروش کا خط دیکھ کر وقار کی خفیہ محبت کچھ جاگی۔ انہوں نے جواب دیا اور یوں باپ بیٹے کی خط وکتابت شروع ہوگئی۔

جانے وقار کو ریشم نے کن مضبوط بندھنوں میں جکڑ رکھا تھا۔ خود پھر بھی نہ آئے، مگر آہستہ آہستہ اس کا کالج کا خرچ بھی بھیجنے لگے۔

سروش بے حد خوش تھا۔ ماں سے ہمیشہ اسے ضرورت سے زیادہ ہی جیب خرچ وغیرہ ملا کرتا تھا مگر باپ کی بھیجی ہوئی اس چھوٹی سی رقم نے ہی اسے کئی خزانوں جتنی دولت بخش دی۔

اب اسے امید ہو چلی تھی کہ یوں دھیرے دھیرے وہ ماں اور باپ کی جدائی کو بھی ختم کرڈالے گا...... ماں، اس کی مقدس اور بے زبان سی ماں۔ کتنی خوش ہوگی اس دن!!

اور اسی سہانے سے تصور میں ڈوب کر سروش نے ماں کو باپ سے خط وکتابت کی ساری داستان سنادی۔ پھر خوشی خوشی وہ رقم بھی ماں کے سامنے رکھ دی جو باپ نے بھیجی تھی۔

مہ جبین کا اس وقت دل چاہا کہ ان روپوں کو آگ لگادے۔ جہاں سے اب تک وہ سروش کے خرچ پورے کرتی رہی تھیں اب بھی وہیں سے ہو سکتے تھے۔ انہیں ان چند ٹکوں کی ضرورت نہ تھی۔ خدا انہیں بہت دے رہا تھا۔ بہت۔ مگر۔

سروش کو پوری زندگی میں اتنا خوش انہوں نے کبھی نہ دیکھا تھا جتنا اس وقت تھا۔ وہ اگر اسے جھڑک دیتیں یا یہ سب کچھ کہہ دیتیں تو اس کی ساری خوشی کافور ہو جانا تھی۔

مہ جبین کچھ نہ کہہ سکیں۔ صرف سروش کی اس بے پایاں خوشی کی خاطر!! وہ اس کے یہ حسین خواب اور یہ اتنی عمر گزارنے کے بعد جو اسے خوشی میسر آئی تھی وہ اس سے چھیننا نہ چاہتی

تھیں۔

مسکرا کر خاموش ہو رہیں۔ اسے روک نہ سکی تھیں تو خوشی کا اظہار بھی نہ کر سکیں۔ بلکہ اندر ہی اندر سے کچھ اور بھی دکھی ہو گئیں۔ یہ سروش نے کن خاموش تاروں کو چھیڑ دیا تھا۔ یہ اس نے ان کے سوئے زخموں پر پھر نشتر چلا دیا...... آنکھیں بھر آئیں۔

مگر سروش کی خوشی ہر حال میں مقدم تھی۔ جلدی سے اس کے پاس سے اٹھ کر اپنے کام میں مصروف ہو گئیں۔ اس سے یہ آنسو چھپانے کا اور کوئی طریقہ نہ تھا۔

تین چار سال یونہی گزر گئے۔ سروش نے بی اے کر لیا۔ بڑے شاندار نمبروں سے۔ باپ کی اس محبت نے اسے ایسا سہارا دیا تھا کہ چھوٹی جماعتوں میں بھی کبھی اتنی اعلیٰ کامیابی حاصل نہیں کی تھی۔

پھر اس نے ایم اے میں داخلہ لے لیا۔ اس کی فطری صلاحیتیں نکھر رہی تھیں۔ اس کی صحت بڑی اچھی ہو گئی تھی۔ ایسا وجیہہ اور نوجوان مرد بنا تھا کہ خاندان کا کوئی لڑکا اس کا مقابلہ نہیں کر سکتا تھا۔

یونیورسٹی کے الیکشنوں میں حصہ لیا۔ کامیاب رہا۔ اسے مبارکیں ملیں۔ مہ جبیں کو ملیں۔ اردگرد خوشیاں ہی خوشیاں بکھر رہی تھیں۔ لڑکوں، پروفیسروں کی دعوتیں پارٹیاں ہوئیں۔

سروش باؤلا سا ہوا پھر رہا تھا۔ اتنے سارے ہم جماعت، پروفیسر، یونیورسٹی کے ملنے جلنے والے۔ سبھی کی توجہ کا مرکز بنا ہوا تھا۔ اتنی ساری توجہ کب کبھی اس کے نصیب میں ہوئی تھی۔

اس کی نکھری نکھری شخصیت نے پھر اس کے اپنے ہی چچاؤں اور پھوپھی کے لڑکوں کو حسد میں مبتلا کر دیا۔ دولت میں بھی وہ سب سے اعلیٰ تھا اور تعلیم اور مردانہ وجاہت میں بھی وہ منفرد!!

چبھتے چبھتے سے فقرے اس پر چست ہونے لگے۔ اور اس معاملے میں سب سے پیش پیش اشعر تھا۔ بڑے چچا کا بڑا لڑکا۔ سروش سے چھوٹا تھا، مگر باقی سب لڑکوں سے بڑا۔ سب کو اپنے پیچھے لگا لیتا۔

مگر سروش نے نہ کبھی کسی بات کا برا منایا نہ کبھی کوئی پرواہ کی۔ اپنے ہی آپ میں ڈوبا اپنی تعلیم کی طرف متوجہ رہا۔ اسے نہ کسی سے کوئی دشمنی تھی نہ کوئی عناد۔ ہر ایک سے پیار اور محبت سے ہی پیش آتا۔

ایم اے کا دوسرا سال تھا۔ اس نے دل میں تہیہ کیا ہوا تھا کہ اس بار یونیورسٹی بھر میں اول آئے گا...... بڑے زور شور سے امتحان کی تیاری میں مصروف تھا کہ......

اچانک ہی وقار کے خط آنا بند ہو گئے۔ شاید ریشم کو پتہ چل گیا تھا کہ باپ بیٹے کی آپس میں خط و کتابت تھی۔ پھر نجانے اس نے کیا کیا؟ کونسا طریقہ استعمال کیا؟؟ وقار کو پھر اسے خط کا جواب دینے کی ہمت نہ پڑی۔

سروش اِدھر بے فکر سے ذہن و دماغ کے ساتھ امتحان کی تیاری میں مصروف تھا کہ ملے ملایا باپ کی محبت کا سہارا اچانک ہی پھر چھوٹ گیا۔

وہ تو دیوانہ سا ہو گیا۔ باپ کے یہی محبت بھرے خطوط تو اس کا آسرا بنے ہوئے تھے۔ انہیں کے بل بوتے پر وہ کامیابیاں حاصل کر رہا تھا۔ اوپر تلے تین چار خط باپ کو لکھ ڈالے۔ مگر کوئی جواب نہ ملا۔

پریشان ہوتے ہوئے آخر خود جا کر ان سے ملنے کی ٹھان لی۔ بس ایسے لگ رہا تھا جیسے باپ سے ایک بار مل لے گا تو پڑھائی بھی اچھی ہو سکے گی اور امتحان بھی ٹھیک طرح دے سکے گا۔ ورنہ۔ ورنہ تو دماغ ایسا الجھا تھا۔ اندر ایسے لاوے ابل رہے تھے کہ جیسے ابھی پھٹ جائے گا اور پھر وہ کسی قابل نہ رہے گا۔

مہ جبیں نے بہت منع کیا۔ ریشم کے متعلق سب کچھ بتایا کہ وہ کتنی خطرناک عورت تھی۔ مگر وہ کسی طرح مانا ہی نہیں۔ جو بھی گزرے۔ وہ باپ سے ایک بار ملنا ضرور چاہتا تھا۔

اسی کی تڑپ اور بے چینی دیکھ کر مہ جبیں بھی اسے مزید روک نہ سکیں۔ آخر اسے اجازت دے ہی دی۔

اور پھر۔ وہ وہاں جا پہنچا۔ جہاں باپ تھا۔ سروش صرف ڈاک کا پتہ ہی جانتا تھا۔ وہ بھی باپ کے دفتر کا۔ رہائش گاہ اس کی کہاں تھی؟ یہ آج تک نہ خود باپ نے ہی اسے بتایا تھا اور نہ

ہی سروش نے پوچھنے کی کبھی جرأت کی تھی۔

کرتا بھی کیسے؟ جانتا تھا وہاں ریشم کی حکومت تھی جو اس کی سوتیلی ماں تھی۔ باپ کو خط بھی دفتر کے پتہ پر ہی لکھتا تھا۔ اور باپ کے خطوں سے یہ اندازہ بھی ہو چکا تھا کہ اس کی جو سروش سے خط و کتابت تھی اس سے ریشم کو لاعلم ہی رکھا گیا تھا۔ جانے کیوں؟

مگر سروش نے اس کا کبھی کھوج لگانے کی ضرورت ہی محسوس نہ کی تھی۔ اس کے سر پر باپ کا سایہ موجود تھا۔ اور باپ اس سے محبت کرتا تھا۔ اسے محبت بھرے خط لکھتا تھا۔ اتنا ہی وہ چاہتا تھا اور یہ اسے میسر تھا۔ اسے کسی اور بات سے کوئی غرض ہی نہ تھی۔

باپ کے شہر جس وقت وہ پہنچا شام ہونے والی تھی۔ اسے خیال آیا اس وقت یقیناً باپ دفتر چھوڑ کر گھر جا چکا ہوگا......اور اس کے پاس گھر کا پتہ تھا ہی نہیں۔

بہت پریشان ہوا۔ آخر سٹیشن سے ہی ایک دو سے پوچھا۔ جنگلات کا بڑا افسر۔ بڑی حیثیت والا تھا باپ۔

معلوم ہوا اس کا گھر اسٹیشن سے بہت دور تھا۔ لیکن کتنا بھی دور تھا۔ اس کے جذبے نے اسے کھینچ لے جانا تھا۔ سروش تو جانے کو تیار ہو گیا مگر پتہ بتانے والے نے یہ سمجھایا کہ اسٹیشن سے فون کر کے پہلے معلوم کرلے وہ گھر تھا بھی کہ نہیں۔

کیونکہ کئی کئی دن اسے اردگرد کی بستیوں میں دورے کے لیے بھی جانا پڑا کرتا تھا۔ بتانے والے نے کہا تو ٹھیک تھا۔ ریشم اور اس کے بچوں سے اس کی بالکل جان پہچان نہ تھی۔ باپ کی غیر موجودگی میں جا کر پریشان ہونے والی ہی بات تھی۔

چنانچہ اللہ کا نام لیتے ہوئے اس نے ڈائریکٹری میں سے نمبر دیکھا اور باپ کو فون کر ڈالا۔

اتفاق تھا یا پھر اس کے جذبے کی صداقت! فون وقار نے ہی رسیو کیا۔ باپ کی آواز سنتے ہی سروش کے جذبات میں عجیب سی ہلچل مچ اٹھی۔ لرزتی کانپتی آواز میں اس نے اپنے متعلق بتایا۔

وقار بیٹے کا نام سن کر چونکے۔ ان کی آواز میں نجانے کیا تھا۔ کچھ گھبراہٹ......یا پھر

شاید خوشی کی کپکپاہٹ...... خود سامنے تو تھے ہی نہیں جو سروش کچھ اندازہ لگا سکتا۔

''اسٹیشن پر ہی ٹھہرو۔ گھر مت آنا۔ میں ابھی وہیں پہنچ رہا ہوں۔''

باپ کی آواز سن کر وہ مدہوش سا ہو گیا تھا۔ ایسی میٹھی اور محبت بھری اس کی آواز اسے محسوس ہوئی تھی...... یہ تو اس کی زندگی کا پہلا تجربہ تھا...... بڑا سہانا سا!!

اور پھر انہی مدہوشیوں کے عالم میں سروش اسٹیشن کے احاطہ میں کبھی ٹہل کر کبھی اس کے بنچ پر بیٹھ بیٹھ کر باپ کا انتظار کرنے لگا۔

عجیب عجیب سے خوش آئند تصورات نے اس کے دل و دماغ کو اپنی لپیٹ میں لے رکھا تھا...... سترہ اٹھارہ سال بعد وہ اپنے باپ سے ملنے والا تھا۔ بچپن کا زمانہ تو یاد ہی نہیں تھا...... اس لحاظ سے وہ زندگی میں پہلی بار اپنے باپ کا سامنا کرنے والا تھا۔

وفور جذبات سے پورا وجود لڑکھڑا رہا تھا۔ سینے میں انوکھی سی ہلچل مچی تھی۔ وقت گزارنے کے لیے سیٹی بجانا چاہی تو وہ بج نہ سکی۔ گنگنانا چاہا تو آواز کپکپائی جا رہی تھی۔

عجیب سی حالت تھی اس کی کہ ساری زندگی میں ایسی کبھی نہیں ہوئی تھی۔

شام سے رات ہوئی۔ دس۔ گیارہ۔ اور پھر بارہ بج گئے۔ سروش سردی سے ٹھٹھر رہا تھا۔

جانتا ہوتا کہ یہ سب کچھ بیتے گا تو اس کا انتظام کر کے آتا۔ وہ تو باپ اور اس کے آسائشوں بھرے گھر کا تصور ذہن میں لے کر آیا تھا۔

یہ تو اسے احساس ہی نہیں ہوا تھا کہ باپ کے گھر میں اس کی اپنی ماں نہیں تھی۔ اس کی سوتیلی ماں تھی اور اسی کا وہاں راج تھا۔ چنانچہ اتنے گھنٹے اس سردی میں اسٹیشن کے کھلے احاطے میں اسے باپ کا انتظار کرنا پڑے گا۔ اس کے لیے اس گھر کا داخلہ بند ہو گا۔

کیسی انوکھی سی بات تھی۔ کیسی عجیب سی! وہ ٹھٹھرتا رہا...... ٹہلتا رہا۔ سوچتا رہا...... اور رات بیت گئی۔ گاڑی کی وسل نے اسے چونکا دیا۔

اس نے سوجی سوجی سرخ آنکھیں اٹھائیں۔ چاروں طرف صبح کا دھندلا سا اجالا پھیل رہا تھا۔ گاڑی کے دوسرے وسل پر اس نے پلیٹ فارم کی سمت دیکھا۔

اس کی اپنی ماں۔ بے بس اور دکھی ماں تک پہنچنے والی گاڑی تیار کھڑی تھی۔ بڑی حسرت سے باپ کے شہر کو دیکھتے ہوئے بھاگ کر گاڑی میں چڑھ گیا۔

واپس اس اجڑی کھسٹی پناہ گاہ میں پناہ تلاش کرنے۔اسی ویران دل میں محبت کی رمق ڈھونڈنے !!

یہاں تو۔ نہ صرف باپ کے گھر کا داخلہ اس کے لیے بند تھا بلکہ شفقت پدری کے بھی در ایسے بند ہوئے تھے۔ایسے بند کہ بار بار کھٹکھٹانے پر بھی وا نہیں ہو سکے تھے۔

اور یوں وہ لٹا لٹا سا گھر واپس آ گیا۔ جیسے زندگی کی ہر بازی ہی ہار بیٹھا تھا۔

اب وہ پہلے جیسا سروش ہی نہیں رہا تھا۔ نہ کسی سے ہنستا بولتا...... نہ کچھ پڑھتا لکھتا۔ نہ کوئی اور کام کرتا۔ بس چپ چاپ سارا سارا دن کمرے میں گھسا کھڑکی کے سامنے کرسی ڈالے بیٹھا گھنٹوں سوچوں میں کھویا رہتا۔

کھانے پینے تک کا اسے ہوش نہ تھا۔ ماں منتیں کر کر کے کچھ منہ میں ڈال دیتی تو پیٹ میں چلا جاتا ورنہ فاقہ ہی رہتا۔

بہت دن یونہی گزر گئے۔ سبھی اسے سمجھا سمجھا کر تھک گئے کہ وقار کی یہ لاپرواہی کوئی نئی نہ تھی۔ ریشم کا جادو جب سے سر پر چڑھا تھا وہ ایسے ہی ہو گئے تھے۔ اسے کوئی توقع رکھنی ہی نہیں چاہیے تھی۔

مگر اس پر کسی کے سمجھانے کا بھی کوئی اثر نہ ہوا۔ جی پر کچھ ایسی چوٹ لگی تھی' اندر سے من ٹوٹ کر کچھ ایسا بکھرا تھا کہ سمیٹا نہیں جا رہا تھا اور سروش ابھی اس ٹوٹی پھوٹی حالت میں ہی تھا کہ ایک دن...... اچانک...... بالکل اچانک ہی وقار کی موت کا تار ملا۔

ماں' بھائی' بہن اور بھاوجیں سب جانے کو تیار ہو گئے۔ اسی وقت' اسی لمحے' آخری دیدار کے لیے۔ مگر مہ جبیں نے جانے سے انکار کر دیا۔

زندگی میں وہ اس کی شکل دیکھنے کے روادار نہ تھے تو مردے کی روح کو اپنی شکل دکھا کر کیوں بے چین کرتیں۔

دوسرے ریشم کا سامنا کرنے کو کسی صورت دل نہ چاہتا تھا۔ اس کے ڈھائے ہوئے

مظالم نے کلیجہ ایسا چھلنی کیا تھا کہ بیسیوں برس گزر جانے کے باوجود بھی زخم اسی طرح رِس رہے تھے۔ لہٰذا ایسی کوئی کسر باقی تو نہ تھی کہ جا کر ایک آدھ نشتر اور لگوا آتیں۔

تیسرے مرنے والا تو اس دنیا سے چلا گیا تھا۔ اس نے تو واپس آ نہیں جانا تھا۔ اِدھر سروش کو ان کی ضرورت تھی...... وہ اگر چلی جاتیں تو اسے کون سنبھالتا۔ اس کا کون خیال کرتا۔ اور پھر ماں کو موجود نہ پا کر اس نے ضرور پوچھنا تھا۔ اور مہ جبیں ابھی اسے باپ کی موت کے متعلق کچھ بتانا نہیں چاہتی تھیں۔

یہی کچھ سوچتے ہوئے وقار کے آخری دیدار کے لئے بھی نہ گئیں۔

وقار کی تجہیز و تکفین اور قل وغیرہ کرنے کے بعد جب سب دکھی دل اور افسردہ چہرہ لیے واپس آئے تو معلوم ہوا۔

وقار کی موت قدرتی نہ تھی بلکہ اسے زہر دے کر مارا گیا تھا۔ مہ جبیں کلیجہ تھام کر رہ گئیں۔ درد سینے میں ٹیس بن اٹھا۔ پوری بات سننے سے پہلے آنسو پونچھتے ہوئے جلدی سے اٹھ کر دوسرے کمرے میں جھانکا۔

سروش نجانے کہاں تھا۔ اطمینان کر کے پھر وہیں آ بیٹھیں۔ وہ نہیں چاہتی تھیں کہ سروش کو کسی بات کا علم ہو۔ وہ پہلے ہی اپنے ہوش وحواس کھوئے بیٹھا تھا۔ باپ کی موت کے متعلق معلوم ہو جاتا تو جانے کیا کرتا۔

اماں کی حالت تو ایسی تھی کہ ان سے بات بھی نہیں ہو رہی تھی۔ دوسرے ہی آنسو بہا بہا کر بتا رہے تھے۔

وقار کو زہر کس نے دیا یہ معلوم نہ ہو سکا۔ البتہ جب سب وہاں پہنچے تو پولیس ان کے دروازے پر کھڑی تھی۔ کسی نامعلوم شخص نے رپورٹ درج کرائی تھی کہ انہیں زہر دیا گیا تھا۔ اور پولیس والے پوسٹ مارٹم کے بغیر میت کو دفن نہیں کرنے دے رہے تھے۔

اماں نے ساری بات سنی تو انہیں غش پر غش آنے لگے۔ ان کے لختِ جگر کے جسم کو، جسے اتنے ناز و نعم سے انہوں نے پالا تھا، یوں چیر پھاڑ دیا جاتا...... اس کا تصور ہی بڑا دلخراش تھا۔ ذرا ہوش آتا تو دوسرے دونوں بیٹوں کے پاؤں پکڑ پکڑ کر منتیں کرتیں کہ جس طرح بھی ہو سکے وقار کی

لاش کے ساتھ ایسا نہ ہونے دیا جائے۔

سب مجرم کو کیفر کردار تک پہنچانا ضرور چاہتے تھے مگر اماں کی حالت دیکھی نہیں جا رہی تھی۔ اگر وقار کی لاش پوسٹ مارٹم کے لیے چلی جاتی تو پھر ساتھ یقیناً اماں کا جنازہ بھی اٹھنا تھا۔

اور پھر ان کی خاطر پولیس کو کچھ دے دلا کر معاملہ رفع دفع کرایا گیا تھا کہ ایسی کوئی بات نہیں تھی۔ بس کسی نے دشمنی کی بنا پر ایسی رپورٹ دے دی تھی کہ یوں پریشانی اٹھانا پڑے۔

ویسے بڑی چچی، دونوں چچا اور پھوپھی کو تو یقین تھا کہ یہ کام ریشم کا تھا۔

''ایسا صبر حوصلہ بھی کیا کہ خاوند مر جائے اور بیوی کی آنکھ سے ایک آنسو نہ ٹپکے..... اِدھر مہ جبیں..... اتنے سالوں کی جدائی رہی۔ اتنے وقار بھائی کے ذات سے انہیں دکھ ملے مگر پھر بھی اب تک آنسو نہیں سوکھ رہے۔''

''وہ تو پہلے سے بھی زیادہ جوان لگ رہی تھی آپا.....''

''بھابی! مجھے تو اس لیے یقین ہے کہ اُدھر ریشم کی جوانی اسی طرح جواں اور اِدھر وقار بھائی..... اللہ انہیں کروٹ کروٹ جنت نصیب کرے۔ کیا بتاؤں کیا حلیہ ہو رہا تھا..... سر بالکل سفید..... جیسے سو سال کا بوڑھا ہو اور اور۔''

پھوپھی بھائی کو یاد کر کے پھر رونے لگیں۔

''جسم ہڈیوں کا ڈھانچہ۔ نہ کوئی لمبی بیماری کاٹی اور نہ کوئی اور روگ تھا۔ بھلا اچانک ہارٹ فیل ہو جانے سے کبھی ایسی حالت ہوئی ہے جیسی ان کی تھی۔''

''ہاں۔ یہ تو آپ نے ٹھیک کہا۔ وقار بھائی تو وہ لگ ہی نہیں رہے تھے۔ نجانے اس چڑیل نے ہمارے بھائی کے ساتھ کیا سلوک روا رکھا تھا جوان کی یہ حالت ہو گئی تھی۔''

سن سن کر مہ جبیں اور بھی دکھی ہوئی جا رہی تھیں۔ آخر تھے تو ان کے خاوند ہی۔ آٹھ دس سال ان کی محبت بھری رفاقت میں گزارے تھے اور جب مزید سننے کی تاب نہ رہی تو ان سب میں سے اٹھ جانا ہی بہتر سمجھا۔

کمرے سے باہر نکلیں۔ وہیں ٹھٹک کر رہ گئیں۔ سروش باہر چپ چاپ دیوار کے ساتھ لگا کھڑا تھا..... مہ جبیں سمجھ گئیں کہ وہ سب کچھ سن چکا تھا۔ کیونکہ.....

اس کی حالت بڑی عجیب سی ہو رہی تھی۔ آنکھوں میں عجیب سی حیرت اور خوف تھا اور ہونٹوں پر بچوں ایسی معصوم مسکراہٹ پھیلی تھی اور اس کے بعد سروش کی حالت دن بدن خراب ہوتی گئی......اسے دیوانگی کے دورے پڑنے لگے۔

کسی دوسرے کو بالکل کوئی تکلیف نہیں دیتا تھا......بس اپنی ذات کے ساتھ ہی جو چاہتا‘ کرتا رہتا......نہ کوئی غل غپاڑہ......نہ چیخم دھاڑ......کبھی لباس الٹ پلٹ پہن لیتا......کبھی باتیں عجیب عجیب کرتا......کبھی حرکتیں عجیب عجیب۔

اس وقت آنکھوں میں کبھی حیرت اور کبھی خوف اُمڈ آتا اور ہونٹوں پر معصوم سی مسکراہٹیں بکھر جاتیں۔ بچپن میں چڑیل سے ڈرنے کے بعد وہ کالی چیزوں کو دیکھ کر خوف زدہ ہو جایا کرتا تھا۔ اب پھر اسی طرح ہونے لگا۔

کوئی کالی چیز دیکھ لیتا تو اسی لمحے خوف سے آنکھیں پھیل جاتیں اور الٹ پلٹ حرکتیں کرنے لگ جاتا۔

پھر جب دورہ ہٹ جاتا تو بالکل نارمل یعنی ایک صحیح الدماغ انسان کی طرح ہوتا۔ بڑی عقلمندی کی باتیں کرتا۔ بڑی سمجھداری سے ہر کام کرتا۔ دورے سے پہلے والی فرزانگی کے عالم کی ہر بات اسے یاد ہوتی۔ البتہ دورے کے عالم میں جو کچھ کرتا‘ وہ سب بھول چکا ہوتا۔

اس کے ان دیوانگی کے دوروں سے ماں‘ دادی‘ چچا اور پھوپھی......سبھی پریشان ہو اٹھے۔ وقار کی اک یہی نشانی ان کے پاس تھی۔ اسے ہر طرح‘ ہر قیمت پر انہیں محفوظ اور سلامت رکھنا تھا۔

بہتیرے علاج معالجے کیے گئے......مگر کوئی افاقہ نہ ہوا......اسی طرح دورے پڑتے رہے۔

اور اس عالم میں بڑے تو اسے دیکھ دیکھ کر دکھی ہوئے مگر بچوں کو کیا احساس! وہ اس کی الٹ پلٹ اور عجیب وغریب حرکات دیکھتے تو ہنسی پر قابو نہ پا سکتے۔ پھر اسے چھیڑتے......اسے مذاق کرتے......

سروش کا دماغ اور بھی الٹ جاتا۔ وہ اور بھی مضحکہ خیز باتیں کرنے لگ جاتا......مزید

ہنسی کے فوارے چھوٹتے......اور یوں وہ ان سب کا دلچسپ مشغلہ یا کھلونا ہی بن کر رہ گیا تھا۔

اس کی تعلیم......اس کی پڑھائی......امتحان کی تیاریاں......یونیورسٹی بھر میں اول آنے کا جذبہ......سب کچھ ہی جیسے اس کے ذہن سے نکل چکا تھا۔ سب کچھ ہی ختم ہو گیا۔

مہ جبیں اپنے جوان' لائق' خوبرو اور اچھے بھلے صحت مند بیٹے کا یہ حال دیکھ کر خود بھی پاگل ہوئی جا رہی تھیں۔

کسی نے ایک ماہر نفسیات کے متعلق بتایا کہ اس نے ایسے کئی مریض بالکل بھلے چنگے کر دیئے تھے۔

پھر اس کا علاج ہونے لگا۔

باتوں سے......ذہن کو پُرسکون رکھنے والی دواؤں سے......پیار اور محبت سے۔ اور توجہ سے!!

مگر۔ گھر میں اتنے سارے لوگ بستے تھے۔ کبھی کبھار۔ کوئی نہ کوئی بات ہو ہی جاتی۔ اور بس اتنے سے ہی سروش زیروزبر ہو کر رہ جاتا۔

مہ جبیں اس بھرے گھر سے علیحدہ بھی نہیں ہو سکتی تھیں۔ ساری عمر انہی دہلیزوں پر گزری تھی اور اب تو بیوگی کا داغ بھی پیشانی پر لگ گیا تھا۔ جوان لڑکی اور ایسے مریض بیٹے کو لے کر کیسے علیحدہ رہتیں۔

ماں باپ کی موت کے ساتھ میکہ بھی ختم ہو گیا تھا۔ بس لے دے کر ایک سہارا تھا تو ان کی چھوڑی ہوئی دولت......بیٹے پر بے حساب لگائے جا رہی تھیں اور اس کے ٹھیک ہونے کی منتظر تھیں۔

بہت عرصہ علاج جاری رہا......مگر ماہر نفسیات کی توقع کے مطابق سروش کو افاقہ نہ ہوا......ان کے گھر کے حالات دیکھتے ہوئے اس نے یہی مشورہ دیا کہ اس کی شادی کر دی جائے۔

''شادی......اور اس حالت میں......ڈاکٹر صاحب! یہ آپ کیا کہہ رہے ہیں۔''

مہ جبیں پریشان ہو اٹھیں۔

''ایک دیوانے انسان کی شادی کر دی جائے......یہ تو جائز بھی نہیں۔''

ڈاکٹر صاحب بڑے انداز سے مسکرائے۔

''جسے آپ دیوانہ کہہ رہی ہیں وہ جب ہوش میں ہوتا ہے تو ہم سے زیادہ فرزانہ اور سمجھدار ہوتا ہے۔ سروش بنیادی طور پر بڑے اچھے ذہن کا مالک ہے۔ اس کی دیوانگی کے یہ دورے تو صرف پریشانیوں اور الجھنوں سے فرار حاصل کرنے کا ذریعہ ہیں۔''

ڈاکٹر صاحب مہ جبیں کو سمجھانے لگے۔

''آپ دیکھ لیجئے گا جب اس کا ذہن بالکل پُرسکون ہوگا......تو اسے کبھی کوئی دورہ نہیں پڑے گا۔''

''ہم نے تو ڈاکٹر صاحب! اسے سکون دینے کی بہت کوششیں کیں۔''

''آپ کسے سکون کہتی ہیں......بس اتنا ہی کہ اسے اچھا......اچھا کھلایا' اس کا خیال رکھا......اور بس......اسے سکون مل گیا......! اس کے دماغ' اس کے ذہن' اس کی روح کی مانگ پوری کیجئے بیگم وقار! تب اسے سکون ملے گا......اسے محبت کی ضرورت ہے......بے پناہ محبت کی......بھرپور توجہ کی......اور آپ اس کے دل و دماغ کی یہ ضرورت پوری نہیں کر رہیں......میں نے کہا نا اس کی شادی کر دیجئے۔''

مہ جبیں سوچوں مین کھو گئیں......اس حالت میں کون اسے لڑکی دے گا۔ کون دے گا......؟ یا اللہ وہ کیا کریں......!''آپ سوچ میں پڑ گئیں......شاید اس لیے کہ آپ کے بیٹے کی شادی اس حالت مین جائز نہ ہوگی۔'' ڈاکٹر صاحب مسکرائے......''اس کا آپ فکر نہ کیجئے......میں خود ایک مذہبی انسان ہوں......اس لیے مذہب سے ہٹ کر کوئی غلط اور ناجائز کام آپ سے نہیں کرواؤں گا......مجھ پر بھروسہ کیجئے اور سروش کی شادی کر دیجئے......البتہ یہ خیال ضرور رکھیے گا کہ اس کا نکاح دورے کی حالت میں نہ ہو......بس پھر جائز ہی جائز ہے۔''

''مگر ڈاکٹر صاحب! میں تو اس سوچ میں ہوں کہ اس حالت میں اسے لڑکی کون دے گا......بہتر یہی تھا کہ سروش پہلے ٹھیک ہو جاتا......''

پھر ڈاکٹر نے انہیں سمجھایا کہ اس کے علاج کے لیے جتنی توجہ اور محبت کی اسے ضرورت تھی' وہ اسے نہیں مل رہی تھی......اور نہ ہی مل سکتی تھی۔

کیونکہ اسے تو ایسی توجہ اور ایسے پیار کی ضرورت تھی جیسے کسی بچے کو اس کے والدین دیں...... مگر چونکہ وہ اس عمر سے گزر چکا تھا...... ماشاءاللہ پورا جوان مرد سامنے دکھائی دے رہا تھا اس لیے مہ جبین بھی بچوں جیسی بھرپور توجہ اسے نہیں دے سکتی تھیں......

اور اب اگر اسے کوئی والہانہ محبت اور اپنی پوری توجہ دے سکتا تھا تو وہ صرف اس کی بیوی ہو سکتی تھی...... اس لیے شادی ہی اب اس کا علاج تھا اور بہت مؤثر علاج...... وہ اس کے بغیر ٹھیک ہی نہیں ہو سکتا تھا...... ڈاکٹر نے ہر کوشش کر دیکھی تھی۔

ڈاکٹر کی بات اب مہ جبین کے دماغ میں بیٹھی...... حقیقت بھی تھی کہ جیسی ذمہ داری ایک ماں دودھ پیتے یا کمسن بچے کی محسوس کرتی ہے ویسی وہ اب سروش کے لیے نہیں کر پا رہی تھیں۔

کچھ ان کے دکھوں نے انہیں اتنا نڈھال کر چھوڑا تھا کہ اب ان میں وہ طاقت، وہ جوانی والی ہمت اور قوت برداشت نہ رہی تھی جس کی کہ اس کے علاج کے لیے ضرورت تھی۔

سروش کے کئی کام وہ غیر ارادی طور پر ہی آیا کے سپرد کر دیتی تھیں...... کیونکہ اکثر خاندان کے کسی نہ کسی جھمیلے میں انہیں دخل دینا پڑتا تھا...... سلجھانا پڑتا تھا...... وقت صرف کرنا پڑتا تھا...... اور یوں پھر سروش کی طرف سے کچھ غفلت ہو جاتی۔

پھر سروش کے علاوہ ان کی ایک اور اولاد رعنا بھی تھی...... اس کی شادی کی...... اس کے سسرال آنا جانا...... داماد کو ہاتھوں میں رکھنے کے لیے اس کی ناز برداریاں......!! سو مصیبتیں تو ان کی جان کو چمٹی ہوئی تھیں...... ٹھیک ہی تو تھا...... سروش کی بیوی آ جائے گی تو وہ صرف اور صرف اسی کی ہو کر رہے گی...... اس کی جان کو کوئی اور جھمیلا تو نہ ہو گا...... اس کی ہر ضرورت، ہر آرام کا خیال رکھے گی...... اسے توجہ دے گی پھر...... شاید سروش ٹھیک ہو جائے...... ان کا ایسا وجیہہ اور لائق بیٹا...... ان کے سامنے...... ان کے جیتے جی آباد ہو جائے گا۔

"اوہ! میرے خدا......!"

وہ جو دکھوں کی ماری تھیں...... زندگی میں خوشیوں سے زیادہ غم دیکھے تھے...... شاید یہ خوشی انہیں میسر آ جائے۔

وہ تصور ہی کر کے بے اختیار ہو اٹھیں......ڈاکٹر نے جو آس دلائی' اس نے یکدم ہی بڑے حسین خوابوں کے محل کھڑے کر دیئے......

چنانچہ وہ اپنی ہر ممکن کوشش کر کے بھی اس کی شادی رچانے کو تیار ہو گئیں۔

☆ ☆ ☆

وہ اوندھی لیٹی روئے جا رہی تھی اور سسکیاں بھرے جا رہی تھی...... مہ جبیں اس کے پاس ہی پلنگ کی پٹی پر بیٹھی بڑے پیار، بڑی شفقت سے اس کی پشت پر، اس کے بالوں پر ہاتھ پھیر رہی تھیں۔

تسلی دلاسہ دے رہی تھیں...... یہ یقین دلانے کی کوشش کر رہی تھیں کہ اس کی توجہ اور محبت یقیناً سروش کو ٹھیک کر لے گی...... اسے ہمت نہیں ہارنا چاہیے تھی...... اسے یوں دل گرفتہ اور پریشان نہیں ہونا چاہئے تھا......

مگر سمن کے آنسو تو کسی تسلی، کسی یقین دہانی پر بھی نہیں تھم رہے تھے۔ صبر آ ہی نہیں رہا تھا...... یہ ساری ذلتیں برداشت ہو ہی نہیں رہی تھیں......

یہ پچھلے تین چار دن ...... نئی نویلی دلہن کے...... بجائے پھولوں کی سیج پر گزرنے کے کانٹوں کی باڑ میں گزرے تھے...... سارا وجود چھلنی اور روح زخمی ہو کر رہ گئی تھی۔

رہ رہ کر یہ خیال ایک دلہن کے جی کو جلائے دے رہا تھا اور رلائے جا رہا تھا کہ وہ ایک پاگل انسان سے بیاہ دی گئی تھی۔

نہ کوئی چاؤ پورا ہوا نہ کوئی ارمان نکلا...... کیسے ایک دم ہی ساری حسرتیں، ساری تمنائیں اور ساری خوشیاں ختم ہو گئی تھیں...... اور اب...... یوں لگ رہا تھا جیسے زندگی میں کوئی کشش، جینے کی کوئی آس رہ ہی نہیں گئی تھی۔

مہ جبیں سمجھا بجھا کر، بہت ساری تسلیاں دلاسے اور پُر امید مستقبل کے لیے ڈھیر ساری خلوص بھری دعائیں دے کر کمرے سے باہر نکل گئیں......

جان بوجھ کر بھی انہوں نے کچھ دیر کے لیے سمن کو اکیلا چھوڑ دیا...... سروش کی ساری داستان اس نے سن تو لی تھی کہ وہ کیسے اس حال کو پہنچ گیا تھا اور اب اس کا علاج کیا تھا......؟

سمن کا اس سے نکاح پڑھا جا چکا تھا...... اچھا ہوا یا برا...... جو ہونا تھا وہ تو ہو چکا

تھا......اب سروش اس کا خاوند تھا......اس کا مستقبل۔ چاہے اسے تابناک بنا لے......اور چاہے اندھیروں میں لے ڈوبے......!!

مہ جبیں اسے تنہا چھوڑ کر گئی تھیں کہ ٹھنڈے دل سے سوچے گی اور خود کو سنبھالے گی......اور ابھی اس کے سوچنے اور خود کو سنبھالنے کی نوبت ہی نہیں آئی تھی......وہ اپنے بہتے آنسو ہی ابھی صاف کر رہی تھی کہ زور سے دھڑام کر کے اس کے کمرے کا دروازہ کھلا......

نرگس' سائمہ' اشعر اور خاور آگے پیچھے بھاگتے' ہنستے کھلکھلاتے اندر گھس آئے......جن سب کے سامنے دو تین بار سروش کی پاگلوں والی حرکات نے اسے ذلیل و رسوا کیا تھا......وہ سب......وہ سب اس کے سامنے کھڑے تھے۔ وہی سب آنکھیں اس پر گڑی تھیں......

جانے کیا ہوا......؟ جانے کیا ہوا......؟ ان سب کو وہاں موجود پا کر رکے آنسو ایک بار پھر بہہ نکلے۔

''ارے! یہ ہماری سمن تو رو رہی ہیں......''

اشعر باقی سب کو پیچھے دھکیلتے ہوئے اس کے پاس آ گیا...... ''نہیں بھئی سمن! یہ بات ٹھیک نہیں......''

بڑی بے تکلفی سے پلنگ کی پٹی پر' اس کے پہلو میں بیٹھتے ہوئے وہ تکیے میں چہرہ چھپائے اوندھی لیٹی سمن پر جھک گیا۔

''ہم سے آپ کے آنسو نہیں دیکھے جاتے۔''

اشعر نے ایک بازو اس کی کمر کے گرد سے دوسری طرف پلنگ پر ٹکا لیا اور دوسرا ہاتھ اس کے بالوں میں پھیر پھیر کر اسے چپ کرانے لگا۔

''ہم پہلے ہی آپ کے لیے اتنا دکھی ہو رہے ہیں' اوپر سے یہ آپ کے آنسو......خدا کے لیے چپ ہو جائیے......ہم سے آپ کے آنسو برداشت نہیں ہو رہے۔''

سمن کسمسائی......اس کا سارا وجود اشعر کے سینے اور بازو کے درمیان بھنچا ہوا تھا......اس نے اٹھ کر بیٹھنے کی کوشش کی......مگر اشعر کے اس پر لدے ہوئے جسم کے بوجھ نے اٹھنے نہ دیا۔

''آپ نے تو رو رو کر اپنی آنکھیں سجا لیں...... للہ اپنی ان اتنی خوبصورت آنکھوں پر ہی کچھ رحم کیجیے......''

نرگس اس کے سامنے فرش پر بیٹھی اس کا چہرہ اونچا کر کے آنسو صاف کرتے ہوئے کہہ رہی تھی۔

یہ ہمدردی بھرے الفاظ...... کسی بھی منہ سے نکل رہے تھے...... تھے تو ہمدردی لیے...... اس کے آنسو اور بھی تیزی سے بہنے لگے...... ماں' باپ' بھائی بہن...... اپنے ان سب خونی رشتوں کو ہمیشہ ہمیشہ کے لیے چھوڑ آئی تھی۔

نرگس اور اشعر کے یہ ہمدردانہ الفاظ اور باقی سب کی پُرخلوص اور ہمدردی بھری نگاہیں...... یوں لگ رہا تھا جیسے یہی سب اپنے ہیں...... اور اپنوں کو سامنے دیکھ کر' قریب پا کر...... آنکھیں اور بھی چھلک پڑیں۔

''میں تو پہلے ہی کہہ رہا تھا کہ سمن جیسی اتنی پیاری اور اتنی اچھی لڑکی کے ساتھ یہ سراسر زیادتی ہے اور بہت بڑا ظلم ہے...... ان کا مقام تو کسی بادشاہ یا نواب کے محل میں تھا...... انہیں تو کسی بادشاہ کی ملکہ یا کسی راجہ کی رانی ہونا چاہیے تھا......''

ابھی کچھ دیر پہلے' مہ جبیں کی داستان سنتے ہوئے ان کی دکھوں بھری زندگی پر جو ترس آ رہا تھا اور سروش کے لیے جو دل کے اندر کہیں ہمدردی کی کرن پھوٹی تھی...... وہ ٹمٹمانے لگی......

''نہ بھئی اشعر......! ایسی باتیں کر کے ہماری بھابھی کو مزید پریشان نہ کریں۔''

سائمہ بھی اس کے پاس پلنگ کے اوپر چڑھ کر بیٹھ گئی...... ''اتنے اچھے ہیں سروش بھائی...... کیا کمی ہے ان میں......؟ وہ کسی بادشاہ یا راجہ سے کم ہیں کیا......؟''

''میں نے کب کہا کہ کم ہیں...... بلکہ وہ تو بادشاہوں کے بھی بادشاہ ہیں۔ ہاں بس اک ذرا ان کی رعایا......''

اور اشعر باقی فقرہ پورا کیے بغیر ہنسنے لگا...... اور انگلی کو اپنی کنپٹی پر دائرے کی صورت میں پھیرنے لگا۔

''کیا ہو گیا آپ کو اشعر بھائی......؟''

سائمہ ترش لہجے میں بولی...... پھر آنکھیں نکال کر، گھور کر، اشعر کو دیکھا۔ اشارے سے منع کیا کہ اسے سمن سے ایسی باتیں نہیں کرنا چاہیے تھیں...... کچھ بھی تھا اب وہ سروش کی بیوی تھی اور سب کو اس کا خیال رکھنا چاہیے تھا۔

''کیا گھور رہی ہو مجھے......؟'' اشعر کو اس پر غصہ آ گیا...... ''حقیقت سے نگاہیں تو نہیں چرائی جا سکتیں...... سمن پریشان ہیں...... ہمیں ان کی دلجوئی ضرور کرنی چاہیے......''

''اور یہ طریقہ اچھا ہے دلجوئی کرنے کا......''

سائمہ چھوٹی ہونے کے باوجود کافی منہ پھٹ اور دلیر تھی...... اشعر تلخی سے بولا تو اس نے بھی اسی لہجہ میں کہا۔

''سروش بھائی کی بدتعریفی کرنے سے تو انہیں اور تکلیف ہوگی''۔

''آہا! تکلیف ہوگی...... کیا کہنے ہیں تمہارے......!''

اشعر نے زور سے قہقہہ لگایا۔

''تم بھی سروش کی طرح پاگل ہی ہو''۔

''دیکھیے اشعر بھائی! آئندہ مجھے ایسی بات نہ کہیے گا''۔

سائمہ بے اختیار ہو کر چیخ اٹھی۔

''آپ ہوں گے پاگل......!''

''واہ ابھی تو اتنی طرفداری ہو رہی تھی اور اب ان سے نسبت دی تو کیسے تن بدن میں آگ سی لگ اٹھی...... اپنی باری یوں تکلیف ہوتی ہے......''

اشعر زور زور سے قہقہے لگانے لگا...... پھر ایک دم سنجیدہ ہوتے ہوئے بولا۔

''سائمہ بی بی! جو چیز اپنے لیے پسند کرو وہی دوسرے کے لیے بھی کرنی چاہیے۔ سمن بھی تمہی جیسی انسان ہیں''۔

مہ جبیں اور سروش کے لیے جو ہمدردی کی کرن ٹمٹما رہی تھی وہ یکدم بجھ گئی۔ اور پھر وہی ہمدردی اور وہی ترس سمن کو اپنی ذات کے لیے محسوس ہونے لگا...... جیسے اس سے زیادہ مظلوم دنیا میں اور کوئی نہ تھا' آنسوؤں میں اور بھی روانی پیدا ہوگئی۔

''چھوڑو بھی...... یہ تم دونوں کیا بحث لے بیٹھے۔''

اشعر اور سائمہ سنجیدہ ہوئے جا رہے تھے۔ خاور نے بیچ بچاؤ کرانے کی کوشش کی۔

''باہر ہمارا انتظار ہو رہا ہوگا۔''

''ارے!'' اشعر ایک دم چونکا۔ اور پھر سمن پر جھک گیا۔

''سمن جی! ہم آپ کو بلانے آئے تھے...... بیڈمنٹن کا ایک چھوٹا سا میچ ہونے لگا ہے...... ان سب کی کچھ سہیلیاں اور ہمارے دوست آئے ہوئے ہیں...... آئیے آپ بھی دیکھیں۔''

اپنے رومال کے ساتھ وہ بڑے دلار سے سمن کے آنسو پونچھنے لگا۔

''یوں اپنا دل جلانے سے کچھ نہیں بنے گا...... ہنس کھیل کر زندگی کے دن گزاریے اور اپنی بجائے دوسروں کو جلایئے...... چلیے اٹھیے...... للہ اٹھیے بھی نا......''

کسی بچے کی طرح وہ اسے چمکار رہا تھا...... سمجھا رہا تھا...... بہلا رہا تھا اور پھسلا رہا تھا۔ اور سمن ان ہمدردی اور اپنائیت بھرے بولوں اور پیار بھری نگاہوں کی گرمی سے پگھلتی جا رہی تھی...... سب کے مجبور کرنے پر ان کے ساتھ باہر لان میں چلنے کو تیار ہوگئی۔

''اوں ہوں......!'' سائمہ نے اسے باہر جاتے جاتے کندھوں سے تھام لیا۔ ''یوں نہیں...... یہ پھیلا ہوا کاجل...... یہ چہرے کی اڑی اڑی سی رنگت......''

''تیری صبح کہہ رہی ہے تیری رات کا فسانہ۔''

اشعر نے سائمہ کی بات کاٹتے ہوئے بلند آواز میں گانا شروع کر دیا۔

''شٹ اپ اشعر بھائی! ایسے گندے مذاق بہنوں بھابھیوں سے نہیں کیا کرتے......''

''تم چپ کرو جی...... میرا ذہن اس اتنی پیاری لڑکی کو سروش بھائی جیسے مجہول انسان کی بیوی قبول کرنے کو تیار ہی نہیں...... للہذا میں تو انہیں دوست سمجھتا ہوں...... صرف دوست......''

''آہا...... کیا کہنے آپ کے......'' نرگس قہقہہ لگا اٹھی۔

''اشعر بھائی! آپ کا ٹیڈی ازم اب گھر میں بھی گھسنے لگا ہے...... خبردار! ہوشیار......! لڑکیو......! بچ کے رہنا......''

''یہ کیاتم دونوں میرے ہی پیچھے پڑ گئی ہو۔''

اشعر نے اسی بے تکلفی سے سمن کے کندھے پر ہاتھ رکھ دیا۔

''چلیے سمن باہر چلتے ہیں......ان کی بکواس تو کبھی ختم ہی نہ ہوگی۔''

''ٹھہریئے بھی......'' سائمہ نے بڑھ کر جلدی سے راستہ روک لیا۔

''اس حلیے میں باہر جانا ٹھیک نہیں......چار دن کی بیاہی دلہن اور یہ اجڑی حالت......!''

سائمہ اسے کھینچتے ہوئے غسل خانے کی طرف بڑھی۔

''آپ سب چلیے......ہم ابھی دو منٹ میں آتی ہیں۔''

اور دھڑام سے غسل خانے کا دروازہ بند کرلیا......زبردستی سمن کا منہ دھلایا......لباس تبدیل کرایا......ہلکا ہلکا زیور پہنایا......میک اپ کیا اور پھر اسے لیے باہر نکل گئی۔

سورج غروب ہونے والا تھا......سبزے پر ہلکی ہلکی دھوپ بڑی اچھی لگ رہی تھی......بہت ساری کرسیاں بچھی تھیں......رنگ برنگے ملبوسات میں ڈھیر ساری لڑکیاں لڑکے اکٹھے ہو رہے تھے......کچھ بیٹھے تھے......کچھ اِدھر اُدھر گھوم پھر رہے تھے......کچھ گپیں مار رہے تھے اور کچھ کھیل رہے تھے۔ گویا اک چھوٹا سا میلہ سا لگا ہوا تھا۔

اتنے سارے کچھ اجنبی اور کچھ مانوس چہروں کے درمیان سمن گھبرائی گھبرائی اور سٹپٹائی سی تھی......مگر یہ سب کچھ اسے اچھا بھی لگ رہا تھا۔

لان میں کھلے خوش رنگ پھولوں کی طرح کھلے کھلے چہرے......ایک دوسرے سے شرارتیں کرتے......ایک دوسرے پر فقرے چست کرتے......ہنسی مذاق کر کے آگے پیچھے بھاگتے......

وہ حیران حیران دیکھ رہی تھی......ایک علیحدہ کرسی پر الگ تھلگ بیٹھی ہوئی۔ صولت نے تینوں دوستوں کو اپنی نئی بھابھی سے ملانے اس کے پاس لے آیا۔

ثروت بھی اپنی سہیلیوں کو اس کے پاس لے آئی......اس کے اردگرد جمگھٹا سا لگ گیا......کرسیاں کھنچ کھنچ کر قریب آنے لگیں......کیا لڑکے اور کیا لڑکیاں......دلہن کو دیکھنے کا ہر

ایک کو ہی ارمان ہوتا ہے۔

سبھی اس سے بڑی محبت اور اپنائیت سے باتیں کرنے لگے...... سنبھل سنبھل کر...... نرمی اور ملائمت سے...... جیسا کہ کسی مہمان کے ساتھ سلوک کیا جاتا ہے...... وہ بھی جھجک جھجک کر اور شرما شرما کر جھکی جھکی پلکوں اور دھیمی دھیمی آواز کے ساتھ ان کے سوالوں کا جواب دیئے جا رہی تھی۔

کبھی کبھی نگاہ اٹھا کر دیکھتی تو...... رخساروں پر خوش رنگ سے گلاب کھل اٹھتے...... سب اسی کی طرف متوجہ تھے...... ہر ایک کی نگاہ میں اسے اپنے لیے پسندیدگی کی لہر نظر آئی۔

اور پھر...... اچانک...... بالکل اچانک ہی...... اسے سروش کا خیال آ گیا...... خوشی کی تقریب میں جیسے کوئی کسی قریبی عزیز کی موت کا قصہ سنا دے...... پھول چنتے چنتے جیسے ایک دم انگلی میں کانٹا چبھ جائے۔

دل کے نہاں خانوں سے دعا نکلی کہ وہ اس وقت وہاں نہ آئے...... وہ آتا تھا تو اس کی دیوانگی بھی ساتھ چلی آتی تھی...... اور پھر...... انہیں نگاہوں میں...... پسندیدگی اور خلوص بھری نگاہوں میں...... ہمدردی امڈ آتی تھی،

کچھ ہونٹوں پر سروش کی عجیب عجیب حرکات دیکھ کر مسکراہٹیں بکھر اٹھتی تھیں، کچھ حلقوں سے قہقہے پھوٹ پڑتے تھے...... اور کچھ زبانوں پر افسوس بھرے کلمات ہوتے تھے......

پھر ندامت...... پریشانی...... شرمندگی اور ذلت کے احساسات اس سے اس کی خود اعتمادی چھین لیتے تھے...... پھر وہ یہ سب کچھ برداشت نہیں کر سکتی تھی۔

اسی خدشے کے تحت ان سب سے باتوں کے دوران بار بار اس کی نگاہیں برآمدے کی جانب اٹھ رہی تھیں...... کہیں اب بھی سروش اسے اس بھری محفل میں شرمندہ و رسوا کرنے اور اس کی خود اعتمادی چھیننے چلا تو نہیں آ رہا تھا! چلو تو نہیں آ رہا تھا!!

اور...... پھر سچ مچ ہی...... اب کی بار اس کی نگاہ اٹھی تو برآمدے میں اس کی صورت دکھائی دی۔

کس حلیے میں تھا اور اب کونسا سوانگ بھرے تھا......؟ یہ دیکھنے کی سمن میں ہمت ہی نہ ہوئی......فوراً لرزتی پلکیں زمین کی جانب جھک گئیں......ثروت کی سہیلی کی کسی بات کا جواب دیتے ایک دم خاموش ہوگئی......اس نے کیا پوچھا تھا اور سمن اسے کیا کہنے جارہی تھی......ذہن سے یکسر خارج ہوگیا۔

''کچھ کہہ رہی تھیں آپ......؟'' وہ پوچھ رہی تھی۔

مگر سمن تو جیسے اچانک ہی بہری اور گونگی ہوگئی تھی......ثروت کی سہیلی کی بات سنی ہی نہیں......البتہ اس کے اپنے دماغ نے اس لمحے جو کچھ کہا وہ اس نے فوراً سن لیا۔

''بھاگ یہاں سے سمن! بھاگ چل......ورنہ پھر وہی پریشانی، وہی ہنسی، قہقہے اور پھر ندامت اٹھانا پڑ جائے گی......تیری عزت اسی میں ہے کہ اُس کے اِدھر آنے سے پہلے پہلے یہاں سے چلی جا۔''

دماغ نے بالکل ٹھیک کہا تھا......اس پر فوراً عمل کرنے کی ٹھانی......آخر ہر انسان کو اپنی عزت بچانے کا حق حاصل ہے......!!

''بھابی! آپ نے پھر اپنی وہ بات پوری نہیں کی......؟''

ثروت کی سہیلی دوبارہ پوچھ رہی تھی......مگر سمن خالی خالی نگاہوں سے اسے دیکھتے ہوئے اور پھر برآمدے کی طرف دیکھتے ہوئے جلدی سے اٹھ کر وہاں سے چل دی۔

سب اسے آوازیں ہی دیتے رہے مگر اس نے کسی کی نہ سنی۔

''میرا خیال ہے ثروت! خاوند کی طرح اس کے دماغ میں بھی کوئی کسر ہے۔''

جاتے جاتے سہیلی کی آواز اس کے کان میں پڑی......ساتھ ہی دوسری کچھ لڑکیوں کے قہقہے اور ہنسی سنائی دی۔

وہ سر سے پاؤں تک پسینے میں نہا گئی۔ دماغ بری طرح پھٹنے لگا......اب لوگ اس پر بھی ہنسنے لگے تھے......

قدم اور بھی تیزی سے اٹھنے لگے......پورے لان کا چکر کاٹ کر پرلے برآمدے کی طرف سے ہوتی ہوئی بڑی مشکل سے اپنے اسی کنجِ عافیت تک پہنچ پائی۔

پورا وجود لرز رہا تھا..... ساری ہستی یوں تہس نہس ہوگئی تھی جیسے ڈائنامائیٹ لگا کر اڑا دیا گیا تھا۔

ابھی تھوڑی دیر پہلے جہاں سے اٹھ کر گئی تھی وہیں دھڑام کر کے گر پڑی اور بھیگے تکیے کو پھر بھگونے لگی۔

''یا اللہ.....! تو اتنا بے رحم کیوں ہے؟''

سب توکل اور بھروسے دم توڑ گئے۔

مہ جبیں، سروش، رعنا..... ماں باپ، بھائی، بہن..... یہ دنیا اس دنیا میں بسنے والے لوگ..... یہ ماحول..... ہر ایک کے لیے دل میں نفرت ہی نفرت تھی.....!! اور وہ نفرت کے اس ٹھاٹھیں مارتے سمندر میں غوطے کھانے لگی۔ آنسوؤں میں ایسی شدت اور روانی تھی کہ ساون بھادوں کے بادل بھی کبھی برسے ہوں گے۔

''سمن! سمن!! کیا ہوا؟''

محبت میں ڈوبی ہوئی رعنا کی آواز اس کے کان میں پڑی..... سمن کوئی جواب دیئے بنا اپنے کام میں مصروف رہی..... آنسو کسی اور طرف متوجہ ہونے کی فرصت ہی نہیں دے رہے تھے۔

اپنی بات کا جواب نہ پایا تو رعنا اس کے پاس بیٹھ کر بڑے پیار سے اس کے بالوں میں ہاتھ پھیرنے لگی۔

یہ ہاتھ..... انتہائی محبت اور اپنائیت سے سر کو سہلانے والا یہ ہاتھ..... سروش کی بہن کا تھا..... اس خیال کے آتے ہی جیسے وہ یکدم سانپ بن گیا..... ابھی کاٹ لے گا..... سمن نے تڑپ کر انتہائی سختی سے اس کا ہاتھ جھٹک دیا۔

''چلی جائیے یہاں سے..... چلی جائیے.....''

وہ ہذیانی انداز میں چیخ پڑی..... ''خدا کے لیے مجھے اکیلا چھوڑ دیجئے۔''

☆ ☆ ☆

مہ جبیں باورچی خانے میں بھی نہیں تھیں۔ نہ اپنی خواب گاہ میں۔ رعنا بڑے ہال میں بھی دیکھ آئی تھی۔ وہاں بھی نہیں تھیں۔ کسی چچی یا پھوپھی کے ہاں بھی نہیں تھیں۔

باہر لان میں سب لڑکیوں اور لڑکوں نے اودھم مچایا ہوا تھا۔ وہاں انہیں جا کر کیا کرنا تھا۔ رعنا پریشان تو پہلے ہی تھی۔ جھنجھلاہٹ اور بڑھ گئی۔

''جانے امی یکدم کہاں غائب ہو جاتی ہیں''۔

واپس سمن کے کمرے کی طرف جاتے جاتے بلا ارادہ ہی راستے میں سروش کے کمرے میں جھانک لیا۔

''ارے!''

مہ جبیں وہاں پھیلی، بکھری ہوئی چیزوں کو سمیٹ رہی تھیں۔

''آپ یہاں ہیں اور میں سارے گھر میں آپ کو تلاش کر آئی''۔

مہ جبیں وجہ پوچھنے کے لیے رعنا کی طرف گھومیں......اور ابھی کچھ پوچھا بھی نہیں تھا کہ رعنا بڑے غور سے ان کے چہرے کو دیکھتے ہوئے بولی۔

''ہائیں! یہ آپ کمرے میں اکیلی ہیں اور مسکرا رہی ہیں۔ کیا بات ہو گئی؟''

''سروش کہاں ہے؟''

''وہ اُدھر گیا ہے سمن کے پاس''۔

بلا وجہ ہی مہ جبیں کے چہرے پر مسکراہٹیں پھیل رہی تھیں۔

''سمن کے پاس؟ مگر وہیں سے تو میں آ رہی ہوں۔ وہ اکیلی تھی''۔ رعنا حیران ہو کر بولی۔

''جانے امی! کیا ہوا۔ اس نے تو رو رو کر برا حال کیا ہوا ہے۔ میں نے پوچھا تو میرا ہاتھ جھٹک کر چیخنے لگی۔ ابھی اچھی بھلی باہر لان میں تھی۔ کہیں پھر کوئی ایسا ویسا واقعہ تو نہیں ہو گیا؟''

کچھ پریشان سی ہو کر کہنے لگی۔

''ہائے سروش! تمہیں کیوں کچھ سمجھ نہیں آ رہی۔ انہی دنوں اس کی طبیعت زیادہ خراب ہونا تھی۔''

''مگر اب اس بے چارے نے کیا کر دیا؟''

مہ جبیں کی مسکراہٹیں یکدم معدوم ہو گئیں۔

''ابھی تو وہ یہاں سے ٹھیک ٹھاک گیا تھا۔''

''ٹھیک ٹھاک سے کیا مطلب؟''

''پورے ہوش میں تھا۔''

''آپ کو پکا یقین ہے کہ وہ بالکل ہوش میں تھا؟''

''ہائے رعنا! بھلا میں نے کیا پہلے کبھی اسے ہوش میں دیکھا نہیں؟'' مہ جبیں جیسے برا مان گئی تھیں۔

''اب ہی تو اسے مسلسل دو تین دن سے دورہ پڑا ہوا ہے۔ ورنہ پہلے تو اگر دو چار گھنٹے دورے میں رہتا تھا تو دو تین گھنٹے باہوش بھی تو ہوتا تھا۔''

''پھر سمن کیوں رو رہی ہے؟ ایسے جیسے ابھی ابھی پھر کوئی بات ہوئی ہو۔''

''کیا پتہ؟'' اور اب مہ جبیں کے چہرے پر مسکراہٹوں کی بجائے پھر فکر و تردد کے سائے لہرا رہے تھے۔

''میں خوش ہو رہی تھی...... مگر میری قسمت میں خوشی تو جیسے خدا نے کوئی لکھی ہی نہیں۔''

وہ نڈھال سی ہو کر وہیں پلنگ پر بیٹھ گئی۔

''پہلے سمن کو سمجھاتی بجھاتی رہی۔ اسے تسلیاں دلاسے دیتی رہی۔ پھر ادھر سروش کے پاس آئی...... کہ اسے کچھ احساس دلاؤں...... ان نیندوں سے بیدار کروں جن میں وہ ہر وقت ڈوبا رہتا ہے۔ کچھ میری عزت کا محافظ بنے۔ کچھ اپنی غیرت اور مردانگی کا خیال کرے۔''

''پھر۔ کچھ اس کی عقل ہوش میں آیا؟''

ماں کی بات سننے کے لیے رعنا بھی پلنگ کے پاس ہی کرسی کھینچ کر بیٹھ گئی۔

''اس وقت تو میں یہی سمجھتی تھی کہ مجھ دکھیا کی خدا نے سن لی ہے۔'' مہ جبیں تفصیل سے بتانے لگیں۔

''اندر آئی۔ سروش کھڑکی میں کھڑا تھا۔ میری آہٹ سنتے ہی پلٹ کر میرے قریب آ گیا۔ چہرہ بڑا سنجیدہ ہو رہا تھا۔''

''رعنو آپا کہاں ہیں امی؟'' مجھ سے پوچھنے لگا۔

سمن روتی سسکتی کو چھوڑ آئی تھی۔ بے چاری لڑکی! بڑا ترس آ رہا تھا اس پر......! اور بہت غصہ تھا سروش پر......! پریشانیوں' دنیا کے فکروں اور احساسِ محرومی سے فرار حاصل کرنے کے لیے وہ دیوانگی میں پناہ لیتا تھا۔

یہ تو کوئی مردانگی نہ تھی......یہ تو کوئی حل نہ تھا......اسے اب ٹھیک ہونا ہی چاہئے تھا۔ اس کی بیوی گھر میں آ گئی تھی۔ اسے اپنی ذمہ دار یوں کا احساس ہونا ہی چاہئے تھا۔

اور اسی غصے اور بے بسی کے عالم میں مَیں نے انتہائی تلخی سے اسے جواب دیا۔

''مجھے نہیں منلوم۔''

''لیکن۔ یہ آپ کو اتنا غصہ کیوں آیا ہوا ہے؟'' اس نے میرے کندھوں پر اپنے دونوں ہاتھ رکھ لیے۔

''بتائیے نا۔ کس نے میری امی کو ستایا؟ میں ابھی اس کی خبر لیتا ہوں۔''

یہ تو وہی سروش تھا۔ میرا اتنا خیال رکھنے والا۔ ہر لمحہ اپنی محرومیاں تو اپنی تھیں' میری محرومیوں اور دکھوں تکلیفوں کا بھی احساس کرنے والا!! اسی انداز میں پوچھ رہا تھا۔ بڑی سنجیدگی سے۔ فرزانوں جیسی متانت سے!

اب بھلا میں اسے کیا کہتی۔ میرا سارا غصہ یکدم کافور ہو گیا۔

''آپ نے بتایا نہیں امی؟''

''کچھ نہیں۔ ایسے ہی رعنا پر غصہ آ گیا تھا۔'' میں نے بات بنائی۔

''نہیں امی! پردیسن میری بہن ہے۔ کبھی کبھار دو چار دن کے لیے آتی ہے۔ آپ انہیں کچھ نہ کہا کریں۔''

سروش اس وقت پورے ہوش و حواس میں تھا۔ خوشی کے مارے میں بے خودسی ہوگئی.....اور یہی وقت......یہی موقع تھا......اس سے سمن کے متعلق بات کرنے کا۔

''سروش! مجھے تم سے کچھ کہنا تھا۔''

میں نے بڑے پیار اور نرمی سے اس کا ہاتھ تھاما اور پلنگ پر اسے اپنے پاس بٹھالیا۔ ویسے اندر ہی اندر سے خائف بھی تھی کہ مجھ سے کوئی ایسی بات نہ ہو جائے جو اس کا دماغ پھر الٹ پڑے۔

'' کہیے امی!''

''جانتے ہو سمن کون ہے؟''

''آپ کیسی باتیں کرتی ہیں امی؟ سمن کو نہیں جانوں گا؟''

''ہائے رعنا' میں تمہیں کیسے بتاؤں کہ کتنی خوبصورت اور شرمیلی سی مسکراہٹ اس کے لبوں پر بکھری تھی۔ اگر سروش بچہ ہوتا تو سچ مچ میں نے اسی وقت اس کا منہ چوم لینا تھا۔ مجھے وہ اتنا اچھا لگا اس وقت!''

''تو چوم لینا تھا امی!'' رعنا سن کر خوشی سے بے اختیار ہو اٹھی۔ ''بچہ نہ سہی مگر سروش آپ کی اولاد تو ہے.....اور میں نے سنا ہوا ہے کہ اولاد چاہے کتنی بڑی ہو جائے' والدین کے لیے ایک بچے ہی کی مانند ہوتی ہے۔ آپ نے امی! اسے بڑا سمجھ کر اپنی توجہ اس کی طرف سے ہٹالی ہوئی ہے.....تبھی امی وہ ٹھیک نہیں ہو رہا.....اسے بچوں جیسے پیار کی ضرورت ہے امی!''

''اب تم نے پھر اپنے پند و نصائح شروع کر دیئے......میری بات تو پہلے سن لو۔''

مہ جبیں کچھ سوچ کر پھر مسکرا اٹھیں......اور رعنا کو باقی بات سنانے لگیں۔

''اتنے دن ہو گئے' سمن کو اس گھر میں آئے ہوئے......تم نے اس سے ملنے کی خواہش ہی نہیں کی۔''

اپنے خیال میں مَیں نے اس کے سوئے جذبات کو جگانا چاہا...... جانتی ہو جواب کیا ملا؟

''میں اپنے آپ کیا کہتا۔ یہ تو آپ کا فرض تھا کہ پہلی بار ہمارا تعارف خود کراتیں۔''

اتنی کھری اور اتنی صحیح بات وہ کہہ دے گا...... مجھے اس کا اندازہ ہی نہیں تھا۔ میں شرمندہ سی ہوگئی۔ ماہر نفسیات ٹھیک ہی کہتا تھا کہ سروش جب ہوش میں آتا تھا تو باقی سب سے زیادہ سمجھدار اور ہوشیار ہوتا تھا...... وہ بنیادی طور پر بڑے تیز اور سمجھ بوجھ رکھنے والے دماغ کا مالک تھا۔''

''اوہ!'' رعنا کچھ سوچ کر بڑبڑائی۔

''یہ قصور ہمارا تھا...... سراسر ہمارا قصور...... ان تین دنوں میں اسے کئی بار ہوش آیا...... مگر ہم میں سے کسی نے بھی پرواہ نہ کی...... اپنی ہی مصروفیتوں میں کھوئے رہے۔''

وہ تاسف سے ہاتھ مل رہی تھی۔

''گھر بھر میں ہنگامہ بپا رہا...... چچازاد' پھوپھی زاد' سب بہنیں بھائی اسے مذاق بناتے رہے...... ہنستے کھیلتے رہے...... اسے توجہ بھی نہ ملی اور مذاق وہ علیحدہ بنتا رہا...... ہوش میں آتا...... تھوڑی دیر ٹھیک رہتا پھر کوئی نہ کوئی بات ہو جاتی...... اسے پھر دورہ پڑ جاتا...... اوہ!''

رعنا سر تھام کر بیٹھ گئی۔ پھر مہ جبیں افسوس بھرے لہجے میں بولیں۔

''مجھے تو ایسا لگتا ہے کہ وہ دل ہی دل میں سمن کے متعلق سوچتا رہا ہوگا ہر جوان لڑکے کو شادی کا ارمان ہوتا ہے۔ پھر دلہن گھر میں آ جائے تو اسے دیکھنے' اس سے ملنے کی بے تابی ہوتی ہے۔

''جب اس کی شادی ہوئی وہ پورے ہوش و حواس میں تھا۔ پھر جب بھی دورے کے بعد اسے ہوش آتا تھا وہ یقیناً سمن کے متعلق سوچتا رہا ہوگا۔ اس کا بھی اسے دیکھنے' اس سے ملنے کو دل چاہتا ہوگا۔

''مگر ہم تو اسے ایک دیوانہ انسان سمجھ کر نظر انداز ہی کرتے رہے۔ اس کی جگہ کوئی اور نارمل شخص دلہن گھر میں لاتا تو اسی رات اس کی دلہن اس کے پہلو میں ہوتی...... مگر ہم نے تو اسے نارمل انسان سمجھا ہی نہ...... اور یوں وہ سوچتا رہا...... الجھتا رہا اور زیادہ سے زیادہ آؤٹ ہوتا رہا۔ ہائے! کیسی زیادتی ہوگئی ہم سے۔''

''بڑی غلطی ہوگئی۔'' مہ جبیں بھی پچھتا رہی تھیں۔

''پھر۔ پھر امی! اب سروش کہاں ہے؟''

''سروش مجھ سے باتیں کر رہا تھا تو میں نے سائمہ کے ساتھ سمن کو لان کی طرف جاتے دیکھا۔''

''اور آپ نے سروش کو وہیں بھیج دیا۔'' رعنا گھبرا کر بولی۔

''ہاں۔''

''اوہ!'' وہ پریشان ہوگئی۔

''تو اس میں کیا حرج ہے؟ کب تک سمن کو اس سے چھپائے چھپائے پھریں گے۔ آخر وہ اس کی بیوی ہے۔ ایک دوسرے کے مونس و غمخوار!!''

''اوہ! مگر امی! میں یہ کب کہہ رہی ہوں۔ میرا تو یہ مطلب تھا کہ سب میں نہ بھیجتیں۔ پھر کوئی نہ کوئی بات ہو جاتی۔ اور اشعر تو ایسا کمینہ انسان ہے نا کہ میں آپ کو کیا بتاؤں؟''

''اونہوں! کیا واہیات بکے جا رہی ہو۔ کچھ خیال کرو...... وہ تمہارا چچازاد بھائی ہے۔''

''میرا کوئی بھائی وائی نہیں۔'' رعنا غصے میں بھر کر اٹھ کھڑی ہوئی۔

''میرے اپنے بھائی کو جو کوئی بھی کچھ کہے گا وہ میرا کچھ نہیں ہو سکتا۔ آپ کو کچھ معلوم بھی ہے کہ اشعر اتنا حاسد ہے...... بس ہر وقت سروش کے پیچھے پڑا رہتا ہے۔''

''رعنا بیٹی! ایسی باتیں نہیں کیا کرتے۔ ہم اپنے مقدر کی سیاہی کو کسی کی لگائی ہوئی کالک کیوں کہیں؟''

''امی! امی!!'' رعنا جھنجھلا اٹھی۔

''کچھ تو ہوش کیجئے۔ ساری زندگی گزر گئی۔ مگر آپ کو اب تک یہ معلوم نہیں ہو سکا کہ کون کون آپ کا دشمن ہے۔''

''مجھ سے کسی نے دشمنی رکھ کے کیا لے لینا ہے رعنا؟ اور اگر کوئی رکھتا ہے تو خود ہی خدا سے پا بھی لے گا۔''

مہ جبیں سدا کی نیک تھیں۔ اپنا نقصان کرا کے بھی نیکی اور توکل کے راستہ سے نہ ہٹیں۔

''مگر تم اب کیوں پریشان ہو رہی ہو؟''

''آپ کو پتہ بھی ہے سمن اِدھر رو رہی ہے۔''

''مگر وہ تو ابھی اچھی بھلی سائمہ کے ساتھ باہر گئی تھی۔'' مہ جبیں اسی سادگی سے کہنے لگیں۔

''اور آپ نے سروش کو بھی تو اُدھر ہی بھیج دیا تھا۔ یقیناً پھر کوئی نہ کوئی بات ہو گئی ہو گی۔''

رعنا عجلت سے بولی۔

''میں جا کر دیکھتی ہوں نا۔ اب سروش کیا گل کھلائے بیٹھا ہے۔''

رعنا تیز تیز قدم اٹھاتی لان میں چلی گئی۔ دور ہی سے دیکھا۔ ثروت کی ایک سہیلی، اشعر، زلفی اور نرگس بیڈمنٹن کھیل رہے تھے اور ان سے ذرا پرے ہٹ کر باقی لڑکے لڑکیاں بڑے زور شور سے باتوں میں مصروف تھے۔

رعنا ان کے قریب چلی گئی تا کہ معلوم کرے کہ سروش کہاں تھا اور سمن کیوں رو رہی تھی؟

اور ابھی کچھ پوچھنے بھی نہ پائی تھی کہ سروش وہیں ان سب میں موجود دکھائی دے گیا۔ سیاہ پتلون اور سفید بے شکن قمیض پہنے ہوئے تھا۔ شیو بنی ہوئی تھی اور بال بڑے خوبصورت طریقے سے سنورے تھے۔ یوں جیسے ابھی کسی دعوت یا کسی خاص تقریب پر جانے والا تھا۔

سب کے درمیان شگفتہ سا چہرہ اور مزاج لیے بیٹھا بے حد سمارٹ لگ رہا تھا۔ شاید کوئی بحث چل رہی تھی۔ بڑی سنجیدگی سے اور باقاعدہ وہ اس میں حصہ لے رہا تھا۔

اسے اس موڈ اور اس عالم میں دیکھ کر خوشی بھی ہوئی تھی مگر اندر ہی اندر دل دھک کر کے رہ گیا تھا۔ کہیں وہ اب اسی کو نشانہ بنائے تو نہیں بیٹھے تھے۔ کہیں سروش اوٹ پٹانگ تو نہیں بک رہا تھا!!

اور یہ معلوم کرنے کے لیے رعنا کتنی ہی دیر اُن سے ذرا ہٹ کر کھڑی سنتی رہی۔ مگر رعنا یہ دیکھ کر حیران ہی تو رہ گئی۔ سب سے زیادہ ٹھوس اور عقل مندی بھرے دلائل وہی دے رہا تھا۔

پہلے حیران ہوئی اور پھر خوشی سے بے قابو ہوتے ہوئے آگے بڑھ گئی۔

''سمن کہاں ہے؟''

رعنا کو تو معلوم تھا مگر جان بوجھ کر انجان بنتے ہوئے ان سب سے پوچھنے لگی۔

''کچھ دیر پہلے تو یہیں تھیں۔''نرگس کی ایک سہیلی بولی۔

''مجھ سے باتیں کر رہی تھیں۔ پھر ایک دم پتہ نہیں کیا ہوا اٹھ کر اندر بھاگ گئیں۔'' ثروت کی ایک سہیلی نے بتایا۔

''سروش!'' رعنا پھر اچانک ہی اس سے مخاطب ہوگئی۔ ''کیا تم نے اسے کچھ کہا؟''

''نہیں تو آپا! میں جب یہاں آیا ہوں تو وہ یہاں تھی ہی نہیں۔''

''ہاں سروش بھائی کے آنے سے بمشکل آدھ منٹ پہلے ہی اٹھ کر گئی ہوں گی۔''

''اشعر نے تو نہیں کچھ کہا؟''

ذرا فاصلے پر بیڈ منٹن کھیلتے اشعر کی طرف مشکوک نگاہوں سے دیکھتے ہوئے رعنا نے پوچھا۔

''جس محفل میں مَیں نہیں۔ یہ اس محفل میں میرا نام کیوں لیا جا رہا ہے؟''

اشعر نے شاید رعنا کی بات سن لی تھی۔ کھیلتے کھیلتے وہیں سے بولا۔

''ذکر تیرا تجھ سے بہتر ہے کہ اس محفل میں ہے۔'' زلفی زور زور سے گانے لگا۔

''اوتان سین کے نانا! اپنی سُروں اور تانوں کو ذرا نچلی لَے میں لے آؤ اور مجھے رعنو آپا کی بات سن لینے دو۔''

اشعر اس کی ٹانگوں پر ریکٹ مارتے ہوئے رعنا کے قریب جا کھڑا ہوا۔

''ہاں تو میرا نام کیوں لیا جا رہا تھا؟''

اس لیے کہ سمن ابھی کچھ دیر پہلے اچھی بھلی یہاں تھی اور اب وہ کمرے میں رو رہی ہے۔ تم نے تو کچھ نہیں کہہ دیا؟''

''رعنا آپا! ہم رلانے والوں میں سے نہیں ہیں۔ ہنسانے والوں میں سے ہیں۔ البتہ سروش بھائی سے پوچھئے کہ سمن کیوں رو رہی ہے؟''

پھر دزدیدہ نگاہوں سے سروش کی جانب دیکھتے ہوئے کہنے لگا۔

''ویسے اب تو بیچاری کو عمر بھر کا رونا پڑ گیا۔ آپ کب تک......''

''بس اشعر! میں مزید بکواس سننے کو تیار نہیں۔''

رعنا نے اس کی بات کاٹتے ہوئے جھٹ خائفانہ نگاہوں سے سروش کی جانب دیکھا۔ بایاں ہاتھ پتلون کی جیب میں ڈالے' ٹانگ پر ٹانگ چڑھائے' ایسے پیارے انداز میں بیٹھا تھا۔ ایسی مدلل اور خوبصورت سی بحث کر رہا تھا۔ کہیں اشعر کی فضول بکواس سے بھڑک نہ اٹھے۔

بڑھ کر جلدی سے سروش کا بازو تھام لیا۔

''اِدھر آؤ۔''

''دسمن اپنے کمرے میں ہی ہیں نا۔ میں خود جا کر انہیں پوچھتا ہوں۔ انہیں تسلی دلاسہ دیتا ہوں۔ بیچاری معصوم سی......''

''تم رہنے دو...... میں اُدھر ہی جا رہی ہوں...... خود ہی تسلی دلاسہ اسے دے لوں گی......'' رعنا نے پھر اشعر کی بات کاٹتے ہوئے عجلت سے کہا...... وہ اشعر کی فطرت کو اچھی طرح جانتی تھی...... اتنے سارے اس کے دوست وغیرہ موجود تھے مگر رعنا نے ذرا لحاظ نہ کیا...... سخت غصہ آ رہا تھا اس پر...... اور اس کی ان باتوں پر'' تم اپنے دوستوں اور اپنے میچ کی خبر لو۔''

اور رعنا سروش کو کھینچتے ہوئے وہاں سے ہٹا لے گئی۔ راہداری میں سے گزرتے ہوئے پہلے سروش کا کمرہ تھا۔ وہ اُدھر مڑنے ہی لگا تھا کہ رعنا نے اسے روک لیا۔

''اِدھر نہیں۔ آؤ سمن کے پاس چلیں۔ وہ بیچاری رو رہی ہے۔''

پھر رعنا نے کچھ سوچا اور دھیرے سے بولی۔

''شاید تمہاری بے توجہی نے اسے پریشان کر دیا ہے۔''

رعنا نے جان بوجھ کر ایسی بات کی تھی اور جس مقصد کے لیے کی تھی' سروش کا اس پر خاطر خواہ اثر ہوا...... سر جھکا کر بڑی سنجیدگی سے کچھ سوچنے لگا۔ پھر قدرے توقف کے بعد بولا ''کہہ تو ٹھیک رہی ہیں۔ مجھے بڑا افسوس ہے آپا!''

''تو چلو پھر آؤ اس کے پاس۔ تمہاری ہی تسلیوں سے اسے کچھ حوصلہ ہوگا۔ اجنبی گھر میں ایک لڑکی کا دل صرف خاوند کی محبت اور توجہ ہی کی وجہ سے لگتا ہے۔''

سروش چپ چاپ اس کے ساتھ سمن کے کمرے کی سمت چل پڑا۔ مگر چند قدم چلنے کے بعد رک گیا۔

''مگر آپا......!'' کچھ کہتے کہتے ہچکچا کر سروش خاموش ہو گیا۔

''کیا کہنا چاہتے ہو؟''

''وہ۔وہ آپا!''

''ہاں ہاں کہو۔کہونا۔''

''دیکھئے نا۔میں پہلی بار سمن سے مل رہا ہوں۔''

نگاہیں جھکا کر بہت دھیرے سے اور بے حد شرما کر کہہ رہا تھا۔''مجھے اسے کچھ دینا چاہیے......کوئی رونمائی وغیرہ......مگر میرے پاس تو کچھ بھی نہیں۔''

''شریر......!'' رعنا بے اختیار مسکرا اٹھی......اندر ہی اندر سے خوش بھی بے حد ہوئی۔

''اچھا یہیں ٹھہرو۔امی نے ایک بڑا خوبصورت اسی مقصد کے لیے لاکٹ منگوایا ہوا ہے۔''

''للہ رعنو آپا! ان کے سامنے میرا نام نہ لیجئے گا۔''

''نہیں لیتی بھئی۔تم تو لڑکیوں کی طرح شرما رہے ہو۔''

اور رعنا بھاگ کر ماں کے پاس چلی گئی......قدم ایسے ہلکے پھلکے سے اٹھ رہے تھے' جیسے ہواؤں کے دوش پر اڑی جا رہی تھی۔

مہ جبیں باورچی خانے میں تھیں۔ساری بات انہیں بتائی۔خوشی سے وہ بھی دیوانی سی ہو اٹھیں۔

لڑکھڑاتی ٹانگوں سے دوسرے کمرے میں بھاگیں۔جلدی جلدی بکسوں میں سے ایک خوبصورت سا ڈبہ نکال کر رعنا کے ہاتھ میں تھما دیا' چہرے پر بڑی دلآویز سی مسکراہٹیں تھیں......جو خوش آئند مستقبل کی نوید دے رہی تھیں۔

رعنا واپس آئی......سروش وہیں کھڑا سیٹی بجا رہا تھا......بڑی مدھر سی دھن تھی......رعنا مسکرا اٹھی......اور اسے دیکھ کر سروش شرما دیا۔

''رعنو آپا! میری طرف اتنے غور سے مت دیکھئے۔مجھے شرم آ رہی ہے۔''

''ارے! اس میں شرم کی کیا بات ہے؟''

خوشی کے مارے خود رعنا کی عجیب سی کیفیت ہو رہی تھی...... ''غیروں کے پاس جاتے ہوئے انسان کو ضرور شرم آنی چاہیے...... تم تو اپنی سمن اپنی بیوی کے پاس جا رہے ہو۔''

رعنا نے اس کے ہاتھ میں ڈبہ دیتے ہوئے کہا۔

''لو جاؤ...... خدا تم دونوں کو سدا شاد اور آباد رکھے...... سدا!''

زیادہ خوشی کے موقع پر بھی انسان کی آنکھیں بہہ نکلتی ہیں...... رعنا کی پلکیں جھلمل جھلمل کر رہی تھیں مگر ہونٹوں پر بڑی خوبصورت سی مسکراہٹیں تھیں۔

''میں اکیلا نہیں جاؤں گا آپا!'' ایک قدم چلنے کے بعد سروش پھر رک گیا...... ''آپ میرے ساتھ چلیے۔''

''پاگل ہوئے ہو کیا...... چلو جاؤ۔''

رعنا نے اسے کمرے کے اندر جانے کا اشارہ کیا...... وہ شرماتا' جھجکتا ہوا جانے لگا تو رعنا کو پھر کوئی خیال آیا۔

اس کے کندھوں پر ہاتھ رکھ کر اپنی جانب موڑتے ہوئے بولی......

''ذرا دیکھو تو میرا بھائی کیسا لگ رہا ہے!''

سر سے پاؤں تک ایک تنقیدی نگاہ اس پر ڈالی...... سمن اگر بے حد خوبصورت تھی تو اس کے بھائی میں بھی مردانہ وجاہت کی کمی نہ تھی...... تبھی تو یہ اشعر وغیرہ اس سے حسد کرتے تھے...... یہ اونچا لمبا...... وجیہہ اور سمارٹ سا!!

''ماشاءاللہ!!''

بے اختیار اس کے ہونٹوں سے نکلا اور اس نے سروش کی پیشانی چومتے ہوئے اسے کمرے کے اندر دھکیل دیا۔

سمن ابھی تک اسی طرح پلنگ پر اوندھی لیٹی ہوئی تھی...... سروش جھجکتے ہوئے اندر داخل ہوا۔ قدموں کی چاپ اس نے سنی تھی مگر اسی طرح لیٹی رہی۔ سر اٹھا کر آنے والے کو دیکھنے کی ضرورت ہی نہیں سمجھی۔

سروش نے سارے کمرے میں اک طائرانہ نگاہ ڈالی...... عجب مسحور کن سی خوشبو

سارے کمرے میں پھیلی تھی...... ایسے لگا...... جیسے سمن ہی کی معطر سی ہستی کا اعجاز تھا...... کہ اس کے وجود کو پا کر کمرہ مہک اٹھا تھا۔

اس نے مڑ کر کمرے کا دروازہ بند کیا...... پھر وہیں رک کر کچھ سوچا۔ واپس ہوا اور بہت آہستہ سے چٹخنی چڑھا دی...... سمن نے پھر بھی سر نہیں اٹھایا۔

''ہو گی رعنا یا سائمہ وغیرہ...... مجھے پھر سجا بنا کر باہر لے جایا جائے گا...... ہونہہ! میں تو نمائش کی گڑیا بن کر رہ گئی ہوں۔''

سمن کے آنسو پھر بہہ نکلے۔

سروش بہت آہستہ سے پلنگ کی پٹی پر، سمن کے پہلو میں بیٹھ گیا۔ زبان سے کچھ نہیں کہا۔ آنکھوں میں شرارت تھی اور ہونٹوں پر تبسم...... شریر سا تبسم!!

اس کے پہلو میں بیٹھنے کے بعد سروش نے ڈبہ کھولا...... لاکٹ نکالا۔ اور چپکے سے سمن کو پہنانے لگا...... مگر...... مگر...... وہ تو اوندھی لیٹی ہوئی تھی اور اس نے چہرہ تکیے میں چھپایا ہوا تھا...... کیسے پہناتا......؟ اپنے پاگل پن پر خود ہی مسکرا اٹھا۔

بہت دھیرے سے، بڑے پیار سے، اس نے سمن کے بالوں میں انگلیاں پھنسا دیں...... اور ہولے ہولے اس کے سر کو سہلانے لگا......

سمن ذرا کسمسائی...... لیکن پھر اسی طرح لیٹی رہی......

اب پھر اٹھ کر اس کا نمائش کی گڑیا بننے کو بالکل دل نہیں چاہ رہا تھا، سر کو سہلانے والے اس ہاتھ کو ذرا پرے دھکیلا......

سروش کے ہونٹوں پر پھیلا شریر تبسم اور بھی گہرا ہو گیا...... وہ اس پر جھکا...... پرلی طرف سے اس کے چہرے کو جھانکنے کے لیے...... اس کا سارا بوجھ سمن کی کمر پر پڑا......

وہ کسمسائی...... اٹھنے کی کوشش کی...... مگر سروش نے اٹھنے نہ دیا...... جھک کر بڑے پیار سے اس کے بالوں کو پرے ہٹاتے ہوئے اس کے کان کے ساتھ ہونٹ لگا دیئے......

''سمی!''

یہ آواز...... یہ لہجہ...... یہ پیار بھرا انداز...... سمن ایک دم چونکی۔

''سمن تم دوسرے لوگوں کے لیے ہوگی......میں تمہیں سمی ہی کہا کروں گا''

یہ سرگوشی!!

سمن کے سر سے لے کر پاؤں تک ایک برقی روسی دوڑ گئی......جانے اتنی قوت اس میں کیسے آ گئی تھی......وہ ہڑ بڑا کر سیدھی ہوگئی......سروش ایک جھٹکے سے پیچھے ہٹا......

سمن کا سرخ سرخ اور گھبرایا گھبرایا سا چہرہ اس کے سامنے تھا۔

وہ اس عالم میں اور بھی زیادہ خوبصورت ہوگئی تھی......اس سے بھی زیادہ......جیسی اس پیازی ساڑھی میں اسے لگی تھی۔

سروش نے اسے پہلی بار اس پیازی ساڑھی میں ہی دیکھا تھا......اس کی دلہن اتنی خوبصورت ہوگی......یہ وہ کبھی سوچ بھی نہیں سکتا تھا......اس کی خوشی کی انتہا نہ رہی تھی۔

وہاں ہال میں موجود سب لڑکیوں میں سے علیحدہ......آسمان سے اترا کوئی انوکھا اور نایاب سا تحفہ معلوم ہو رہی تھی......جو اللہ میاں نے اسے بخشا تھا......خود اسے......!!

پھر اس کا جی چاہا کہ اسے دیکھتا ہی جائے......دیکھتا ہی جائے......وہاں سب موجود تھے......ان سے جھجک بھی رہا تھا، مگر پھر بھی دل یہی چاہ رہا تھا کہ اسے دیکھتا رہے۔

اور وہ اپنے دل کی خواہش پر قابو نہ پا سکا......خوب جی بھر کر اس نے سمن کو دیکھا......سمن بھی بار بار جھکی جھکی شرمیلی نگاہیں اٹھا کر اسے دیکھتی رہی تھی......اور پھر......پھر...... جانے کیا ہوا......؟ سمن کہاں چلی گئی......؟ سب لوگ کدھر غائب ہوگئے؟؟

پھر سب کچھ گڑ بڑ ہی ہوگیا تھا۔

اور اب ......اس حلیے میں......اس عالم میں......بکھرے بکھرے سیاہ بالوں کے درمیان اس کا گھبرایا گھبرایا، سرخ سرخ سا چہرہ......اک تابناک سا شعلہ لگ رہا تھا......ایسا شعلہ......جو بھی اس کا سب کچھ، اس کے ہوش و حواس جلا کر راکھ کر دینے والا تھا۔

''سمی......! میری طرف دیکھو۔''

جذبات سے بھرپور آواز میں اس نے دھیرے سے کہا اور شدت جذبات سے لرزتے دونوں ہاتھوں میں پکڑا خوبصورت لاکٹ اس کی حسین گردن کی طرف بڑھایا۔

سمن گم سم سی...... حیران و پریشان سی اسے دیکھے جا رہی تھی...... چند لمحے تو جیسے اسے معلوم ہی نہیں ہوا کہ وہ کہاں تھی اور یہ اس کے پاس بالکل پہلو سے پہلو ملائے' اس پر جھکا کون بیٹھا تھا......؟؟

یہ اس کے بالوں کو کس کا ہاتھ سہلا رہا تھا اور یہ اس کے رخساروں پر کس کے سانسوں کا لمس تھا اور اس کے کان کی لو کو کس کے ہونٹ چھو رہے تھے؟؟

''مجھے پہچانا نہیں...... میں تمہارا سروش ہوں...... تمہارا اپنا سروش......''

اور پھر...... پھر اس مرتعش سے لہجے کی سرگوشی نے اسے چونکایا...... وہ اٹھ کر بیٹھ گئی...... اس کے سامنے...... بالکل سامنے...... سروش کا متبسم چہرہ تھا......

گھبرائی...... سٹپٹائی...... اس کے اتنا قریب...... شرم سے سرخ سی ہوگئی...... دو لرزتے ہاتھ ایک نفیس سا' سبک سا لاکٹ تھامے اس کی گردن کی طرف بڑھے...... اس کا دولہا اسے رونمائی میں اپنی محبت کا تحفہ پیش کر رہا تھا...... دولہا! دولہا! اور وہ خود دلہن تھی...... سروش کی دلہن......!! سروش جو دیوانہ تھا۔

اور ایک دم سے ہی سارے احساسات جاگ اٹھے...... سروش تو پاگل تھا...... ابھی لاکٹ پہناتے پہناتے' جانے کیا کر دے...... ایک دیوانے انسان کا کیا بھروسہ...... گلا ہی نہ دبا دے......

سروش کے لاکٹ پکڑے دونوں ہاتھوں کو زور سے پرے دھکیلتے ہوئے اٹھ کر دروازے کی سمت بھاگی...... خائف نظروں سے پلٹ پلٹ کر اسے دیکھتی بھی جا رہی تھی...... کہیں وہ اس کے تعاقب میں تو نہیں آ رہا تھا......!!

دل بری طرح دھڑک رہا تھا...... دروازہ کھولنے کی کوشش کی...... مگر اس کی چٹخنی لگی تھی...... بند کمرے میں ایک پاگل کے ساتھ وہ تنہا تھی...... حلق سے ایک دلدوز سی چیخ نکل گئی......

دہشت سے آنکھیں پھیلی جا رہی تھیں...... ٹانگیں لڑکھڑا رہی تھیں...... ایک دوبار دروازہ دھڑ دھڑایا...... پھر خود ہی کو خیال آیا کہ وہ اندر سے بند تھا۔

گھبراتے ہوئے پھر مڑ کر دیکھا...... سروش حیران حیران پھٹی پھٹی آنکھوں سے اسے

ہی دیکھے جا رہا تھا...... بڑے غور سے!

جیسے ابھی بھاگ کر اسے جھپٹ لے گا...... بالکل ایسے ہی محسوس ہوا......

ذرا سے اوسان بحال کیے...... اتنے...... کہ بس چٹخنی گرا سکے...... دھڑام سے دروازہ کھلا...... سر پر دوپٹہ نہیں تھا...... وہیں کہیں گر پڑا تھا...... پاؤں میں جوتی نہیں......

اور وہ صرف تین چار دن کی بیاہی دلہن تھی اور اپنے سسرال میں تھی' اسے کوئی ہوش نہ تھا...... باہر بھاگی......

سمن کی چیخوں کی آواز سن کر رعنا خود ہی اُدھر آ رہی تھی...... سمن کو اس عالم میں دیکھ کر بے اختیار بازو پھیلا دیئے...... وہ لڑکھڑاتی ہوئی اس کے بازوؤں میں آ رہی...... دل بڑے زور زور سے دھک دھک کیے جا رہا تھا...... پورا وجود بید مجنوں بنا ہوا تھا......

رعنا نے اسے اپنے سینے کے ساتھ بھینچ لیا...... اور پھر...... ذرا سا حوصلہ...... ذرا سی تسلی پائی تو...... سمن کا سر رعنا کے کندھے پر ڈھلک گیا......

رعنا نے گھبرا کر اِدھر اُدھر دیکھا...... آس پاس اور کوئی نہ تھا...... اور نہ ہی کسی اور نے سمن کی چیخوں کی آواز سنی تھی...... اطمینان کا سانس لیا...... اور سمن کے بے جان سے جسم کو گھسیٹتے ہوئے واپس کمرے میں لے آئی۔

سمجھ میں نہیں آ رہا تھا کہ اسے ہوا کیا تھا...... ابھی تو سروش اس کے پاس تھا...... بالکل ٹھیک ٹھاک...... پورے ہوش و حواس میں...... پھر سمن نجانے کیوں ایسی خوفزدہ ہو کر بھاگی تھی......

سمن کو پلنگ پر لٹاتے ہوئے سروش کی تلاش میں اردگرد نگاہیں دوڑانے لگی۔

''اوہ......!''

سامنے دوسرے کمرے کے کھلے دروازے میں نظر جا پڑی...... وہ سنگھار میز کے سامنے کھڑا تھا...... گلے میں وہی زنانہ نازک اور سبک سا لاکٹ پہنا ہوا تھا اور ہونٹوں پر بچوں جیسا معصومیت بھرا تبسم لیے حیران حیران آنکھوں سے خود کو آئینے میں دیکھ رہا تھا۔

بے اختیار رعنا کے ہونٹوں سے اک دکھ بھری آہ نکل گئی اور پھر شدت غم سے اس نے آنکھیں میچ لیں۔

☆ ☆ ☆

اب تو اسے کمرے سے بھی باہر نکلتے ہوئے ڈر آنے لگا تھا...... سارا سارا دن دروازہ بند کئے اندر پڑی رہتی۔

سروش کا خوف ایسا ذہن پر مسلط ہو کر رہ گیا تھا کہ ہر ایک سے ہی خوف کھانے لگی تھی...... جس کسی نے اندر آنا ہوتا پہلے اس کا نام وغیرہ اچھی طرح پوچھ کر تسلی کر لیتی...... پھر دروازہ کھولتی......

مہ جبیں نے سمجھایا...... رعنا نے یقین دلانے کی کوشش کی کہ سروش ایسا خطرناک قسم کا دماغی مریض نہ تھا جو وہ اس سے خائف ہو کر یوں ایک کمرے میں قید ہو گئی تھی۔

مگر سب کے سمجھانے، تسلی دلاسہ دینے کے باوجود بھی اس کا خوف دور نہیں ہو رہا تھا۔

کچھ دن اسی طرح گزرے تو پھر خود بخود ہی اس تنہائی اور قید کی سی زندگی سے اکتا گئی...... بری طرح تنگ آ گئی۔

کیا کرے...... کہاں جائے؟ کوئی جائے پناہ نہ تھی...... اس زندگی سے فرار کا کوئی راستہ نہ تھا...... بے بسی نے جیسے جیتے جی قبر میں ڈال دیا تھا...... اور پھر اسے اپنی اس بیچارگی پر بھی رونا آنے لگا۔

نہ خود پر نہ کسی اور پر بس ہی نہیں چل رہا تھا...... ایک بار پھر جھنجلا اٹھی...... اس کے ساتھ ہونے والے اس ظلم میں جو جو بھی شریک ہوا تھا...... اسی کے لئے دل میں نفرت کے جذبات امڈنے لگے۔

جوں جوں سوچتی...... نفرت شدت اختیار کرتی جاتی...... اور پھر جب نفرت کا جذبہ انتہا کو پہنچ گیا تو اس کا دل ہر اس فرد سے انتقام لینے کو چاہنے لگا جو بھی اس سے متعلق تھا۔

ماں باپ سے تو انتقام لے چکی تھی کہ اب نہ خود کبھی ان کی شکل دیکھے گی اور نہ اپنی دکھائے گی...... باقی اس گھر کے لوگ تھے...... چچاؤں، چچیوں، پھوپھی اور ان کے بچوں سے اسے

کوئی تعلق واسطہ نہ تھا۔

اصل مجرم مہ جبیں، سروش اور رعنا تھے۔اور سمن نے دل میں ٹھان لی کہ انہوں نے اپنی جن خوشیوں اور ارمانوں کی خاطر اس کی زندگی بھر کی مسرتوں اور حسرتوں کو روند ڈالا تھا.......وہ خوشیاں اور ارمان تو انہیں کبھی بھی حاصل نہ ہونے دے گی۔

انہوں نے اسے تڑپایا تھا.......رلایا تھا.......وہ بھی اسی طرح انہیں تڑپائے گی.......رلائے گی.......جیسے اس کی ساری زندگی انہوں نے برباد کر ڈالی تھی.......اسی طرح وہ بھی انہیں چین نہ لینے دے گی۔

اکیلی پڑی یہی سب کچھ سوچے جا رہی تھی کہ اس کے کمرے کا دروازہ کسی نے زور زور سے دھڑ دھڑایا۔

"کون ہے؟"

وہیں پلنگ پر لیٹے لیٹے بڑے اطمینان سے پوچھنے لگی۔

"میں ہوں رعنا۔"

رعنا کی آواز سنتے ہی ایک دم پھر ان سارے خیالات نے دماغ پر یورش کر دی۔

"کیا کام ہے؟"بلاوجہ ہی آواز میں تلخی بھر گئی۔

"تم دروازہ تو کھولو۔"

"نہیں.......پہلے بتائیے کیا کام ہے؟"

"تمہیں کوئی ملنے آیا ہے۔"

کون ملنے آیا ہے؟ ساتھ ہی سوچنے بھی لگی کہ بھلا اس سے ملنے والا کون ہو سکتا تھا.......

کہیں دھوکے سے سروش کو تو نہیں لایا جا رہا تھا.......

"دروازہ تو کھولو.......پھر بتاتی ہوں۔"

"قسم کھائیے کہ آپ اکیلی ہی ہیں۔"سہم کر بولی۔

"خدا کی قسم میں اکیلی ہی ہوں۔"

پوری طرح اطمینان کرنے کے بعد اٹھ کر سمن نے دروازہ کھولا۔رعنا اندر آئی تو بڑھ کر

جلدی سے پھر چٹخنی لگا دی۔ ہر ایک پر سے اعتبار اٹھ گیا ہوا تھا۔

''اب بتایئے کون مجھ سے ملنے آیا ہے؟'' شکن آلود جبیں سے پوچھنے لگی۔

''یہ تمہیں اُدھر گول کمرے میں چل کر معلوم ہو جائے گا...... تم ذرا اپنی حالت درست کرلو۔''

''نہ مجھے اپنی حالت درست کرنے کی ضرورت ہے اور نہ گول کمرے میں جانے کی۔''

سمن نے دوٹوک جواب دیا اور جا کر بڑی بے پرواہی سے پلنگ پر دراز ہو گئی۔

''پتہ چلے گا نا کہ کون آیا ہے۔ تو خوشی کے مارے سر کے بل چلتی جاؤ گی۔''

اس کے تیکھے لہجے کو نظر انداز کرتے ہوئے رعنا نے اسی خوش مزاجی اور نرمی سے کہا۔

''میرا اس دنیا میں کوئی نہیں ہے جس کے لیے سر کے بل چلتی جاؤں گی۔''

''میری جان سمن! یوں زندگی سے روٹھا نہیں کرتے...... بلکہ حالات سے سمجھوتہ کرلیا کرتے ہیں...... پھر خدا بھی بہتر ہی کرتا ہے۔''

رعنا بڑے پیار سے اسے ایک بار پھر سمجھانے لگی۔

''خدا کے لیے مجھے میرے حال پر چھوڑ دیجیے۔ میں کوئی اور نصیحت سننے کو تیار نہیں۔''

سمن نے بے رخی سے پرلی طرف رخ پھیر لیا...... رعنا اپنا سا منہ لے کر رہ گئی...... کچھ سوچا...... پھر قدرے توقف کے بعد بہت بجھے بجھے سے لہجے میں کہنے لگی۔

''تمہاری امی، ابا اور بھائی تمہیں ملنے آئے ہیں۔''

سمن چونکی...... ایک دم دل دھڑک اٹھا...... ہڑبڑا کر بیٹھ گئی۔

''کیا؟'' اس کے رخسار دہک رہے تھے۔

''تمہارا بھائی تین چار دن تک ولایت جا رہا ہے...... اس لیے تمہیں ملنے آیا ہے۔''

جس انداز میں سمن چونکی تھی، جس طرح اس کے رخسار گلنار ہو گئے تھے۔ رعنا کو اسے یہ نوید دیتے ہوئے بے حد خوشی محسوس ہوئی۔

اتنے دنوں سے کمرے میں بند پڑی تھی...... شاید والدین کا سن کر ہی کفر ٹوٹے اور وہ اس قید خانے سے باہر نکل آئے...... اسی آس نے اس کے ہونٹوں پر مسکراہٹیں بکھیری ہوئی

تھیں۔

ماں باپ اور بھائی کا بتا کر رعنا اس کے تاثرات معلوم کرنے کے لئے غور سے اس کے چہرے کو دیکھنے لگی۔

مگر......وہ حیران ہی تو رہ گئی۔ وہاں بے پایاں مسرت کا کوئی رنگ نہ ابھرا تھا......کوئی خوشی کی لہر نہ لہرائی تھی......کوئی قوس وقزح منعکس نہ ہوئی تھی۔

سمن کا وہی دنیا سے بے زار اور سپاٹ سا جذبات سے عاری چہرہ تھا۔

''جا کر انہیں کہہ دیجئے کہ ان کی سمی تو مر چکی ہے......وہ یہاں کیا لینے آئے ہیں؟''

''نہیں سمن! ایسے نہیں کہا کرتے۔''

''کیوں نہیں کہا کرتے......میں نے جو کچھ کہا ہے ٹھیک کہا ہے۔''

اور اب سمن کے لہجے میں سنگلاخ چٹانوں کی سی سختی تھی۔

''سمی مر چکی۔ ہے اور مردے کبھی زندہ نہیں ہوا کرتے۔''

وہ پھر بڑی بے نیازی سے پلنگ پر دراز ہو گئی۔

رعنا حیران پریشان کھڑی اسے دیکھے جا رہی تھی......میکے سے تو کوئی چڑیا بھی اڑ کر آ جائے تو اسے کلیجے سے لگا لینے کو دل چاہتا ہے اور سمن کیسی عجیب لڑکی تھی......ماں' باپ' بھائی گھر آئے تھے تو ملنے سے انکار کر رہی تھی۔

''میں نے کہہ دیا نا کہ میں ان سے نہیں ملوں گی......آپ فضول ہی اپنا وقت ضائع کر رہی ہیں۔''

یہ جانتے ہوئے بھی کہ اس کے اس انداز گفتگو سے رعنا کو تکلیف پہنچے گی' سمن پھر بھی وہی انداز اختیار کر رہی تھی......جان بوجھ کر بھی

رعنا کا سر جھک سا گیا...... بڑے دکھ سے سمن کی جانب دیکھتے ہوئے چپ چاپ کمرے سے باہر نکل گئی۔

اور رعنا کا یہ انداز......! جیسے سمن کے کسی ایک چھوٹے سے زخم پر ٹھنڈے مرہم کا پھاہا رکھ گیا......وہ بے اختیار مسکرا دی......اسے پریشان دیکھ کر روحانی سی خوشی محسوس ہوتی تھی۔

ابھی تو اس سے بھی بڑے بڑے کئی زخم ہیں میرے سینے میں......سب کا علاج کروں گی۔

مسکراتے ہوئے اٹھ کر اندر سے چٹخنی لگالی۔

اس سے بھی بڑے زخم پر تو اس لمحے پھاہا لگنے والا تھا جب ماں باپ اور نواز نے بغیر اس سے ملے لوٹ جانا تھا...... آنکھوں میں آنسو اور لبوں پر آہیں لیے۔

خون خون کی دید کی آس لیے آیا تھا......اور آس پوری نہ ہونے پر جو دکھ لیے اس نے پلٹ جانا تھا۔ وہی اس کے زخموں کا علاج تھا۔

سمن پلنگ پر دراز اکیلی ہی سوچ سوچ کر ہنسے جا رہی تھی......دروازے پر پھر دستک ہوئی......سمن نے ہنستے ہوئے پوچھا کہ کون تھا......

''سمی! یہ میں ہوں......تمہارا نواز۔''

اب نواز خود آیا تھا......اس کی آواز......سینے کے اندر ہی تو جیسے اتر گئی۔ بڑی مشکل سے خود کو سنبھالا...... بڑی مشکل سے تھوک نگل کر حلق سے آواز نکالی۔

''یہ دروازہ نہیں کھلے گا......چلے جاؤ یہاں سے۔''

''نہیں سمی! میں تم سے ملے بغیر ہرگز نہیں جاؤں گا۔''

''مردے کو دفن کرنے کے بعد دوبارہ اس کی قبر کھود کے لاش کو بے آبرو نہیں کیا کرتے۔''

نواز رو پڑا۔ وہ بہت دور جا رہا تھا اور جانے سے پہلے ایک بار، صرف ایک بار سمی کو ملنا چاہتا تھا۔

اس کے آگے ہاتھ جوڑ کر اپنا گناہ معاف کرانا چاہتا تھا......جس دن سے وہ ان کے گھر سے روتی نکلی تھی......اسی دن سے اسے سکون نہیں ملا تھا......اس کے ضمیر کی چبھن نے ایک لمحہ کے لئے بھی اسے قرار نہیں لینے دیا تھا۔ اگر سمی ایک بار اسے معاف کر دیتی تو پردیس میں سکون سے اس کا وقت گزرنا تھا اور پھر اس نے اطمینان سے تعلیم وغیرہ حاصل کر کے واپس آنا تھا۔

وہ منتیں کرتا رہا......گڑگڑاتا رہا......مگر سمن نے ایک نہ سنی......اپنی پوری زندگی کی تباہی

اور بربادی کا گناہ یوں دولفظوں میں کس طرح معاف کر دیتی۔ان کا جرم تو قابل معافی تھا ہی نہیں!!

نواز کے بعد ماں اور باپ نے بھی اپنی پوری کوشش کی......منت سماجت کی......اپنی محبتوں اور خون کا واسطہ دیا۔اسے جنم دینے اور پھر اس کی پرورش کا احسان جتایا۔

غرض...... ہر حربہ انہوں نے آزمایا......مگر سمن کا دروازہ نہیں کھلنا تھا نہ کھلا......اور آخر تھک ہار کر، اپنی سمی سے ملے بغیر ہی وہ آنکھوں میں آنسو اور لبوں پر آہیں لئے لوٹ گئے۔

سمن کو معلوم ہوا کہ وہ کتنے پریشان، کتنے افسردہ اور کیسے روتے تڑپتے ہوئے چلے گئے تھے تو وہ بڑی دیر ہنستی رہی......جنونی انداز میں قہقہے لگاتی رہی۔

ہنستے ہنستے اس کی آنکھوں میں نمی سی آ گئی......اور پھر......نڈھال سا ہوتے ہوئے تکیے میں چہرہ چھپالیا، وہ بلک بلک کر رو رہی تھی ''ہائے سمی! تو ایسی تو نہ تھی، یہ تو اتنی ظالم اتنی سنگدل کیسے ہوگئی؟ وہ بے چین ہو ہو کر اپنے آپ سے ہی پوچھ رہی تھی۔

جانے کیا ہوا......ایک دم ہی اس کا جی اس تنہائی سے گھبرانے لگا......کوئی کتاب، کوئی رسالہ بھی پڑھنے کو دل نہیں چاہ رہا تھا......یکا یک کمرے کے بند کواڑوں سے وحشت سی محسوس ہونے لگی۔

کہاں وہ وقت تھا کہ کسی آزاد پرندے کی مانند سارا سارا دن پورے محلے میں اڑانیں بھرا کرتی تھی اور کہاں یہ وقت کہ کئی دن کمرے میں بند رہ کر گزار لئے تھے۔

یہ خیال آتے ہی ایک دم سا گھٹتا ہوا محسوس ہونے لگا۔گھبرا کر اٹھی اور کمرے کی تمام کھڑکیاں کھول ڈالیں مگر پھر بھی تھا تو وہ کمرہ ہی......اس کا دل آسمان تلے بیٹھنے، چلنے پھرنے کو چاہنے لگا......کسی سے باتیں کرنے کو جی بے تاب سا ہوگیا۔

اپنا دل جلانے سے کچھ نہیں بنے گا......ہنس کھیل کر زندگی کے دن گزاریئے اور اپنی بجائے دوسروں کو جلایئے۔

اور پھر اسی لمحے اشعر کا یہ فقرہ اس کے ذہن میں گونج اٹھا۔

کچھ سوچتے ہوئے اس نے اٹھ کر اپنے ریشمی ریشمی، قیمتی قیمتی اور انتہائی فیشن ایبل

ملبوسات سے بھری الماری کھولی...... قریب ہی سنگھار میز کے آئینے میں پورے سراپا کا عکس دکھائی دے رہا تھا۔

ایک ایک ساڑھی، ایک ایک سوٹ نکال نکال کر اپنے ساتھ لگا لگا کے دیکھنے لگی...... ہر رنگ ہی اس پر جچا جا رہا تھا...... کسی ایک کا انتخاب مشکل ہو گیا...... اور جانے کیوں اس وقت اس کا دل یہی چاہ رہا تھا کہ وہ پہنے جو سب سے زیادہ اچھا لگے...... آخر پریشان ہو کر جو بھی لباس سامنے آیا، وہی نکال لیا۔

غسل کر کے ہلکے آسمانی رنگ کا چوڑی دار پاجامہ اور لیس کا کرتہ پہنے سنگھار میز کے پاس بیٹھی، جب وہ گیلے گیلے بالوں کو برش کر رہی تھی تو اپنا آپ ہی اس سے پہچانا نہیں جا رہا تھا۔

گلابی گلابی رخساروں کے گرد بکھرے سیاہ بال اسے خود کو ہی بے حد اچھے لگے چنانچہ نہ بالوں کی چوٹی گوندھی نہ جوڑا بنایا...... انہیں اسی طرح گالوں کے گرد بکھرا رہنے دیا۔

ہلکا ہلکا میک اپ کر کے جب وہ اٹھی تو آسمان سے بھٹک کر زمین پر آ جانے والی حور ہی لگ رہی تھی۔

مطمئن ہوتے ہوئے آخری نگاہ آئینے میں ڈالی۔ جانے یہ سب وہ کیوں کر رہی تھی...... یہ خود اسے بھی معلوم نہیں تھا۔

بہت دنوں بعد اپنے آپ ہی وہ دروازہ کھول کر باہر نکلی تھی۔ جس جس نے دیکھا خوشی کا اظہار کیا۔ باہر نکلتے ہی سب سے پہلے سروش کی آپا سے اس کا سامنا ہوا...... اس نے وفورِ مسرت سے بے اختیار ہو کر اسے دعائیں دیتے ہوئے اس کی بلائیں لے ڈالیں۔

راہداری پوری طے کی تو برآمدے میں سروش اور مہ جبیں بیٹھے نظر آ گئے۔ سمن نے وہیں سے واپس مڑ جانا چاہا...... مگر دوسرے ہی لمحے خیال آیا کہ کب تک یوں قفس میں بند پنچھی کی سی زندگی گزارتی رہے گی۔

اس سوچ کے ساتھ ہی برآمدے سے باہر صحن میں نگاہ جا پڑی۔ وہاں ایک میلہ سا لگا ہوا معلوم ہو رہا تھا۔ سب لڑکے لڑکیاں سکولوں کالجوں سے واپس آ چکے تھے۔

کوئی بیٹھا تھا۔ کوئی ٹہل رہا تھا۔ کوئی چارپائی پر اوندھی لیٹی اپنی تھکن اتار رہی

تھی......اشعر اور زلفی کسی بحث کا آغاز کیے تھے......کبھی کبھی سائمہ بھی ان میں دخل دے کر ان سے ایک آدھ ڈانٹ کھا لیتی تھی۔

چھوٹی چچی مشین دھرے کچھ سی رہی تھیں......پھوپھی اور بڑی چچی سبزی بنا رہی تھیں۔

مہ جبیں اور سروش جیسے کوئی چھوت کی بیماری تھے......سمن ان کی طرف کوئی توجہ دیئے بغیر پرے ہی پرے سے گزر کر صحن میں چلی گئی۔

اس کے پاؤں کی آہٹ پر دونوں ماں بیٹے نے چونک کر اسے دیکھا تھا مگر اس کی بے توجہی نے انہیں مخاطب کرنے یا پاس بلانے کی جرأت نہ کرنے دی۔ بس چپ چاپ، گم سم سے اسے بڑی حسرت بھری نگاہوں سے دیکھتے ہی رہے تھے۔

سمن کو ان حشر سامانیوں میں آتے دیکھ کر سب نے خوشی و مسرت کے نعرے بلند کیے۔ اشعر اور زلفی بحث بھول بھال اٹھ کر اپنی اپنی کرسی اسے پیش کرنے لگے۔

نرگس، جو آڑی ترچھی لیٹی اپنی تھکن اتار رہی تھی جلدی سے اٹھ کر بیٹھ گئی......سائمہ چھلانگ لگا کر چارپائی سے اتری اور بڑھ کر بڑی اپنائیت سے اس نے سمن کا بازو تھام لیا۔

''ارے بھابی! آپ تو اس لباس میں بے حد سویٹ لگ رہی ہیں۔'' بڑے خلوص اور سادگی سے اس کی تعریف کرتے ہوئے اس نے اسے کندھوں سے تھام کر کرسی پر بٹھا دیا اور پھر خود بھی اسی کرسی کے بازو پر چڑھ کر بیٹھ گئی۔

''شکر ہے دلہن! آج تم نے بھی خود سے ہمیں اپنی صورت دکھائی۔''

بڑی چچی کچھ بامعنی سے انداز میں اسے دیکھ رہی تھیں۔

''اچھا کیا جو ذرا دیر کو باہر آ گئی ہے......دھوپ اور تازہ ہوا انسان کی صحت کے لئے بڑی اہم ہوتی ہیں۔''

پھوپھی اماں کو تو ہر وقت ہر کسی کی صحت کا ہی فکر پڑا رہا کرتا تھا......

''ارے نرگس! تم یوں بیٹھی کیا ہونقوں کی طرح ٹکر ٹکر دیکھے جا رہی ہو۔ جاؤ ملازمہ سے کہو چائے بنا کر لائے۔''

''نہیں چچی! میں کوئی مہمان تھوڑی ہوں۔''

''شکر ہے آپ کی آواز تو سنی۔''اشعر نے ہنس کر کہا۔

سمن نے شرما کر سر جھکالیا۔

چھوٹی چچی چائے کا کہہ کر پھر مشین چلانے لگیں...... پھوپھی اور بڑی چچی سبزی بناتے بناتے ساتھ جو مختلف لوگوں کو باتیں بتارہی تھیں، سمن کے آجانے سے ان کا سلسلہ منقطع ہوگیا تھا۔ وہ انہوں نے پھر سے شروع کردیا۔

سمن کے انکار کے باوجود نرگس چائے بنانے چلی گئی تھی۔ سائمہ' اشعر اور زلفی سمن سے باتیں کرنے لگے۔ اِدھر اُدھر کی...... کھیلوں کی' پڑھائی کی ہنسی مذاق کی!!

ان کا اس سے باتیں کرنے کا انداز ایسا ہوتا تھا جیسے وہ اپنے سے کسی برتر ہستی سے مخاطب ہوں۔ سبھی اس سے بڑی عزت اور احترام سے پیش آتے۔

ایک تو اس لیے کہ وہ خاندان کی سب سے بڑی اور پہلی بہو تھی۔ دوسرے خدا نے کچھ ایسا اسے حسن ودلکشی عطا کردیا تھا کہ سبھی اس سے بڑے مرعوب سے ہوگئے تھے اور تیسرے اس لئے بھی کہ وہ نئی نئی اس خاندان میں آئی تھی۔ ہر ایک نے اپنی خامیاں چھپانا تھیں اور خوبیوں کا اظہار کرنا تھا۔

جانے کیوں ہر ایک کے دل میں یہی تھا کہ وہی اس کا منظور نظر ہو...... وہی اسے گھر میں سب سے اچھا لگے...... کیا اس گھر کی لڑکیاں...... اور کیا لڑکے ہر ایک کی دل کی مرضی یہی تھی...... کچھ ایسی خدا نے اسے کشش بخشی تھی۔

چنانچہ سمن بھی ان سب عزتوں اور نگاہوں کے احترام کی وجہ سے خود کو ایک اہم ہستی تصور کرنے لگتی۔

شادی کے پہلے دو چار دن وہ ان کا ماحول اور ان کے انداز دیکھ کر خود اپنے آپ میں جو احساس کمتری سا محسوس کرتی رہی تھی وہ باقی نہ رہا تھا۔ اس لئے اب ان سب میں بیٹھ کر ان سے باتیں کرکے' اسے خاص قسم کی مسرت سی حاصل ہوتی تھی...... اس وقت بھی وہ بہت خوش تھی۔

''کیا خیال ہے اشعر......! جب تک چائے بن کر آتی ہے ذرا تھوڑی سی تاش نہ ہو جائے۔'' زلفی نے کہا۔

''بہت خوب۔'' اشعر نے خوشی سے اس کی تائید کی۔

''آیئے سمن! میرے سامنے۔''

''کیا مطلب؟''

''آپ میرا پارٹنر بنیئے اور سائمہ اور زلفی ہو جائیں گے۔''

''مگر مجھے تو تاش کھیلنا آتا ہی نہیں۔''

سمن گھبرا کر بولی۔

''اور نہ ہی مجھے کھیلنا چاہیے۔'' وہ بڑبڑائی۔ لاشعور نے ماضی کا ایک بھولا بھٹکا واقعہ ذہن میں تازہ کر دیا تھا۔

ان دنوں نواز دسویں کلاس میں پڑھتا تھا...... ایک دن وہ کہیں سے تاش لے آیا۔

''او سمی کی بچی!'' جیب سے نکال کر پھینٹتے ہوئے اردگرد دیکھا کہ کہیں مانو تو اِدھر اُدھر کسی کونے میں نہیں گھسی بیٹھی تھی۔ اماں ابا تو اسے معلوم تھا کہ خالہ کے ہاں گئے ہوئے تھے۔

''اِدھر آ تجھے ایک بڑے کام کی چیز سکھاؤں۔''

''مگر یہ ہے کیا؟'' سمن نے پہلی بار تاش دیکھی۔

''تاش ہے۔ آج کی مہذب دنیا میں جسے یہ کھیلنا نہیں آتی وہ غیر مہذب ہوتا ہے اور بالکل اجڈ اور گنوار سمجھا جاتا ہے۔''

پھر وہ بڑے انداز سے مسکرایا تھا۔

''ہوسکتا ہے تیرا بیاہ اسی دنیا کے کسی شخص کے ساتھ ہو جائے۔ چل آ سیکھ لے۔''

وہ نواز کے اس شادی والے مذاق سے شرما گئی تھی۔

''میرا بیاہ ہو ہی کیوں؟''

''ہاں۔ تجھے تو ہم نے روٹیاں کھلانے کے لئے گھر بٹھائے رکھنا ہے نا۔ ہمارے پاس اتنا اناج فالتو نہیں ہے۔''

''ایک روٹی صبح کھاتی ہوں۔ ایک شام کو کھاتی ہوں۔ بس! البتہ میرے حصے کی زیادہ تو تم کھا جاتے ہو...... پیٹو کہیں کے!!''

''چل چل جھگڑا پھر کر لینا۔ کہیں اماں ابا نہ آ جائیں۔ جلدی سے یہاں میرے سامنے آ بیٹھو۔''

''کیا ان سے چھپانے والی چیز ہے یہ؟''

''ہاں۔ ابا کے زمانے کے لوگ اسے پسند نہیں کرتے۔''

''تو پھر مت کھیلو۔''

''کیسے نہ کھیلوں۔ میرا میل ملاپ مہذب دنیا کے کافی لوگوں سے ہے۔ اکثر ضرورت پڑ ہی جاتی ہے۔''

نواز آج بالکل فلسفیوں کے انداز میں باتیں کر رہا تھا۔ وہ بڑے غور سے اسے دیکھے جا رہی تھی۔

''چلو اب چپ ہو جاؤ اور یہ دیکھو یہ پھول سے جو بنے ہوئے ہیں نا اسے چڑیا کا پتا کہتے ہیں۔''

نواز نے ایک پتا اس کی طرف بڑھایا۔

''گنو اس پر کتنے پھول بنے ہیں۔''

''پانچ۔''

سمی بڑے شوق و جستجو سے گنتے ہوئے مسکرائی۔

''تو اسے کہیں گے چڑیا کی پنجی۔''

''چڑیا کی پنجی۔''

سمی نے سبق یاد کرنے کے انداز میں دہرایا۔

''اور یہ جو سرخ رنگ کا دل سا بنا ہوا ہے اسے پان کا پتا کہتے ہیں۔ یہ ایک ہے پان کا اِکا۔''

اور ایسے ہی نواز نے اسے ہر رنگ کی پہچان کرائی۔ اس کے ایک بار بتانے سے ہی اچھی طرح اس کے ذہن نشین ہو گیا۔

جب اسے پتوں کی اچھی طرح پہچان ہو گئی تو وہ اسے رمی سکھانے لگا۔ نجانے انہیں

یوں مگن بیٹھے کتنا وقت گزر گیا تھا۔ سمی کو تجسس اور شوق نے کچھ احساس نہ ہونے دیا اور نواز کو اس لگن نے کہ جب باہر کوئی کھیلنے والا نہ ملا کرے تو گھر میں ہی ماں باپ سے چوری بہن کے ساتھ کھیل لیا کرے گا۔ اتنا دلچسپ لگتا تھا اسے تاش کھیلنا! انہیں پتہ بھی نہیں چلا۔ دونوں کے ہاتھوں میں پتے تھے اور اماں ابا سر پر آ کھڑے ہوئے۔ سمی کو تو یہ اندازہ ہی نہیں تھا کہ اس کے باپ کو ان کا یہ کھیل کھیلنا کتنا برا لگے گا۔

البتہ نواز کو شاید تھا تبھی سمی نے دیکھا باپ کی آہٹ پاتے ہی نواز کا رنگ ایسا پیلا پڑ گیا تھا کہ کیا کسی لیموں کا ہوگا۔ ہاتھ میں پکڑے پتے بری طرح کانپنے لگے تھے۔

اور پھر...... ابا وہ گرجے...... وہ گرجے کہ الامان والحفیظ...... اپنی پوری زندگی میں اس نے ابا کو اتنے غصے میں کبھی نہیں دیکھا تھا۔ آنکھیں لال انگارہ ہو رہی تھیں۔ منہ سے کف اڑ رہا تھا۔

آج تو اسے یہ سکھا رہا ہے کل اسے فلم دکھانے لے جانا اور پرسوں ہوٹلوں میں لئے لئے پھرنا۔ اور پھر تجھ جیسے بے غیرت بھائی ہوتے ہیں جو بہنوں کو غیروں کی بانہوں میں دیکھ کر بجائے غیرت سے ڈوب مرنے کے نظر پھیر کر کسی اور کی بہن سے ہنسی ٹھٹھا کرنے لگتے ہیں۔

نواز کا سر جھکا ہوا تھا...... ہاتھ سے پتے گر چکے تھے...... پیشانی پسینے سے تر تھی اور آنکھیں اٹھ نہیں رہی تھیں۔

اس طیش اور غصے میں ابا نے ساری تاش سمیٹی...... بڑے دھیان سے ایک ایک پتے کو پھاڑا۔ پھر اس پر شاید غصہ نہیں اترا تھا کہ پھٹی ہوئی تاش کے ٹکڑوں کو سمیٹ کر دیا سلائی لگا دی۔

اس کے بعد نواز نے کبھی گھر میں تاش لانے کی جرأت نہیں کی اور سمن نے بھی اس کے بعد آج ہی تاش کی شکل دیکھی تھی۔ لاشعور میں ابا کا خوف ایسا بیٹھا تھا کہ تاش کی طرف نگاہ اٹھا کر دیکھنے سے بھی ڈر محسوس ہو رہا تھا۔

''آیئے بھی۔ یہ آپ اتنی سہمی کیوں جا رہی ہیں؟''

اشعر جیب سے تاش کی گڈی نکال کر اس قدر تیزی سے پھینٹ رہا تھا کہ سمن کو اس سے اندازہ ہو گیا...... وہ پڑھائی میں کتنا وقت صرف کرتا ہوگا اور اس تاش میں کتنا۔

''میں نے کہا نا کہ مجھے کھیلنا نہیں آتا۔''

''نہیں کھیلنا آتا تو ما بدولت کی خدمات حاضر ہیں سمن جی! ہمیں اپنا خادم ہی سمجھئے۔''

''نہیں نہیں۔ میں نہیں کھیلوں گی۔''

واہ...... کیوں نہیں کھیلیں گی......؟ اب تو آپ کو ہم جیسا بننا ہی پڑے گا۔''

سائمہ زلفی کے سامنے کرسی بچھا کر بیٹھ گئی۔

''دیکھو تو...... عجیب بات لگتی ہے نا کہ اتنی خوبصورت اور اتنی سمارٹ لڑکی اور تاش کھیلنا نہیں آتا۔''

''صرف تاش کھیلنا ہی نہیں مجھے تو اور بھی کچھ نہیں آتا جو آپ سب کو آتا ہے۔''

سمن نے بغیر جھجک کے اپنی کم علمی کا اعتراف کر لیا۔ مگر اس اعتراف میں بھی ایک تمکنت سی تھی...... شاید اسے اس گھر میں آ کر اپنے بے پناہ حسین ہونے کا احساس ہو گیا تھا۔ اور یہ بھی کہ اس ماحول میں تعلیم اور دوسری اخلاقی خوبیوں پر حسن اور فیشن کو ترجیح دی جاتی تھی۔

''ہم آپ کو سب کچھ سکھا دیں گے۔ انشاء اللہ۔ پھر چند دن میں ہی دیکھئے گا کہ کیا سے کیا بن گئی ہیں۔''

''انہیں پہلے ہی اللہ میاں نے بہت کچھ بنا دیا ہوا ہے اشعر بھائی! آپ کیا بنائیں گے؟'' سائمہ پٹاخ سے بولی۔

''میرا مطلب تھا سونے کو کندن بنا دیں گے۔''

پھر اشعر تنک پڑا۔

''مگر تم سائمہ کی بچی! میری ہر بات میں کیوں دخل دیتی ہو؟''

''پھر شروع ہو گئی لڑائی۔''

زلفی نے جلدی سے تاش بانٹنا شروع کر دی...... کہ ان کا دھیان اس طرف ہو جائے اور لڑائی طول نہ پکڑے...... سچ مچ ہی دونوں تاش کی طرف متوجہ ہو گئے۔

اور پھر سب کے اصرار پر سمن کو بھی تاش ہاتھ میں لینا پڑی۔ پہلے چند ضروری نقطے اصول اور قاعدے اشعر نے اسے جلدی جلدی سمجھا دیئے۔ پھر نرگس چائے بنا کر لے آئی

تھی......اسے سمن کے پاس مددگار کے طور پر بٹھا دیا گیا۔

صولت چائے کی پیالیاں بنا بنا کر سب کو پیش کرنے لگا۔ سب ساتھ ساتھ چائے پی رہے تھے اور ساتھ ساتھ کھیل رہے تھے۔

مہ جبیں برآمدے میں ہی چپ چاپ اپنے خیالوں میں کھوئی بیٹھی تھیں......البتہ سروش کی نگاہ سمن پر ہی تھی......ایک ٹک اسے دیکھے جا رہا تھا......نہ چاہنے کے باوجود سمن کی بھی نگاہیں بار بار اُدھر ہی اٹھ رہی تھیں۔

اور یہ احساس اسے اس وقت اچھی طرح ہو گیا کہ اشعر سے جب بھی وہ بات کرتی یا اشعر اس سے بات کرتا تو نجانے کیوں سروش کے چہرے پر عجب ناگوار سے تاثرات جھلک اٹھتے۔ تیوریوں پر بل سے نمودار ہو جاتے۔ جانے کیوں؟

اور پھر وہ جان بوجھ کر بلا ضرورت ہی اشعر سے بار بار مخاطب ہونے لگی...... بلا وجہ ہی ہنس ہنس کر اس سے باتیں کرنے لگی۔

اشعر اور سمن جیت رہے تھے اور زلفی اور سائمہ مسلسل ہارے جا رہے تھے......سائمہ نے چیختے ہوئے پتے پھینک دیئے۔

اس کا خیال تھا کہ سمن نو آموز تھی پھر بھی وہ جیت رہے تھے۔ یقیناً اشعر کوئی گڑ بڑ کر رہا تھا...... پہلے بھی کئی بار وہ ہاتھ کی صفائی دکھاتے رنگے ہاتھوں پکڑا جا چکا تھا۔ ضرور اب بھی کوئی ایسی ہی بات تھی۔

سائمہ نے پتے پھینکے تو زلفی نے بھی پھینک دیئے۔ ان کے دیکھا دیکھی سمن بھی پھینکنے لگی تھی کہ اشعر نے اس کا ہاتھ تھام لیا۔

''دکھایئے۔ ذرا مجھے اپنی بازی دکھایئے۔''

اور اس لمحے اچانک سمن کی نگاہ پھر سروش پر جا پڑی۔ وہ تیکھی نگاہوں سے ان سب کی طرف دیکھتے ہوئے وہاں سے اٹھ کر اندر چلا گیا' اس کے انداز سے صاف ظاہر ہو رہا تھا کہ اب اس میں یہ سب کچھ دیکھنے کی مزید برداشت نہ رہی تھی۔

سروش کو یوں اٹھ کر جاتے دیکھا تو مہ جبیں کے چہرے پر دکھ کے سائے سے لہرا گئے

تھے۔ پھر وہ بھی آہ بھر کر اس کے پیچھے اندر چل دیں۔

اس لمحے...... سمن کا بے اختیار جی چاہا کہ زور زور سے قہقہے لگائے مگر اردگرد سب موجود تھے۔ اس کے دل کی کیفیت کو تو وہ جانتے ہی نہ تھے...... انہوں نے اس کا بھی دماغی توازن بگڑا ہوا سمجھ لینا تھا۔

سمن کے کمرے کے بند کواڑ کیا کھلے گویا اس گھر میں بہار سی آ گئی۔

صبح اٹھتے ہی لباس تبدیل کر کے اپنی پوری سج دھج نکال کر وہ کبھی بڑی چچی کے پاس جا بیٹھتی، کبھی چھوٹی چچی اور کبھی پھوپھی کے ہاں۔

سردی کے دن تھے...... سورج نکلتے ہی گھر کے اکثر افراد کوٹھی کے وسیع وعریض صحن میں نکل آئے۔ ثروت تعلیم ختم کر چکی تھی۔ لڑکوں میں سے بھی کوئی نوکری کر رہا تھا اور کوئی ابھی پڑھ رہا تھا۔

ملازمت والے تو صبح صبح چلے جاتے البتہ کالجوں والے ایک دو گھنٹے بعد پھر گھر میں ہی موجود ہوتے۔ اشعر جانے کیا کرتا تھا وہ تو اب اکثر گھر میں ہی دکھائی دینے لگا تھا۔

کھلی دھوپ میں سارا سارا دن سمن اور وہ سب مل کر کبھی تاش کھیلتے کبھی بیڈمنٹن۔ اور کچھ نہیں تو کبھی لوڈو یا شطرنج ہی بچھ جاتے...... اور یوں پکنک کا سا سماں بندھا رہتا۔

چند دنوں میں ہی اشعر نے اسے ہر وہ کھیل سکھا دیا جو خود اسے آتا تھا۔ کھیلوں کے علاوہ وہ اسے انگریزی بھی پڑھانے لگا تھا کہ اونچی سوسائٹی کی سب سے بڑی ضرورت یہی تھی۔

''ایک حسین عورت فیشن ایبل سا چست لباس پہن کر فرفر انگریزی بولتی بے حد اچھی اور سویٹ لگتی ہے۔''

اور سمن۔ نہ اشعر سے متاثر تھی۔ نہ ہی دل میں اس کے لیے کچھ تھا۔ اس سے جب باتیں کرتی، مختلف قسم کے کھیل کھیلتی، کسی بحث میں الجھتی، اس سے پڑھتی، اس کے ساتھ سیر سپاٹے کو چل دیتی تو۔

اس وقت سروش کے چہرے پر عجب سی بیچارگی ہوتی اور مہ جبین کے چہرے پر پھیلتے، ابھرتے، دکھ کے عکس اور لبوں سے پھسلتی دبی دبی آہیں، یہ سب اسے کچھ عجیب سی بے پایاں مسرت

دیتا اور یوں اس کے انتقامی جذبے کو تسکین سی حاصل ہو جاتی۔

بس اسی لیے وہ اشعر کے رنگ میں رنگی جا رہی تھی۔

اب تو اشعر کے ایماء سے وہ شہر کے سب سے بڑے کلب کی ممبر بھی بن گئی تھی۔ سارا دن گھر کی گہما گہمی میں گزرتا' شام کو وہ اشعر کے ساتھ کلب چلی جاتی۔

کلب کا رنگین ماحول' یہ فیشن پرست اور اعلیٰ طبقے کی سوسائٹی اسے بالکل پسند نہ آئی تھی۔ بس ایک کونے میں چپ چاپ بیٹھی ارد گرد ہونے والے تماشے دیکھتی رہتی۔

کس طرح اس اونچے طبقے کی عورتیں' مرد نشے میں دھت ایک دوسرے کی باہوں میں باہیں ڈالے رقص کرتے۔ کیسے کیسے ایک دوسرے سے فحش مذاق کرتے' عورتیں کس طرح نیل پالش لگے لمبے لمبے ناخنوں والی نازک نازک انگلیوں میں سگریٹ دبائے' ہونٹ ٹیڑھے میڑھے کر کے کش لیتیں اور چڑھی چڑھی گلابی ڈوروں والی مستی بھری آنکھوں سے غیر مردوں کو گھور گھور کر فر فر انگریزی بولتیں۔

یہ سب کچھ ہی اسے بالکل پسند نہیں آیا تھا۔ شاید اس لیے' کہ وہ ایک انتہائی غریب گھرانے میں پیدا ہوئی تھی اور جہاں غربت ہو وہاں اکثر شرافت بھی خاندانی میراث بن جاتی ہے اور سمن نے اسی غریب اور شریفانہ ماحول میں پرورش پائی تھی۔

اس کا ذہن یہ سب کچھ قبول کر ہی نہیں رہا تھا۔ اشعر کے بہت مجبور کرنے کے باوجود اس نے ابھی تک اس کے جام سے جام نہیں ٹکرایا تھا۔

اس نے فیشن کے مارے سگریٹ کے کڑوے کسیلے دھوئیں کو حلق سے اتارنے کی کوشش نہیں کی تھی۔

اور ابھی تک ایک بار بھی اشعر یا کلب کے کسی اور مرد ممبر کے بازوؤں میں رقص کے بہانے لہرائی نہیں تھی۔

اس کے باوجود کلب سے اس کا ایک بھی ناغہ نہیں ہوا تھا۔ صرف اس لیے کہ رات گئے جب وہ لوٹتی تو راہداری میں سے گزرتے ہوئے اس کی نگاہ دانستہ یا غیر دانستہ سروش کے کمرے کی سمت اٹھ جاتی۔

وہ سویا ہونے کی بجائے سوچوں میں کھویا ہوا کمرے میں ٹہلتا دکھائی دیتا۔ سمن کے قدموں کی آہٹ پر یکایک چونکتا۔ جب اشعر اس کے ساتھ ساتھ اسے اس کے کمرے تک پہنچانے آتا تو سروش چپکے سے اپنے کمرے کے دروازے میں آ کھڑا ہوتا۔

پھر جب تک اشعر اس سے کھڑا باتیں کرتا رہتا وہ انہیں عجیب انداز سے گھورتا رہتا۔ جانے کیوں رات کے ان لمحات میں اشعر کی گفتگو طویل سے طویل تر ہوتی چلی جاتی اور سمن کا جی چاہتا اور بھی طویل ہو جائے اور بھی طویل ہو جائے۔

سروش چپ چاپ دروازے میں کھڑا ایک ٹک انہیں دیکھے چلا جاتا' کھڑے کھڑے ٹانگیں شل ہو جاتیں تو اشعر کو سمن ہی کا خیال آ جاتا۔

''ارے! آپ تو تھک گئی ہوں گی' اچھا باقی کل سہی! شب بخیر!!''

وہ مسکرا کر سمن کا ہاتھ تھام لیتا اور پھر بڑے والہانہ انداز میں جھٹکتا' اس لمحے' عین اس لمحے جانے کیوں سمن کی نگاہیں ضرور ساکت کھڑے سروش کی سمت اٹھ جاتیں۔

اس کے چہرے پر ایک دم بڑے ناگوار سے تاثرات جھلکتے اور پھر وہ دھپ دھپ پاؤں مارتا دروازے میں سے ہٹ جاتا۔

اشعر اسے شب بخیر کہہ کر واپس چلا جاتا تو سمن اپنے کمرے کے اندر جانے کے لیے مڑتی۔ سامنے والے کمرے کے دروازے میں مہ جبیں کھڑی ملتیں۔ ان کی آنکھوں میں بہت سارے آنسو تیر رہے ہوتے اور لب کچھ کہنے کے لیے پھڑپھڑاتے' مگر......!

سمن جلدی سے اندر گھستی اور دھڑام سے کواڑ بند کر کے چٹخنی چڑھا دیتی۔ اور صرف ماں بیٹے کا یہ نظارہ دیکھنے کے لیے وہ کلب جیسی ناپسندیدہ جگہ اور ناپسندیدہ ماحول میں اشعر کے ساتھ جانے اور کئی کئی گھنٹے وہاں گزارنے کو ہر روز تیار ہو جاتی تھی۔

بڑی تسکین دیتے تھے اسے مہ جبیں کی آنکھوں میں تیرتے بے بسی کے یہ آنسو اور گومگو کی کیفیت میں پھڑپھڑا کر رہ جانے والے ہونٹ!!

اس کے لیے تباہیوں کے سامان کر کے' اس کی جوانی کی امنگیں برباد کر کے اس کے آرزوؤں بھرے جذبات سے کھیل کر خود وہ بھی تو خوش نہیں رہ سکی تھیں۔

وہ اطمینان سے جا کر دور ہی سے پٹاخ کر کے پرس پلنگ پر پھینکتی اور پھر خود ہی سوچوں میں کھوئی کھوئی دوسرے پلنگ پر دراز ہو جاتی۔ بغیر اونچی سی نازک سی ایڑی والے سینڈل اتارے بغیر' بغیر لباس تبدیل کیئے۔

کس کے لیے یہ سب کچھ کرتی ؟ اور پھر کبھی کبھی جانے کیا ہو جاتا ؟ کہ کمرے کی تنہائی جیسے ناگن بن کر اسے ڈس ڈس لیتی۔ پھر اس کا بہت سارا رونے کو جی چاہنے لگتا۔

لاکھ دل کو سمجھاتی' بہلاوے دیتی' مگر وہ اس کی کوئی بات نہ مانتا اور پھر وہ رات' اس کی رو کر اور جاگ کر گزرتی۔ اگلی صبح کا روشن اجالا اس کے دل کی تاریکیوں کو دور کرتا یا نہ کرتا مگر چہرے پر وہی بشاشت اور رونقیں بکھر رہی ہوتیں۔ وہ اس طرح خوش خوش اور چہکتی دکھائی دیتی جیسے اس کے دماغ میں کوئی سوچ نہیں تھی اور اس کے دل میں کوئی غم' کوئی دکھ اور کوئی حسرت نہ تھی۔

☆ ☆ ☆

''بھابی! شاپنگ کے لیے چلیں گی؟''

وہ زلفی، صولت اور اشعر تاش کھیل رہے تھے کہ سائمہ نے آ کر اس کا کندھا ہلایا۔

''اوں! آں!''

سائمہ کی بات اس نے جیسے سنی ہی نہیں۔ اتنی کھیل میں محو تھی وہ!

''بھابھی جان! میں پوچھ رہی ہوں کچھ خریدنا ہے؟ ہم سب شاپنگ کے لیے جا رہی ہیں۔''

سائمہ نے اب کی بار اسے کندھوں سے تھام کر جھنجھوڑ ڈالا۔

''چلیے بھابھی! آپ کے بہانے ذرا ہمارا بھی دل پشوری ہو جائے گا۔''

صولت نے ہنستے ہوئے پتے پھینک دیئے۔

''آپ سب لڑکیاں شاپنگ کیجئے گا اور ہم ذرا اِدھر اُدھر......''

''کیا اِدھر اُدھر؟'' سائمہ نے آنکھیں نکالیں۔

''اوئے ہوئے! مجھے خیال ہی نہیں رہا تھا کہ یہاں تھانیدارنی بھی موجود ہے۔''

صولت کانوں کو ہاتھ لگاتے ہوئے جلدی سے بولا۔

''میرا مطلب تھا کہ آج کل کے ذرا فیشن دیکھ لیں گے۔''

''ہمارے سامنے سمن موجود ہوں تو پھر کسی اور طرف نگاہ اٹھتی ہی نہیں۔''

اشعر بڑے انداز سے انگڑائی لے کر سمن کے چہرے کو غور سے دیکھتے ہوئے مسکرایا۔

''اشعر بھائی! میں نے کتنی ہی بار آپ کو سمجھایا ہے کہ بھابھی مثل بہن کے ہوتی ہے۔ آپ ان کے متعلق ایسی فضول سی باتیں نہ کیا کریں۔''

''او تم آفت کی پڑیا! میں نے تمہیں کتنی بار منع کیا ہے کہ تم میرے معاملات میں دخل مت دیا کرو۔''

''ثمن بھابھی سے صرف آپ ہی کا نہیں ہم سب کا رشتہ ہے اور تعلق واسطہ ہے۔ میں تو ان کے معاملے میں ضرور دخل دیا کروں گی۔''

''یہ تم دونوں ہر وقت جھگڑتے ہی کیوں رہتے ہو؟''

زلفی نے بیچ بچاؤ کرانے کی کوشش کی۔

''چلو بھئی! جس جس نے چلنا ہے۔ میرا بھی ایک عدد پتلون خریدنے کا موڈ بن گیا ہے۔ سائمہ کی پسند کی لوں گا۔''

''ایک شرط پر پسند کروں گی۔''

سائمہ حسب عادت جھٹ سے بولی۔

''منظور!'' زلفی نے سر جھکا دیا۔

''بغیر شرط معلوم کیے ہی؟''

نرگس کھی کھی کر کے بڑے معنی خیز انداز میں ہنس رہی تھی۔

''وہ جانتا ہوں۔''

''کیا بھلا؟''

''ایک چاکلیٹ کا پیکٹ۔''

''کوئی نہیں! کوئی نہیں۔''

سبھی بیک آواز چلاّئیں۔

''پھر؟'' زلفی سٹپٹا سٹپٹا کر ایک ایک کو دیکھنے لگا۔

''بہت دن ہو گئے فلم دیکھے ہوئے۔ منہ کا مزہ پھیکا پھیکا ہو رہا ہے۔''

''اوئے ہوئے! مارا گیا۔'' زلفی نے سر تھام لیا۔

نرگس، سائمہ اور ثروت ہنسے جا رہی تھیں۔

''اچھا بھئی اب تو قول ہار چکے۔ آج ہی لے چلوں گا۔''

زلفی شکست خوردہ انداز میں سر کو کھجلاتے ہوئے بڑی مردہ سی آواز میں بولا۔

''اکیلے نہیں۔ سب کو دکھانے کی میری شرط تھی۔''

نرگس فلم دیکھنے کی سب سے زیادہ شوقین تھی۔ بری طرح اس کی باچھیں کھِلی جارہی تھیں۔

''یعنی کہ سب کی ملی بھگت ہے۔لیکن......''

''لیکن ویکن کچھ نہیں زلفی صاحب! اب تو آپ بغیر معلوم کیئے ہی میری شرط مان لینے کا وعدہ کرچکے ہیں۔''

''تم بھی تو لڑکی نہیں کوئی چھلاوہ ہی ہو۔ میں سمجھا تھا ہمیشہ کی طرح ایک چاکلیٹ کا پیکٹ مانگوگی۔''

''پہلے تو لو، پھر منہ سے بولو! بھگتیئے اب بغیر سوچے سمجھے بولنے کا نتیجہ۔''

''تو پھر کیا ہے؟ بھگت لوں گا۔'' زلفی بڑی دلیری سے بولا۔

''چار لڑکیاں' چار لڑکے۔کم از کم بیس روپے کا خرچ۔''

نرگس نے ہنستے ہوئے کہا۔

''ہائیں۔'' زلفی کو اب احساس ہوا۔ دھم کرکے کرسی پر بیٹھ گیا۔ سب لڑکے لڑکیاں اس کی حالت دیکھ کر بے اختیار قہقہہ لگا اٹھے۔

''آج زلفی خوب پھنسا۔مزہ آ گیا بھئی۔''

صولت کو کچھ زیادہ ہی ہنسی آئے جارہی تھی۔ زلفی نے کچھ دیکھا' کچھ سوچا۔ پھر ایک دم اکڑ کر کھڑا ہو گیا۔

''آپ لوگوں نے سمجھا کیا ہے؟ ایک نہیں دس فلمیں دکھاؤں گا۔''

''ایمان سے؟''

اشعر رشک بھری نگاہوں سے اس کی جیبوں کو دیکھنے لگا۔

''ہاں سچ۔''

زلفی نے بڑے اعتماد سے کہا اور پھر آگے بڑھ کر سمن کے سامنے گھٹنے ٹیک دیئے۔

''بھابھی! میری پیاری پیاری بھابھی جان!!''

چہرے پر بے حد سنجیدگی چھائی تھی۔

''صرف تیس روپے کا سوال ہے۔ دیکھئے نا میں اللہ میاں کا ایک غریب بندہ ہوں۔ میرے پاس ان لڑکیوں کو فلم دکھانے کے لیے ایک پیسہ بھی نہیں ہے اور اپنی ہی غلطی سے زبان دے چکا ہوں۔ راہ مولیٰ اس حقیر سے فقیر پُر تقصیر کی کچھ مدد کیجئے۔ ورنہ ساری زندگی ان سب کو شکل دکھانے کے قابل نہیں رہوں گا۔''

ایسی بے چارگی، ایسی سنجیدگی تھی اس کے چہرے پر اور آواز میں ایسا درد تھا کہ سبھی لڑکیاں ہنس ہنس کر دوہری ہوئی جا رہی تھیں۔

''اور ابھی جناب پتلون خریدنے کی جو بات کر رہے تھے اس کے لیے پیسے ہیں۔'' سائمہ نے تنک کر پوچھا۔

''وہ الگ کھاتہ ہے۔ فلم اور وہ بھی شرط ہار کر دکھانے والی فلم کا کھاتہ تو بالکل خالی ہے۔''

''نہیں بھابھی! اس زلفی کے بچے کو بالکل کچھ نہیں دینا۔ ہمیشہ یہ ایسے ہی آپ سے بٹورتا رہتا ہے۔''

ثروت نے زلفی کا بازو کھینچ کر اسے پرے ہٹانا چاہا، مگر......سب کے منع کرنے کے باوجود سمن نے اس کے ہاتھ میں دس دس روپے کے تین نوٹ تھما دیئے۔

پیسوں کی کمی نہ تھی۔ ہر وقت اس کے پرس میں تین چار سو کی رقم ضرور موجود رہا کرتی تھی۔

کسی سے مانگنا نہیں پڑتے تھے۔ مہ جبیں خود ہی اس کے پرس میں رکھ دیا کرتی تھیں۔ سب میں اٹھتی بیٹھتی تھی۔ باہر جاتی آتی تھی۔

وہ نہیں چاہتی تھیں کہ ان کی بہو خالی ہاتھ رہے یا کوئی اس پر خرچ کرے۔ اس میں ان کی عزت نہ تھی۔

ضرورت سے زیادہ رقم ہر وقت پاس ہوتی تھی۔ چنانچہ سمن ایسے ہی بے دریغ خرچ کر دیا کرتی تھی۔

''ہماری بھابھی جان زندہ باد! زندہ باد، پائندہ باد!!''

زلفی نجانے کیا کیا کچھ بکتا ہوا نوٹ ہوا میں لہراتا گاڑی نکلوانے چلا گیا۔

"یہ بہت غلط بات ہے۔" ثروت بڑبڑائی۔

"سبھی ان بے چاری کو لوٹتے رہتے ہیں۔"

"چلو کوئی بات نہیں۔"

سمن بے پرواہی سے کندھے جھٹکتے ہوئے ان سب کے ساتھ پورچ کی طرف چل دی۔

سب نے ہی شاپنگ بہت ساری کر ڈالی۔ لڑکیوں نے' لڑکوں نے' سمن نے بھی کئی چیزیں خریدیں۔ بلا ضرورت ہی' بلا مقصد ہی!!

ہر ایک کے ہاتھ میں دو دو تین تین پیکٹ تھے۔ یوں لدے پھندے سب واپس ہونے لگے تھے کہ اچانک ہی ثروت نے ایک ساڑھی خریدنے کا ارادہ ظاہر کر دیا۔

وہ آج کل بڑی تیزی سے اپنا جہیز بنا رہی تھی۔ سب اسے چھیڑنے' مذاق کرنے لگے۔

سائمہ ان معاملات میں بڑی تیز تھی' شاپنگ اپنے لیے ہو یا دوسرے کے لیے' یہ مشغلہ اسے بے حد پسند تھا' چاہے کوئی سارا دن اسے اس مقصد کے لیے سڑکوں پر مارا مارا پھراتا رہے' وہ کبھی نہیں اکتاتی تھی۔

ثروت کی اس خواہش پر اس نے بے پناہ مسرت کا اظہار کیا اور جھٹ پٹ ساڑھیوں کی ایک بڑی سی دکان میں گھس گئی۔

چاروں طرف بڑے بڑے شوکیسوں میں ایک سے ایک بڑھ چڑھ کر ساڑھیاں سجی تھیں۔ کوئی کسی شوکیس کے سامنے جا کھڑی ہوئی' کوئی کسی کے سامنے۔ اب ہر ایک کی کوشش یہی تھی کہ ثروت کے لیے اچھی سے اچھی ساڑھی کا انتخاب وہی کرے۔

اتنے میں پرلے کونے سے سمن کی آواز ابھری "ثروت خریدے نہ خریدے مگر مجھے تو اپنے لیے یہ ساڑھی پسند آ گئی۔"

سمن کی بات سنتے ہی سبھی بھاگ بھاگ کر قریب آ گئیں۔

"ارے!"

سمن کی پسند کی ساڑھی کو دیکھتے ہی ہر ایک کے منہ سے کلمہ حیرت نکلا' اور پھر وہ سب دانتوں میں ہونٹ دبائے ایک دوسرے کو متحیر سی نگاہوں سے دیکھنے لگیں۔ وہ ساڑھی بے حد خوبصورت تھی مگر اس کا رنگ بالکل سیاہ تھا اور سب ہی کو معلوم تھا کہ عرصہ دراز سے اس گھر میں سیاہ لباس کسی نے نہیں پہنا تھا' نہ صرف پورا لباس ہی بلکہ صرف ایک دوپٹہ تک کبھی کسی لڑکی نے نہیں اوڑھا تھا۔

''ساڑھی تو بہت خوبصورت ہے۔''

قدرے توقف کے بعد سائمہ نے ہی کچھ کہنے کی جرأت کی۔

''مگر بھابھی! رنگ کوئی اور لے لیجئے۔''

''نہیں! میں تو یہی لوں گی۔''

اور پھر نرگس' ثروت' زلفی' صولت غرض ہر ایک نے اسے سمجھایا۔ مگر وہ نہیں مانی۔ بس اپنی ضد پر اڑی رہی کہ کچھ ہو جائے۔ وہ ساڑھی خرید کر رہے گی۔

اسے اس ساڑھی کے لیے اتنا بے تاب ہوتے دیکھا تو اشعر اس کی حمایت میں بول پڑا۔

''بھئی انہیں پسند ہے تو لے لینے دو' تم سب بھلا کیوں ان کی اتنی ذرا سی خواہش نہیں پوری ہونے دے رہیں۔''

''مگر اشعر بھائی! سوچئے تو......''

سائمہ نے اسے کچھ سمجھانے کی زبان کے علاوہ آنکھوں کے اشاروں سے بھی کوشش کی۔

''ہمارے ہاں کبھی کسی نے سیاہ کپڑا نہیں پہنا' کہتے ہیں بڑوں کی طرف سے اجازت نہیں۔''

نرگس نے اسے ضد سے باز رکھنے کا دوسرا طریقہ نکالا۔

''یہ سب عورتوں کے توہمات اور ضعیف الاعتقادی ہوتی ہے' لے لیجئے سمن آپ۔''

اشعر کی شہ نے سمن کی ضد کو مزید پکا کر دیا۔

''مگر......''

سائمہ پریشان ہوکر چلاّ پڑی۔

''ممانی جان سے تو پوچھ لیجئے۔''

''پوچھا ہوا ہے۔''

سمن نے بڑبڑاتے ہوئے اس ساڑھی کوڈبے میں بند کرنے کا آرڈر دے دیا۔

سمن کی اس ضد نے ایسا سب کو پریشان کیا کہ پھر ثروت کی ساڑھی بھی نہ خریدی جا سکی۔ شاپنگ کا سارا مزہ ہی کرکرا ہو گیا تھا۔ سب چپ چاپ سے دکان سے باہر نکل آئیں۔

البتہ، سمن بے حد خوش تھی۔

زلفی نے سب کو پریشان سا دیکھا تو مکدر فضا کو خوش گوار کرنے کی خاطر فلم شروع ہونے کے وقت کا اعلان کر دیا کہ صرف پندرہ منٹ باقی تھے لہٰذا اب سب کو وہاں سے کوچ کر دینا چاہیے تھا۔

سب اسی وقت گاڑی میں بیٹھ تو گئیں مگر اب سائمہ کا فلم دیکھنے کا موڈ بھی نہ رہا تھا۔ اور اس نے بیٹھتے ہی گھر واپس چلنے کی رٹ لگا دی۔ چونکہ فلم کی شرط اسی کے ساتھ لگی تھی۔ اس لیے اس کے بغیر دوسرے جا نہ سکتے تھے۔

سبھی واپس گھر چل دیئے۔ چپ چاپ اور گم سم سے، ہونٹوں کو جیسے کسی نے قفل لگا کر چابیاں گم کر دی تھیں۔

صرف اشعر اور سمن تھے جو بے تکان باتیں کئے جا رہے تھے، ہنس رہے تھے اور قہقہے لگا رہے تھے، بلا مقصد ہی، بالکل دیوانوں کی طرح!!

☆ ☆ ☆

مہ جبیں کے چہرے پر پھیلے دکھوں اور غموں کے سائے گہرے ہوتے جا رہے تھے۔ لبوں پر جو کبھی کبھار بھولی بھٹکی مسکراہٹ آ بکھرا کرتی تھی، وہ نجانے کدھر کھو گئی تھی۔

اب تو وہاں آہوں کے سوا کچھ بھی نہ تھا، آنکھوں میں ہر دم تیرنے والے آنسو اب بات بے بات، وجہ بلاوجہ چھلکنے لگے تھے۔

یہ کیا ہو گیا؟ یہ کیا ہو گیا؟

یہ سب تو انہوں نے سوچا ہی نہ تھا۔ یہ جو کچھ ہو رہا تھا اس کی تو انہیں ذرہ بھی توقع ہی نہ تھی۔

سروش کی شادی اس کے دماغی علاج کے لیے کی گئی تھی۔ ماہر نفسیات کے مشورے کے مطابق خود انہیں بھی پورا یقین تھا کہ وہ ٹھیک ہو جائے گا۔ مگر اس کی حالت تو دن بدن زیادہ سے زیادہ بگڑتی جا رہی تھی۔

سمن نے ایک دن بھی اسے اپنا خاوند جانتے ہوئے اپنے پیار اور محبت کا مستحق نہیں سمجھا تھا۔ اس کی طرف کبھی توجہ نہیں دی تھی۔

محبت اور توجہ رہی ایک طرف، اس نے تو اس کی طرف کبھی نگاہ اٹھا کر بھی نہیں دیکھا تھا۔ اگر اتفاق سے کبھی سامنا ہو جاتا تو کترا کر جھٹ اِدھر اُدھر ہو جاتی۔

دوسروں کے ساتھ ہنسی مذاق کرتی۔ مختلف قسم کے کھیل کھیلتی، سیر و تفریح میں مصروف رہتی۔ مگر سروش سے تو جیسے اسے کوئی واسطہ ہی نہ تھا، کوئی تعلق ہی نہ تھا اور کوئی رشتہ ہی نہ تھا۔

اور اب تو مہ جبیں کو یوں محسوس ہونے لگا تھا کہ سمن کو سروش سے سخت نفرت تھی یا پھر کوئی زبردست عداوت!!

وہ سب کے منع کرنے کے باوجود سیاہ ساڑھی خرید کر لائی تھی۔ اگر اتنی ہی پسند آ گئی تھی تو کہیں جاتے ہوئے کچھ دیر کو پہن لیتی، مگر وہ تو جیسے یہ سب کچھ جان بوجھ کر کر رہی تھی۔

ہر دوسرے تیسرے روز ہی پہن لیتی اور پھر سارا سارا دن اندر باہر گھومتی رہتی۔ سروش سہما سہما سا کمروں میں چھپتا پھرتا۔

اپنا پیار اور محبت نہیں دی تھی۔ اپنی توجہ کا مرکز نہیں بنایا تھا تو دشمنی بھی تو نہ رکھتی، نفرت بھی تو نہ کرتی۔

اور یوں سروش کی طبیعت زیادہ ہی خراب رہنے لگی تھی۔ پہلے جتنا وقت ہوش میں رہتا تھا، خود کو بڑا صاف ستھرا رکھتا۔ مگر اب تو اسے اپنے تن بدن کا بھی کوئی خیال نہ رہا تھا۔

اب اکثر اس کا لباس میلا کچیلا رہتا۔ کئی ہفتے ہی تو بیت گئے ہوں گے شیو بنائے۔ دس دس، پندرہ پندرہ دن گزر جاتے نہانے کا نام نہ لیتا، بس سارا سارا دن اور تقریباً پوری رات کمرے کے اندر ویران چہرہ لیے ٹہلتا رہتا۔

کھانا پینا بے حد کم ہو گیا تھا۔ پہلے دیوانگی کے دوروں کے باوجود اس کی جسمانی صحت اچھی تھی مگر اب خوراک کی طرف سے بے پرواہی برتنے کی وجہ سے جسمانی طور پر بہت کمزور ہو گیا تھا۔

مہ جبیں کی راتیں جاگ کر گزر رہی تھیں اور دن بے قراری سے، اپنے اور سروش کے کمروں کے چکر کاٹتے ہوئے۔

سمن کے اس رویے نے جہاں مہ جبیں اور سروش کی زندگیاں تلخ کی ہوئی تھیں وہیں باقی گھر کی فضا بھی مکدر سی کر دی ہوئی تھی۔

دونوں چچیاں، پھوپھی اور ان کی اولادیں اِدھر اُدھر کھسر پھسر کرتی پھرتیں، چہ میگوئیاں ہوتیں، افواہیں اڑتیں۔

مگر سمن کو تو جیسے کوئی ہوش ہی نہ تھا۔

وہ انتقام کے جوش میں پاگل سی ہوئی جا رہی تھی۔ کوئی کچھ کہتا پھرے اسے کوئی پرواہ نہ تھی۔

کئی بار مہ جبیں نے خاندان اور خاندانی حالات کے متعلق اسے کچھ بتانا، کچھ سمجھانا چاہا۔ مگر سمن نے کان ہی نہیں دھرا۔ ان کی بات سننے کی کوشش ہی نہیں کی۔ ضرورت ہی نہیں سمجھی۔

وہ قریب آ کر بیٹھتیں تو پاس سے اٹھ کر چلی جاتی۔

کھسر پھسر اور چہ میگوئیوں کے بعد بات آگے چلی اور اب تو بڑی چچی کھلم کھلا مہ جبیں سے جھگڑا کرنے لگی تھیں کہ وہ اپنی بہو کو سمجھائیں۔ اس پر کچھ کنٹرول کریں۔

اس کی جوانی کے تقاضوں کو سروش پورا نہیں کر سکا تھا تو وہ ان کے اچھے بھلے شریف بیٹے اشعر کو تباہ و برباد کر رہی تھی۔

بڑی چچی شروع سے ہی بڑی دراز زبان کی مالک تھیں۔ پہلے تو ڈھکے چھپے طعن طنز اور اشاروں کنایوں میں کہتی رہیں۔ پھر ایک دن جوان کی زبان نے اپنے رنگ دکھائے تو مہ جبیں نے کانوں میں انگلیاں ٹھونس لیں۔

ایسے کھلے کھلے الفاظ چچی نے بولے کہ مہ جبیں کلیجہ تھام کر رہ گئیں' ان کے جی کو بھی کچھ ہونے لگا۔ آیا نے انہیں اندر لے جا کر کمرہ بند کر دیا کہ مزید سن نہ سکیں۔

پھر وہ رات ان کی کانٹوں پر گزری' زندگی میں دکھ بڑے ملے تھے مگر بے عزتی کبھی کسی نے نہیں کی تھی۔ اپنے غموں کو سینے سے لگائے ہمیشہ عزت اور وقار کی زندگی بسر کی۔

تڑپ رہی تھیں اور رو رہی تھیں' پاس کوئی اپنا ایسا نہ تھا جسے اپنے دکھ سناتیں اور سینے کا بوجھ کچھ ہلکا کر لیتیں۔

اولاد دکھ سکھ کی ساتھی ہوتی ہے۔ سروش پہلے ہی سدھ بدھ کھوئے بیٹھا تھا۔ اک رعنا رہ گئی تھی مگر وہ بھی اب پرائی ہو چکی تھی۔

سروش کی شادی کے بعد بمشکل ایک ہفتہ ہی اس کے خاوند نے میکے میں رہنے دیا تھا۔ اب اگر خط کے ذریعے بیٹی کو سارے حالات بتا کر کچھ مشورہ مانگنے کی کوشش کرتیں تو تب بھی خطرہ تھا کہ خط داماد کے ہاتھ نہ کہیں پڑ جائے۔

اور سمن اب ان کے گھر کی عزت تھی۔ رعنا کا میکہ تھا' داماد کے آگے کیسے پیٹ ننگا کر دیتیں کہ کل کو پھر ان کی بیٹی کو بھی طعنہ مل جانا تھا۔

بس لے دے کے ایک آیا کا دم تھا جو کچھ تسلی دلاسہ دے دیتی۔ کوئی نہ کوئی امید کی کرن بندھائے رکھتی جس سے وہ اب تک جی رہی تھیں۔

ساری رات وہ جاگتی رہیں اور بڑی چچی کی باتیں ان کے کانوں میں گونجتی رہیں۔ اپنے آپ ہی کبھی کانوں میں انگلیاں ٹھونس لیتیں اور پھر کبھی بے بس ہو کر رونے لگ جاتیں۔

''کاش! سروش تمہاری طرح میں بھی ہوش وحواس سے بیگانہ ہوگئی ہوتی۔ پھر یہ سب کچھ تو نہ مجھ پر گزرتا۔''

یہ پریشانی' یہ دکھ' یہ غم اور یہ سب احساسات! اوہ خدا میں کیا کروں؟۔

آپا ان کی کیفیت کو دیکھ رہی تھی۔

''اگر چند دن ان کا اور یہی حال رہا تو بیٹے کے ساتھ ساتھ ماں بھی پاگل ہو جائے گی۔''

آپا نے سوچا اور بڑی نرمی اور خلوص سے انہیں کہنے لگی۔

''بی بی! آپ سروش بیٹے کو پھر ڈاکٹر کے پاس لے کر چلیے۔ یہ ٹھیک ہو جائیں گے تو گھر کے دوسرے حالات بھی خود بخود ٹھیک ہو جائیں گے۔''

آپا کا اشارہ سمن کی بے راہ روی کی طرف تھا۔

''مگر آپا! تم خود ہی سوچو میں ڈاکٹر کو کیا کہوں گی کہ میری بہو خاوند کا خیال نہیں رکھتی' اس کی طرف سے بے توجہی برتتی ہے۔ اس لیے سروش کی حالت سنبھلنے کی بجائے بدتر ہوتی جا رہی ہے۔''

وہ بڑے دکھ سے کراہ کر بولیں۔

''نہیں آپا! اس میں میرے سروش کی بدنامی ہے۔ وہ ہوش وحواس میں نہیں ہے اس لیے بہو کی عزت کی حفاظت کرنا میرا فرض ہے۔''

''لیکن بی بی! ڈاکٹر سے کیا پردہ؟ اس کے پاس تو ہر قسم کے مریض آتے ہیں۔''

''نہیں آپا! یہ بڑی سخت بے عزتی کی بات ہے۔''

''آپ نے کوئی چغلی بخیلی نہیں کرنی اور ڈاکٹر کے سامنے تو بعض وقت انسان کو ننگا بھی ہونا پڑتا ہے۔ علاج کی خاطر بی بی! کسی کی بہتری کے لئے' وہ اتنا قابل ڈاکٹر ہے ضرور کوئی نہ کوئی حل بتائے گا۔''

آیا کے بہت سمجھانے پر مہ جبیں دوسرے دن ہی سروش کے ڈاکٹر کے پاس جانے کو راضی ہوگئیں۔

آیا جانتی تھی کہ مہ جبیں اگلے وقتوں کے وضع دار گھرانے کی پیداوار تھیں۔ مرتے مرجانا تھا مگر انہوں نے ماہر نفسیات کو سب کچھ بالکل نہیں بتانا تھا۔ بہو اور خاندان کی عزت اور وقار کا اتنا انہیں خیال تھا۔

سروش کے پاس کسی نہ کسی کا موجود ہونا ضروری تھا مگر اس وقت آیا نے اس کی بھی پرواہ نہ کی۔ مہ جبیں کے منع کرنے کے باوجود ساتھ چل پڑی۔

مہ جبیں کا ارادہ کسی اور طرح بات کرنے کا تھا مگر آیا نے انہیں بولنے کا موقعہ ہی نہیں دیا۔ سروش کی حالت جس وجہ سے زیادہ بگڑتی جارہی تھی، ساری سچ سچ کہہ سنائی، کچھ بھی نہیں چھپایا۔

مہ جبیں اشاروں کنایوں سے منع کرتی رہیں، روکتی رہیں، مگر آیا نے ان کی طرف دیکھا ہی نہیں۔ نہ ان کی کسی بات کی طرف دھیان دیا۔

ماہر نفسیات نے بڑی توجہ اور خیال سے سب کچھ سنا۔ بہت دیر بیٹھا کچھ سوچتا رہا۔

سروش کا کیس عجیب طرح الجھ گیا تھا۔ ورنہ اسے پورا یقین تھا کہ بیوی کی محبت اور توجہ سے اس نے بالکل ٹھیک ہو جانا تھا۔ اس کا تو علاج ہی پیار محبت اور توجہ تھی۔

آخر بہت سوچ بچار کے بعد ڈاکٹر نے مہ جبیں کو وہ گھر چھوڑ دینے کا مشورہ دیا۔

گھر میں دوسرے افراد موجود تھے اس لیے سمن نے ایک دیوانے کے ساتھ سر پھوڑنے کے بجائے فرزانوں کی محفل میں رونقیں تلاش کر لی تھیں۔ وہیں اپنا دل لگالیا تھا۔

جب اسے بات چیت کرنے کے لیے، ساتھ مل کر کھیلنے اور سیر و تفریح کرنے کے لیے اردگرد اور کوئی نہ ملے گا تو خود بخود ہی سروش کی طرف متوجہ ہوگی۔

اس لیے کہ لاکھ دیوانہ سہی، اس کا خاوند تو تھا، مخالف جنس تو تھا۔ اس کا ہم عمر تو تھا۔

اور یہ ہر عورت مرد کی فطرت میں داخل ہوتا ہے کہ وہ مخالف جنس اور اپنے ہم عمر میں کشش محسوس کرتا ہے۔

پھر آپ ہی آپ اس کی توجہ سروش کی جانب مبذول ہونا تھی۔ چنانچہ مہ جبیں کو کسی دور دراز جگہ پر چلے جانا چاہئے تھا اور وہاں بھی کسی اکیلے گھر میں رہنا چاہئے تھا جہاں سمن کو سروش کے علاوہ کوئی اور ہم عمر نہ ملے۔

مہ جبیں بہت پریشان ہوئیں۔ جب سے بیاہ کر اس گھر میں آئی تھیں سوائے دو چار گھنٹے یا ایک دو دن کے کبھی اس گھر سے باہر نہ رہی تھیں۔ اب کیسے چھوڑ دیتیں۔

آپا اور ماہر نفسیات دونوں نے سمجھایا کہ ان کے بیٹے کی بہتری اسی میں ہے۔ جہاں اس کے لئے اور قربانیاں دی تھیں' ایک یہ اور دے دیتیں۔

کچھ ان کے سمجھانے سے اور کچھ ان بدنامیوں کا خیال اچانک آ گیا جو آج کل سمن کی وجہ سے پھیل رہی تھیں۔

کیسے دیورانی نے ان کے بڑا ہونے کا لحاظ کئے بغیر ان کی بے عزتی کر ڈالی تھی۔ سب بچوں کے سامنے' سمن کے متعلق ایسے ایسے نازیبا کلمات کہے تھے کہ ان کی نگاہیں جھک گئی تھیں۔

''ہاں میں یہ گھر چھوڑ دوں گی۔ مجھے یہ گھر چھوڑنا ہی پڑے گا۔''

مہ جبیں کراہتے ہوئے بولیں۔ آپا اور ڈاکٹر نے اطمینان کا سانس لیا۔ دکھی ہو کر یہ فیصلہ انہوں نے کیا تھا یا خوش ہو کر' کر تو لیا تھا۔

مہ جبیں کے والد شہر کے چوٹی کے رئیس تھے۔ جب تک جئے بڑے رئیسانہ ٹھاٹھ سے زندگی گزاری۔

گرمیوں کا موسم ہمیشہ کسی نہ کسی پہاڑی مقام پر گزارا کرتے تھے۔ مانسہرہ کا چھوٹا سا پُرسکون پہاڑی علاقہ انہیں بہت پسند تھا۔ وہاں ایک بڑی خوب صورت کوٹھی بنوائی تھی' جب گہما گہمی سے دل گھبراتا وہیں کی پُرسکون فضاؤں میں پناہ لیتے۔

مہ جبیں جب تک کنواری رہیں گرمی کا موسم اکثر ضد کر کے بھی وہیں گزارتیں' انہیں وہ جگہ اور وہاں کا ماحول اتنا پسند تھا۔

پھر جب بیاہ ہو گیا تو خاوند' بچوں اور خاندان کے دوسرے جھمیلوں اور خود اپنے دکھوں میں ایسا پھنس گئیں کہ پھر چاہنے کے باوجود بھی وہاں کبھی نہ جا سکیں۔

اب والدین کی وفات کے بعد کئی سالوں سے وہ خالی پڑی تھی۔ صرف ایک چوکیدار تھا جو سرونٹ کوارٹر میں اپنے بیوی بچوں کے ساتھ رہتا تھا اور کوٹھی کی دیکھ بھال کرتا تھا۔

مہ جبیں نے سروش کو اور سمن کو لے کر وہیں چلے جانے کا فیصلہ کیا اور اگلے ہی دن چوکیدار کو خط لکھ دیا کہ کوٹھی کی صفائی وغیرہ کرا دے۔ وہ سروش اور بہو کے ساتھ پہنچ رہی تھیں۔

اِدھر اسے خط لکھا اُدھر چپکے ہی چپکے اپنی تیاری شروع کر دی۔ گھر بھر میں کسی کو کانوں کان خبر نہ ہونے دی۔ سمن کو بھی کچھ نہیں بتایا کہ وہ کہیں جا رہی تھیں۔

انہیں یقین تھا کہ اور تو کوئی شاید کچھ نہ کہے مگر اشعران کے اس فیصلے پر ضرور تلملا اٹھے گا اور وہ سمن کو ہر صورت بہکانے کی کوشش کرے گا۔

ایک اتنا اچھا ساتھی اسے ہر تفریح کے لیے ملا ہوا تھا۔ اتنی خوب صورت اور طرح دار کہ جدھر نکل جاتی نگاہیں اٹھنے لگتیں۔

اس کے حسن میں تو جانے کون سا مقناطیس تھا کہ جدھر سے گزر جاتی مرد تو مرد، عورتیں بھی نگاہیں اٹھا اٹھا کر دیکھنے پر مجبور سی ہو جاتیں۔

کچھ پہلے ہی وہ بہت خوبصورت تھی اوپر سے نئے نئے فیشن اور نئے نئے رنگ ڈھنگ جیسے پالش ہو گئی ہو۔ اب تو وہ گویا کندن بن گئی تھی۔ اور ہر کوئی اسے پا لینے کی خواہش دل میں رکھتا تھا۔

جب سے اشعر کے ساتھ وہ کلب جانے لگی تھی اس کی وجہ سے وہاں اشعر کا مقام بہت بلند ہو گیا تھا اور یوں ایک دم سمن کے چلے جانے سے اسے گھاٹا ہی گھاٹا تھا۔ اس نے تو اسے کبھی بھی نہیں جانے دینا تھا۔

معمول کے مطابق رات کو سمن پھر دیر سے آئی تھی۔ آتے ہی اسی طرح پڑ کر سو گئی۔ اس کے وہم و گمان میں بھی نہیں تھا کہ صبح سویرے اسے اتنے دور کے سفر پر جانا تھا۔ یہ سب محفلیں، پارٹیاں اور کلب وغیرہ چھوڑ کر۔

نیند اتنی گہری تھی کہ آیا کے کئی بار جھنجھوڑنے پر بھی آنکھ کھل نہیں رہی تھی۔ بڑی مشکل سے آنکھیں نیم وا کیے اس کی جانب دیکھا۔ ہوش و حواس اب بھی بیدار نہیں ہوئے تھے۔

''اٹھیے بہو بیگم! دیر ہو جائے گی۔''

''دیر ہو جائے گی؟ کہاں جانا ہے؟''نیم بیدار سے حواس سے پوچھنے لگی۔

''مانسہرے جا رہے ہیں! گرمیاں جو آ گئیں۔''

''کون جا رہا ہے؟''

سمن نیند کی غنودگی میں پھر ڈوب گئی۔

''سبھی۔''

آیا نے جان بوجھ کر وضاحت نہیں کی۔ بس گول مول سا جواب دے دیا کہ کہیں ساتھ جانے سے انکار ہی نہ کر دے۔ آیا بڑی جہاں دیدہ عورت تھی۔ اسے اسی طرح آدھی سوئی، آدھی جاگی کو ہی لے جا کر گاڑی میں بٹھانا چاہتی تھی۔

''اچھا پھر اٹھتی ہوں۔''

سمن نے کسلمندی سے پھر کروٹ بدل لی۔

''نہیں بی بی! اب مت سوئیے گا؟ سب گاڑی میں بیٹھ چکے ہیں۔''

آیا نے بڑے پیار، بڑے دلار سے اس کا ہاتھ پکڑ کر اسے اٹھا لیا اور پھر اسی طرح نیند میں لہراتی کو بازو سے پکڑ کر پورچ میں لے گئی۔

اگلی سیٹ پر جانے کون کون بیٹھا تھا۔ سمن نے دھیان ہی نہیں دیا۔ یوں بھی نیند کی وجہ سے آنکھیں نہیں کھل رہی تھیں۔

آیا نے اسے پچھلی سیٹ پر بٹھا دیا۔ سمن نے بوجھل بوجھل سا سر پشت کے ساتھ ٹیک دیا۔ اردگرد سے دھیمی دھیمی سی جانے کس کس کی آوازیں کان میں پڑی تو تھیں۔

''خدا حافظ!''اور جانے کوئی اور کیا کیا کہہ رہا تھا؟

نیند کی زیادتی نے اسے جواب دینے کی طاقت ہی نہ بخشی۔ گاڑی سٹارٹ ہوئی اور پھر اسے دنیا و مافیہا کا کچھ ہوش نہ رہا۔

☆ ☆ ☆

شاید کوئی زور کا جھٹکا سا لگا تھا۔ سمن کی نیند ٹوٹ گئی۔ کچھ دیر تو اسی طرح پڑی رہی۔ پھر اونچی نیچی سڑک کی وجہ سے دوبارہ سہ بارہ جھٹکا لگا تو اسے احساس ہوا کہ وہ بستر کی بجائے گاڑی میں تھی اور اس کا سر تکیے پر پڑا ہونے کی بجائے کسی کے کندھے کے ساتھ ٹکا ہوا تھا۔

اسی طرح بند آنکھوں سے کچھ دیر سوچتی رہی کہ وہ گاڑی میں کیوں تھی؟

اچانک خواب کی طرح یاد آیا کہ آیا نے اسے جگایا تھا اور کہیں جانے کے متعلق کہا تھا۔

کہاں جانا تھا؟ یہ اسے بالکل یاد نہیں رہا تھا۔

بس اتنا ذہن میں رہ گیا کہ سب کہیں جا رہے تھے اس لیے اسے بھی جگا کر ساتھ چلنے کو کہا گیا تھا۔

گاڑی میں اس کے علاوہ اور کون کون تھا اور وہ اتنی بے تکلفی سے کس کے کندھے پر سر ٹکائے سو رہی تھی۔ یہ جاننے کے لیے اس نے آنکھیں کھولیں۔

پہلے نگاہ اگلی سیٹوں پر جا پڑی' ڈرائیونگ شہباز خاں ہی کر رہا تھا اور اس کے ساتھ' اس کے ساتھ' وہ آنکھیں جھپک جھپک کر بڑے غور سے دیکھنے لگی۔

اشعر' زلفی یا صولت وغیرہ میں سے تو کوئی نہ تھا۔ پھر' یہ! یہ!!

اور پھر ایک دم چونک کر گھبرا کر اس نے اردگرد دیکھا۔ مہ جبیں کے کندھے پر اس کا سر تھا اور تقریباً آدھا دھڑ بھی انہیں کی گود میں تھا۔ دوسری جانب آیا تھی۔ باقی گھر کے لوگوں میں سے اور کوئی بھی نہیں تھا۔

جلدی سے سیدھی ہو کر بیٹھ گئی۔

''سوئی رہو۔''

مہ جبیں' جو خود بھی اونگھ رہی تھیں' سمن نے سر اٹھایا تو آنکھیں کھولتے ہوئے بڑے پیار سے اس کا سر پھر کندھے سے لگانے لگیں۔

''نہیں! میری نیند پوری ہو چکی۔''

سمن نے ناگواری سے سر پیچھے کھینچ لیا۔

''باقی لوگ کہاں ہیں؟ آپا نے تو کہا تھا کہ سبھی جا رہے ہیں۔''

حسین پیشانی پر بے شمار بل پڑ گئے۔

''بہو بیگم! میں نے تو اپنے گھر کے افراد کے متعلق کہا تھا۔ دیکھ لیجئے یہ شہباز خاں ہیں! یہ سروش بیٹا! یہ بیگم صاحبہ اور یہ میں! سبھی تو ہیں۔''

مہ جبیں ابھی کچھ کہہ نہ پائی تھیں کہ آپا نے جھٹ پٹ جواب دے دیا۔ جانے کیوں مہ جبیں کبھی سمن کے سامنے بول نہ سکتی تھیں۔ بس کچھ مجرم سی بن کر رہ جاتیں۔

آپا کا جواب سن کر سمن نے مزید کچھ نہیں کہا۔ کہتی بھی کیا؟ علی الصبح تین چار بجے کے گھر سے چلے ہوئے تھے اور اب بہت دن چڑھ آیا تھا اتنے وقت میں جانے کہاں سے کہاں تک پہنچ چکے تھے۔ اب واپس جانے کا تو سوال ہی پیدا نہیں ہوتا تھا۔

پھر؟ پھر کچھ کہنے، پریشان ہونے یا واویلا مچانے سے کیا فائدہ؟ بے بسی سے بل کھا کر اور اپنے آپ ہی کو کوس کر رہ گئی کہ ایسی بے ہوشی کی نیند سوئی ہی کیوں تھی، جو آپا کے جگانے کے باوجود پوری طرح جاگ ہی نہیں سکی تھی۔ اور پھر اسی طرح نیند میں ڈوبی، آنکھیں رکھتے ہوئے کسی اندھے فقیر کی طرح آپا کا بازو تھامے گاڑی میں جا بیٹھی تھی۔

سمن کو بیدار دیکھا تو مہ جبیں نے شہباز کو کسی ایسی جگہ کچھ دیر رکنے کو کہا جہاں انہیں ناشتہ مل جاتا۔

پندرہ بیس منٹ بعد ہی گاڑی گوجر خاں کے ایک ہوٹل کے باہر کھڑی تھی۔ سب نے ناشتہ کیا مگر سمن نے غصے میں صرف سادی چائے کی ایک پیالی ہی لی۔ کسی اور چیز کو چھوا تک نہیں۔

سروش چپ چاپ سر جھکائے بیٹھا تھا۔ پہلے پہلے سمن اس سے خوف زدہ سی رہا کرتی تھی۔ لیکن اب کچھ عرصہ سے دونوں کا مقام بدل چکا تھا۔ سمن سامنے ہوتی تو سروش اتنا سہما سہما سا رہتا کہ نگاہ اٹھا کر بھی نہ دیکھتا۔

اس وقت بھی وہ کسی کی طرف توجہ نہیں دے رہا تھا۔ بس چپ چاپ سہما ہوا بیٹھا تھا۔

اور سمن، ایک ہی گاڑی میں سروش کے ساتھ سفر کر رہی تھی۔ اس کی بیوی ہونے کے باوجود یہ اس کا پہلا اتفاق تھا۔ جو اسے بہت ناخوشگوار لگا تھا۔

مگر وہ اس سے پیشتر کی طرح اب خوف زدہ نہیں تھی۔ اس اتنے عرصے میں یہ تو اچھی طرح جان چکی تھی کہ سروش کی دیوانگی صرف اسی تک محدود رہا کرتی تھی۔ دوسرے کسی کو کبھی کوئی تکلیف نہیں پہنچاتا تھا۔

چنانچہ یہ ناخوشگوار اتفاق اتنا تکلیف دہ معلوم نہیں ہو رہا تھا جتنا تکلیف دہ یہ احساس تھا کہ اب کس کے ساتھ مل کر ان ماں بیٹے کو ان کی کی گئی زیادتی کا مزہ چکھائے گی۔ اپنا انتقام لے گی، سب کچھ ہی تو گڈمڈ ہو کر رہ گیا تھا۔

راستے میں پنڈی، ہری پور، ہزارہ اور ایبٹ آباد ہر جگہ تھوڑی دیر کو ستانے کے لیے رکے، کسی نے کہیں چائے پی، کسی نے پھل لیا، کسی نے مشروب سے اپنی تواضع کی۔

بس ایک سمن تھی، جو منہ سیئے بیٹھی تھی۔ مہ جبیں نے کہا، آپا نے منتیں کیں، شہباز خاں نے پوچھا۔

''سمن! یہ لے لو۔''

''بی بی! وہ لے لو۔''

''بہورانی! یوں خاموش نہ بیٹھو، تم ہنستی بولتی اچھی لگتی ہو۔''

مگر سمن کے چہرے پر نہ مسکراہٹ کھلی نہ اس نے کسی سے کوئی بات کی اور نہ کچھ کھایا پیا۔

بس رہ رہ کر یہی سوچے جا رہی تھی کہ دو بوڑھیوں اور ایک دیوانے کے ساتھ کس طرح وقت گزار سکے گی۔

جانے وہاں کتنا عرصہ قیام کا ارادہ تھا۔ اگر صرف گرمیاں ہی گزارنا تھیں تو وہ بھی کوئی کم وقت نہ تھا۔ ابھی تو پوری طرح موسم گرما کا آغاز بھی نہیں ہوا تھا۔

اپریل سے ستمبر اکتوبر تک چھ سات مہینے بنتے تھے اور چھ سات مہینے یوں کچھ زیادہ ہی طویل لگ رہے تھے کہ ساتھ کوئی اپنا ہم مذاق یا اپنا ہم عمر نہ تھا۔ جس کے ساتھ مل کر اچھا وقت کٹنے

کی امید ہوتی۔ ہر طرف ہی تو مایوسی کا چہرہ دکھائی دے رہا تھا۔

جوں جوں سوچ رہی تھی، غصہ زیادہ سے زیادہ ہوا جا رہا تھا۔ اور کسی پر بھی نہیں بس خود پر ہی آئے جا رہا تھا۔ اس وقت پر، ان لمحات پر، جب بینڈ کے ہاتھوں اس قدر مغلوب ہوگئی تھی۔

اس وقت ذرا سنبھل جاتی۔ ذرا ہوشیار ہو جاتی اور معاملے کو وہیں سمجھ لیتی تو وہ کبھی ان تینوں کے ساتھ اتنے دور دراز مقام پر نہ آتی۔ اپنی ہی غلطی سے کیسی پھنسی تھی؟

اور اب بے بسی کے مارے پیچ و تاب کھا رہی تھی۔ کوئی اور چیز کیسے کھاتی؟

سہ پہر ایک دو بجے کے قریب وہ مانسہرے پہنچ گئے۔ کچھ یہاں کی خنک ہواؤں کا اثر تھا یا اس گھٹے گھٹے ماحول اور سرگوشیوں اور کھسر پھسر کی فضاؤں سے آزاد ہو جانے کا تصور، سبھی بڑے ہشاش بشاش دکھائی دے رہے تھے۔

شہباز خاں نے گاڑی کی رفتار ہلکی کر دی تھی اور قدرے بلند آواز میں کچھ گنگنا رہا تھا۔ کوئی پہاڑی دھن تھی۔ شاید! ان فضاؤں میں ان نظاروں میں بے حد اچھی لگ رہی تھی۔

مہ جبیں مسکرا مسکرا کر آپا کو ان اونچی نیچی پہاڑیوں، سڑکوں اور وادیوں کے کئی قصے سنا رہی تھیں کہ والدین کے ساتھ جب موسم گرما گزارنے یہاں آیا کرتی تھیں تو کہاں کہاں کی سیر کرتیں اور کہاں کہاں اور کیسے کیسے پکنکیں منائی جاتی تھیں۔

کسی راہگذر، کسی ٹیلے، کسی چشمے سے وابستہ کوئی قصہ کہانی بیان کر رہی تھیں کہ فلاں وقت وہاں سے گریں، فلاں وقت وہاں پاؤں پھسلا اور فلاں وقت وہاں انہیں بارش نے آلیا تھا۔

آپا سن رہی تھی اور محظوظ ہو رہی تھی۔ سمن چپ چاپ بیٹھی ایک ایک کو دزدیدہ نگاہوں سے دیکھ رہی تھی۔ کان ہر ایک کی آواز کی طرف لگے تھے۔

مہ جبیں کے ماضی کے چھوٹے چھوٹے واقعات تھے تو دلچسپ۔ چھوٹی چھوٹی شرارتیں۔ بچپن اور کنوار پن کی بھولی بھالی باتیں، سمن سن بھی رہی تھی۔ مگر موڈ ویسے کا ویسا ہی تھا، الجھا الجھا اور بگڑا بگڑا سا۔

مہ جبیں کی باتیں سنتے سنتے اچانک توجہ شہباز خاں کی رومان پرور پہاڑی دھن کی طرف مبذول ہوگئی اور پھر وہ اسی میں کھو سی گئی۔

وہ رومان پرور دھن کانوں کو بڑی بھلی معلوم ہو رہی تھی۔ انگ انگ میں عجیب سی مستی بھرے دے رہی تھی۔

لیکن ساتھ کوئی ایسا ساتھی نہ تھا جس کے ساتھ مل کر اس سے لطف اندوز ہوتی۔

کچھ نگاہوں کی زبان میں ایک دوسرے کو کہا جاتا۔ ایک دوسرے کی سنی جاتی۔ سب کے ساتھ ہونے کے باوجود چپکے ہی چپکے ایک دوسرے کے ہاتھوں میں ہاتھ دیئے جاتے اور یوں کچھ ہاتوں کے لمس سے ہی شہباز کو اس خوب صورت دھن کی داد دی جاتی۔ ایک دوسرے میں کھو کر' ایک دوسرے کو پاکر۔

اسی مستی بھری سوچ کے ساتھ ہی سمن کی نگاہ غیر ارادی طور پر سروش کی جانب اٹھ گئی۔

اسی لمحے' عین اسی لمحے' جانے کیوں اس نے مڑ کر پیچھے دیکھا تھا۔

پھر سمن کو اپنی طرف دیکھتے پایا تو جھٹ سامنے گردن پھیر لی اور گاڑی میں لگے چھوٹے آئینے کو اپنی سمت موڑ کر اس میں سے اپنا سر کھجلا کھجلا کر دیکھنے لگا۔

''اوہ!''

سمن کا بگڑا موڈ جو شہباز کی اس رومان پرور دھن نے کچھ بحال کر دیا تھا پھر اسی طرح بگڑ گیا۔ ناک بھوں چڑھاتے ہوئے' منہ ہی منہ میں کچھ بڑبڑاتے ہوئے وہ کھڑکی سے باہر دیکھنے لگی۔

اور جانے کیا کیا سوچنے لگی۔ اتنی محویت سے کہ اب نہ وہ پیاری دھن کانوں میں رس گھول رہی تھی اور نہ مہ جبیں کے بچپن یا جوانی کا کوئی دلچسپ سا واقعہ سنائی دے رہا تھا۔

ایک جھٹکے کے ساتھ گاڑی رکی۔ سب یک دم خاموش ہو گئے۔ شہباز خاں نے جھٹ پٹ اتر کر مہ جبیں کی طرف والا دروازہ کھولا۔ وہ باہر نکلیں۔

''آؤ سمن!''

سمن اپنے ہی خیالوں میں کھوئی ہوئی تھی۔ مہ جبیں کی آواز سن کر باہر دیکھا۔

بڑی پُر فضا نظاروں والی جگہ تھی۔ اور درمیان میں کاٹج نما وہ چھوٹی سی عمارت بے حد خوب صورت لگ رہی تھی۔

وہ بوڑھا سا شخص شاید یہاں کا چوکیدار تھا۔ جھک کر مہ جبیں کو سلام کر رہا تھا۔

''مزاج تو اچھے ہیں آپ کے؟''

''ہاں بابا! تم سناؤ بچے کیسے ہیں؟''

''شکر ہے مولیٰ کا۔ چھوٹے صاحب بھی آئے ہیں۔''

وہ سروش کی سمت والا دروازہ کھولتے ہوئے بولا۔

''آیئے! اس بار تو بہت عرصہ بعد آپ کے مبارک قدم یہاں آئے۔''

''بس کچھ مصروفیتیں ہی ایسی رہیں۔''

مہ جبیں جلدی سے کہنے لگیں۔

''یہ میری بہو ہے بابا!''

انہوں نے سمن کا ہاتھ تھام کر اسے گاڑی سے باہر نکالا۔

''جیتی رہے! جیتی رہے۔''

چوکیدار نے بڑھ کر سمن کے سر پر ہاتھ پھیرا۔ پھر اس کی طرف دیکھ کر مسکراتے ہوئے بولا۔

''میری بھی ایک تجھ جیسی بہو ہے بیٹی! وہ بھی بہت اچھی ہے۔ تم اسے ملو گی تو بہت خوش ہو گی۔''

سمن چپ چاپ کھڑی اسے دیکھتی رہی۔ بہو کا نام زبان پر لایا تو ساتھ ہی آنکھیں کیسے چمک اٹھی تھیں۔ پھر وہ جلدی جلدی سامان کو اندر پہنچانے لگا۔

مہ جبیں اب تک سمن کا ہاتھ تھامے کھڑی تھیں۔ اسی طرح اسے لیے لیے اندر بڑھ گئیں۔

''آپ کا کمرہ یہ ہے بیگم صاحبہ!''

چوکیدار نے انہیں پرلی سمت جاتے دیکھ کر پیچھے سے آواز دے لی۔

''وہ کمرہ جو ہمیشہ آپ کا ہوا کرتا تھا۔ اس بار میں نے چھوٹے صاحب اور بہو بیگم کے لیے ٹھیک کر دیا ہے۔ اس طرف کے نظارے کچھ اسی عمر کے لیے زیادہ دلآویز ہیں۔''

مہ جبیں بے اختیار مسکرا پڑیں۔

''بابا تمہاری عقل کی داد میں کیسے دوں! میرا خیال تھا کہ ہمیشہ کی طرح اب بھی یہ کمرہ تم نے میرے لیے ہی درست کیا ہوگا۔ اور میں تمہیں یہی کہنے کے لیے اِدھر آ رہی تھی کہ اس بار اس کمرے میں سمن ٹھہرے گی۔''

چوکیدار مسکرا پڑا۔

''بیگم صاحبہ! ہم نے بھی زمانہ دیکھا ہے۔ ستّر برس اس دنیا میں گزار لیے۔ عمر کا ہر دور' بچپن' جوانی اور بڑھاپا۔ اب بھی سمجھ نہ آئے گی تو کیا قبر میں جا کر آئے گی۔''

''کھانا تو تیار ہی ہوگا۔''

مہ جبیں وہیں رک کر پوچھنے لگی۔

''بالکل! اور میرا خیال ہے بہو نے لگا بھی دیا ہوگا۔''

''تو پہلے کھانے سے فارغ ہو لیں پھر آرام کریں گے۔ سمن نے سارا راستہ کچھ نہیں کھایا۔''

مہ جبیں وہیں سے کھانے والے کمرے کی سمت پلٹ پڑیں۔ ابھی تک سمن کا ہاتھ ان کے ہاتھ میں تھا۔

دونوں کھانے والے کمرے میں داخل ہوئیں۔ میز پر گرما گرم کھانا چنا ہوا تھا۔ اس میں سے اٹھتی ہوئی بھاپ کی خوشبو بڑی اشتہا انگیز تھی۔ سمن کو ایک دم بڑی تیز بھوک لگ گئی۔

سب سوچیں یکا یک جانے کہاں بھاگ گئیں۔ ذہن اور دماغ ایک دم ہی خالی ہو گیا اور اب اسے صرف پیٹ کا خیال تھا۔ مہ جبیں نے ابھی کہا بھی نہیں' وہ خود ہی بڑھ کر جلدی سے بیٹھ گئی۔

سروش اور آیا جانے کہاں تھے؟ مہ جبیں نے بھی نہیں پوچھا۔ سمن کے چہرے سے اس کی بھوک کو شاید پڑھ لیا تھا اور اس کا ساتھ دینے وہ بھی بیٹھ گئیں۔

جب سے بیاہ کر سمن اس گھر میں آئی تھی تب سے آج پہلی بار اس نے انتہائی بے تکلفی سے اور خوب پیٹ بھر کر کھانا کھایا۔ کچھ صبح کی بھوک تھی اور کچھ کھانا بنا ہوا بہت اچھا تھا۔

مہ جبیں خود کھا کم رہی تھیں بلکہ نوالوں سے کھیل رہی تھیں اور دیکھے سمن کی طرف جا رہی تھیں۔ عجیب سی اطمینان کی لہریں ان کے چہرے پر پھیلی تھیں۔

"بابا! یہ کھانا کس نے بنایا ہے؟"

بے خیالی میں سمن پوچھ بیٹھی۔

"میری بہو نے۔"

"بڑا اچھا ہے۔" سمن نے بڑے خلوص سے اس کی بہو کے سگھڑاپے کی داد دی۔

"وہ خود بھی بڑی اچھی ہے بہو بیگم۔" بہو کی تعریف کرتے ہوئے پھر ویسی ہی چمک چوکیدار کی آنکھوں میں لہرائی۔

"میں اس سے ضرور ملوں گی۔"

"آپ کھانا کھا کر آرام کر لیں۔ اتنے میں وہ بھی کام سے فارغ ہو جائے گی۔ پھر اسے آپ کے پاس بھیجوں گا۔"

"ہاں بابا! ضرور بھیجنا۔" مہ جبیں بولیں۔

"سمن کا دل یہاں لگ جائے' مجھے بڑی خوشی ہوگی۔"

"بیگم صاحبہ! بہو بیگم کا دل یہاں لگے ہی لگے۔ یہ پہاڑی علاقہ' یہ نظارے' یہ وادیاں اور یہاں کے بھولے بھالے مخلص لوگ۔ اک یہ صرف میری بہو ہی کی باتیں سنتی رہیں تو ان کا کبھی یہاں سے جانے کو دل نہ چاہے گا۔"

سمن کھانا کھا چکی تھی' اٹھ کھڑی ہوئی۔

"جاؤ بیٹی! اب تم اپنے کمرے میں جا کر آرام کرو۔"

"چلیے بہو بیگم! میں آپ کو پہنچا آتا ہوں۔"

"ہاں بابا! اس کی مرضی کے مطابق اس کے بکس وغیرہ بھی لگا دینا۔"

چوکیدار سمن کے ساتھ اپنی بہو ہی کی چھوٹی چھوٹی باتیں کرتے ہوئے اسے اس کے کمرے تک لے آیا۔ سمن سوچ رہی تھی کہ اسے اپنی بہو سے کس قدر پیار تھا جو اس کی زبان پر ہر لمحہ اسی کا نام رہتا تھا۔

پردہ ہٹا کر وہ اندر داخل ہوئی ہی تھی کہ ایک دم واپس پلٹ پڑی۔ جیسے وہاں کوئی سانپ یا بچھو دیکھ لیا تھا۔ چوکیدار ساتھ ساتھ تھا۔ جلدی سے آگے بڑھا۔

''ارے بہو بیگم! یہ تو اپنے چھوٹے صاحب ہیں۔ آپ ڈر گئیں شاید کہ نجانے کون ہے؟''

''ہاں!'' سمن اپنا سانس ہموار کرتے ہوئے دھیرے سے بولی۔

''یہاں ایسی ڈر کی کوئی بات نہیں ہے۔ یہ تو کوٹھی کا اندرونی حصہ ہے۔ کوئی باہر احاطے کی طرف بھی آنکھ اٹھا کر تو دیکھے۔ ہم بہو بیٹیوں والے ہیں۔ خون نہ پی جائیں گے۔''

چوکیدار اس عمر میں بھی بڑا دلیر اور جوشیلا تھا۔ سمن کو اس کا یہ جذبہ بڑا اچھا لگا۔

''چلیے اندر۔''

''بابا! تم جاؤ۔ میں اب خود ہی اندر چلی جاؤں گی۔''

''اچھی بات۔''

چوکیدار نے اس کی جھجک کو شرم پر محمول کرتے ہوئے جلدی سے کہا۔

''کوئی ضرورت ہو تو بستر کے ساتھ ہی گھنٹی لگی ہے، بجا دیجئے گا۔''

''اچھا! اچھا۔''

ابھی تک سمن کے چہرے پر ہوائیاں اڑ رہی تھیں اور وہ بہت بوکھلائی ہوئی تھی۔

چوکیدار چلا گیا۔ سمن وہیں پردے کے ساتھ لگی کھڑی رہ گئی۔

اب کیا کرے؟ چوکیدار نے وہ کمرہ سروش اور سمن دونوں کے لیے اکٹھا درست کیا ہوا تھا۔

بڑا خوبصورت ڈبل بیڈ تھا وہ، اور اس پر سروش لیٹا ہوا تھا۔ وہیں اسی کمرے میں دونوں کپڑے کے بکس تھے۔ وہیں سمن کا سارا سامان تھا اور وہیں سمن نے بھی آرام کرنا تھا۔

بے شک کافی راستہ سوتی آئی تھی مگر پھر بھی سفر سفر ہی تھا۔ تھکن اتنی محسوس ہو رہی تھی کہ کچھ دیر کے لیے بستر پر دراز ہو کر آرام کرنے کو بے تحاشا جی چاہ رہا تھا۔

ایک بار پھر پردہ ہٹا کر اندر دیکھا۔ سروش شاید سو رہا تھا۔ پرلی سمت کروٹ لیے بالکل

پٹی کے ساتھ لگا ہوا تھا۔ بیڈ کا بہت سارا حصہ خالی پڑا ہوا تھا۔ اتنا' کہ سمن جا کر چپ چاپ پڑ رہتی تو اسے پتہ بھی نہ چلتا۔

مگر......دل نے اس کا اتنا ساتھ بھی گوارا نہ کیا۔ تھکن کے مارے برا حال ہو رہا تھا۔ اس کے باوجود وہ اُدھر نہ گئی۔

پھر دل ہی دل میں چوکیدار کو کوستے ہوئے باہر نکل گئی اور دبے دبے پاؤں ایک ایک کمرے کو جھانکنے لگی۔

دو کمروں کو قفل لگے ہوئے تھے۔ ایک میں مہ جبین تھیں۔ آیا اُدھر کہیں سرونٹ کوارٹرز میں تھی اور شہباز خاں بھی کہیں پڑا سفر کی تھکن اتار رہا تھا شاید۔

بس ایک وہی تھی بے چاری۔ جس کو تھوڑی دیر آرام کے لیے ذرا سی جگہ بھی میسر نہ تھی۔ آنکھوں میں آنسو لیے چپ چاپ برآمدے کی سیڑھیوں میں جا بیٹھی۔

☆ ☆ ☆

مہ جبیں نے جس مقصد کے لیے گھر چھوڑا تھا وہ یہاں بھی پورا ہوتا نظر نہیں آ رہا تھا۔ سمن کی وہی بے توجہی تھی اور سروش کی وہی دیوانگی۔

البتہ اتنا ضرور تھا کہ وہ جو ہر وقت کی تڑپ، بے چینی اور بے قراری دلوں میں سمائی رہتی تھی، اسے کچھ سکون سا آ گیا تھا۔

سارا سارا دن چچاؤں اور پھوپھی کی لڑکیوں، لڑکوں کے ساتھ جو سمن ہڑ بونگ مچائے رکھتی تھی، کھیل تماشے ہوتے تھے۔ مہ جبیں اور سروش کو نظر انداز کیے کبھی وہ گھومنے نکل جاتی، کبھی فلم دیکھنے، سب کے ساتھ چل دیتی۔ اب یہ سب کچھ ختم ہو چکا تھا۔

رات گئے تک اب سمن کسی کلب میں نہیں رہتی تھی۔ اب کوئی چہ میگوئیاں اور کوئی کھسر پھسر نہ ہوتی تھی۔ اور گھر میں ہونے والی یہ سب باتیں جو بے سکونی پھیلائے رکھتیں۔ اور جب سمن بہت رات تک گھر سے باہر رہتی تو اس کی غیر موجودگی جو ماں بیٹے کو لاشعوری طور پر ہی بے چین کیے رکھتی تھی۔ وہ سب رفع ہو گیا تھا، وہ سب پریشانیاں دور ہو گئی تھیں۔

چوکیدار نے ان دونوں کے لیے ایک ہی کمرہ درست کیا تھا۔ مہ جبیں کو یہ دیکھ کر بڑی خوشی ہوئی تھی کہ ان کی کسی کاوش کے بغیر آپ ہی آپ ایسی راہ بن گئی تھی۔ ایک کمرے میں اکٹھے رہ کر سمن نے ضرور سروش کی طرف متوجہ ہونا تھا۔

مگر! یہ دیکھ کر انہیں بڑی پریشانی ہوئی تھی کہ سمن نے اس کمرے میں قدم ہی نہیں رکھا تھا۔ سارا دن تو اِدھر اُدھر گھومتی رہتی۔ رات بھر کے لیے گول کمرے کو اپنا مسکن بنا لیا تھا۔ صوفے یا قالین پر ہی کمبل اوڑھ کر پڑھ رہتی۔

دو تین راتیں اسی طرح گزریں۔ سمن کا یہ بے سرو سامانی کا عالم بھی مہ جبیں سے برداشت نہ ہو سکا۔ اس کے لیے بیٹی ہی کی طرح وہ دل میں درد رکھتی تھیں۔ چنانچہ اگلے ہی دن اس کے لیے دوسرا کمرہ کھلوانے کو کہا۔

آیا بڑی ہوشیار اور چلتا پرزہ تھی۔ کئی گھروں کی نوکری کی ہوئی تھی۔ قسم قسم کے لوگوں سے ملی ہوئی تھی۔ خاصی تجربہ کار اور رمز شناس ہو چکی تھی۔ مہ جبیں کو منع کر دیا کہ سمن کے لیے دوسرا کمرہ نہ کھلوائیں۔ اس طرح وہ پھر دور دور ہی رہیں گے۔ پہلے چند دن اور آزما دیکھیں۔ آخر کب تک سمن گول کمرے میں یا صوفے یا قالین پر یوں بے آرامی سے گزارا کرے گی۔ شاید راہ پر آ ہی جائے۔

لیکن اس بات کو بھی پندرہ بیس روز گزر گئے۔ سمن بڑے سکون اور بڑے اطمینان سے وقت گزارتی رہی۔ اس نے لمحہ بھر کے لیے بھی ذرا کسی کو محسوس نہ ہونے دیا کہ وہ بے آرام رہتی تھی یا اس کو اس طرح کوئی تکلیف تھی۔

وہ تو ایسا ٹھہرا ہوا سمندر تھی کہ اس کی پُرسکون سطح کو دیکھ کر کوئی یہ اندازہ نہیں لگا سکتا تھا کہ اس کی تہہ کے اندر کیا کچھ تھا۔

اس کے سنجیدہ چہرے کو دیکھ کر یہ معلوم ہی نہیں ہوتا تھا کہ اس کے من میں کیا تھا۔ یا مانسہرہ کا یہ رومان پرور ماحول اور پُرفضا خنک خنک سی ہوائیں اس کے اندر کیا کیا طوفان اٹھائے ہوئے تھیں۔

وہ جواں تھی' اس کے جذبات جواں تھے' اور کیسے وہ جوانی کے ان مچلتے ہوئے جذبات کو سینے کے اندر دبائے راتوں کو بے قرار کمرے میں ٹہلا کرتی تھی۔

پھر کبھی بہت بے چین ہو جاتی تو کھڑکیاں کھول کر گھنٹوں آسمان کے ستاروں اور نیچے وادی میں ٹمٹمانے والے گھروں کے ستاروں کو گنا کرتی۔

پہاڑوں کی ان ٹھنڈی ٹھنڈی ہواؤں میں لمبے لمبے سانس لیتی کہ شاید یہی کچھ اس کے سینے کے اندر لگی آگ کو ٹھنڈا کر دے۔

یہ کچھ بھی اس نے کبھی کسی کو محسوس نہیں ہونے دیا تھا اور مہ جبیں کو سمندر کی سطح کا یہ سکون اور اطمینان پریشان کیے دے رہا تھا کہ یوں تو سمن ساری عمر گزار سکتی تھی اور ان کے خواب ان کی حسرتیں یہاں آ کر بھی اسی طرح ادھوری رہی جا رہی تھیں۔

اور اس دن پریشان ہو ہو کر دکھی ہو ہو کر وہ اسی مسئلے میں اُلجھی آیا سے اسی کے متعلق

گفتگو کر رہی تھیں۔ دونوں ہی مل کر کوئی اور راستہ ڈھونڈھ نکالنے کی کوشش کر رہی تھیں کہ

چوکیدار نے ایک تار لا کر انہیں تھما دیا۔

''یا اللہ خیر۔''

مہ جبیں نے کانپتے ہاتھوں سے لفافہ کھولا۔

رعنا اور اس کے خاوند کو کار کا حادثہ پیش آ گیا تھا۔ مہ جبیں کلیجہ تھام کر رہ گئیں۔

جانے کیوں؟ دکھوں نے ایک انہیں کا گھر تاک لیا تھا۔ اِدھر سروش کا ابھی کچھ نہیں بنا تھا کہ بیٹی اور داماد کو حادثہ پیش آ گیا۔

دونوں کی زندگیاں تو بچ گئی تھیں مگر چوٹوں نے ہسپتال میں جا ڈالا تھا۔ مہ جبیں اسی وقت واپس چلنے کو تیار ہو گئیں۔ مانسہرے کی یہ پُر فضا ماحول والی ننھی منی سی کاٹیج نما کوٹھی ہمیشہ ان کے لیے سکون و اطمینان کا باعث ہی بنی۔

مگر اس بار یہاں آ کر بھی چین نہیں ملا۔ دل کی ویرانی نے اس خوبصورت ماحول اور فضاؤں کو بھی ویران بنا ڈالا۔

وہ سروش اور سمن کو بھی ساتھ واپس لے جانا چاہتی تھیں کہ آیا نے پھر اپنی تجربہ کار زبان کھولی۔ اس نے مہ جبیں کو اکیلے جانے کا مشورہ دیا۔

''مگر میں بیٹے کو اس حال میں کیسے اپنی نظر سے دور رکھ سکتی ہوں۔''

مامتا رو کر بولی۔

''بی بی! مجھ پر بھروسہ کیجئے۔ میں جو یہاں ہوں گی۔ ہر وقت سروش بیٹے کا خیال رکھوں گی۔''

''وہ تو ٹھیک ہے آیا! لیکن......''

''لیکن ویکن کچھ نہیں! میرے خیال میں تو ابھی ان دونوں کا اس ماحول سے دور رہنا ہی بہتر ہے۔''

مہ جبیں بیٹے کی جدائی برداشت نہ کر سکتی تھیں۔ کچھ بھی گزرے وہ انہیں ساتھ لے جانا چاہتی تھیں، کہ اچانک آیا کے ذہن میں کوئی اور خیال ابھرا۔ ''چلو ٹھیک ہے سبھی واپس چلیں گے، مگر

یہ تو سوچیے کہ آپ آگے رعنابی بی کے پاس چلی جائیں گی۔ وہاں تو سروش اور بہو بیگم کو ساتھ نہیں لے جائیں گی نا۔"

"نہیں! انہیں کیسے لے جا سکتی ہوں۔"

"تو پھر اس صورت میں بھی تو جدا ہوں گی ہی۔"

مہ جبیں قائل سی ہو کر سوچوں میں کھو گئیں۔

"اس لیے بہتر ہے فی الحال صرف آپ جائیں۔ ہم یہیں رہیں کیونکہ وہاں پھر وہی گھر ہوگا۔ وہی بہو بیگم اور وہاں کے لوگ ہوں گے۔ پھر اسی طرح بدنامیاں اور رسوائیاں ہوں گی اور......سروش......"

"بس کرو آیا! بس کرو۔"

مہ جبیں نے گھبرا کر اسے خاموش کرا دیا۔

"میرے خدا میرے حال پر رحم کر!"

بے بسی اور دکھوں کی انتہا سے پریشان ہوتے ہوئے انہوں نے سر تھام لیا۔

"آپ فکر نہ کریں! ابھی تو ہمیں یہاں آئے بیس پچیس دن ہی ہوئے ہیں شاید! شاید......"

مہ جبیں آیا کے سیاہ چہرے پر امید کی بڑی روشن اور خوب صورت کرنیں پھوٹتی دیکھ رہی تھی۔

"گرمیاں تو گزار لیں۔ آگے جو خدا کی رضا۔"

"تو پھر آیا! خدا کے بعد تمہارے سپرد سب کچھ کرتی ہوں۔ مجھ سے تو اب مزید ایک پل نہیں رکا جا رہا۔ نجانے میری بچی کیسی ہوگی؟"

اب مامتا دوسری اولاد کے دکھوں میں کھو گئی تھی۔

"آپ کسی قسم کا فکر نہ کریں۔ جب تک رعنابی بی ٹھیک ہو کر ہسپتال سے گھر نہ لوٹیں آپ بالکل بے فکر ہو کر وہاں رہیں۔ میں آپ کو یہاں کے حالات سے باخبر رکھوں گی۔"

"سمن کو تو خیر اللہ کی مہربانی ہے۔ میرے سروش کا آیا خیال رکھنا۔"

مہ جبیں بار بار تاکید کیے جا رہی تھیں۔

''میں آپ کو کیسے یقین دلاؤں بی بی! کہ مجھے سروش کتنا عزیز ہے۔ بالکل اپنے اس بچھڑ جانے والے بچے ہی کی مانند۔ خدا میرے کلیجے کی اس ٹھنڈک کو سدا اسلامت رکھے اور جلد از جلد ٹھیک کر دے۔''

آیا جھولیاں پھیلا پھیلا کر دعائیں مانگنے لگی۔

''اللہ آپ کی کوکھ ٹھنڈی رکھے بی بی! اور آپ کو خوشیاں دکھائے! بس آپ مولیٰ کا نام لے کر سدھاریئے اب۔''

مہ جبیں چلی گئیں۔ جاتے جاتے سمن کو بہت کچھ کہنے، بہت کچھ سمجھانے کے لیے ہونٹ کئی بار پھڑ پھڑائے، پھڑ پھڑا کر رہ گئے مگر بول کچھ نہ سکیں۔ گھر اور گھر کے افراد سے اس کی لاتعلقی کی بناء پر کچھ کہنے کی جرأت کر ہی نہ سکیں۔

آنسو بھری آنکھوں سے اسے دیکھ کر رخصت ہو گئیں۔ ان کے ساتھ شہباز خاں بھی چلا گیا۔

☆ ☆ ☆

زندگی میں عجب ویران سا جمود طاری ہو کر رہ گیا تھا۔ مہ جبیں چلی گئیں تو اب سمن کو مزید اداسی کا احساس ہوا۔

پہلے بھرے گھر میں رہتی تھی۔ تب ارد گرد رونقیں بکھری رہا کرتی تھیں۔ خوشی کے شادیانے نہ سہی، بے شک من آگ اگلتا رہتا تھا مگر اس آگ کو فرو کرنے کے لیے اس نے جو دل میں انتقام کا جذبہ بسایا تھا۔ اس کی تکمیل کی خاطر ہی سہی۔ ہنگامے تو بپا رہتے ہی تھے۔

پھر ان سے کٹ کر یہاں آ گئی تو بے شک وہ ہنگامے، وہ ولولے اور وہ رونقیں نہ رہی تھیں مگر ارد گرد سے آیا اور مہ جبیں کی آوازیں اکثر کانوں میں پڑتی رہتی تھیں۔ اس سے گھر میں کسی ذی روح کے موجود ہونے کا احساس تو رہتا تھا۔

کبھی شہباز خاں ہی اپنے پہاڑی یا پشتو گیتوں سے فضا کو سنوار کر رکھ دیتا تھا۔ ارد گرد زندگی چلتی پھرتی، بکھری محسوس تو ہوتی تھی۔

اور یوں کسی سے کوئی تعلق نہ رکھتے ہوئے بھی وہ لاشعوری طور پر سبھی سے متعلق تھی۔

اب آیا ہونٹ سیئے سارا دن سروش کی دیکھ بھال میں لگی رہتی تھی۔ شہباز خاں کی لوچدار بھاری آواز بھی کانوں میں زندگی کا احساس نہیں جگاتی تھی۔

چاروں طرف خاموشی ہی خاموشی تھی۔ کانوں کو، سینے کو، دل کو، ویران کرنے والی خاموشی!!

سمن بے چین ہو اٹھی! سمن پاگل ہو اٹھی۔

ان کی کوٹھی کے ارد گرد کوئی اور کسی کی رہائش گاہ بھی نہیں تھی، کہ ہمسایوں سے ہی دل بہل جاتا۔ کمرے سے گھبرا کر برآمدے میں نکلی تو وہاں بھی دم گھٹتا ہوا محسوس ہوا تو سرونٹ کوارٹر کی طرف چل دی۔

دو گھڑی چوکیدار کی بہو سے ہی باتیں کر دیکھے۔ ہو سکتا تھا، گھٹن اور تنہائی کا یہ احساس

کچھ کم ہو جاتا۔

اس سے پیشتر چوکیدار کی بہو گل خانم سے اس کی ملاقات دو تین بار ہی ہوئی تھی، وہ بھی سرسری سی۔

مگر سمن کے دل پر ان ملاقاتوں کے چند لمحات نے ہی گہرا نقش چھوڑا تھا۔ چھوٹی سی عمر کی بھولی بھالی اور سیدھی سادھی گل خانم اسے بے حد پسند آئی تھی۔

مہ جبیں کے گھرانے میں آ کر سمن خود کو بڑا حسین سمجھنے لگی تھی مگر اس کا حسن دیکھ کر چند لمحوں کے لئے تو وہ بھی ساکت سی رہ گئی تھی۔

فطرت کا تمام تر حسن جیسے اک اسی کی ہستی نے سمیٹ لیا تھا۔ پھولوں جیسے شاداب رخساروں والی وہ پہاڑن ہونٹوں پر کوندتی تبسم کی بجلیاں لیے جب پہلی بار سمن سے مخاطب ہوئی تھی تو اسے یوں لگا تھا جیسے وہ خدا کا زمین والوں کو عطا کیا ہوا کوئی نایاب سا تحفہ تھا۔ اور وہ خود اس کے سامنے اک حقیر سا ذرہ۔ یا کوئی انتہائی معمولی سی چیز!!

اسے گھر میں بے شمار کام تھے۔ بابا کے کہنے پر وہ چند منٹوں کے لیے بیگم صاحبہ کی بہو کو صرف سلام کرنے آئی تھی۔ یہ اس کی سمن سے پہلی ملاقات تھی اور وہ سلام کرنے کے بعد بڑی سادگی سے پھر آنے کا کہتے ہوئے فوراً ہی واپس بھی چلی گئی تھی۔

وہ چند منٹ، سمن اس کے سراپا ہی کو دیکھتی رہی تھی۔ موٹے کھدر کے بدنما سے لباس میں وہ گدڑی میں پڑے لعل کی طرح چمک رہی تھی۔

بات بے بات مسکراہٹ اس کے ہونٹوں پر پھیلتی تو کشمیر کے سیبوں جیسے سرخ سرخ رخساروں میں پڑنے والے ننھے ننھے گڑھے ایک دم مقناطیس بن جاتے۔ پھر جی یہی چاہتا کہ وہ اپنے رخساروں کے مقناطیس لیے کھڑی رہے اور نگاہیں لوہا بنی اس کی جانب کھنچتی رہیں۔

وہ چھلاوے کی طرح آئی اور ہوا کی طرح فضاؤں میں تحلیل ہو گئی۔ دوسری بار بھی کچھ ایسی ہی مختصر سی ملاقات تھی۔

سمن کوٹھی کے پچھواڑے سے گزرنے والے ایک چشمے کے قریب چھوٹے سے ٹیلے پر بیٹھی تھی۔

پتلی سی کمر لچکاتی، سر پر مٹی کا خالی گھڑا رکھے وہ پانی بھرنے آئی تھی۔ سمن کو وہاں بیٹھے دیکھا تو اسی طرح ہونٹوں پر تبسم کی بجلیاں، آنکھوں میں ستارے اور رخساروں میں مقناطیس بھر لئے۔

''سلام! بہو بیگم!''

''وعلیکم السلام۔''

سمن کی نگاہ پھر بے اختیار لوہا بن گئی۔

''گل خانم! تو پھر میرے پاس آئی ہی نہیں۔''

''آخر تجھے ہر وقت کون سے اتنے کام پڑے رہتے ہیں۔ ابھی تو تمہارا بچہ بھی کوئی نہیں۔''

بچے کے نام پر وہ بری طرح شرما گئی۔ گھڑا وہیں رکھتے ہوئے گھٹنوں میں چہرہ چھپالیا۔

سمن بڑے غور اور انتہائی دلچسپی سے اس کی ان بھولی بھالی حرکات کو دیکھے جا رہی تھی۔

کچھ دیر وہ اسی طرح چہرہ چھپائے بیٹھی رہی۔ پھر جھپاک سے اٹھی اور گھڑے کو چشمے کے آگے رکھ دیا۔ شاید ہی آدھا ہوا تھا۔ جلدی میں اتنا ہی کھینچ کر کمر پر ٹکایا اور شرماتی لجاتی کشمیر کے سیبوں کو مزید سرخ کرتے ہوئے وہاں سے بھاگ گئی۔

سمن کتنی ہی دیر اس کی اس ادا سے محظوظ ہو کر ہنستی رہی۔

تین چار دن بعد اسی چشمے پر پھر سمن کی اس سے ملاقات ہوئی۔

وہی انداز، وہی سادگی بھری بھولی بھالی ادائیں، وہی لبوں پر رقصاں تبسم کے برق پارے، وہی آنکھوں میں ناچتے ستارے، وہی کشمیر کے سیبوں میں چھپے مقناطیس اور وہی بے پناہ مصروفیت کی وجہ سے اس کے پاس زیادہ دیر رک نہ سکنے پر چھوٹے چھوٹے الفاظ میں معذرت!

اور پھر یہ جا! وہ جا! سمن دیکھتی ہی رہ گئی۔

اور آج گھر کی ویرانی نے خود اسے اس کے در پر لا کھڑا کیا تھا۔ اسے اس کے مقناطیسوں کی کشش اپنے پاس کھینچ لائی تھی کہ شاید اس زندگی بھری لڑکی سے اس کے دل کے ویرانوں کو زندگی کی حرارت کی کوئی رمق مستعار مل جائے۔

چوکیدار کوارٹر کے باہر بیٹھا نجانے کیا کر رہا تھا۔ سمن کو اُدھر ہی آتے دیکھا تو جھٹ قریب آ گیا۔

''وہ بابا! گل خانم کہاں ہے؟''

''کام کر رہی ہے بہو بیگم!''

''اسے ہر وقت کام ہی پڑے رہتے ہیں۔ آخر کیا کرتی رہتی ہے وہ؟''

سمن نے کوارٹر کی سمت قدم بڑھائے۔

''اندر چلی جاؤں اس کے پاس؟''

بے اختیار سمن کا جی چاہ اٹھا کہ سکون و اطمینان بھری، مسکراہٹوں والی اس لڑکی کی گرہستی دیکھے۔

وہ ہر وقت مسکراتی رہتی تھی، ہنستی رہتی تھی اور مصروف رہتی تھی۔ یقیناً اس کی گھر گرہستی میں کچھ ایسا دلچسپی کا سامان تھا جو وہ کسی اور طرف متوجہ ہی نہیں ہوتی تھی۔ یقیناً وہاں کوئی ایسی ہی مسرتیں چھپی تھیں۔ جو وہ اتنی مطمئن اور پُرسکون تھی۔

''وہ! وہ بہو بیگم!!'' چوکیدار جھجکتے ہوئے بولا۔

''ہم غریب لوگ ہیں۔ ہمارا گھر آپ کے شایانِ شان نہیں۔ میں گل خانم کو یہیں بلا لیتا ہوں۔''

''نہیں بابا! کوئی بات نہیں۔''

ساتھ ہی وہ اپنے میکے کے گھر کا تصور کر کے دل ہی دل میں بڑبڑا اٹھی۔

''بابا! تم کیا جانو؟ کہ میں بھی ایک ایسی ہی دنیا کی پیداوار ہوں۔ مجھ سے شرم کیسی؟ مجھ سے جھجک کس بات کی؟ میں بھی وہی ہوں جو تم ہو!! میری اس ظاہری شان پر نہ جاؤ۔ یہ تو میرے جذبات اور ارمان بکے ہیں۔ جن سے میں نے خود کو سجا سنوار لیا ہے۔''

جانے کیا کیا سوچتے اور دل ہی دل میں بڑبڑاتے ہوئے چوکیدار کو مزید کچھ کہے بنا اندر بڑھ گئی۔

وہ چھوٹا سا کمرہ تھا۔ سامنے ہی جھلنگا سی چارپائی پر کوئی سر منہ لپیٹے پڑا تھا اور گل خانم

اس کے قدموں میں بیٹھی اس کی ٹانگیں دبا رہی تھی۔

سمن کے پاؤں کی چاپ پر گل خانم نے مڑ کر دیکھا۔ ساتھ ہی جو سر منہ لپیٹے پڑا تھا وہ بھی چہرے سے کپڑا ہٹا کر دیکھنے لگا۔

''اوہ!''

سمن حلق سے نکلتی نکلتی چیخ کو بڑی مشکل سے ہونٹوں ہی میں دباتے ہوئے دو قدم جلدی سے پیچھے ہٹ گئی۔

گل خانم جس کے پاؤں داب رہی تھی وہ کوئی بن مانس جیسی عجیب الخلقت سی چیز تھی اور جہاں گل خانم کے مقناطیس اسے اپنی جانب کھینچ رہے تھے۔ وہیں وہ بدصورت اور مکروہ ساوجود اسے وہاں سے بھاگ جانے کو کہہ رہا تھا۔

''یہ بابا کا بیٹا ہے بہو بیگم!''

عجب شرماتے ہوئے لہجے اور انتہائی بھولپن سے اس نے اپنے خاوند کا تعارف کرایا۔ ساتھ ہی وہی اطمینان بھری مسکراہٹ اس کے چہرے پر پھیل کر اس کے شہابی رخساروں کے گڑھے گہرے اور آنکھوں کے ستارے مزید تابناک کرتی چلی گئی۔

سمن کی پھیلی پھیلی آنکھیں، ایک ٹک اس کے شوہر کو دیکھے چلی جا رہی تھیں۔ گل خانم کو اس کا یہ انداز جیسے ایک آنکھ نہ بھایا۔ پھر یک دم اس کی مسکراہٹیں معدوم ہو گئیں۔

''آیئے! کیسے آنا ہوا؟''

''میں تم سے ملنے آئی تھی گل خانم۔''

سمن کی ذہانت نے فوراً ہی گل خانم کے بدلتے تیوروں کا اسے احساس دلا دیا۔ سٹپٹا کر سمن نے جلدی سے نگاہ گل خانم کے مقناطیسوں پر جماتے ہوئے ہونٹوں پر مسکراہٹ بکھیری۔

''بہت دن ہوئے تم نہیں ملی تھیں نا! میں نے سوچا آج میں ہی کیوں نہ تمہاری خبر لے آؤں۔''

''وہ! وہ دیکھئے نا۔''

مسکراہٹوں نے پھر اپنی جگہ سنبھال لی۔

''بابا کا بیٹا بیمار ہے نا۔ اس لیے فرصت نہیں ملتی۔''

''اوئے تو بی بی کو بٹھائے گی بھی یا یوں ہی کھڑے کھڑے باتیں بنائے چلی جائے گی۔''

بن مانس جیسی اس مخلوق کی آواز اس سے بھی زیادہ کرخت اور ڈراؤنی تھی اور اسے پھٹی بانس جیسی آواز میں اس نے بڑے زور سے گل خانم کو ڈانٹا۔

سمن کا خیال تھا کہ اس کی ڈانٹ سن کر اب گل خانم کے چہرے کی مسکراہٹ کافور ہو جائے گی اور آنکھوں کے ٹمٹماتے ستارے ماند پڑ جائیں گے۔ پھر وہ اس سے الجھ پڑے گی۔ مگر......نہ اس کی مسکراہٹیں کافور ہوئیں' نہ آنکھوں کے ستارے ماند پڑے اور نہ وہ اپنے شوہر سے الجھی۔ اسی طرح مسکراتے ہوئے گالوں کے مقناطیس نمایاں کرتے ہوئے مزید نرمی سے بولی۔

''تمہیں کیا پتہ کہ ان کی شان جیسی یہاں کوئی چیز نہیں۔ اس ایک گندے اور میلے کچیلے سے مونڈھے پر انہیں کیسے بیٹھنے کو کہہ دوں؟''

پھر وہ مڑ کر سمن سے مخاطب ہوئی۔

''آیئے بہو بیگم! ہم باہر چلتی ہیں۔''

وہ سمن کو لیے باہر نکل آئی۔ بابا شاید کوٹھی میں چلا گیا تھا۔ وہ سمن کے ساتھ کوارٹر کے پچھواڑے کی طرف ہولی۔

''یہ تمہارا خاوند کب سے بیمار ہے؟''

سمن پوچھے بغیر نہ رہ سکی۔

''معلوم نہیں بہو بیگم۔''

''کیا مطلب؟''

سمن متحیر سی ہوگئی۔

''جب تمہاری شادی ہوئی تب سے یہ ایسا ہی ہے؟''

''میری کھدمت سے بہو بیگم! اب تو اسے پہلے سے بوت آچا کر دیا ہے۔'' اس نے بڑے اطمینان سے جواب دیا۔

''ہائیں!''سمن کی آنکھیں پھر حیرت سے پھیل گئیں۔

''لیکن......لیکن......تم اتنی خوبصورت اور......''

سمن آگے کچھ کہتے کہتے جھجک کر رہ گئی۔گل خانم نے خاصی بلند آواز میں بڑا پیارا کھنکتا ہوا اک قہقہہ لگایا۔

''میری نجر میں تو اس جیسا دنیا میں اور کوئی نہ ہوگا''۔

اس کے چہرے پر خلوص اور سچائی کا ایسا رنگ تھا کہ سمن کی نگاہ اس پر ٹک نہ سکی۔جانے کیوں؟ مجرمانہ انداز میں جھک سی گئی۔

''مگر گل خانم! یہ رشتہ ہوا کیسے؟''سمن کا تجسس برقرار تھا۔

''تم نے شادی سے پہلے اسے دیکھا ہوا تھا؟''

گل خانم پھر ہنسی! ویسا ہی خوبصورت ننھا سا قہقہہ۔

''ہاں! بوت اچھی طرح''۔

''پھر بھی تم نے یہ رشتہ......''

سمن کی نگاہ اس کے مقناطیسوں کی طرف کھنچ گئی تو بات ادھوری ہی رہ گئی۔یوں بھی وہ گل خانم سے جو کچھ پوچھنا چاہتی تھی،پوچھ نہیں پا رہی تھی۔

''عورت کا ایک ہی روپ ہوتا ہے بہو بیگم! محبت! اور محبت قربانیوں کے بغیر مکمل نہیں ہو پاتی''۔

''کیا؟''سمن چونکی۔یہ وہی الھڑسی پہاڑن بول رہی تھی۔

''میرا ایک ہی بھائی ہے بہو بیگم اور اس سے مجھے بوت پیار ہے''۔

سمن ایک چھوٹے سے ٹیلے پر بیٹھ گئی تھی۔گل خانم بھی پاس ہی زمین پر آلتی پالتی مار کر بیٹھتے ہوئے بڑی سنجیدگی سے کہنے لگی۔

''اسے اپنے گاؤں کی پسمینے سے پیار ہو گیا اور ہمارے ہاں تب رستہ ہوتا ہے جو کسی کی لڑکی لیں تو اپنے بدلے میں دیں اور جس کے ہاں لڑکی نہیں ہوتی وہ پھر پیسہ دیتے ہیں''۔

''ہاں! بعض بعض علاقوں کے ایسے ہی رسم ورواج ہوتے ہیں''۔

''ہم غریب لوگ ہیں اتنی رقم پیدا نہ کر سکے کہ پسمینے کو لے آتے اور میرا بھائی اس کی کھاطر جان دیئے دے رہا تھا۔ وہ جان دے دیتا تو بہو بیگم میرا ایک ہی بھائی...... میرا میکہ کھتم ہو جاتا۔''

سمن گم سم سی بیٹھی اس کی سادگی بھری باتیں سنے جا رہی تھی۔

''تب میں نے اپنے بھائی' اپنے میکے کی سلامتی کے لیے کُھد کو پیش کر دیا۔''

اب بھی ویسی ہی اطمینان بھری مسکراہٹیں اس کے پُرکشش چہرے پر رقصاں تھیں۔

''پسمینے کا بھائی بیمار سیمار جیسا بھی تھا وہ میں نے قبول کر لیا اور پھر بہو بیگم! میں نے سوچا کہ بھائی کی کھاطر میں نے جو قربانی دی ہے اسے جائع کیوں کروں۔''

سمن دم بخود بیٹھی تھی۔

''یہ تو جہن کی اور دل کی بات ہوتی ہے۔ جس طرف انسان چاہے اسے ڈھال لے۔ میں نے دل میں کھیال کیا کہ مجھے پسمینے کا بھائی آچا لگتا ہے۔ آچا لگتا ہے۔ تو وہ مجھے آچا لگنے لگا۔ اتنا آچا کہ اب مجھے سچ مچ اس سے بوت پیار ہو گیا ہے۔ گھڑی بھری کو اِدھر اُدھر ہو جاؤں تو اس کے بغیر میرے جی کو کچ ہونے لگتا ہے۔''

سمن منہ کھولے پھٹی پھٹی آنکھوں سے بس اسے دیکھے جا رہی تھی۔ گل خانم نے سمن کو اتنا متحیر دیکھا تو جلدی سے بولی!

''آپ تو سہری لوگ ہیں بہو بیگم! اور میں نے سنا ہے کہ سہری پڑھے لکھے لوگ کتوں کو بھی بوت پیار کرتے ہیں۔ انہیں اپنے ساتھ کھلاتے' سلاتے ہیں؟ آپ حیران کیوں ہو رہی ہیں؟ کیا ہم لوگ ایسے ہی کٹھور ہیں جو انسانوں سے بھی پیار نہیں کر سکتے۔ جانے یہ سہری لوگ ہمیں ایسا کیوں سمجھتے ہیں؟''

وہ سوچوں میں کھوئی کھوئی بولے جا رہی تھی۔ پھر اچانک چونکی۔

''ارے! اس کا تو دوائی کا وقت ہو گیا۔ میں یہاں باتوں میں لگی ہوں اور ابھی میں نے اس کے لیے پرہیجی کھانا بھی بنانا ہے۔''

وہ یک دم پریشان ہو کر اٹھی۔ اب اس نے سمن کی بھی پرواہ نہ کی کہ وہ اس کے گھر آئی

تھی۔اس سے دو گھڑی ملنے کے لیے۔دل بہلانے کے لیے اور وہ اس کی مہمان تھی۔اس نے کچھ بھی نہ سوچا۔بس اپنے اسی بن مانس نما شوہر کے لیے پریشان ہو کر کسی ہرنی کی طرح چوکڑیاں بھرتی وہ اپنے کوارٹر کی طرف بھاگ گئی۔اور سمن!نہ اسے اپنا ہوش تھا نہ ارد گرد کا۔گل خانم کے نقشِ پا کو ہی دیکھتی رہ گئی۔جو زمین پر نہیں اس کے اپنے دل پر بن گئے تھے۔

☆ ☆ ☆

جانے کیا ہو گیا تھا؟

کسی کل قرار ہی نہیں آ رہا تھا' کسی پہلو چین ہی نہیں پڑ رہا تھا۔ سونا چاہتی تھی مگر نیند آنکھوں سے کوسوں دور تھی۔ کوئی کوشش بھی کامیاب نہیں ہو رہی تھی۔

یہ گل خانم نے اسے کیسا درد دے دیا تھا۔ ایک بھولی بھالی' سیدھی سادی لڑکی نے اسے زندگی کے کن نئے راستوں سے آج روشناس کرا دیا تھا۔ کیسا عجیب سا زندگی کا درس دیا تھا کہ آج وہ اپنی نگاہ میں خود ہی حقیر و ذلیل سی ہو کر رہ گئی تھی۔ وہ جو شہر کی پڑھی لکھی لڑکی تھی۔ اونچی سوسائٹی میں گھوم پھر چکی تھی' اس ان پڑھ' جاہل پہاڑن نے زندگی کی ایسی قدروں کی نشاندہی کی تھی کہ جنہیں وہ انتقام کے جذبے میں ڈوب کر نظر انداز کر چکی تھی اور اب اپنے آپ سے ہی شرمندہ سی ہو رہی تھی۔

جب سے اس کے پاس سے ہو کر آئی تھی ایک منٹ کے لیے ان پریشان کن سوچوں نے پیچھا نہیں چھوڑا تھا۔

رات کو کھانے پر بیٹھی تو وہ نہیں کھایا گیا۔ دو ہی نوالے لیے اور اٹھ کر اپنے مسکن میں جا پناہ گزین ہوئی۔ وہیں' جہاں سروش سے نفرت کرنے کے باعث آج کل اپنا ٹھکانہ بنایا ہوا تھا۔

معمول کے مطابق قالین پر تکیہ رکھ کر لیٹی' لیٹا نہ گیا۔ چپکے سے بیٹھ گئی۔

گل خانم کی زندگی اس سے مختلف تو نہ تھی۔ جب ازل سے عورت کا یہی مقدر رہا ہے تو اس نے اس کے خلاف بغاوت کرنے کی کوشش ہی کیوں کی!!!

کبھی عورت کو پیدا ہوتے ہی زندہ زمین میں دفن کر دیا گیا۔ کبھی عورت کو ستی کر کے جلایا گیا۔ کبھی اسے سر بازار بیچا گیا' کبھی اسے تفریحات و اشتہارات کا ذریعہ بنایا گیا۔

کبھی بھائی کے' کبھی باپ کے مفاد کے لیے اس کے مستقبل کا فیصلہ کیا گیا۔ خواہ غلط سلط ہی' اس کے ارمان' اس کی حسرتیں روند کر ہی۔

پھر بھی زر کی خاطر اسے برلب گور کھڑے بوڑھے کے پلے باندھ دیا گیا۔

عورت بے چاری چپ چاپ قربان ہوتی رہی۔ اس نے اف تک نہ کی۔ سب کچھ سہتی رہی، سب کچھ برداشت کرتی رہی۔ زبان سے ایک لفظ نہ نکالا۔

اور یوں ہوتے ہوتے قربانی عورت کی فطرت ثانیہ بن گئی اور پھر، جب اسے کوئی باپ، بھائی، خاوند یا بیٹا کسی قربان گاہ کی بھینٹ چڑھانے کو نہ ملا تو اپنی فطرت کے ہاتھوں مجبور ہو کر وہ اپنے آپ ہی قربانیاں دینے لگی۔ کبھی بہن بن کر، کبھی بیوی بن کر اور کبھی بیٹی بن کر!!

جب عورت کی حیثیت ہی یہی ہے، حقیقت ہی یہی ہے اور مقدر ہی یہی ہے تو پھر بھلا اس نے اس کے خلاف قدم ہی کیوں اٹھایا؟

وہ بھی چپ چاپ اس سولی پر چڑھ جاتی۔ ہنس ہنس کر قربان ہو جاتی۔ گل خانم کی طرح، اپنے دل کو اپنے دماغ کو اسی سانچے میں ڈھال لیتی۔

ٹہل رہی تھی اور دماغ سوچوں کی آماجگاہ بنا ہوا تھا۔

گل خانم نے خود اپنے آپ کو قربانی کا بکرا بنایا۔ وہ اگر والدین کے ہاتھوں بنادی گئی تو فرق کیا پڑا؟ ایک ہی بات تھی! اور ایک ہی معاملہ!!

گل خانم نے ایک ایسے مرد سے محبت کا ناطہ جوڑ لیا تھا جسے دیکھ کر ہی خوف آتا تھا۔ ایک حیوان نما انسان سے اتنی معصوم اور حسین لڑکی نے پیار کیا تھا تو سروش تو پھر بھی اس حیوان سے کہیں بہتر تھا۔ بدر جہا بہتر۔

عورت کا جب مقدر ہی یہی ہے تو اس نے کیوں اس کے ساتھ سمجھوتہ نہ کر لیا۔

دماغ ایسا خراب ہو رہا تھا۔ ایسا الجھا ہوا تھا کہ سلجھ ہی نہیں رہا تھا۔ آدھی سے زیادہ رات گزر گئی۔

کبھی ٹہلتے ٹہلتے رک کر کھڑکی میں جا کھڑی ہوتی۔ ایک لمحے کے لیے بھی گل خانم کی باتوں کی گونج ذہن سے علیحدہ نہ ہو رہی تھی۔

''عورت کا ایک ہی روپ ہوتا ہے بہو بیگم! محبت!!''

محبت!! محبت!!!

صوفے پر بیٹھ کر اس نے سر تھام لیا۔ مگر وہ کیسی عورت تھی؟ جو نفرت اور جفا کے جذبوں سے بنی تھی۔

مہ جبیں جیسی مقدس، کم زبان، مخلص اور دکھی عورت کو اس نے کس کس طرح پریشان نہیں کیا تھا۔ سروش کی دیوانگی کو اس نے کس کس طریقہ سے بڑھانے کی کوشش نہیں کی تھی۔

دوسروں کے ساتھ ہنس بول کر، دوسروں کی طرف متوجہ ہو کر، اشعر کے ساتھ بے تکلف ہو کر، کلب جا کر، اور......اور سیاہ ساڑھی!!

''اف خدا!''

پشیمانی نے اس کی حیات میں اک زلزلہ سا پا کیا ہوا تھا۔

نہیں! نہیں! وہ عورت نہیں تھی! وہ تو شاید سچ مچ کی ہی کوئی چڑیل تھی۔ سیاہ لباس اور سیاہ دل والی۔ پستیوں میں گری ہوئی۔ لعنتوں میں ڈوبی ہوئی۔

بے چین ہو کر اٹھی اور پھر کھڑکی میں جا کھڑی ہوئی۔

مہ جبیں اور سروش کو دکھ دے کر، انہیں پریشان کر کے بے شک اس کے انتقامی جذبے کو تسکین حاصل ہو جاتی تھی۔

مگر......روحانی طور پر اسے کیا ملا؟ ضمیر کی سرزنش! گناہ کا احساس! سینے کی خلش! دل کی جلن۔

ایسا سکون و اطمینان جیسا گل خانم کے چہرے اور مسکراہٹوں سے جھلکتا تھا۔ وہ تو نہ پا سکی۔ اس کے لیے تو ترستی ہی رہی۔

عورت کی جب فطرت یہی ہے تو کیوں اس نے گل خانم کی طرح حالات سے سمجھوتہ کر کے سکون و اطمینان حاصل نہ کیا۔ کیوں انتقام کی آگ سینے میں بھڑکا کر دوسروں کو بھی جلاتی رہی اور خود بھی جلتی رہی۔

آسمان کے ستارے اور نیچے وادی میں ٹمٹمانے والے ستارے ماند پڑتے جا رہے تھے مگر اس کی آنکھوں میں نیند اب بھی نہ تھی۔

''ہم نے تو سنا ہے شہری لوگ کتوں کو بھی پیار کرتے ہیں۔ کیا ہم ایسے کٹھور ہیں جو

انسانوں سے بھی پیار نہ کرسکیں۔''

سوچوں میں کھوئے کھوئے اسے احساس بھی نہ ہوا کہ اس میں کیسا انقلاب آ گیا تھا۔

چند گھنٹے پیشتر وہ عورت کی فطرت کے خلاف بغاوت کا علم لیے کھڑی تھی اور اب......

جانے یکا یک دماغ نے کیسا پلٹا کھایا تھا کہ سینے کے اندر صرف عورت کی فطرت ہی دھڑک رہی تھی۔

''کتوں سے بھی پیار کرتے ہیں! کتوں سے بھی پیار کرتے ہیں۔''

سروش کتے سے تو بدتر نہ تھا۔ وہ تو گل خانم ے بن مانس سے بھی کہیں بہتر تھا! کہیں اچھا۔

گل خانم کے بن مانس نے تو اسے کچھ بھی نہیں دیا تھا۔ اسے یک دم ہی اس کی پھٹے بانس جیسی ڈراؤنی آواز اور کرخت لب ولہجہ یاد آ گیا۔

اور سروش ـ بے ضرر سا انسان، دیوانہ ہو کر بھی کئی فرزانوں سے بہتر تھا کہ کبھی کسی کو کوئی تکلیف نہیں دیتا تھا۔ خوب صورت اور پڑھا لکھا اور سب سے بڑی بات۔

اس نے اسے دولت دی تھی۔

زندگی کی ہر آسائش دی تھی، عیش و عشرت اسے مہیا تھے۔ کسی چیز کی کمی نہ تھی۔

پھر......پھر اس نے اس کے ساتھ کتے سے بھی بدتر سلوک کیوں کیا؟ وہ تو انسان تھا۔

ہائے! یہ اس نے کیا کیا؟ یہ اس نے کیا کیا؟

''اوہ خدا!''

وہ پھر اٹھ کر ٹہلنے لگی۔

''سمن! تو کیوں اپنی فطرت بھول بیٹھی۔ تو کیوں گل خانم نہ بن سکی؟ مطمئن اور پُرسکون گل خانم!!''

اس کی آنکھوں میں کیسی ستاروں ایسی چمک تھی۔ اس کے ہونٹوں پر کیسے بجلیوں ایسا تبسم رقصاں رہتا تھا۔ اس کا نام لے کر اس کا سر جیتا تھا اور اس کے اپنے دل کے اندر محبت کی کیسی انوکھی سی شمعیں فروزاں ہو گئی تھیں۔

گل خانم تو جادوداں ہے۔

اور سمن تو نے کیا پایا؟

نہ کسی کے پیار میں ڈوب کر تن من بھلانے کی لذت ملی، نہ دل کو سکون واطمینان۔ دوسروں کی نگاہوں میں بھی اچھی نہ بن سکی۔ وہ بدکردار نہ تھی، آوارہ مزاج نہیں تھی۔ مگر پھر بھی بدنامیاں اور رسوائیاں دامن میں پڑی ملیں۔

اور یوں دل بھی ویران تھا اور زندگی بھی ویران۔

انہی الجھی الجھی سوچوں میں الجھی سمن اٹھی۔ گول کمرے کا دروازہ کھولا اور باہر نکل گئی۔

تازہ ہوا نے بھی اسے ذرا سکون، ذرا قرار نہ بخشا، بے چینی اور بڑھ گئی۔

سارا جسم ہی عجب مجرمانہ سے احساس کی آگ میں جل رہا تھا۔ غسل خانے میں جا کر چہرے پر ٹھنڈے پانی کے چھینٹے دیئے۔ تب بھی سکون وقرار نہ ملا۔ اندر لگی اس آگ کی تپش کم نہ ہوئی۔

اور اسی سکون وقرار کی تلاش بلا ارادہ ہی اسے کشاں کشاں سروش کے کمرے کی طرف لے گئی۔

صبح صادق کا دھندلا دھندلا سا اجالا چاروں طرف پھیل رہا تھا گویا ساری رات ہی اس نے جاگ کر اور سوچوں میں کھو کر گزار دی تھی۔

وہ سروش کے کمرے کے دروازے میں کھڑی تھی کہ آیا چائے کی پیالی لئے آ گئی۔

''بہو بیگم! آپ یہاں؟''

حیرت سے آیا کی آنکھیں پھیل گئیں اور سمن کی جھک سی گئیں۔

''کیا بات ہے؟ خیر تو ہے؟''

''ایسے ہی۔''

سمن نے آیا کے ہاتھ سے چائے کی پیالی لینے کے لئے اپنا ہاتھ آگے بڑھایا۔

''آپ کے لئے ابھی بنا کر لاتی ہوں۔ یہ چھوٹے صاحب کی ہے۔''

''میں دے آتی ہوں۔''

آیا چونکی۔ منہ سے کوئی حیرت بھرا کلمہ نکلتے نکلتے رہ گیا۔ بلکہ خود ہی اس نے ہونٹ دبا لیے۔ پھر...... جیسے یہ کوئی غیر معمولی بات ہی نہ تھی۔ چائے کی پیالی اس کے ہاتھ میں دے دی۔

''اور بہورانی! چھوٹے صاحب کو کسی اور چیز کی ضرورت ہو تو پوچھیئے گا۔''

اندر ہی اندر آیا کو سمن کی اس تبدیلی پر جو حیرت تھی وہ علیحدہ، مگر خوشی بھی بے حد تھی لیکن...... ظاہر میں اس نے بالکل اس کا اظہار نہ ہونے دیا۔

کنکھیوں سے سمن کو سر سے پاؤں تک دیکھتے ہوئے خاموشی سے وہاں سے چلی گئی۔

''کاش بہو بیگم! آپ کی یہ تبدیلی سراب ثابت نہ ہو۔ کاش! ہائے! بیگم صاحبہ کو کتنی خوشی ہوگی۔ کتنی خوشی......''

آیا بہت دور کی خوش آئند سوچیں دل میں بسائے وہاں سے ہٹ گئی۔ چائے کی پیالی ہاتھ میں لیے سمن چند لمحے وہیں کھڑی کچھ سوچتی رہی پھر دبے دبے قدموں آگے بڑھ گئی۔

سروش آڑا ترچھا، آنکھوں پر کہنی ٹکائے سو رہا تھا۔ لحاف پورے کا پورا نیچے زمین پر گرا ہوا تھا اور خود بغیر لحاف کے سکڑا پڑا تھا۔

اس کے انداز سے ہی یہ ظاہر ہو رہا تھا کہ جیسے بڑی بے چینی کی نیند سویا تھا۔

جانے کیوں؟

سمن کی آنکھیں بھیگ سی گئیں۔

آخر سروش کا کیا قصور تھا؟ یہ جو اسے دیوانگی کے دورے پڑتے تھے تو اس میں اس کی اپنی مرضی کو تو کوئی دخل نہ تھا۔ یہ تو سب خدا کی رضا تھی۔

سروش کی دیوانگی خدا کی رضا تھی اور سمن کی غربت خدا کی مرضی!

مہ جبیں نے اس کی غربت دور کر کے اسے اتنی آسائشیں دی تھیں، سمن سے اتنا نہ ہو سکا کہ بدلے میں اس کے بیٹے کی دیوانگی دور کرنے کی کوشش کرتی۔ دونوں طرف سے ہی سودا ہوا تھا۔ مگر یہ تو اس کی بے ایمانی تھی۔ سراسر بددیانتی کہ اس نے اپنا فرض ادا نہ کیا۔

اس کا بھائی ولایت میں تعلیم پا رہا تھا۔ اس کے والدین کی غربت دور ہو چکی تھی۔

اور سروش اور مہ جبیں۔ انہیں تو صرف گھاٹا ہی ملا۔

سمن کا اپنا ہی وجود منحوس تھا۔ جدھر گئی بربادیاں ہی پھیلائیں۔ تباہیاں ہی مچائیں‘ کیسی خراب تھی وہ؟

عجیب اوٹ پٹانگ سی سوچوں نے پھر دماغ کو آ گھیرا تھا۔ پریشان ہوتے ہوئے بڑے زور سے سر کو جھٹکا اور پھر پشیمان سی آگے بڑھی۔

بیڈ کے سرہانے پڑی چھوٹی تپائی پر چائے کی پیالی رکھی۔ زمین پر سے لحاف اٹھایا۔ بہت ہولے سے‘ بہت احتیاط سے سروش کو اوڑھا دیا۔

وہ شاید بڑی گہری نیند سو رہا تھا۔ اس نے لحاف اوڑھایا تو جاگا نہیں۔ بلکہ لحاف کی گرمائی محسوس کر کے ہاتھ پاؤں پھیلا دیئے۔

چہرے پر سے کہنی ہٹی تو سمن نے دیکھا۔ اس کے شیو بڑھے ہوئے چہرے پر وہی معصوم سی مسکراہٹ بکھری تھی۔

سمن بستر کے پاس کھڑی سروش کو دیکھے جا رہی تھی۔ چائے ٹھنڈی ہو رہی تھی‘ یہ احساس بھی تھا۔ مگر پھر بھی سروش کو اس گہری اور میٹھی نیند سے جگانے کو جی نہ چاہا۔

جانے رات کے کس پہر سویا تھا؟ اس کی دماغی صحت کی بحالی کے لیے نیند‘ پوری نیند اور گہری نیند بڑی اہم تھی۔ اور انتہائی مفید۔ یہ ڈاکٹر کی ہدایت تھی۔

سمن نے اسے جگانے کا ارادہ ترک کر دیا۔ چائے ٹھنڈی ہو جانا تھی۔ کوئی بات نہیں تھی۔ اس نے سوچا! جب جاگے گا تو خود جا کر اسی وقت گرم گرم بنا لائے گی۔

پھر اس نے اردگرد نگاہ دوڑائی۔ کمرے کی ہر چیز ہی تو بے ترتیب پڑی تھی۔

اس کے اندر والی سوئی ہوئی سگھڑ عورت یکدم بیدار ہو اٹھی۔

اپنا میکے کا گھر......وہ کیسے ہر وقت آئینہ بنائے رکھتی تھی؟ اور یہ......

دنیا والوں کی نگاہ میں یہ بھی تو اسی کا گھر تھا‘ بلکہ میکہ تو لڑکی کے لیے ہوتا ہی پردیس ہے۔ نہ صرف دنیا کی نگاہ میں‘ شرعاً اور قانوناً بھی اب تو سمن کا یہی گھر تھا۔ اصلی گھر!

ایسا بے ترتیب؟ ایسا گندہ؟ خود اس کا اپنا گھر۔

وہ کیسی عورت تھی؟ اپنے ہی گھر کو بھلائے رہی۔ اپنے ہی گھر کی پرواہ نہ کی۔ اپنے ہی گھر کو برباد کرنے پر تلی رہی۔

وہ کوئی بھاگ کر یہاں نہیں آئی تھی۔ سروش کے ساتھ اس کا نکاح ہوا تھا۔ بہت سارے لوگوں کے سامنے ایجاب وقبول ہوا تھا۔

وہ یہاں کی‘ اس گھر کی‘ ہر چیز کی‘ جائز وارث تھی۔

نہ صرف اس کے اندر کی عورت بیدار ہوا ٹھی تھی بلکہ اپنے آپ ہی سب ذمہ داریوں کا احساس بھی جاگ اٹھا تھا۔

اس کے دماغ میں‘ اس کے دل میں اس وقت صرف اور صرف عورت ہی سوچ رہی تھی اور عورت ہی دھڑک رہی تھی۔ شمع محفل بننے والی نہیں۔ بڑی سگھڑ‘ فرمانبردار اور ذمہ داریوں کو نبھانے والی چراغ خانہ۔ جس کے دم قدم سے گھر بھر کی خوشیاں اور رونقیں قائم رہتی ہیں۔

جلدی‘ جلدی کمرے کی ہر چیز کو ترتیب سے رکھنے لگی۔ خوبصورت طریقے سے سجانے لگی۔

”بہو بیگم!“

آپا کی آواز سے وہ چونکی۔

”ہوں۔“

سمن کی طرف سے بے اعتمادی آپا کو پھر ادھر لے آئی تھی کہ کہیں اس نے سروش کو تنگ کرنے یا پریشان کرنے کا کوئی نیا طریقہ تو نہیں سوچ لیا تھا جو آج خود چائے اسے دینے کی پیش کش کی تھی۔

”یہ آپ کیا کر رہی ہیں؟“

مگر کمرے کی یہ بدلی بدلی سی حالت دیکھ کر وہ بری طرح بوکھلا گئی تھی اور پھٹی پھٹی آنکھوں سے کبھی اسے اور کبھی کمرے کو دیکھ رہی تھی۔

وہ آپا! چائے دینے آئی تو کمرے کی حالت بڑی خراب تھی۔

اس کی نگاہوں کے انداز سے خود سمن بھی سٹپٹا گئی۔

''لیکن بی بی! کیا فائدہ یہ سب کچھ کرنے کا؟ ابھی پھر کمرے کا یہی حشر ہو جائے گا۔''

آیا نے دکھی سا ہو کر جواب دیا۔

اور اسی لمحے سمن کو گل خانم کے بن مانس کی کرختی بھری ڈانٹ اور جواب میں اس کا انتہائی نرم لہجہ یاد آ گیا۔ لاشعوری طور پر ہی گل خانم اجڈ سی پہاڑن جیسے اس کی رہنما بن چکی تھی۔

''کوئی بات نہیں! میں پھر ٹھیک کر دوں گی۔''

سمن کے اس جواب نے آیا کو پھر چونکا دیا۔ وہ متجسس سی سوچوں میں کھو گئی کہ یہ انقلاب آخر سمن میں آیا کیسے؟

''یا اللہ! یہ سب کہیں خواب ثابت نہ ہو! یا اللہ! سمن کو ثابت قدم رکھیو۔''

دل ہی دل میں دعائیں مانگتے ہوئے وہ واپس چلی مگر دو قدم ہی گئی ہو گی کہ پھر کوئی خیال آیا۔

''بھورانی! انہیں جگا دیا ہوتا۔ ورنہ چائے بالکل ٹھنڈی ہو جائے گی۔''

''بہت گہری نیند سو رہے ہیں۔ جگانے کو جی نہیں چاہتا۔ جب خود ہی جاگیں گے تو اسی وقت گرم چائے بن جائے گی، میں بنا دوں گی۔''

''یا اللہ! آج کہیں میں پاگل نہ ہو جاؤں۔''

آیا جلدی سے کمرے سے باہر نکل گئی۔

کمرے کی صفائی کرنے کے بعد سمن نے پھر سروش کے کپڑوں کی طرف دھیان دیا۔ گرم اتنے خوب صورت اور قیمتی سوٹ، سفید بے داغ قمیصیں، قیمتی ٹائیاں، ڈریسنگ گاؤن، شب خوابی کے لباس، سب کچھ ہی صندوقوں اور الماریوں میں کوڑے کی طرح گڈمڈ پڑا تھا۔

سروش کو جب بھی دورہ پڑتا، کمرے میں ٹہلتا رہتا یا لباس پر لباس تبدیل کرتا رہتا۔ عجب عجب انداز میں کپڑے پہنتا۔

کبھی بش شرٹ کے ساتھ کسی چادر کو تہمد کی طرح باندھ لیتا، کبھی پاجامہ اور بنیان پر ٹائی لگائے پھرتا، کبھی شیروانی کے ساتھ نیکر پہن کر گھومنے لگتا۔ اس عالم میں جوتے بھی ایک جیسے نہ پہنتا۔ اکثر دونوں پاؤں میں مختلف ہی ہوتے۔

اسی طرح جانے کیا کیا سوانگ بھرتا رہتا۔ شاید لاشعور میں کسی کی توجہ کی طلب پنہاں تھی اور یوں اس کی سبھی چیزیں کوڑا ہو کر رہ گئی تھیں۔

سمن نے سب سوٹ علیحدہ کر کے ہینگر پر لٹکائے۔ بش شرٹ اور قمیضوں کو تہہ لگا کے الگ رکھا۔ ٹائیوں کو الماری میں لگی راڈ پر ترتیب سے لٹکایا۔ جوتے علیحدہ برش کر کے جوڑا جوڑا بنا کر ٹکائے۔ گاؤن، شب خوابی کے لباس، جو میلے تھے دھونے کے لیے نکالے۔ جو صاف ستھرے تھے الگ رکھے۔

غرض اسی میں بہت وقت بیت گیا۔ مگر اسے احساس ہی نہ ہوا اور جب فارغ ہوئی تو دیکھا۔ بہت دن چڑھ آیا تھا۔

''بہو رانی!''

آیا کا چہرہ پھر دروازے میں نمودار ہوا۔

''آپ تو ناشتہ کر لیتیں! آج آپ نے صبح کی چائے کی ایک پیالی تک نہیں پی۔ رات کو بھی میں دیکھ رہی تھی، دو تین ہی نوالے لیے تھے۔ اس طرح بھوکا رہنے سے تو صحت خراب ہو جائے گی۔''

''اچھی بات۔''

اور واقعی اب سمن کو بھوک کا احساس ہوا۔ بالکل اس ذمے دار عورت کی طرح، جس نے گھر کا کام نمٹا کر اطمینان کا سانس لیا تھا تو بھوک چمک اٹھی تھی۔

''کھانے والے کمرے میں چلیں، وہیں لگا دیتی ہوں۔''

''نہیں! یہیں لے آؤ! شاید تب تک سروش بھی جاگ پڑیں۔''

مہ جبیں کے جانے کے بعد کھانے کی میز پر اکیلی ہی ہوتی تھی اور اس وقت بے اختیار کسی کے ساتھ مل کر ناشتہ کرنے کو جی چاہ رہا تھا۔

ناشتہ تیار ہی کئے رکھا تھا۔ آیا سینی میں لگا جلد جلد لے آئی۔

سروش کے بستر کے پاس ہی سمن نے نیچی تپائی رکھی۔ قریب اپنی کرسی کھینچی اور بیٹھ گئی۔

''بی بی اچھی طرح ناشتہ کرنا۔''

آیا نے تپائی پر ناشتے کی سینی رکھتے ہوئے تاکید کی۔ آج اسے سمن پر بے تحاشا پیار آئے جا رہا تھا۔ وہ کیسی اچھی لگ رہی تھی' اسے یوں کام کرتے ہوئے اور اپنی ذمہ داری کو نبھاتے ہوئے۔

عورت کا اصل روپ! فرشتوں جیسا پاک اور حوروں جیسا خوب صورت!!

آیا اس کے پُرکشش چہرے پر لہراتا دھیما دھیما ملکوتی تبسم دیکھتے ہوئے کمرے سے باہر نکل گئی۔

سمن توس کو مکھن لگا رہی تھی کہ سروش جاگ پڑا۔ لحاف پرے ہٹاتے ہوئے اس نے سمن کی سمت کروٹ بدلی۔ آنکھیں ابھی بند تھیں۔ انگڑائی لینے کے لیے بازو پھیلایا۔ یا شاید کوئی چیز پکڑنے کے لیے۔

وہیں سمن بیٹھی تھی۔ مگر سروش کو اس کی موجودگی کا علم نہیں تھا۔ ہاتھ اس کی گود میں جا پڑا۔

سمن نے بھی اسے پرے نہیں ہٹایا۔ خاموشی سے بیٹھی گود میں پڑے اس ہاتھ کو دیکھتی رہی۔ لمبی لمبی انگلیوں والا مردانہ بھاری سا ہاتھ کسی غیر کا تو تھا نہیں۔ سروش اس کا اپنا ہی خاوند تھا۔

جانے کیوں دل چاہا کہ یونہی پڑا رہے۔ بڑا خوب صورت لگ رہا تھا۔ توس ہاتھ میں پکڑا تھا۔ مکھن لگانا بھول بھال' نگاہیں اس پر ٹکی ہی رہ گئیں۔

پھر غیر ارادی طور پر ہی اس کا جی چاہا کہ اس کے اس مضبوط اور خوبصورت ہاتھ کو اپنے ہاتھ میں لے لے۔

ابھی آدھے توس کو مکھن لگایا تھا اسے اسی طرح پلیٹ میں ڈالتے ہوئے بہت ہولے سے' بہت آہستہ سے اس نے اپنا نازک سا کانپتا ہوا ہاتھ سروش کے ہاتھ پر رکھ دیا۔

ایک دم ہی...... سارے جسم میں جیسے برقی رو گزر گئی ہو۔ کچھ عجیب سا لمس محسوس ہوا۔

اشعر کے ساتھ تاش' شطرنج' لوڈو کھیلتی تھی' سیر و تفریح کو جاتی تھی' ہر رات کلب میں اس کے ساتھ ہی گزارتی تھی۔

کئی بار اشعر نے اس کا ہاتھ تھاما تھا۔ مگر ایسا احساس پہلے کبھی نہیں ہوا تھا۔ اشعر کے

ہاتھ کالمس ایسے ہی تھا جیسے کسی بے جان چیز کو چھولیا۔ اٹھا کر اِدھر رکھ دیا' اُدھر رکھ دیا۔

لیکن یہ سروش کے ہاتھ کالمس' ایسی انوکھی سی لذت جانے کیوں دے رہا تھا؟ کسی قسم کے گناہ کا بھی احساس نہیں تھا۔ بس کورے کورے سے جذبات بھڑک کے جا رہے تھے۔

اب سمن نے اس کے ہاتھ کو تھام کر ہولے ہولے سہلایا۔ پھر نرمی سے دبایا۔

اور جب سروش کے ہاتھ پر دباؤ سا پڑا تو اس لمحے اس نے یکلخت چونکتے ہوئے آنکھیں کھول دیں۔

سامنے ہی بالکل پلنگ کی پٹی کے ساتھ لگی ہوئی اس کا ہاتھ اپنے نازک سے سفید ہاتھ میں لیے سمن بیٹھی تھی۔ کتنی ہی دیر سروش کو سمجھ نہ آ سکی کہ یہ کیا تھا؟

''اٹھیے ناشتہ کر لیجیے!''

سمن نے اسے اپنی جانب دیکھتے پایا تو اس کا ہاتھ اب قدرے زور سے دباتے ہوئے بڑی نرمی سے کہا۔

اور جب اس کی آواز سروش کے کانوں میں اتری تو وہ حقیقت حال سے باخبر ہوا۔ وہ تو سمن تھی۔

گھبرا کر اس نے سمن کے ہاتھوں میں سے اپنا ہاتھ کھینچ لیا۔ نگاہیں یک دم جھک گئیں اور جلدی سے اس نے پرلی طرف کروٹ بدل لی۔ ہاتھوں میں بے اختیار چہرہ چھپالیا۔

اب تو بہت دنوں سے ایسا ہی ہو رہا تھا۔ سمن کبھی اتفاق سے دکھائی دے جاتی تو سروش جھٹ ہاتھوں سے چہرہ چھپالیتا یا وہاں سے ہٹ جاتا۔ سمن سے وہ اتنا خائف رہنے لگا تھا۔

سروش کی یہ حالت بالکل غیر ارادی تھی۔ بالکل بے اختیاری تھی۔ اور معمول کے مطابق تھی۔

مگر اس وقت اس کی یہ حرکت سمن کے دل کی دنیا کو زیروزبر کر گئی تھی۔

''اوہ!''

وہ بے بسی سے اس کو دیکھتی ہی رہ گئی۔

ایک گل خانم تھی' گھر بھر کے لیے خیر و برکت کا پیام!! اس کے بغیر نہ اس کا سر ایک

پل رہ سکتا تھا نہ اس کا خاوند۔ سب ہی کے لیے وہ رحمتوں کا پیکر تھی۔

اور ایک وہ تھی کہ جس سے سب خائف ہی رہتے تھے۔ اس نے دوسروں سے نفرت کر کر کے ان کی نگاہوں میں خود کو کوئی عفریت بنالیا تھا۔

عورت کے نام پر بدنما داغ۔

خود کو ہی کوستے ہوئے وہ جلد جلد توسوں پر مکھن لگانے لگی۔ سروش نے ناشتہ کرنا تھا۔ اور وہ جب تک وہاں موجود رہتی اس نے اسی طرح چہرہ چھپائے پڑا رہنا تھا۔

انڈے پر نمک اور مرچ چھڑکی۔ پیالی میں گرم گرم چائے بنائی۔ اور یوں ہر چیز تیار کر کے خود کمرے سے باہر نکل گئی۔

''بہو بیگم! ناشتہ کرلیا؟'' آپا اِدھر ہی آ رہی تھی۔

''ہاں! اب تم جا کر سروش کو کرادو۔''

''آپ کرادیتیں۔''

''وہ! وہ میں ذرا......'' کوئی بات نہ بن سکی۔

آنکھوں میں آنسو لیے جلدی سے اپنی پناہ گاہ میں جا گھسی۔

☆ ☆ ☆

شام ہونے والی تھی۔ نہ باہر دل لگ رہا تھا' نہ اندر کمرے میں' ایک چکر چشمے کا بھی لگا آئی تھی۔ وہاں بھی کچھ اچھا نہ لگا۔ نہ یہ فضائیں' نہ یہ نظارے۔ چپ چاپ پھر اندر چلی آئی۔

رہ رہ کر گل خانم اور اس کی سکون و اطمینان بھری مسکراہٹوں اور اس کی باتوں ہی کا خیال آئے جا رہا تھا۔

لاشعوری طور پر ہی عورت کا عورت سے مقابلہ شروع ہو چکا تھا۔ اور وہ اس مقابلے میں ہار قبول کرنا نہیں چاہتی تھی۔ کسی صورت بھی نہیں۔

کچھ بھی تھا گل خانم بالکل جاہل لٹھ تھی اور وہ شہر میں پلنے بڑھنے والی تعلیم یافتہ لڑکی تھی۔ سوسائٹی میں گھوم پھر چکی تھی۔ مختلف قسم کے لوگوں سے مل چکی تھی۔ اس طرح تو وہ ہر لحاظ سے اس سے کچھ زیادہ ہی سمجھ بوجھ رکھتی تھی۔

پھر! پھر اس سے مات کھانا کیا معنے؟

انہی سوچوں میں کھوئے کھوئے پھر سروش کے در پر جا کھڑی ہوئی۔ اس سے کسی محبت یا الفت کے تحت نہیں۔ صرف اور صرف اندر کی عورت نے جو مقابلہ شروع کر لیا تھا اس میں ظفریاب ہونے کی خاطر۔

کمرے کی حالت پھر ابتر ہو چکی تھی، مگر پہلے جتنی نہیں اور خود سروش نجانے کہاں تھا؟ اندر بڑھی چلی گئی۔

بے ترتیب چیزیں پھر ترتیب سے رکھیں۔ الماریوں سے بے جوڑ قسم کے لباس پھر باہر نکل آئے تھے۔ سمن نے ایک ایک کو ٹھیک کر کے رکھ دیا۔

مسہری کا بستر درست کیا' کمبل تہہ کر کے احتیاط سے رکھے' تکیے ان کی جگہ پر ٹکائے' قالین پر جا بجا کاغذوں کے چھوٹے چھوٹے پرزے بکھرے ہوئے تھے۔ وہ سب اکٹھے کئے۔ پھر باہر جا کر پھینکنے ہی لگی تھی کہ اچانک ان پر لکھی تحریر پر نگاہ جا پڑی۔ عجیب گڈمڈ سی

عبارت تھی۔ بالکل بے معنی اور بے ربط سی!

جیسے کچھ لکھنا چاہتا تھا مگر لکھ نہیں سکا تھا اور کاغذ پھاڑ پھاڑ کر پھینکتا رہا تھا۔

بے اختیار اس پر ترس آ گیا۔ کیسی اس کی زندگی تھی؟ مجبور اور بے بس سی!!

قدموں کی چاپ پر سمن نے بھیگی بھیگی آنکھیں اٹھائیں۔ سروش کمرے میں داخل ہوا۔ کُرتے کے ساتھ پتلون پہنے ہوئے تھا اور چہرے پر وہی معصوم سی مسکراہٹ بکھری تھی۔ انگلیوں میں ایک لمبی سی ٹہنی یوں تھامے تھا جیسے قلم پکڑا ہوا ہو۔ دوسرے ہاتھ میں ایک بہت بڑا کاغذ تھا۔ پورا تختے کا تختہ!

سمن کو بے اختیار ہنسی آ گئی، کوئی بہت ہی بڑی بات تھی جو وہ اتنے بڑے کاغذ پر اتنے بڑے قلم کے ساتھ لکھنے والا تھا۔

سروش پہلے تو اپنے خیال میں نظر نیچی کئے کچھ گنگناتا گنگناتا کمرے کے وسط تک بڑھتا چلا گیا پھر اچانک ہی نگاہ سمن پر جا پڑی۔

وہ اسی کی طرف دیکھ کر ہنس رہی تھی۔ وہیں ٹھٹک کر رہ گیا۔ ہونٹوں پر سے مسکراہٹیں یکدم معدوم ہو گئیں۔

چند لمحے، صرف چند لمحے۔ ٹکٹکی باندھے بڑے غور سے سمن کو دیکھتا رہا۔ پھر یک لخت مڑا اور واپس کمرے سے باہر نکل گیا۔

سمن کو ایک دم اپنی غلطی کا احساس ہوا۔ اسے ہنسنا نہیں چاہئے تھا۔ وہ تو اس کا مسیحا بننے آئی تھی۔ پھر اس میں اور دوسروں میں فرق کیا رہ گیا؟

یہ تو اس کا علاج نہ تھا۔ یوں تو اس کا دماغی مرض اور بڑھتا گیا اور پھر۔ اور پھر اتنے بڑے کاغذ اور اتنے بڑے قلم والی اس کی حرکت شعوری تو نہ تھی۔

جانے بے چارا کن محرومیوں کی یوں تلافی کر رہا تھا۔ کن تشنگیوں کو اس دیوانگی میں بجھا رہا تھا۔

ایک دم ہی پچھتاووں نے آ گھیرا۔ ضمیر نے جھنجھوڑا، اسی لمحے سمن کا جی چاہا کہ اسے آواز دے کر ٹھہرا لے۔ اس کا بازو تھام کر واپس لے آئے اور ہاتھ جوڑ کر اپنی غلطی کی معافی مانگ

لے۔

مگر نہ وہ آواز دے سکی، نہ بڑھ کر اس کا بازو تھام سکی۔

وہیں کھڑی سوچتی کی سوچتی رہ گئی۔

''بہو بیگم!''

آپا کی آواز پر وہ چونکی۔

''آپ یہاں ہیں؟ میں اُدھر سب طرف آپ کو ڈھونڈھ آئی۔''

وہ سمن کو سروش کے کمرے میں دیکھ کر ششدر سی رہ گئی۔

''کیا بات ہے؟''

''چائے بنائی ہے؟''

''سروش نے پی؟''

''وہ تو بی بی! دوپہر کے کہیں غائب ہوئے ہوئے ہیں۔''

''ابھی یہاں آئے تھے۔''

''پھر؟ کیا غسل خانے میں گئے ہیں؟''

''نہیں! مجھے یہاں دیکھا تو یکدم واپس باہر نکل گئے۔''

سمن پشیمان سی ہو گئی۔

''ہاتھ میں ایک بہت بڑا کاغذ تھا اور ایک لمبی سی ٹہنی کا سرا قلم کی طرح بنایا ہوا تھا۔''

''اوہ!''

آپا نے بڑے دکھ سے ٹھنڈی آہ بھری۔

''کبھی ایسا بھی دورہ پڑتا ہے شاید باپ کو خط لکھتے ہیں!!''

''اوہ!''

''کاش! بڑے صاحب کچھ سال اور جی لیتے۔ پھر شاید ان کی یہ حالت نہ ہوتی۔''

''سوتیلی ماں بیٹے کو ملنے دیتی تو تب نا۔''

مہ جبیں سے ساری روئیداد سن تو چکی تھی۔ بڑے افسوس سے کہنے لگی۔

''ورنہ! دیوانگی بڑھنا ہی تھی۔ خدا جو کچھ کرتا ہے بہتر ہی کرتا ہے۔''

''اب کون سا ٹھیک ہو گئے؟''

آپا نے قدرے مایوسی سے سر جھٹکا اور آپا کی یہ بات جانے کیوں سمن کو شرمندہ سی کر گئی۔ مجرمانہ سے انداز میں گردن جھکاتے ہوئے مدھم لہجے میں بولی۔

''ہو جائیں گے آپا۔ انشاءاللہ اب ٹھیک ہو جائیں گے۔''

''سچ؟''

آپا نے غور سے سمن کے چہرے کو دیکھا اور پھر نجانے اسے وہاں کیا نظر آیا کہ بڑھ کر سمن کو سینے سے لپٹا لیا۔

صبح سے اس کے طور واطوار میں جو تبدیلی محسوس کر رہی تھی اس پر سمن کی زبان نے تصدیق کی مہر ثبت کر دی تھی۔

''بہورانی! مجھے یقین ہے اگر تم کوشش کرو تو چھوٹے صاحب ٹھیک ہو جائیں گے۔''

''کروں گی آپا جی! ضرور کروں گی۔''

''سچ کہہ رہی ہو نا؟''

جیسے اسے اپنے کانوں پر اعتبار نہیں آیا تھا اور وہ ایک بار پھر اس کی زبان سے سننا چاہتی تھی۔

''ہاں! ہاں! کیوں نہیں۔''

غیر ارادی طور پر ہی سمن کی زبان سے الفاظ پھسلتے گئے۔ ''میں آخر ایک عورت ہوں۔ محبت کرنے والی اور قربانی دینے والی عورت اور اسی عورت کا دل بھی سینے میں رکھتی ہوں۔''

''اوہ!''

آپا اس کے خوب صورت چہرے پر خلوص کا بکھرا ہوا انوکھا سا رنگ دیکھ رہی تھی جو اسے اور بھی حسین بنائے دے رہا تھا۔

''آپا! لوگ تو جانوروں سے بھی پیار کرتے ہیں اور مجھے کیا تم نے ایسا ہی سنگدل سمجھ رکھا ہے جو میں ایک انسان سے بھی نہ کر سکوں۔''

''اوہ بی بی! آپ تو بڑی خوب صورت اور سیانوں والی باتیں کرتی ہیں۔ میں سمجھی تھی کہ.....''

آیا مزید کچھ کہتے کہتے جھک کر خاموش ہو گئی۔ سمن مسکرا پڑی۔ آیا کا مطلب سمجھ گئی تھی۔ اچھا ہی کیا تھا جو اس نے وضاحت نہیں کی تھی۔ ورنہ اس نے شرمندہ ہی ہو جانا تھا۔

اپنے اندر کو، اپنے ضمیر کو سارا علم تھا کہ وہ پہلے کیسی تھی؟ کن جذبوں میں بہی جا رہی تھی اور کن راستوں پر چل رہی تھی اور یہ کہ وہ راستے صحیح نہ تھے، بھٹکے ہوئے تھے۔

کئی جنم ان پر چلتی رہتی۔ منزل نہیں ملنا تھی۔

اور یہ بھی اس کا جی اچھی طرح جانتا تھا کہ جو یہ اس کی خوبصورت اور سیانوں والی باتیں تھیں، یہ گل خانم تھی، جس نے اس کے بھٹکے ہوئے قدموں کو منزل کا صحیح نشان دیا تھا۔ وہی اس کے لیے روشنی کا مینار بنی تھی۔

''ایک بات مانو گی بی بی!''

آیا نے اس کے سوچوں میں کھوئے ہوئے روشن روشن چہرے کو غور سے دیکھتے ہوئے کہا۔

''ہاں کہو۔''

''چھوٹے صاحب کے سب کام آپ اپنے ہاتھ سے کیا کریں۔''

''کوشش تو کر رہی ہوں آیا! یہ دیکھو صبح بھی کمرے کی صفائی کی اور اب بھی کی ہے۔''

سمن بڑے بھولپن سے بولی' آیا مسکرا پڑی۔

''بہو رانی! میں اس کام کے متعلق نہیں کہہ رہی تھی۔ یہ تو میں بھی کر سکتی ہوں۔''

''پھر؟''

''کھانا اور چائے وغیرہ خود دیا کریں۔ ہر چھوٹی سے چھوٹی اور بڑی سے بڑی ان کی ضرورت آپ کے ہاتھوں پوری ہونی چاہیے۔ کوئی کام ہو نہ ہو آپ کو ہر وقت ان کے سامنے رہنا چاہیے۔''

''مگر مجھے دیکھ کر تو وہ نگاہیں پھیر لیتے ہیں' کمرے سے باہر نکل جاتے ہیں اور کبھی چہرہ

چھپا لیتے ہیں۔''

''کب تک ایسا کریں گے؟ جب تم ہر وقت نگاہ کے سامنے رہو گی بیٹی! تو پھر خود بخود ٹھیک ہو جائیں گے۔ ڈاکٹر نے کہا ہے کہ توجہ اور پیار ہی ان کا علاج ہے۔''

آپا اسے بڑے تجربہ کار انداز میں سمجھانے لگی۔

''اور جس سے انسان کو یہ دونوں چیزیں ملیں تو بس پھر وہ کتے کی طرح اسی کے پیچھے دُم ہلاتا پھرتا ہے۔''

پھر آپا نے بڑے پیار سے سمن کا چہرہ ہاتھوں میں لیتے ہوئے کہا۔

''بس! اک ذرا مستقل مزاجی کی ضرورت ہے۔ تم تھک یا اکتا نہ جانا۔''

''نہیں آپا میں نہیں تھکوں گی۔''

سمن نے پورے وثوق سے کہا اور ساتھ ہی اس کے اندر کی عورت ایک عزم سے بول پڑی۔

''ایک گل خانم ہی تو عورت نہیں ہے۔ میں زمانے کو دکھا دوں گی کہ ہر عورت گل خانم بن سکتی ہے۔ بلکہ گل خانم سے بھی عظیم تر۔''

دل ہی دل میں بڑبڑاتے ہوئے وہ سروش کی چیزیں درست کرنے لگی۔

☆ ☆ ☆

جب نیند کھلی تو صبح ہونے والی تھی۔ کچھ دیر کسلمندی سے پڑی رہی۔

آنکھ کھلتے ہی سب سے پہلا خیال سروش ہی کا آیا تھا۔ جانے ساری رات سویا تھا یا جاگتا ہی رہا تھا۔ اس کی اپنی رات تو خاصی پُرسکون گزری تھی۔

خود اسے بڑی حیرت تھی کہ لیٹتے ہی نیند نے ہوش و حواس پر قبضہ جما لیا تھا۔ شاید پچھلی رات کی جاگی ہوئی تھی اس لیے۔ لیکن......

اس سے پیشتر بھی ایسی کئی راتیں جاگ جاگ کر اور بے چینی میں کروٹیں بدل بدل کر اس کی گزری تھیں مگر اگلی، اگلی اور اگلی رات پھر وہی عالم رہتا۔ پچھلی شب بیداری بھی نیند کو پیارا نہ بناتی۔

اور آج رات، کاش! اگلی ہر رات اس کی ایسی ہی گزرے۔ خدا سے دعا مانگتے ہوئے وہ اٹھ کھڑی ہوئی۔

کمرے میں کچھ گھٹن سی محسوس ہو رہی تھی۔ صبح کی تازہ ہوا کے لیے ایک دم دل مچل اٹھا۔ لپک کر کھڑکی کھول دی۔

سامنے ہی ایک اکیلا صبح کا ستارا پوری آب و تاب سے چمک رہا تھا۔ کتنی ہی دیر کھڑی اسے دیکھتی رہی۔ وہ بے حد اچھا لگ رہا تھا۔

جانے کیوں آج ہر چیز میں نیا پن سا محسوس ہو رہا تھا۔ آنکھیں اسے دیکھے جا رہی تھیں۔ دماغ اپنی راہ پر چل پڑا۔

سوچوں میں کھوئے کھوئے اچانک خیال آیا۔ جب سے بیاہ کر سسرال آئی تھی ایک دن بھی نماز نہیں پڑھی تھی۔

”سمی بیٹی اٹھو! نماز کبھی قضا نہیں کرتے۔ جو لوگ نماز سے غفلت برتتے ہیں خدا خود ان سے غافل ہو جاتا ہے۔ اگر زندگی میں سکھ اور اطمینان جیسی نعمتیں حاصل کرنا چاہتی ہو تو نماز قائم

کرو بیٹی! اٹھ میری جان!"

تقریباً ہر روز ہی نماز کے لیے اسے جگاتے ہوئے اس کے بالوں میں بڑی شفقت سے ہاتھ پھیر پھیر کر اس کی ماں یہی فقرے کہا کرتی۔

اس زمانے میں کیسی پابند ہوا کرتی تھی وہ نماز کی۔ اور تب۔ اس کے دل کو سکون و اطمینان بھی حاصل تھا۔

مفلسی اور غربت نے ان کے ہر ارمان اور ہر خواہش کا حصار کیا ہوا تھا۔ مگر اس کے باوجود وہ ہمیشہ بڑی خوش رہا کرتی تھی اور اب سب کچھ پا کر بھی اس کے پاس کچھ نہیں تھا۔

ابھی وقت تھا نماز کا۔ جلدی سے جا کر وضو کیا اور پھر بڑے خلوص اور عقیدت سے اپنے پروردگار کے حضور جھک گئی۔

"میرے پروردگار! مجھے ہمت دے کہ میں ماہر نفسیات کے مشوروں پر عمل کر سکوں۔ اور سروش ٹھیک ہو جائیں۔ یا اللہ! تو انہیں صحت دے۔ میرے مولیٰ! مجھے اس امتحان میں کامیابی دے! جیسی تو نے گل خانم کو دی۔ پروردگار! میں تیرا گنہگار بندہ۔ میری پچھلی کوتاہیوں کو معاف کر دے اور مجھے میرے ارادوں میں کامیاب کر دے۔"

نماز کے بعد وہ کوئی اور دعا نہ مانگ سکی۔ بس الجھے الجھے اور بکھرے بکھرے سے الفاظ یونہی سمیٹتی رہی اور سروش کے لیے ہی پروتی رہی۔

نماز اور تلاوت سے فارغ ہوئی تو آپ ہی قدم سروش کے کمرے کی جانب اٹھ گئے۔

مسہری خالی پڑی تھی، گھبرا کر ارد گرد دیکھا۔ بے اختیار نازک ہونٹوں پر مسکراہٹ پھیل گئی۔

بغیر کسی بستر کے، بغیر کچھ اوڑھے وہ دنیا و مافیہا سے بے خبر قالین پر سویا ہوا تھا۔

ابھی ابھی نماز پڑھ کر آئی تھی۔ قرآن مجید کی تلاوت بھی کی تھی۔ آگے بڑھ کر بڑی عقیدت سے سروش پر پھونک ماردی۔ بہت ہولے سے کہ کہیں جاگ نہ پڑے۔

پھر اسے کمبل اوڑھایا، بڑی احتیاط سے کہ بے آرام نہ ہو جائے۔

آج کمرے کی حالت کل کی نسبت بہتر تھی۔ مگر پھر بھی بہت کچھ بکھرا پڑا تھا۔ جلد جلد سب کچھ درست کیا۔ سروش ابھی تک سویا ہی ہوا تھا۔

سب کاموں سے فارغ ہو کر اس کے لیے چائے بنانے چلی گئی۔

''ارے بہو بیگم! آپ اور یہاں؟ اور اس وقت!!''

آیا پہلے ہی وہاں موجود تھی۔ حیران ہو ہو کر پوچھنے لگی۔ اور سمن کو سر سے پاؤں تک دیکھنے لگی۔

پیشانی تک سر سفید دوپٹے سے ڈھکا ہوا تھا۔ بڑی پیاری اور مقدس سی لگ رہی تھی۔ جلدی سے نگاہ جھکالی۔ کہیں نظر ہی نہ لگ جائے۔

''میں نے سوچا! تم شاید ابھی نہ جاگی ہو۔ خود ہی چائے بنالوں۔''

''چائے کے لیے کیتلی تو میں نے لگائی ہوئی ہے اور جاگنے کا کیا کہتی ہیں بی بی! اپنا ہی احساس گناہ ساری زندگی کا سکون واطمینان چھین لیا گیا ہوا ہے۔ ساری رات نیند نہیں آتی۔''

آہ بھرتے ہوئے آیا بڑبڑائی۔

''سروش ٹھیک ہو جاتا تو شاید تب ہی کچھ سکون مل جاتا۔ ایسے لگتا ہے جیسے میری ہی کارن یہ سب ہوا۔ ایک لمحے کے لیے بھی ضمیر کی سرزنش چین نہیں لینے دیتی۔''

ہر کوئی اپنے گناہ' اپنی غلطیوں کے احساس کی آگ میں جل رہا تھا۔

یا اللہ! تو نے انسان کو غلطی کا پتلا بنایا ہی کیوں؟ پریشان سی سوچوں میں کھوئے کھوئے سمن نے چائے دانی میں چائے کی پتی ڈالی۔

آیا خود یہ خدمت انجام دینے کو کہتی رہی مگر وہ جیسے اس کی سن ہی نہ رہی تھی۔ پانی کھولنے لگا تو انڈیل کر ڈھکنا دے دیا۔

''دودھ دانی کہاں ہے آیا؟''

''یہ بی بی! پیالی جو پاس رکھی ہے۔ چائے ڈال کر دیگچی ہی سے دودھ ڈال لیجئے۔ میں تو اس وقت ایسے ہی بنالیا کرتی ہوں۔''

''جانے کب جاگیں؟ یوں تو پیالی میں ٹھنڈی ہو جائے گی۔''

پھر سمن نے خود ہی سینی میں بڑی نفاست اور قرینے سے سارے برتن لگائے۔ چائے دانی کو ٹی کوزی سے ڈھکا۔ دودھ دانی اور شکر دانی وغیرہ رکھنے کے بعد چائے کی دو پیالیاں رکھیں۔

آیا چپ چاپ دیکھ رہی تھی۔ اس کی اس حرکت پر بے اختیار مسکرا پڑی۔ سمن کی توجہ اور ہی طرف تھی۔ اس نے آیا کی زیرلب مسکراہٹ کی طرف دھیان ہی نہیں دیا۔

سب کچھ بڑے سلیقے سے رکھ کر سمن نے سینی اٹھالی۔ آیا نے بھی اپنی خدمات پیش نہیں کیں۔

''یا اللہ! تو اسے ایسی ہی نیکی کی ہدایت دیئے رکھنا۔''

سمن سینی لے کر باورچی خانے سے نکلی تو آیا نے سچ مچ اپنے دوپٹے کا پلّو پھیلاتے ہوئے خدا سے دعا مانگی۔

سروش ابھی تک سویا ہوا تھا۔ سمن نے چائے کی سینی لے جا کر تپائی پر رکھ دی اور خود اس کے پاس ہی قالین پر بیٹھ گئی۔

سروش شاید کوئی سہانا سا خواب دیکھ رہا تھا۔ ہونٹوں پر بڑی پیاری مسکراہٹ بکھری تھی۔ سمن غور سے دیکھنے لگی۔

سروش کی کشادہ پیشانی اور کھڑی رومن ناک نے اسے مردانہ وجاہت کا مکمل نمونہ بنا دیا ہوا تھا۔ اگر کہیں شیو وغیرہ کر کے لباس صحیح انداز میں پہن لیتا تو ہزاروں میں ایک ہو سکتا تھا۔

اور...... اور اسی لمحے اسے وہ سروش یاد آ گیا۔ جب اس کی سہاگ رات تھی۔ شیروانی اور چوڑی دار پاجامے میں وہ کتنا اچھا اور کتنا بانکا سا لگ رہا تھا۔

پھر' اس سے اگلے دن جب سب ہال میں جمع تھے اور مسز اخلاق آئی ہوئی تھیں اس دن سفید بے داغ قمیض اور سوٹ میں بھی اسی طرح سمارٹ اور پُرکشش تھا۔

پھر' پھر اس دن جب وہ اسے لاکٹ پہنانا چاہتا تھا اور وہ ڈر گئی تھی۔ اس دن پتلون پہنے تھا اور قمیض کے کھلے گلے سے اس کا جھانکتا ہوا چوڑا سینہ' اس سادے انداز نے بھی اسے کوئی خاص سی رعنائی بخش دی تھی۔

پھر اس رات' وہ بڑی دیر کر کے کلب سے لوٹی تھی۔ سروش راہداری میں کھڑا تھا۔ شاید اسی کا انتظار تھا۔ شب خوابی کے لباس پر گاؤن پہنے تھے۔

اس کے مردانہ دراز قد پر لمبا گاؤن اور گردن کے گرد اس کا اٹھا ہوا کالر اسے ایسا شاندار

بنائے دے رہا تھا کہ وہ کوئی نواب ہی لگ رہا تھا۔

وہ بڑا جامہ زیب تھا۔ ہر لباس ہی اس پر یوں سج جاتا جیسے اسی کے قد بت کے لیے وضع کیا گیا تھا۔

اور یہ......اب یہ کیسی حالت بنائے رکھتا تھا۔ اسے کوئی احساس ہی نہیں تھا۔ اپنے وجود اور اس میں چھپی ہوئی جاذبیتوں اور رعنائیوں کا جیسے اسے علم ہی نہیں تھا۔

کیوں؟

اس لیے کہ اسے کوئی دیکھنے والا نہ تھا۔ اس کی ان رعنائیوں کی طرف کوئی متوجہ ہونے والا نہ تھا۔

''میں جو ہوں! سروش میں جو ہوں!''

بے اختیار سمن کی زبان سے بلند آواز میں یہ الفاظ نکل گئے۔ اپنی آواز سے وہ خود ہی چونک پڑی۔

کیسی پاگل تھی؟ گھبرا کر ارد گرد دیکھا۔ کہیں کوئی سن تو نہیں رہا تھا مگر......کوئی اور تو نہیں تھا۔ البتہ سروش جاگ پڑا تھا اور آنکھیں کھولے بڑے غور سے ٹکٹکی باندھے سمن ہی کو دیکھے جا رہا تھا۔

جانے کیسی اس کی نگاہیں تھیں۔ عجیب سی حیا بھری سرخی سمن کو اپنے رخساروں پر پھیلتی محسوس ہوئی۔ عجیب سی سنسناہٹ سارے جسم کو کپکپا گئی۔ بڑی پُر لطف سی!!

''چائے بناؤں؟''

مسکراتے ہوئے سروش سے پوچھنے لگی۔

''میں نے بھی ابھی نہیں پی۔''

''ہوں! ہاں۔''

وہ چونکا اور پھر جلدی سے اٹھ کر بیٹھ گیا۔ اس سے پہلے کہ وہ سمن کو پہچان کر آنکھیں میچ لیتا یا اپنے چہرے پر ہاتھ رکھ لیتا۔ سمن نے خود ہی اس کی طرف سے پشت پھیرتے ہوئے چائے کی سینی اپنے آگے رکھ لی۔

پیالی میں چائے انڈیلتے ہوئے اس نے ذرا سی گردن موڑ کر کنکھیوں سے سروش کو دیکھا۔ وہ چپ چاپ بیٹھا ہوا بڑی حیرت بھری نگاہوں سے ایک ٹک اسے دیکھے جا رہا تھا۔

سمن نے چائے کی پیالی اس کے آگے رکھ دی۔ دوسری اپنے ہاتھ میں لے کر اس کی جانب رخ موڑ لیا۔

سروش کی آنکھوں میں پھیلی حیرت بڑھتی ہی جا رہی تھی۔ نگاہیں اب بھی سمن پر ٹکی تھیں۔ اور اسی کی طرف دیکھتے دیکھتے اس نے پیالی ہونٹوں سے لگالی۔

''اوں ہوں! بڑی گرم ہے' احتیاط سے۔''

اور جب تک سمن کا فقرہ پورا ہوتا۔ گرم گرم چائے سروش کے ہونٹ جلا چکی تھی۔ نگاہوں کا انداز ایک دم بدلا۔ حیرت کی جگہ ان میں غصہ جھلک آیا۔ اور پھر انتہائی جلی کٹی سی نظروں سے سمن کو سروش نے دیکھتے ہوئے اس کی طرف سے رخ پھیر لیا۔

اس کے اس رویے سے آج سمن بددل ہو کر کمرے سے باہر نہیں نکلی۔ خاموشی سے بیٹھی چائے پیتی رہی اور سروش کو دیکھتی رہی۔

سروش اس کی طرف پشت کیے بیٹھا چائے پی رہا تھا۔ بہت ہولے ہولے اور چھوٹے چھوٹے گھونٹ لے کر کہ کہیں پھر ہونٹ نہ جل جائیں۔

''چائے کیسی ہے؟ آج آپ کے لئے میں نے خود بنائی ہے۔''

سمن نے چائے کی چسکی لیتے ہوئے بہت دھیرے سے بڑے پیار بھرے لہجے میں پوچھا۔

سروش نے کوئی جواب نہیں دیا۔ بس لمحہ بھر کے لیے' صرف لمحہ بھر کے لیے گردن موڑ کر سمن کی جانب بہت گھور کر دیکھا اور پھر بڑے بڑے گھونٹ لے کر جلد جلد چائے ختم کرتے ہوئے پیالی وہیں بڑے زور سے پٹخ' خود کمرے سے باہر نکل گیا۔

جانے کیوں؟ سمن کو اس کی یہ ادا بڑی اچھی لگی۔ ہونٹوں ہی ہونٹوں میں مسکراتے ہوئے چائے کے برتن اکٹھے کرنے لگی۔

☆ ☆ ☆

رات بہت دیر سے سوئی تھی۔ بہت کوششوں کے باوجود نیند ہی نہیں آ رہی تھی۔ کروٹیں بدل بدل کر تھک گئی تو اٹھ کر کھڑکی میں جا کھڑی ہوئی۔

دماغ بہت الجھا الجھا سا تھا۔ کئی قسم کی سوچیں تھیں جنہوں نے بے چین کیا ہوا تھا۔

اتنے دن گزر گئے تھے مگر سروش کی حالت میں ابھی تک کوئی تبدیلی آتی اسے محسوس نہیں ہوئی تھی۔

گو اب وہ سروش کے کمرے میں ہی موجود رہنے لگی تھی۔ اس کا ناشتہ' اس کا کھانا' اس کی چائے وغیرہ۔ سب کچھ خود تیار کرتی۔

خود ہی لا کر اس کے سامنے رکھتی۔ غرض ہر کام اس کا خود انجام دیتی۔ ایک منٹ کو اِدھر اُدھر نہ ہوتی۔ مگر! نتیجہ ابھی تک کچھ بھی نہیں نکلا تھا۔ سوائے اس کے کہ:

شروع شروع میں اس کی موجودگی کو سروش خاصا برا مناتا رہا تھا۔ اسے دیکھ کر کبھی چہرہ چھپا لیتا۔ کبھی کمرے سے باہر نکل جاتا۔ کبھی نگاہیں جھکا لیتا' کبھی رخ پھیر لیتا۔

اور جب پھر بھی سمن نے اس کی جان نہ چھوڑی۔ اپنا زیادہ سے زیادہ وقت اس کے سر پر ہی مسلط رہ کر گزارنے لگی۔ تو جیسے سروش نے اسے مشیت ایزدی جان لیا تھا۔

اب وہ اسے دیکھتا تو صرف ناک بھوں چڑھا کر خاموش ہو رہتا۔ بس صرف اتنا ہی فرق اس میں آیا تھا۔

اس کے اپنے اشغال اسی طرح جاری تھے۔ وہی کرتا جو اس کا اپنا من چاہتا۔ عجیب عجیب باتیں' عجیب عجیب حرکتیں۔ اپنے آپ ہی میں مگن رہتا۔

سمن کبھی اس سے کوئی بات کرتی تو کم ہی جواب دیتا۔ ایک نگاہ غلط انداز سی اس پر ڈال کر پھر خود میں گم ہو جاتا۔ بعض وقت بہت موڈ میں ہوتا تو غلط سلط جواب بھی دے ڈالتا۔

سمن کٹ کر اور کبھی مسکرا کر رہ جاتی۔ غرض اس کی اپنی ایک الگ ہی دنیا تھی۔ بڑی

عجیب وغریب سی!

اور ثمن نے جب اپنا کچھ وقت اس کے پاس گزارا تو اس کا دل سروش کی دنیا میں اتنا لگا کہ اب پل بھر کے لیے اِدھر اُدھر ہونے کے لیے جی نہیں چاہتا تھا۔

بڑی معصوم اور بھولی بھالی سی اس کی دنیا تھی۔ نہ لڑائی نہ جھگڑا' نہ دنگا نہ فساد۔ اس میں' نہ کسی سے دشمنی تھی نہ عداوت' نہ کوئی الجھن تھی نہ پریشانی!!

بڑی پُرامن اور سکون واطمینان بھری دنیا تھی۔ ثمن گھنٹوں بیٹھی بڑی دلچسپی سے اس کی مصروفیات کو دیکھتی رہتی۔

جب اپنے مختلف قسم کے اشغال سے تھک جاتا تو اٹھ کر مختلف قسم کے لباس تبدیل کر کر کے بڑی بڑی دیر کمرے میں ٹہلتا رہتا۔

ثمن چپ چاپ پاس بیٹھی کبھی ان سلائیوں سے کھیلتی رہتی اور کبھی کوئی کشیدہ کاڑھنے لگتی۔

ہاتھ کے کڑھے ہوئے میز پوش' ٹی کوزی کے غلاف اور نیپکن وغیرہ گھر کی عورت کے سگھڑاپے کی نشانی ہوتے ہیں۔

اور یوں وہ ہر وقت مصروف رہتی۔ کبھی سروش کے کاموں میں اور کبھی گھر کے کاموں میں!!

ایک دم ہی اطمینان اور سکون سا آ گیا تھا۔ بس اک خلش تھی تو سروش کی دماغی صحت کی تھی۔ کبھی کبھار یہ اسے بہت بے چین کر دیتی تھی۔

اور اسی بے چینی میں وہ رات بہت دیر تک جاگتی رہی تھی اور سوچتی رہی تھی کہ کہیں اس کی یہ انتھک محنت اور سب کوششیں رائیگاں ہی نہ جائیں۔

اُدھر سے مہ جبیں کے خطوں پر خط آ رہے تھے۔ رعنا کو پسلیوں پر چوٹیں آنے کی وجہ سے پلستر لگا دیا گیا تھا۔ چنانچہ وہ صاحب فراش ہو کر رہ گئی تھی۔

ہسپتال میں اس کی اچھی طرح دیکھ بھال نہیں ہو رہی تھی۔ اس لیے اس کا شوہر اسے گھر لے آیا تھا۔ مگر وہاں بھی اسے سنبھالنے والا سوائے مہ جبیں کے اور کوئی نہ تھا۔

اور جب مہ جبیں ہی کو اسے سنبھالنا تھا تو وہ بیٹی کے سسرال میں رہنے کی بجائے اسے لے کر اپنے گھر آ گئی تھیں۔ اب اس کی بڑی اچھی طرح دیکھ بھال ہو رہی تھی۔ رعنا کا شوہر مطمئن تھا۔

مگر خود مہ جبیں بڑی بے چین تھیں۔ چھ یا آٹھ ہفتے بعد رعنا کا پلستر اترنا تھا۔ ایک مہینہ پہلے بہو اور بیٹے کو چھوڑے گزر گیا تھا۔ اب مزید دو مہینے کے لیے بیٹے کی جدائی ان کی برداشت سے باہر تھی۔ لہٰذا وہ اصرار کئے جا رہی تھیں کہ سروش اور سمن جلد از جلد واپس پہنچیں۔

اور سمن کا اب وہاں جانے کو دل نہیں چاہ رہا تھا۔ بے شک وہاں رونقیں تھیں۔ وہاں سیر و تفریحات تھیں، وہاں پکنکیں اور فلمیں تھیں اور وہاں کلب کی گہما گہمی کی رنگین راتیں تھیں۔ مگر......

ان سب کے باوجود سمن کو یہاں کا سکون بہت بھا گیا تھا۔

مہ جبیں کے حکم سے سرتابی بھی کرنے کو جی نہیں چاہتا تھا کہ وہ پہلے ہی دکھوں کی ماری تھیں۔ مزید بیٹے کی جدائی کی پریشانی انہیں دینا تو نہیں چاہئے تھی۔

پھر؟ کچھ سمجھ میں نہیں آ رہا تھا کہ کیا کرے؟

انہی الجھی الجھی سوچوں نے اسے بے چین کیا ہوا تھا اور جب سوچیں سوائے ذہن کو پریشان کرنے کے اور کچھ بھی نہ بنا پاتیں تو تان آخر سروش پر ہی آ کر ٹوٹتی۔

اسی پر غصہ آنے لگتا کہ کیوں وہ جلد ٹھیک نہیں ہو رہا تھا۔ اب وہی کچھ ہوش و حواس کو پکڑ لیتا تو ساری الجھنیں ہی ختم ہو جاتیں اور، اور پھر تو وہاں کی رونقوں اور گہما گہمیوں نے بھی کچھ اور ہی رنگ لے لینا تھا۔

جانے یہ کیا ہوتا جا رہا تھا؟ یہ کیسی تبدیلی خود اس میں آتی جا رہی تھی؟ کبھی سروش پر غصہ آنے لگتا اور کبھی اس کی دنیا، اس کا وجود، دلچسپیوں اور کششوں کا مرقع محسوس ہونے لگتا۔

یہ کیا ہو گیا تھا اسے؟ عجیب سی اس کی طبیعت اور اس کا مزاج ہوتا جا رہا تھا۔

آدھی سے زیادہ رات گزرنے کے بعد اسے کہیں نیند آئی تھی۔ دیر سے سونے کی وجہ سے نماز کے وقت آنکھ ہی نہ کھل سکی۔

''بہو رانی!''

آیا کے جگانے پر آنکھیں ملتے ہوئے اٹھ بیٹھی۔

''کیا بات ہے؟ آج اتنا دن چڑھے تک سوتی رہیں۔''

''بس ایسے ہی! رات نیند بہت دیر سے آئی۔''

''ناشتہ پڑا پڑا ٹھنڈا بھی ہو گیا۔''

''ارے!'' وہ چونکی۔

تو کیا اتنی دیر تک سوئی رہی تھی؟ گھبرا کر آیا سے سروش کے متعلق پوچھنے لگی۔

''انہوں نے ناشتہ کر لیا؟''

''کوئی بھی نہیں۔''

''حد ہو گئی آیا! اگر میں سوئی رہ گئی تو انہیں تو کرا دیا ہوتا۔''

''میں تو وقت پر تیار کر کے دے آئی تھی مگر انہوں نے کیا ہی نہیں۔''

''کیوں؟''

''معلوم نہیں! صبح کی چائے کی پیالی اسی طرح یخ پڑی ہوئی ہے۔ ناشتے کو بھی ہاتھ نہیں لگایا۔''

''کہیں طبیعت تو خراب نہیں؟''

''بظاہر تو نہیں لگتی' بس کمرے میں ٹہلے جا رہے ہیں۔''

''ٹھہرو! میں خود جا کر دیکھتی ہوں۔''

گاؤن کی ڈوریاں کستے ہوئے جلدی جلدی سمن نے مخملیں سلیپر پہنے اور تیز تیز قدم اٹھاتی سروش کے کمرے میں جا پہنچی۔

وہ کھڑکی میں کھڑا باہر کی جانب دیکھ رہا تھا۔ دروازے کی سمت اس کی پشت تھی۔

''آیا!''

سمن نے پیچھے آتی آیا کو مخاطب کیا۔

''تم یہ چائے وغیرہ لے جاؤ اور سب کچھ دوبارہ گرم کر کے لاؤ۔''

سمن کی آواز سنتے ہی سروش نے گردن موڑ کر اسے دیکھا۔ بڑی گہری نگاہ سے!

چہرے پر ذرہ بھر بھی مسکراہٹ نہ تھی۔ آنکھوں سے شعلے نکل رہے تھے۔

ایک لحہ، دو لمحے، تین چار لمحے، شعلہ اگلتی ہوئی نگاہیں اس پر گڑی رہیں۔

پھر اسی انداز میں اس نے واپس کھڑکی کی طرف رخ پھیر لیا۔

سمن، سروش ہی کی جانب دیکھ رہی تھی۔ آج اس کے چہرے کے تاثرات معمول سے بہت مختلف تھے۔

یا اللہ رحم! سروش کا یہ انداز کہیں کسی طوفان کا پیش خیمہ تو نہ تھا۔ دیوانگی کا کوئی نئی قسم کا دورہ!!!

سمن سہم گئی! سروش کے چہرے کے ان غصہ بھرے تاثرات سے نہیں اس کی دیوانگی کے اس نئے دورے سے!

گھبرائی! فکر مند ہوئی، پھر بہت آہستہ آہستہ قدم اٹھاتی اس کے قریب چلی گئی۔

''طبیعت تو ٹھیک ہے آپ کی؟''

بڑے سہمے سہمے سے لہجے میں پوچھنے لگی۔

سروش نے کوئی جواب نہیں دیا۔ اسی طرح رخ پھیرے کھڑا رہا۔ سمن نے ذرا سی جرأت کر کے ایک قدم اور بڑھایا۔ پھر بہت ساری ہمت مجتمع کر کے ہولے سے اس کا بازو تھام لیا۔

جیسے سمن کا ہاتھ نہیں کوئی انگارہ تھا، سروش نے یکلخت چونکتے ہوئے بڑے زور سے جھٹک دیا۔ سمن مزید سہم گئی۔

پچھلے چند دنوں میں کئی بار ایسا ہوا۔ وہ اکثر اس کا ہاتھ تھام لیتی تھی۔ سروش کبھی مزاحمت نہیں کرتا تھا۔ مگر آج یہ پھر کیا ہو گیا تھا۔ وہی وہ تھی اور وہی سروش تھا!

اس کے ٹھیک ہونے کی جو ذرا سی آس کی کرن دل میں روشن ہوئی تھی، ٹمٹما ٹمٹما کر ماند پڑنے لگی۔

''اوہ خدا!''

بے بسی کے مارے یکدم ہی بہت سارے آنسو اس کی آنکھوں میں آ گئے۔

آج تو اس نے ناشتہ بھی نہیں کیا تھا۔ صبح کی چائے بھی نہیں پی تھی۔ جب شدید قسم کا دورہ پڑا کرتا تھا تو یونہی کھانے پینے سے بے نیاز ہو جایا کرتا تھا۔

مگر! اس دورے کی وجہ؟ سمن سوچنے لگی۔

ایسی تو کوئی بات نہیں ہوئی تھی۔ وہ تو اپنی پوری توجہ اس پر صرف کر رہی تھی۔ ایسی کہ اس میں کھو کر اپنا تن من، اپنی ہستی، اپنی ضروریات، سب کچھ ہی بھلا بیٹھی تھی۔

پھر؟ پھر ایسا کیوں؟

تو کیا اس کی محنت، اس کی یہ قربانیاں، سب بے سود ہی تھیں؟ وہ وہیں کھڑی تھی جہاں سی چلی تھی؟؟

جانے کیا ہوا؟ آنسوؤں پر بس ہی نہ رہا۔

''لیجیے بہو بیگم!''

آیا گرم کر کے ناشتہ لے آئی تھی۔

سمن اسی طرح رخ موڑے کھڑی رہی۔ آیا نے کہا تھا کہ سروش کے علاج کے لیے مستقل مزاجی کی ضرورت تھی۔

اور! اور سمن کی آنکھوں میں آئے ہوئے یہ بے شمار آنسو، اس کی شکست خوردگی کا اعتراف تھے۔

اس نے آیا سے چھپانے کے لئے اس کی جانب دیکھا ہی نہیں۔ وہ نہیں چاہتی تھی کہ اس کی کسی بھی قسم کی کمزوری کا اظہار کسی دوسرے پر ہو۔

بڑی مشکل سے اپنی بھرائی ہوئی آواز کو سمن نے نارمل کیا اور اسی طرح رخ پھیرے پھیرے بولی۔

''وہاں چھوٹی تپائی پر رکھ دو۔''

دونوں ہی پرلی طرف رخ کیۓ آگے پیچھے کھڑے تھے۔ نجانے کیا بات تھی؟

آیا سوچتے ہوئے ناشتے کی سینی رکھ کر کمرے سے باہر نکل گئی۔ زیادہ غور و فکر کی اسے

ضرورت بھی نہ تھی۔

سمن نے تو سروش کو آپا کی توقعات سے کہیں زیادہ اچھی طرح سنبھال لیا تھا۔ مہ جبیں کے جانے کے بعد جو اس کے دماغ پر ہر وقت سروش کی دیکھ بھال کی فکر سوار رہتی تھی۔ سمن نے ساری ہی دور کردی تھی۔

کیسی اچھی لڑکی تھی! خوب صورت' نیک مزاج اور بہترین طریقے سے گھر بار سنبھالنے والی!!

آپا کا تو رواں رواں اس کی تعریف میں رطب اللسان تھا۔ جانے اتنی دیر اس کا اصل روپ کہاں چھپا رہا تھا۔

یہ سب اس گھر کی نحوست تھی۔ آپا کا تو یہ ایمان بن چکا تھا کہ وہاں رہ کر کسی کو سکھ نہیں مل سکتا تھا۔

مہ جبیں کی ساری عمر دکھوں میں کٹی۔ سروش کی دیوانگی خدا کی رضا تھی۔ مگر وہاں کے لوگوں ہی کی وجہ سے خوب خوب بڑھی۔

سمن جب تک وہاں تھی اس کے جوہر چھپے رہے۔ وہ بھی وہاں بسنے والوں جیسی خود غرض اور بے حس ہوگئی۔ پھر یہاں آئی تو اس جیسا کوئی اور تھا ہی نہیں۔

مہ جبیں کے بلاوے کے خط آرہے تھے۔ اسی لیے آپا سمن کو یہی مشورہ دیئے جا رہی تھی کہ وہ ابھی واپس اس گھر میں نہ جائے۔ کم از کم گرمیاں یہیں گزار لے۔

جانے کیوں اسے یقین تھا کہ سروش ٹھیک ہو جائے گا۔ سمن کی ناامیدیوں کے باوجود آپا کو تو اب بھی وہ پہلے سے بہتر لگ رہا تھا۔

جب سے سمن نے اپنی توجہ کا مرکز اسے بنایا تھا اس کے طور واطوار میں ایک عجیب قسم کا ٹھہراؤ سا آ گیا تھا۔ آپا کو یہی محسوس ہوتا تھا۔

اور وہ انہی دونوں کے متعلق بڑے خوشگوار خوشگوار سے خیالات دل میں بسائے دونوں کو پیار بھری نگاہوں سے دیکھتے ہوئے کمرے سے باہر نکل گئی۔

سمن کی نہ صرف آنکھیں ہی بلکہ دل بھی لبالب بھرا تھا۔ آپا کے قدموں کی دور ہوتی

چاپ کے ساتھ ہی سب کچھ چھلک پڑا۔

اردگرد کا ہوش نہ رہا۔ سروش کی دیوانگی کا خیال نہ رہا۔

قریب' بالکل قریب ہی تو کھڑا تھا اور سمن کو تو اس وقت کسی انسان کے سہارے کی اشد ضرورت تھی۔ کسی انسان کے۔

خود پر کوئی اختیار نہ رہا۔ سروش ہی کی پشت کے ساتھ سر ٹیک لیا اور پھر پھوٹ پھوٹ کر رونے لگی۔

جانے کتنی دیر روتی رہی؟ اسے تو نہ کوئی ہوش تھا نہ احساس!!

آنسوؤں کا زبردست ریلا نکل گیا۔ طوفان کا زور ٹوٹ گیا تو وہ کچھ ہوش میں آئی۔

جانے کب اور کیسے وہ مسہری پر بیٹھ گئی تھی۔ سروش بھی وہیں اس کے پاس بیٹھا تھا اور وہ اس کی آغوش میں چہرہ چھپائے روئے جا رہی تھی' روئے جا رہی تھی۔ سروش چپ چاپ اس کے بالوں میں ہاتھ پھیر رہا تھا۔ انتہائی متانت اور سنجیدگی کے ساتھ!!

وہ چونکی! گھبرا کر اس نے سر اٹھایا۔ سروش کی نگاہیں اس پر جمی تھیں مگر اب چہرے سے نہ غصہ عیاں تھا' نہ آنکھوں میں شعلوں کی لپک تھی۔ اور نہ ہونٹوں پر سنجیدگی کے قفل!

اس کے برعکس وہی ہمیشہ والی معصوم سی مسکراہٹ پورے رخ پر پھیل کر عجیب سی اپنائیت اور محبت و پیار کا احساس دلا رہی تھی۔

سمن کا جی چاہا! اسی طرح اس کی آغوش میں چہرہ چھپا لے' وہ اس کے بالوں میں ہاتھ پھیرتا رہے۔ انہی ابدی اپنائیت و محبت بھری مسکراہٹوں کے ساتھ۔

اس کی دیوانگی کے باوجود انتہائی سکون بخش تھا اس کا لمس! اور ان تنہائیوں کے باوجود بڑا بارونق تھا اس کا وجود!!

اس نے کبھی سمن سے بات نہیں کی تھی۔ ہمیشہ اسے نظر انداز ہی کرتا رہا۔ مگر پھر بھی اس کی ہستی میں کوئی ایسی بات تھی کہ گھر بھر میں ایک گہما گہمی کا سا گمان رہتا۔

سمن اس کی آنکھوں میں دیکھے جا رہی تھی اور وہ مسکرائے جا رہا تھا کہ اچانک اسے خیال آیا۔

آج سروش نے چائے نہیں پی تھی! ناشتہ نہیں کیا تھا۔

''آپ نے آج ناشتہ کیوں نہیں کیا؟''

سروش نے سمن کی بات کا کوئی جواب نہیں دیا۔ بس اسی والہانہ انداز میں اسے دیکھتا رہا۔

سمن کو پہلے ہی جواب ملنے کی توقع نہیں تھی۔ وہ تو ایسے ہی پوچھ بیٹھی تھی جیسے کوئی انسان اپنے آپ ہی سے بات کر لے۔

لاجواب سی ہو کر مسہری سے اٹھی۔ ناشتے کی سینی لا کر قالین پر رکھتے ہوئے خود بھی وہیں نیچے بیٹھ گئی۔

توس وغیرہ پھر ٹھنڈے ہو گئے تھے مگر اب تیسری بار گرم کرانا اسے کچھ اچھا نہ لگا۔

وہ جانتی تھی کہ سروش نے ایک بار انکار کر دیا تھا اور اس کا انکار انکار ہی رہتا تھا۔ اب اس نے ناشتہ نہیں کرنا تھا۔ یہ اس کی عادت تھی۔ لہٰذا صرف اپنی خاطر آیا کو دوبارہ سہ بارہ تکلیف دینا گوارا نہ کیا۔

سمن سر جھکائے توسوں پر مکھن لگا رہی تھی کہ سروش مسہری پر سے اٹھا۔ اب نجانے کدھر کا ارادہ تھا۔

سمن کنکھیوں سے اسے دیکھتے ہوئے سوچنے لگی۔

کیا تھا اگر تھوڑا سا کچھ کھا پی لیتا۔ سمن کو فکر تو نہ رہتا۔ ایک بار پھر اسے کہہ کر دیکھ لینے کے لیے بکھرے بالوں کو گردن سے جھٹکا دے کر پرے ہٹاتے ہوئے سمن نے سروش کی جانب نگاہیں اٹھائیں۔

اور ابھی! وہ کچھ کہہ نہیں پائی تھی کہ سروش کہیں اور جانے کی بجائے خود ہی چپ چاپ آ کر اس کے پاس بیٹھ گیا۔ بالکل اسی انداز میں جیسے ناشہ کرنے کے لیے تیار تھا وہ!

سمن نے تعجب سے اسے دیکھا۔ مگر بظاہر اس کا اظہار نہ ہونے دیا۔ توس کو مکھن لگا چکی تھی۔ خاموشی سے سروش کی طرف بڑھا دیا۔ اس نے بلاحیل وحجت لے کر کھانا شروع کر دیا۔

اور اس کی اس حرکت نے تو سمن کو حیرت کے مارے دیوانہ سا کر دیا۔

معمول کے مطابق سروش نے خوب پیٹ بھر کر ناشتہ کیا۔ سمن ایک ایک چیز اس کی طرف بڑھاتی رہی۔ وہ کھاتا رہا۔ پھر چائے بنا کر دی۔ وہ بھی اس نے چپکے سے پی لی۔ دوسری پیالی پر بھی انکار نہیں کیا۔

آپا نے کیسے کہہ دیا تھا کہ آج وہ نہ ناشتہ کر رہا تھا نہ چائے ہی اس نے پی تھی۔ یا آپا جھوٹ کہہ رہی تھی یا پھر سروش وہ نہیں رہا تھا۔

سمن بوکھلائی جا رہی تھی، پریشان ہوئی جا رہی تھی۔ سروش نے ناشتہ ختم کیا تو بھاگی بھاگی سیدھی آپا کے پاس پہنچی۔ بھاگی آئی تھی۔ سانس بھی ہموار نہ کیا۔ آپا کو ساری بات سنا دی۔

چند لمحوں کے لیے تو آپا بھی حیرت کے سمندر میں غوطے کھانے لگی۔ پھر جانے کیا خیال آیا۔ ایک دم سمن کو اپنے ساتھ لپٹا لیا۔

''مبارک ہو بہو رانی! مبارک ہو!!''

''کیا؟ مبارک کس بات کی؟''

''آج آپ پاس نہیں تھی نا! تبھی انہوں نے چائے بھی نہیں پی۔ اور ناشتہ بھی نہیں کیا۔''

''نہیں آپا!''

سمن یک دم حیا سے سرخ ہو گئی۔

''میں سچ کہتی ہوں بیٹی! چند دن سے خود مجھے ان میں بہت تبدیلی محسوس ہو رہی ہے۔''

''آپا! تم ایسے ہی مجھے بہلانے کے لیے کہہ رہی ہو۔''

سمن کو جیسے یقین نہیں آ رہا تھا۔

''نہیں بی بی! بہلانے کو کیوں۔''

پھر وہ سمن کا چہرہ ہاتھوں میں تھامتے ہوئے بڑے پیار سے کہنے لگی۔ ''ایسی چاند جیسی صورت سامنے ہو گی تو کیسے نہ دیوانوں کو بھی ہوش آ جائے گا۔''

سمن نے جھینپ کر اپنا چہرہ پرے ہٹا لیا۔

''اور اسی لیے بی بی! میں کہتی تھی کہ ابھی کچھ عرصہ اور آپ یہیں رہیں۔ کچھ تو یہاں کی

آب دھوا اور کچھ تنہائی۔''

آیا با معنی سے انداز میں بولی۔

''جب ارد گرد اور لوگ موجود ہوتے ہیں تو بی بی! پھر بے عیب انسانوں میں بھی خامیاں دکھائی دینے لگتی ہیں۔ خواہ مخواہ ہی مقابلہ ہو جاتا ہے نا!''

''ایسے نہ کہو آیا! اب سمجھ آ گئی ہے۔''

سمن بے اختیار کہہ اٹھی۔

''اب تو میں لاکھ انسانوں میں بھی رہوں تو......''

سمن پھر شرما کر چپ سی ہو گئی۔ قدرے توقف کے بعد پھر سرخ سرخ رخساروں کو مزید سرخ کرتے ہوئے خوش خوش بولی۔

''تو پھر سروش کی امی کو خط لکھ دوں کہ ابھی ہم یہیں رہیں گے؟''

''ہاں!''

آیا نے وفور مسرت سے اس کے کپکپاتے وجود کو بڑے پیار سے دیکھا اور پھر بڑے خلوص بھرے لہجے میں ہولے سے بولی!

''بیٹی! سروش کی ماں تمہاری بھی ماں ہے۔''

''اوہ!''

ندامت سے سمن کا سر جھک گیا۔

''آئندہ ایسے نہیں کہوں گی آیا!''

''اللہ تجھے سدا خوش رکھے!''

سمن آیا کی دعائیں لیتے ہوئے واپس سروش کے کمرے کی طرف بھاگی۔ وہ یوں خوش دکھائی دے رہی تھی جیسے اس کی روح صدیوں سے کوئی شاہکار تخلیق کرنے کی مضطرب تھی۔ مگر کر نہیں پا رہی تھی اور اچانک بالکل ہی اچانک اسے وہ رنگ مل گئے تھے' وہ شبیہہ مل گئی تھی جس کی کہ اسے تلاش تھی۔ وہ اپنی تمام تر توجہات کے ساتھ مصروف ہو گئی۔

☆ ☆ ☆

علی الصبح نیند کھلی تو سارا جسم بری طرح ٹوٹ رہا تھا۔ اٹھنے لگی تو جی نہ چاہا۔ چپ چاپ پھر پڑ گئی۔ بہت دیر لیٹی خالی ذہن سے چھت کو گھورتی رہی۔

اچانک! بالکل اچانک ہی سروش کا خیال آ گیا۔ اس دن آدھی رات تک جاگتے رہنے کی وجہ سے صبح دن چڑھے تک سوئی رہی تھی تو سروش نے نہ چائے پی تھی اور نہ ناشتہ ہی کیا تھا۔

ایک دم ہڑ بڑا کر اٹھ بیٹھی۔ اب ہی تو اس کا شاہکار مکمل ہونے کو تھا۔ یہ وقت غفلت یا سستی کا تو نہیں تھا۔

طبیعت کی خرابی بدستور تھی۔ انگ انگ ٹوٹ رہا تھا۔ لیکن اس نے کوئی پرواہ نہ کی۔ بوجھل بوجھل سے اعضاء کو زبردستی گھسیٹ کر بستر سے نکالا۔

شب خوابی کا لباس تبدیل کرنے کی ہمت نہ ہوئی۔ روئیں روئیں میں کاہلی سی سمائی جا رہی تھی۔ بکھرے بالوں کو ربن سے کس کر باندھا اور ڈریسنگ گاؤن پہنتے ہوئے باورچی خانے کی طرف چل دی۔

”آپا! آج میرا جی کچھ اچھا نہیں۔ ناشتہ تیار کر کے تم خود ہی اُدھر صاحب کے کمرے میں لے آنا۔“

چائے پہلے سے آپا نے تیار کر کے رکھی ہوئی تھی۔ وہ لے کر سمن ہولے ہولے سے قدم اٹھاتی سروش کے کمرے میں جا پہنچی۔

وہ بیدار تو تھا مگر بستر پر لیٹا چھت کو گھور رہا تھا اور ہونٹوں ہی ہونٹوں میں اپنے آپ سے ہی کچھ بڑبڑا رہا تھا۔ سمن کو چائے لے کر آتے دیکھا تو جلدی سے اٹھ کر بیٹھ گیا۔

بستر پر اس کے اردگرد بے شمار چیزیں بکھری ہوئی تھیں اور انچ بھر بھی جگہ خالی نہیں تھی۔ کمبل، لحاف، دو تکیے، ایک گاؤ تکیہ، کچھ سروش کے اپنے کپڑے۔

ایک نگاہ اس نے سمن پر ڈالی۔ دوسری اپنے بستر پر اور پھر جلد جلد سب چیزیں سمیٹنے لگا۔

اس کے انداز سے ہی سمن سمجھ گئی کہ وہ اسے اپنے پاس بٹھانے کے لیے جگہ بنانا چاہتا تھا۔ سمن سینی اٹھائے کھڑی انتظار کرتی رہی۔ سروش نے جھٹ پٹ سارا بستر خالی کرتے ہوئے سمن کے ہاتھوں سے سینی تھام لی۔

سمن نے بڑے اچنبھے سے اسے دیکھا۔ اس کی یہ حرکت' بالکل ہوش مندوں جیسی تھی۔ سینے کے اندر کہیں ایک انجانی سی خوشی کی لہر دوڑ گئی۔

سروش نے سمن کی آنکھوں میں جھانکتے ہوئے سینی بیڈ کے ساتھ والی چھوٹی میز پر رکھ دی۔ سمن ابھی تک کھڑی حیرت بھری نظروں سے اسے دیکھے جا رہی تھی۔

ہونٹوں پر بڑا دلآویز سا تبسم سجائے' پھر سروش اس کی سمت بڑھا اور اس کی تعجب میں ڈوبی آنکھوں میں دیکھتے ہوئے اسے کندھوں سے تھام کر بستر پر بٹھا دیا۔

اسے بٹھانے کے بعد ہی وہ اس کے سامنے خود بھی بیٹھ گیا اور منتظر' منتظر سی نگاہیں اس پر گاڑ دیں۔ سمن جب تک چائے بناتی رہی وہ عجیب سے انداز میں اپنے ہاتھوں کو مسلتا رہا اور بڑے غور سے اسے دیکھتا رہا۔ اس کے ہاتھوں کو رَبن کی بندش کے باوجود چہرے کو چوم چوم لینے والی ان آوارہ لٹوں کو، جھکی جھکی آنکھوں اور صبیح رخساروں پر سایہ فگن لرزتی اس کی لمبی پلکوں کو، بس دیکھے ہی جا رہا تھا۔

چائے ختم کر کے سمن نے اردگرد نگاہ دوڑائی۔ کمرے کی حالت آج اور بھی بہتر تھی۔ ہر چیز اپنے ٹھکانے پر موجود تھی۔ دل ہی دل میں شکر کیا۔ کوئی بھی کام کرنے کو جی نہیں چاہ رہا تھا۔

آیا چائے کے برتن اٹھا لے گئی۔ ناشتہ آدھ پون گھنٹے سے پہلے تیار نہیں ہونا تھا اور اس کی طبیعت آرام مانگ رہی تھی۔ اتنی سی دیر کے لیے اُدھر کیا جاتی' گاؤ تکیہ رکھ کر وہیں نیم دراز سی ہو گئی۔

لیٹے لیٹے ایک اچٹتی سی نگاہ سروش پر ڈالی۔ وہ اب بھی اس کی طرف دیکھ رہا تھا۔ جانے کیا ہو گیا تھا اسے؟

سمن نے صرف لمحہ بھر کے لیے سوچا۔ پھر آنکھوں میں عجیب قسم کی دُکھن سی محسوس ہو رہی تھی۔ سکون کی خاطر میچ لیں۔ اب ذہنی رو اپنی طبیعت کی خرابی کی طرف چلی گئی۔

کوئی بد پرہیزی بھی نہیں کی تھی۔ پھر نجانے کیوں اتنی خراب ہوگئی تھی۔ سوچیں بھی کسل مندی سے ہی دماغ میں آ رہی تھیں۔

جانے کتنی دیر یوں ہی لیٹی رہی۔ کمرے میں مکمل سکوت تھا۔ اس لیے اسے بڑا سکون ملا۔ راہداری میں آیا کے قدموں کی چاپ گونجی تو اس نے آنکھیں کھول دیں۔

سب سے پہلے نگاہ سامنے سروش پر پڑی۔ وہ چپ چاپ بیٹھا ابھی تک اسے ہی تکے جا رہا تھا۔

''اوہ!''

سمن جھینپتے' سٹپٹاتے ہوئے جلدی سے اٹھ کر بیٹھ گئی۔ اسی لمحہ آیا ناشتہ لیے کمرے میں داخل ہوئی۔ اس کا تو کچھ کھانے کو بھی جی نہیں چاہ رہا تھا۔

مگر سروش نے تو ناشتہ کرنا تھا۔ اس کی خاطر میز آگے کھسکا لی۔ سروش ناشتہ کرتا رہا اور وہ سادہ چائے کی پیالی لیے بیٹھی رہی۔ جانے کیا ہو گیا تھا اسے؟

بہت سوچ سوچ کر' رک رک کر اور ٹھہر ٹھہر کر کھا رہا تھا۔ ساتھ ساتھ بار بار نگاہ اٹھا کر سمن کو بھی دیکھ لیتا۔ کچھ معمول کے خلاف ہی اس کی طرف دیکھے جا رہا تھا۔ بڑے غور سے! بڑے عجیب سے انداز میں۔

آج اس نے معمول سے بہت کم کھایا۔ یوں بھی ایک دم ہی سنجیدہ سا ہو گیا تھا۔ جانے کیوں؟

سمن نے نہ زیادہ تردد کیا اور نہ ہی مزید کھانے کے لیے اصرار' جتنا جی چاہتا تھا خود ہی کھا لیا کرتا تھا۔ اس وقت شاید اتنی ہی بھوک ہوگی۔

سمن نے یہ سوچتے ہوئے اپنی چائے کی پیالی ختم کی اور آیا کا انتظار کیے بغیر خود ہی سینی اٹھا لے گئی۔ ٹانگیں لڑکھڑائے جا رہی تھیں۔ سارا جسم کانپ رہا تھا۔

جلدی سے باورچی خانے میں برتن رکھ کر واپس باہر نکلی تو سروش اپنے کمرے کے دروازے میں کھڑا اُدھر ہی دیکھ رہا تھا۔ پتہ نہیں کیا بات تھی؟

سمن نے زیادہ نوٹس نہیں لیا۔ اس کی طبیعت زیادہ ہی خراب ہوتی جا رہی تھی اور یوں

بھی سروش تو اکثر ایسی الٹی پلٹی حرکتیں کرتا ہی رہتا تھا۔

خالی خالی ذہن سے اس کی طرف دیکھتے ہوئے اس کے پاس سے گزر کر مہ جبیں کے کمرے میں داخل ہوگئی۔

مہ جبیں ایک طویل عرصے کے لیے وہیں رہ پڑی تھیں۔ اس لیے آج کل ان کا کمرہ سمن ہی کے تصرف میں تھا۔

اب تو کچھ حرارت بھی محسوس ہونے لگی تھی۔ ڈریسنگ گاؤن اتارتے ہوئے جلدی سے بستر میں گھس گئی۔ لیٹ کر کمبل سینے تک کھینچا اور آنکھیں بند کرنے ہی لگی تھی کہ نگاہ دروازے پر جا پڑی۔

''ارے!''

بے اختیار چونک اٹھی! سروش دروازے میں کھڑا تھا۔ اس کے قدم تو کبھی بھی اس کی دہلیز تک نہیں آئے تھے۔ یہ آج آخر کیا ہو گیا تھا اسے؟

حیرت میں ڈوبی سمن نے کچھ پوچھنے کے لے دوبارہ نگاہ اٹھائی تو وہ یکدم پلٹ کر واپس چلا گیا۔

جانے کیا کہنا چاہتا تھا؟ وہ پھر سوچوں میں ڈوب گئی۔ مگر سمن سے تو شاذ و نادر ہی وہ بات کیا کرتا تھا۔

جب بھی کبھی کوئی ضرورت پیش آتی، کوئی کام ہوتا، تو جا آیا ہی کا دامن تھامتا۔ سمن ہر وقت پاس موجود رہتی، پھر بھی اس سے کبھی کچھ نہ کہتا۔

اس وقت نجانے کون سی اشد ضرورت پڑ گئی تھی۔ سوچا بھی کہ اٹھ کر اس کے پاس جائے اور پوچھے۔ مگر سوچنے کے باوجود اٹھا نہ گیا۔ حرارت بڑھتی جا رہی تھی اور قوت جواب دیتی جا رہی تھی۔

''چلو کوئی بات نہیں! آیا تو موجود ہی ہے۔''

یہ سوچ کر اس نے آنکھیں میچ لیں۔ جانے کتنی دیر تک غافل پڑی رہی تھی۔ آیا کے جگانے پر ہی اسے ہوش آیا۔

''بہورانی! اب طبیعت کیسی ہے؟''

''ٹھیک ہوں۔''

''میں نے بابا کو بھیج کر آپ کے لیے دوا منگوائی ہے!''

''مگر کیسی؟''

''آپ جو کہہ رہی تھیں کہ جسم ٹوٹ رہا ہے، بخار کی منگوالی۔''

''حد کرتی ہو آپا۔''

سمن بے اختیار ہنس پڑی۔

''بخار تو کئی قسم کا ہوتا ہے اور ہر بخار کی دوا مختلف ہوتی ہے۔''

''اب بی بی! یہ پڑھے لکھے کی باتوں کا مجھ جاہل کو کیا علم؟''

آپا خفیف سی ہوگئی۔

''بہرحال جیسی بھی ہے؟ یہ دوا اب آپ لے ہی لیں۔ مجھے تو یقین ہے کہ یہ اسی بخار کی ہے جو آپ کو ہے۔''

''اچھی بات! اگر تمہاری یہی خواہش ہے تو میں ابھی پیئے لیتی ہوں۔''

پھر قدرے توقف کے بعد کھڑکی سے باہر دیکھتے ہوئے پوچھنے لگی!

''وقت کیا ہوا ہوگا؟''

''شاید ایک بج گیا ہو۔''

''ارے! اتنا وقت ہوگیا۔''

عجلت سے اٹھ کر بیٹھ گئی۔

''کھانے کا کیا کیا؟''

اب تو کچھ عرصہ سے روزانہ ایک آدھ ڈش وہ خود سروش کے لیے بنایا کرتی تھی اور آج اسے خیال ہی نہیں رہا تھا۔

''بس تیار ہی سمجھئے! آپ کی طبیعت ٹھیک نہیں تھی۔ سب کچھ میں نے خود ہی کرلیا۔ ایک ہنڈیا تیار ہوگئی ہے۔ دوسری ابھی جا کر اتار دوں گی اور پھر تو ادھر دوں گی۔''

''اچھی بات ہے!''

''آج آپ نے ناشتہ بھی نہیں کیا۔ میں کہتی تھی جلدی سی دوائی کی ایک خوراک لے لیں پھر میں گرم گرم چپاتیاں اتار دوں گی اور آپ کچھ تھوڑا سا لے لیں۔''

''تو تمہارا خیال ہے دوا پینے کے فوراً بعد ہی میں ٹھیک ہو جاؤں گی۔''

''بی بی! بعض ڈاکٹروں کے ہاتھ میں اللہ نے بڑی شفا دی ہوتی ہے۔''

''مگر خالی معدے یہ ڈاکٹری دوائیاں نہیں لیا کرتے۔ تم چپاتیاں بنا کر اُدھر سروش کے کمرے میں لے چلنا۔ میں بھی وہیں آتی ہوں۔''

''نہیں بہو رانی! آپ لیٹی رہیے، میں انہیں ہی اِدھر بلا لوں گی۔''

''اِدھر؟''

''تو کیا اِدھر آتے ان کے پاؤں کی مہندی اترتی ہے۔ یا اِدھر پردہ ہے۔''

''نہیں! میرا مطلب تھا......''

''مطلب وطلب میں سب جانتی ہوں! بس آپ آرام سے لیٹی رہیے۔ یہاں سے اٹھنا نہیں!''

آپا نے اسے کندھوں سے تھام کر واپس لٹا دیا۔

''ارے!'' وہ چونک پڑی۔

''بہو رانی! آپ کو تو بہت بخار ہے۔ میں ابھی بابا سے کہہ کر ڈاکٹر کو یہیں گھر میں ہی بلوا لیتی ہوں۔''

پھر بے حد تشویش بھرے لہجے میں بولی۔

''واقعی کیا پتہ آپ کو کس قسم کا بخار ہو یہ دوا نہ ہی پئیں تو بہتر ہے۔''

''نہیں آپا! ڈاکٹر کو بلانے کی ضرورت نہیں، تم فکر نہ کرو، معمولی سی حرارت ہے۔ انشاء اللہ کل تک ٹھیک ہو جاؤں گی۔''

ڈاکٹر کی کڑوی کسیلی دواؤں سے سمن کی جان جاتی تھی۔ تبھی آپا کو منع کر دیا کہ ڈاکٹر کو نہ بلوائے۔ ورنہ خود اسے بھی بخار کافی تیز محسوس ہو رہا تھا۔

اسے یہ طبیعت کی خرابی، بخار کی تکلیف، سب کچھ گوارا تھا مگر یہ مکسچر پی کر حلق کڑوا کرنا اور کسیلی کسیلی گولیاں کھا کر ابکائی آ آ جانا منظور نہ تھا۔

آپا کو سختی سے تاکید کر دی کہ وہ اس کی اجازت کے بغیر ڈاکٹر کو قطعی نہ بلائے۔

''جیسی آپ کی خوشی بی بی! بہر حال میں کھانا یہیں لے آؤں گی۔ آپ بستر سے نکلیے گا نہیں۔''

''نہیں نکلتی۔''

ڈاکٹر کو بلوانے پر راضی نہیں ہوئی تھی مگر یہ بات تو آپا کی ماننا ہی پڑی بیٹیوں کی طرح وہ اسے چاہتی تھی۔ ہر معاملے میں اتنا اس کا خیال رکھتی تھی کہ اتنا سمن کی حقیقی ماں بھی کم ہی رکھ سکتی تھی۔

اس کے پاس ایک اور بیٹی، ایک لاڈلا بیٹا، ایک شوہر اور بیشمار دنیا کے اور جھمیلے تھے۔ اسی لحاظ سے، اسی حصے سے، اس نے اپنی سمی کا خیال رکھنا تھا نا!

اور آپا کے پاس ایک وہی تھی۔ سروش کی ساری کی ساری ذمہ داری سمن نے اپنے ذمے لے لی ہوئی تھی۔ یوں آپا کے لیے صرف وہی رہ گئی تھی۔

خاوند بھی نہیں تھا۔ کوئی اور رشتہ دار بھی نہیں تھا۔ اولاد بھی نہیں تھی۔ اور ہر رشتے کی محرومی کی تشنگی اک سمن کی ذات سے ہی وہ پوری کر رہی تھی۔ ایسا ٹوٹ کر اس سے پیار کرتی کہ سمن کو بعض اوقات اس کی محرومیوں پر ترس آنے لگتا۔

بڑی میٹھی میٹھی نگاہوں سے آپا کے مشفق وجود کو دیکھتے ہوئے چپ چاپ لیٹ گئی۔

''ہاں شاباش! بڑی اچھی ہے میری بیٹی!''

آپا نے خود آگے بڑھ کر اسے کندھوں تک کمبل اوڑھایا۔

''یہ پچھلے دنوں محنت بھی تو بہت کی۔ سوائے رات کی چند گھڑیوں کے ایک پل بھی آرام نہیں کیا۔ کھانا خود بنانا، چائے خود بنانی، کمرے کی صفائی، ستھرائی کا دو وقت خیال رکھنا۔ سروش کے کپڑوں کی دیکھ بھال کرنا، میں کہتی تھی نا کہ ایک دم سے ہی اتنا بوجھ خود پر نہ ڈال لو۔ میں کس لیے ہوں۔ مگر میری تو سنی ہی نہیں۔''

بڑی شفقت سے سمن کے سر اور چہرے پر ہاتھ پھیر کر بڑبڑاتے ہوئے باہر نکل گئی۔

سمن چپ چاپ پڑی مسکراتی رہی۔ پھر سوچوں میں کھوگئی۔ سروش ہی کا خیال ذہن میں گھس آیا تھا۔

سوچتے سوچتے اچانک اسے احساس ہوا کہ سروش اب پہلے جیسا نہیں رہا تھا۔ بڑی عجیب عجیب سی تبدیلیاں نامحسوس طریقے پر اس میں آئی جا رہی تھیں۔

نگاہوں کا انداز بدلا ہوا تھا' حرکات بہت مختلف ہوگئی تھیں۔ نمایاں نہیں' غور کرنے پر ہی محسوس ہوتا تھا۔

سمن ہر وقت مصروف رہتی تھی۔ اب فارغ لیٹی تو سوچتے ہی سوچتے احساس تیز ہونے لگا۔ احساس تیز ہوا تو گزرے دنوں کے واقعات روشن روشن ہوکر نگاہوں میں پھرنے لگے۔

بہت دنوں سے اب وہ پہلے کی طرح مختلف قسم کے بے جوڑ سے لباس بدل بدل کر کمرے میں ٹہلا نہیں کرتا تھا۔ سمن اس کے لیے جو لباس منتخب کر کے رکھ دیتی وہی چپکے سے پہن لیتا۔

نہ ہی کئی دنوں سے کچھ لکھ لکھ کر کاغذ کے پرزے سارے کمرے میں پھیلائے تھے۔ صرف ایک دوبار کاغذ قلم لے کر کچھ لکھنے بیٹھا تو تھا۔ ایک دو لفظ ہی لکھے ہوں گے کہ نگاہ سامنے سمن پر جا پڑی۔

سلائیاں بُنتے بُنتے اسی لمحے اچانک سمن نے بھی اسے دیکھا تھا۔ تو سروش کی نظر اس کی نظر سے ٹکرا گئی۔ جھینپتے ہوئے جلدی سے اس نے کاغذ قلم پرے پھینک دیا۔

پھر کچھ سوچتے ہوئے' سر کو کھجلاتے ہوئے اپنی جگہ سے اٹھ کر اس کے پاس قالین پر جا بیٹھا تھا۔ جانے کیا ہوا تھا؟

سمن کے ہاتھ سے اس کی بنائی لے لی۔ سمن چپ چاپ بیٹھی رہی۔ ایک نظر سمن کو دیکھنے کے بعد اپنے دونوں ہاتھوں میں اس کی بنائی پھیلا پھیلا کر بڑے غور سے دیکھنے لگا تھا۔

سمن کو اس وقت بڑی ہنسی آئی تھی۔ عجیب سی ہی اس کی یہ حرکت تھی۔ اور وہ ہنسی پر قابو نہ پاسکی۔ تو اٹھ کر چائے بنانے کے بہانے کمرے سے نکل گئی تھی۔

اس وقت تو سمن نے یہی سمجھا تھا کہ یہ بھی سروش کی اک دیوانگی کے عالم کی حرکت تھی۔ مگر اچانک ہی اب اسے خیال آیا کہ کاغذ قلم پھینک کر وہ جو اس کے پاس آ بیٹھا تھا تو یقیناً اس کے پاس بیٹھنا اسے اس سے زیادہ دلچسپ مشغلہ لگا تھا۔

سمن کی توجہ، سمن کا پیار، پا کر اب وہ اپنے مشغلوں کی طرف سے ہٹ رہا تھا۔ اب وہ اکثر اوقات اس میں مگن رہنے لگا تھا۔ بالکل نامحسوس طریقے سے!

اور ان سوچوں نے سمن کے انگ انگ میں عجیب سی خوشی کا احساس بھر دیا۔

کیا یہ اس کی سوچیں درست تھیں؟

کیا واقعی سروش پہلے سے بہتر ہوتا جا رہا تھا؟ دل و دماغ سے یہ سوال کئے جا رہی تھی۔ بار بار کئے جا رہی تھی۔

ہائے! کوئی اس کی تائید کر دے، کوئی کہہ دے کہ ہاں وہ ٹھیک سوچ رہی تھی۔

آپا نے ایک بار کہا تو تھا مگر......

اس کا اپنا دل یہی چاہتا تھا، اس کی اپنی سب سے بڑی دعا یہی تھی۔ شاید تب ہی ان خوش آئند خیالات کے تحت وہ ایسا کہتی تھی۔

''پھر؟ کس سے پوچھوں؟ کون بتائے؟''

قدموں کی چاپ نے اس کے خیالات منتشر کر دیئے۔ چونک کر گردن موڑی۔ آپا کھانا لیے آ رہی تھی۔ اس کے پیچھے پیچھے ہی سروش بھی تھا۔

چپ چاپ سر جھکائے چلا آ رہا تھا۔ چہرے پر ذرہ بھر مسکراہٹ نہ تھی۔ بے حد سنجیدہ ہو رہا تھا۔

ہلکے آسمانی رنگ کی قمیض اور سیاہ پتلون پہنے ہوئے تھا۔ پاؤں میں ربڑ کی چپل تھی۔ پورے کا پورا وہی لباس جو سمن نے کل شام اس کے پہننے کے لئے نکال کر کھونٹی پر لٹکا دیا تھا۔ بڑے مناسب طریقے سے پہنا ہوا تھا۔ کوئی بھی بے جوڑ چیز نہیں تھی۔ شیو بھی کی ہوئی تھی، بڑا نکھرا نکھرا اور اچھا لگ رہا تھا۔

سمن کو حیرت کے ساتھ ساتھ اک انجانی سی مسرت بھی ہوئی مگر ساتھ ہی ماتھا بھی

ٹھنکا۔ یہ اس کے چہرے پر پھیلی گمبھیر سنجیدگی! جانے کس طوفان کا پیش خیمہ تھا۔

آپا نے اس کے بستر کے ساتھ ہی چھوٹی میز لگا دی۔ بڑی تجربہ کار اور ہوشیار عورت تھی۔ سروش کے لیے سمن کے بالمقابل کرسی نہیں رکھی بلکہ داہنے ہاتھ! بالکل مسہری کے ساتھ جوڑ کر بچھا دی۔

ہر ممکن طریقے سے وہ دونوں کو ایک دوسرے کے قریب لانے کی کوشش کر رہی تھی اور پھر کھانا لگا کر خاموشی سے کمرے سے باہر نکل گئی۔

سمن ابھی تک بستر پر دراز تھی۔ سروش کرسی پر بیٹھ گیا۔ کھانے کی طرف ہاتھ نہیں بڑھایا' شاید سمن کا منتظر تھا۔

چند منٹ سمن پڑی رہی۔ کچھ بھی کھانے کو طبیعت نہیں مان رہی تھی۔ بخار کافی تیز تھا۔ سروش بھی چپ چاپ بیٹھا تھا۔ کھانے کی طرف ہاتھ بڑھا ہی نہیں رہا تھا اور وہ پڑا پڑا ٹھنڈا ہو رہا تھا۔

''آپ کھائیے نا! سب کچھ ٹھنڈا ہو رہا ہے۔''

سمن اس کی سنجیدگی کو غور سے دیکھتے ہوئے ڈرتے ڈرتے بولی۔

سروش نے کوئی جواب نہیں دیا۔ نہ ہی اس کے کہنے کے باوجود کھانے کی طرف ہاتھ بڑھایا۔

روزانہ سمن خود ہی پلیٹ میں سالن نکال کر اس کی آگے رکھا کرتی تھی۔ اس کے گھٹنوں پر نیپکن پھیلاتی تھی۔ پانی کا گلاس بھر کر پاس رکھتی تھی۔ غرض اس کا ہر کام بڑے پیار اور بڑی توجہ سے خود کیا کرتی تھی۔

اچانک خیال آیا کہ شاید اسی کا منتظر تھا۔ اسے اس کی توقع پر پورا اترنا چاہئے تھا۔ جلدی سے اٹھ کر بیٹھ گئی۔ معمول کے مطابق نیپکن اس کے گھٹنوں پر پھیلایا۔ پانی کا گلاس بھر کر پاس رکھا۔ اور آخر میں پلیٹ میں سالن نکال کر اس کے سامنے رکھتے ہوئے مسکرا کر بڑی ملائمت سے بولی!

''بس!''

پھر مذاق بھرے لہجے میں کہنے لگی۔

"اب ٹھنڈا نہیں کر لینا۔ اچھا!"

اس کی اس بات سے سروش کے بھنچے ہوئے لبوں پر بڑی پیاری سی مسکراہٹ لہرائی۔ چہرے کی سنجیدگی یکدم کافور ہوگئی۔ بخار کی وجہ سے سمن کے تمتماتے چہرے کو غور سے دیکھتے ہوئے نوالہ توڑ لیا۔

دیکھ اس کی سمت رہا تھا، ہاتھ بھٹک گیا۔ سالن والی پلیٹ کی بجائے نوالہ کہیں اور جا پڑا۔ ہنستے ہوئے اس نے نیچے نگاہ کی۔ پانی کے بھرے گلاس میں نوالہ ڈبوئے بیٹھا تھا۔

سمن بھی بے اختیار قہقہہ لگا اٹھی۔ اس وقت اسے بھی خیال نہ رہا تھا کہ سروش کی دماغی صحت میں کوئی فرق تھا۔ بس ایسے ہی لگا جیسے دو ہم عمر اور ہم مذاق ساتھی بیٹھے ہنسی مذاق کر رہے تھے۔

بڑی دیر دونوں ایک دوسرے کی طرف دیکھ دیکھ کر ہنستے رہے، بالکل دو نارمل انسانوں کی طرح۔ پھر سمن یکدم چونکی!

"ارے! کھانا تو ٹھنڈا ہو رہا ہے۔ کھائیے نا۔"

سروش کو بھی جیسے ہوش آ گیا۔ سنجیدہ ہوتے ہوئے پھر کھانے کی طرف متوجہ ہوا اور ابھی دو لقمے ہی لیے تھے تیسرا ہاتھ میں تھا کہ کوئی خیال آیا۔

سالن کی طرف بڑھاتے بڑھاتے وہیں رک گیا اور چونک کر سمن کی طرف دیکھا۔ وہ خود کھانا نہیں کھا رہی تھی۔ خاموشی سے بیٹھی اسے کھاتے دیکھ رہی تھی۔ سروش نے ہاتھ والا نوالہ واپس رکھ دیا۔

"یہ کیا؟"

دوسری پلیٹ اٹھا کر اس میں سالن نکالا۔ گلاس پانی کا بھرا۔ سمن ٹانگوں پر کمبل اوڑھے بیٹھی تھی۔ کمبل کی سلوٹیں برابر کر کے وہاں نیپکن پھیلا دیا۔ سمن حیرت سے پھیلی پھیلی آنکھوں سے اس کی سب حرکات دیکھے جا رہی تھی۔

"تم بھی تو کھاؤ!"

اس کی طرف چپاتیوں والی پلیٹ کھسکاتے ہوئے عجب محبت بھرے لہجے میں دھیرے سے بولا۔

''میں! میں''سمن بوکھلاہٹ کے مارے ہکلانے لگی۔

یہ سروش کا انداز' یہ اس کا التفات' یہ اس کا پیار بھرا لہجہ!!!

کیا اسے ان سب جذبوں کا ہوش تھا؟

سمن سٹپٹائی جارہی تھی۔

''لیکن؟ میری تو طبیعت ٹھیک نہیں۔''

''کیوں؟ کیا ہوا؟''

''وہ! وہ! بس ایسے ہی حرارت سی ہوگئی ہے۔''

''تو مجھے کیوں نہیں بتایا تھا؟''

''آپ کو! آپ کو۔''سمن بری طرح حواس باختہ ہوئی جارہی تھی۔

''ہاں! کیا میں اس قابل نہیں؟''

سروش نے اس کی آنکھوں میں جھانکتے ہوئے اس کی پیشانی پر ہاتھ رکھ دیا اور اب تو سمن کی یہ حالت تھی جیسے ابھی بے ہوش ہوجائے گی۔

''ہائے سروش! چپ ہو جاؤ! مزید کچھ نہ کہنا! ورنہ تمہارے یہ انداز! مجھے پاگل کردیں گے!''سمن کا دل کہہ اٹھا۔

پیشانی پہلے ہی بخار سے تپ رہی تھی۔ اوپر سے سروش کی باتوں اور حرکات نے اندر کچھ ایسا ہیجان سا بپا کیا کہ وہ جل اٹھی۔ کچھ سروش کے پیار اور التفات نے جذبات میں ہلچل سی مچا دی تھی۔ پورے کا پورا وجود انگارہ بن کر دہکنے لگا۔

''ارے!''

سمن کی پیشانی کی جلن جیسے ہاتھ سے گزر کر سیدھی سروش کے دل میں اتر گئی تھی۔

نیپکن پرے پھینک کر اٹھ کھڑا ہوا۔ اردگرد سے سب چیزیں ہٹاتے ہوئے سمن کے بستر کی سلوٹیں ہاتھ سے ہموار کیں اور اسے کندھوں سے تھام کر لٹا دیا۔

سمن بس دم بخود سی اسے دیکھے ہی جا رہی تھی۔ اس کے کندھوں تک کمبل ٹھیک طرح اوڑھاتے ہوئے بہت مدھم سے، بالکل سرگوشی کے سے انداز میں سروش بولا۔

''اب یہاں سے اٹھنا نہیں!''

سمن ہکا بکا سی ایک ٹک اسے دیکھے جا رہی تھی۔ تو کیا سروش کے پاگل پن کو فرزانگی مل گئی تھی؟

اسی لمحے آیا کمرے میں داخل ہوئی۔

''کسی اور چیز کی ضرورت تو نہیں؟''

آیا کھانے کے متعلق پوچھ رہی تھی۔ سروش نے نفی میں سر ہلا دیا۔

''آپ کھانا کھا چکے؟''

''ہاں!''

''مگر یہ تو سب اسی طرح کا اسی طرح پڑا ہے۔''

سمن نے احتجاجاً کچھ کہنا چاہا مگر سروش جلدی سے بول پڑا۔

''بس، اتنی ہی بھوک تھی۔''

آیا سارے برتن سمیٹ کر لے جاتے ہوئے پوچھنے لگی۔ ''بہو رانی! آپ کے لیے کوئی چائے وغیرہ بنا دوں؟ لگتا ہے آپ نے کھانا نہیں کھایا۔''

اور سمن نے اس بات کا بھی ابھی کوئی جواب نہ دیا تھا کہ سروش بول پڑا ''ہاں! بنا دو۔''

آیا چائے بنانے چلی گئی۔ سمن چپ چاپ لیٹی تھی۔ دماغ سوچوں میں ڈوبا ہوا تھا اور نگاہیں مسہری کے پاس کھڑے سروش پر گڑی تھیں اور وہ خاموشی سے کھڑا اسے دیکھے جا رہا تھا۔ بڑے تشویش بھرے انداز میں۔

چند لمحے اسی عالم میں کھڑا رہا۔ پھر کچھ سوچتے سوچتے، کچھ جھجکتے جھجکتے، آہستہ سے اس کے سرہانے بیٹھ گیا۔

ایک دو لمحے اپنے بڑے سے بھاری سے ہاتھ کو گھورتا رہا۔ اب بظاہر سمن نے آنکھیں بند کر لی ہوئی تھیں مگر دزدیدہ نگاہی سے اس کی حرکات وسکنات کا مشاہدہ ہی کیے جا رہی تھی۔ آج

اس کی ہر حرکت ہی نرالی تھی اور سمن کو اچنبھے میں ڈالے دے رہی تھی۔ چند لمحے اسی طرح اپنے ہاتھ کو دیکھتا رہا۔ سمن کا جی چاہا پوچھے کہ کیا دیکھ رہا تھا؟

اچھے بھلے مضبوط اور خوبصورت سے اس کے ہاتھ تھے اور سمن پوچھنے ہی والی تھی کہ وہی ہاتھ بڑھا کر اس نے سمن کی تپتی پیشانی پر رکھ دیا۔

چند لمحے ہاتھ پیشانی پر رکھا رہا۔ پھر دوسرا بازو اس کے تکیے پر ٹیک کر پہلو کے بل نیم دراز سا ہوتے ہوئے سمن کا سر دبانے لگا۔ بہت ہولے ہولے۔ کبھی بہت نرم نرم انداز میں اس کے بال سہلاتا۔ کبھی اس کے بند پپوٹوں کو بڑے پیار سے انگلیوں کے پوروں سے چھیڑتا۔ جیسے اس کی تکلیف بانٹنے کی پوری کوشش کر رہا تھا۔

عجیب سی! عجیب سی سنسناہٹ سمن کو پورے وجود میں پھیلتی محسوس ہوئی۔ اسے منع کرنے کے لیے لب کھولے مگر آواز نہ نکل سکی۔

پھر پیشانی پر پڑے اس کے ہاتھ پر اپنا ہاتھ رکھ دیا کہ پرے ہٹا دے مگر ہٹا نہ سکی۔ جانے اسے کیا ہو رہا تھا؟

عجب مدھ بھری سی غنودگی اس کے حواس پر چھائی جا رہی تھی۔ سروش کے ہاتھ کا یہ ہلکا ہلکا سا لمس ایسا سکون بخش تھا کہ اپنا بھی ہاتھ واپس نہ کھینچ سکی۔ اس کے ہاتھ پر رکھے ہی رکھے ڈوب سی گئی۔

تین چار دن بخار نے سمن کو ہوش نہ آنے دیا۔ ڈاکٹر اسے دیکھنے آیا۔ کب آیا؟ کب گیا؟ اسے کچھ معلوم نہ تھا۔

انجکشن لگا تو تب کچھ احساس ہوا۔ مگر چند لمحوں بعد ہی جب سوئی کی چبھن کچھ کم ہوئی تو وہ پھر غنودگی میں ڈوب گئی تھی۔

کڑوی کڑوی دوائیں حلق میں انڈیلی جاتی رہیں۔ یہ سب کچھ کون کر رہا تھا؟ اسے کوئی علم نہ تھا۔

کسی کسی وقت آنکھ کھلتی تو کبھی آیا کو اور کبھی سروش کو اپنے پاس موجود پاتی۔ آیا تو خیر ہوش و حواس کی مالک تھی مگر اس عرصے میں سروش کے چہرے پر بھی سمن نے فکر و تردد کی پرچھائیاں دیکھی تھیں۔

اس نے اسے تسلی دلاسہ دینا چاہا مگر بخار کی زیادتی نے کچھ کہنے کے لیے ہوش ہی کب رہنے دیئے تھے۔

اور پھر! تین چار دن بعد اس کا بخار قدرے کم ہوا تو اسے کچھ ہوش آیا۔

شام کا وقت ہوگا۔ وہ کمرے میں اکیلی تھی۔ نہ آیا پاس تھی نہ سروش۔ بڑی سخت پیاس محسوس ہو رہی تھی۔

خود اٹھنا چاہا! مگر نقاہت کے مارے اٹھ نہ سکی۔ پیاس کی شدت بے چین کیئے دے رہی تھی۔ آیا کو دو تین آوازیں دیں۔ کوئی جواب نہ ملا۔ چپ چاپ پڑی رہی اور اس کے خود ہی آ جانے کا انتظار کرنے لگی۔

چند منٹ ہی گزرے ہوں گے۔ آیا کی بجائے سروش کمرے میں داخل ہوا۔ پاؤں کی آہٹ پر سمن نے آنکھیں کھولیں۔

اس کا چہرہ بڑا اجھا اجھا سا اور لباس بے ترتیب سا تھا۔ ملگجی سی قمیض اور پتلون پر بے شمار

سلوٹیں۔ شیو بھی بڑھی ہوئی تھی۔ جیسے چہرے پر چیونٹیاں سی رینگ رہی ہوں۔

یہ تو وہی سروش تھا۔ پاگل اور دیوانہ سا! دل ایک دم ہی بجھ سا گیا۔ ذرا توجہ اس کی طرف سے ہٹی تو ڈیڑھ دو مہینوں کی محنت کیسی رائیگاں چلی گئی تھی۔ پچھلے دنوں اچھا بھلا سنبھل گیا تھا۔ مگر اب پھر اس کا وہی حال تھا۔

دکھ سے سمن نے آنکھیں میچ لیں۔ اتنی شدت کی پیاس لگی تھی سب بھول بھال گئی۔ پانی پینے کا بھی خیال نہ رہا۔ سروش ہی کے متعلق سوچنے لگی۔

کمرے میں ملگجا سا اندھیرا پھیلا ہونے کے وجہ سے سروش کو معلوم نہ ہو سکا کہ سمن جاگ رہی تھی۔ دبے دبے قدم رکھتا اس کے قریب چلا آیا اور اس کے سرہانے کی طرف سے جھک کر اس کے چہرے کو بڑے غور سے دیکھنے لگا۔ ساتھ ہی اس کی پیشانی پر ہاتھ رکھ دیا۔

یہ اس کا فروں کا سا انداز، مگر دیوانوں کی سی ہیئت!!

''سروش! تم مجھے پاگل کر کے چھوڑو گے۔ تم آخر ہو کیا؟''

سمن نے سوچا۔ ساتھ ہی نیم وا آنکھیں پوری کھول دیں۔ پیاس پھر لگ گئی تھی۔ سروش اسی طرح اس پر جھکا کھڑا تھا۔ نقاہت بھری آواز میں سمن آہستہ سے بولی!

''آپا کہاں ہے؟ مجھے سخت پیاس لگی ہے۔''

سمن کی آواز سنی تو یکدم سروش کے سنجیدہ چہرے پر مسکراہٹ پھیل گئی۔

''آپا کی بھی ضرورت ہے اور پانی کی بھی؟ یا صرف پانی ہی کے لیے آپا کی ضرورت ہے؟''

سمن اس کی بات سن کر چونکی! پھر مسکرائی۔

''پانی کے لیے آپا کی ضرورت ہے۔''

''اگر یہ بات ہے تو پھر آپا مجھے ہی سمجھ لو۔''

یہ کہہ کر سروش جا کر صراحی میں سے پانی انڈیلنے لگا۔ سمن گردن موڑ کر اسے سر سے پاؤں تک دیکھنے لگی۔ اس وقت تو بڑی ذمہ داری کا ثبوت دے رہا تھا۔

آدھا گلاس پانی کا لیے واپس آیا۔ سمن اٹھنے لگی تھی۔ جلدی سے بڑھ کر اسے سہارا

دیتے ہوئے خود اٹھایا اور اپنے ہی ہاتھ سے گلاس اس کے ہونٹوں سے لگا دیا۔

سمن اسے بڑی حیرت بھری نگاہوں سے دیکھتے ہوئے پانی پینے لگی۔

''اب تو بخار کم لگ رہا ہے۔'' وہ جیسے اپنے آپ سے بولا۔

''شکر ہے پروردگار تیرا۔''

سمن پانی پی چکی تو واپس اسے لٹا کر اس کا کمبل درست کرتے ہوئے کہنے لگا! ''اب آیا کو بلاؤں؟''

سروش، سمن سے مذاق کر رہا تھا اور سمن اس کی یہ حرکات دیکھ دیکھ کر وفورِ مسرت سے پاگل ہوئی جا رہی تھی۔

''ہاں!''

''اب اسے کیا کہنا ہے؟''

''یہی کہ آپ کو ذرا آئینے کے سامنے لے جا کر کھڑا کر دے۔''

''کیوں؟''

سروش ایک دم گھبرا کر خود کو دیکھنے لگا۔

''یہ آپ نے اپنی حالت کیا بنائی ہوئی ہے؟''

سمن کی طرف سے رخ پھیر کر سروش کھڑکی میں جا کھڑا ہوا۔ پھر بہت مدھم لہجے میں بولا۔

''دیکھنے والے نے کئی دن سے ہمیں دیکھنا ہی چھوڑ رکھا ہے تو حلیہ کس کے لیے درست کرتے۔''

''اوہ!''

سمن کو سروش کی یہ بات بے خود اور لاجواب سا کر گئی۔ رخساروں پر یکدم حیا بھری سرخی پھیلی۔ کانوں کی لویں تپ اٹھیں۔ سروش پلٹ کر پھر اس کے پاس آ رہا تھا۔

سمن نے کروٹ بدل کر چہرہ چھپا لیا۔ وہ سروش کی اس ہیئت کو پھر اس کی دیوانگی ہی سمجھی تھی۔ مگر یہ تو...... یہ تو......

''اوہ خدا! تو کتنا مہربان ہے۔''

''سمی!''

اس کے سرہانے بیٹھتے ہوئے سروش نے بہت مدھم لہجے میں اسے پکارا۔

''جی''

وہ اسی طرح رخ موڑے پڑی رہی۔

''اب ٹھیک بھی ہو جاؤ۔'' سروش نے اس پر جھکتے ہوئے اس کے ہاتھ چہرے سے پرے ہٹائے۔

''تمہارے اس بخار نے مجھے بے حد پریشان کیا ہے۔''

''کیوں؟ کیا کہتا ہے؟''

''کہتا ہے! سر دباؤ' خدمت کرو!''

''تو کر دی ہوتی۔''

''نہ بھئی! تم اپنی خدمت ہم سے سو بار کرالو۔ مگر تمہارے بخار کی ہم سے نہیں ہوتی۔''

سروش نے بڑے پیار سے اس کا ہاتھ تھام لیا۔ ہولے سے دبایا' اپنے رخسار سے رگڑا اور پھر دھیرے دھیرے ہونٹوں سے لگا لیا۔

جانے کیا ہوا؟ سمن نے یکدم ہاتھ کھینچ لیا۔ پھر جیسے اسے اپنے پر اختیار ہی نہیں رہا تھا۔ شرماتے ہوئے سروش ہی کی گود میں اپنا چہرہ چھپا لیا اور سروش نے یوں اسے اپنے بازوؤں میں سمیٹ لیا جیسے وہ اس کا سرمایۂ حیات تھا۔

☆ ☆ ☆

مجھے تو یوں لگتا ہے کہ اب چھوٹے صاحب بالکل ٹھیک ٹھاک ہیں۔''
آیا سمن کے بالوں میں برش کرتے ہوئے بولی۔
''تم نے کیسے اندازہ لگایا؟''
''ان کا حال دیکھ کر۔''
''حال دیکھ کر؟ کیا مطلب؟''
''بہورانی! میں آپ کو کیا بتاؤں کہ آپ کی بیماری کے دنوں میں ان کا کیا حال ہوا؟''
''کیا ہوا؟''
''رات دن انہوں نے آپ کی تیمارداری میں ایک کر دیا۔ کبھی دوا پلا رہے ہیں' کبھی آپ کے بالوں کو سنوار رہے ہیں' سہلا رہے ہیں۔''
پھر کچھ سوچتے ہوئے معنی خیز انداز میں بولی ''میں نے تو ان کا یہ روپ اب ہی دیکھا ہے۔ عجیب دیوانے سے ہوئے پھر رہے تھے!''
''دورہ پڑا ہوا ہوگا۔''
سمن شرارت سے زیرِ لب مسکرائی۔
اتنا تو اسے بھی اندازہ تھا کہ سروش اب وہ پہلے جیسا سروش نہیں رہا تھا۔ اس میں بہت ساری تبدیلیاں آ چکی تھیں۔
اور یہ تبدیلیاں کیسی تھیں؟ اس کا صحیح اندازہ سمن کو ہو تو نہیں سکا تھا مگر خوش گوار سا ضرور لگ رہا تھا۔
اس کا انداز' اس کے طور اطوار' اس کی باتیں' اس کی حرکات!
سب کچھ ہی ایسا عجیب سا تھا! ایسا انوکھا' ایسا نرالا سا تھا کہ آپ ہی آپ سمن کا دل دھڑک دھڑک اٹھتا تھا۔ رخساروں پر سرخی پھیل پھیل جاتی تھی اور کانوں کی لویں تپ اٹھتی تھیں!

جانے وہ یہ سب کچھ کن جذبات کے تحت کر رہا تھا۔کس دماغ کے تحت سوچ رہا تھا۔مگر سمن کو اتنا احساس ضرور تھا کہ اسے سب کچھ ہی بڑا اچھا لگ رہا تھا۔

اور! ساتھ ہی ساتھ سروش بھی دن بدن اچھا' اچھا اور اچھا لگا جا رہا تھا۔

اب سمن کا جی چاہتا وہ ہر لمحہ اس کی نگاہوں کے سامنے رہے اس کے پاس ہی بیٹھا رہے۔ایسی میٹھی میٹھی اور مدھم مدھم شوخی بھری باتیں کرتا رہے۔اس کی آنکھوں میں جھانکتا رہا۔ اس کے چھوٹے چھوٹے کام کرتا رہے۔اس کے بالوں کو سہلاتا رہے۔اس کے نازک ہاتھ اپنے مضبوط ہاتھوں میں لے کر مسلتا رہے۔

جانے ایسی سب باتیں اس کا من کیوں چاہنے لگا تھا؟

سروش کی خدمت کی' اس پر توجہ صرف کرتی رہی' اس کا ہر کام اپنے ہاتھوں سے انجام دیا۔صرف مقابلے کے اس جذبے کی تسکین کے لیے!!

وہ ٹھیک ہو جاتا تو وہ بھی فخر سے سر بلند کر کے سب کو بتا سکتی تھی کہ اس نے زمانے سے ہار نہیں مانی تھی۔وہ کسی صورت' کسی لحاظ سے گل خانم سے کم نہ تھی۔عورت کی تمام تر خوبیاں اور حسن اس میں بھی موجود تھا۔

مگر اب......اب جانے کیا ہو گیا تھا؟ مقابلے کا جذبہ سرد سا پڑتا جا رہا تھا۔اس کی جگہ' بہت ہولے ہولے' بہت دھیرے دھیرے سروش لیے جا رہا تھا۔

اپنے اندر کو کھنگالنے بیٹھی تو اب اسے احساس ہوا کہ وہ یہ سب کچھ صرف اور صرف سروش کے لیے کر رہی تھی۔کوئی انوکھا ہی جذبہ تھا جو اب ہر لمحے اسے سرشار سا رکھتا۔

زندگی میں بڑا خوب صورت اور پُر بہار سا انقلاب آیا ہوا محسوس ہو رہا تھا۔ایسا! جس کا تجربہ پہلے کبھی نہیں ہوا تھا۔

اور پھر بے اختیار اس کے دل سے نکلا۔

''گل خانم! تو عظیم ہے۔تو نے مجھے زندگی کا بڑا خوب صورت درس دیا ہے۔تو نے مجھ پر حیات و جذبات کے عجب سے راز کھول دیئے ہیں۔''

وہ اپنے عجیب الخلقت شوہر کے متعلق کہتی تھی۔

"میں نے دل میں سوچا مجھے یہ اچھا لگتا ہے۔ اچھا لگتا ہے اور وہ مجھے اچھا لگنے لگا۔"

اب اس کی نگاہ میں اس بن مانس سے اچھا کوئی نہ تھا۔ اور یہی سمن کے ساتھ ہوا۔ جب تک دل میں سروش کے لیے نفرت کے جذبات پالتی رہی۔ وہ پلتے رہے۔ زیادہ سے زیادہ ہوتے رہے۔

اور جب دل کو سمجھایا کہ گل خانم کی طرح وہ بھی تو اسے سنوار بنا سکتی تھی۔ اس کی خدمت کر کے، اس پر توجہ صرف کر کے، اسے نہ سہی اپنے ہی دل کو سکون واطمینان تو بخش سکتی تھی۔

تو......تو سکون واطمینان کے ساتھ ساتھ اسے اور بھی بہت کچھ مل گیا۔ سروش کے لیے جو نفرتیں اور کدورتیں دل میں تھیں۔ سب جانے کہاں چلی گئیں؟

اب آپ ہی آپ وہ اسے اچھا لگنے لگا تھا۔ یہ جذبہ اور سب جذبوں سے ارفع و اعلیٰ تھا۔ جو اسے ہر لمحہ مدہوش سا رکھتا۔

سروش کا خیال ہی آ جاتا تو دھنک کے سے خوبصورت رنگ نگاہوں میں بکھر جاتے۔ دل عجب سے خمار سے مخمور ہو اٹھتا۔

"بہورانی! کیا سوچ رہی ہو؟"

"کچھ نہیں! کچھ بھی تو نہیں۔ وہ......سروش اس وقت کہاں ہیں؟"

غیر ارادی طور پر ہی اس کا پوچھ بیٹھی۔

ناشتہ سروش نے خود ہی سمن کو کرایا تھا۔ پھر اس کے بعد ایسا غائب ہوا کہ دو گھنٹے گزر گئے۔ دکھائی ہی نہیں دیا۔

اور سمن کا دل چاہنے لگا تھا۔ وہ اس کے پاس آ جائے۔ اتنی اتنی دیر نگاہوں سے دور نہ رہا کرے۔ جانے کیا ہونے لگتا تھا۔

"معلوم نہیں کہاں ہیں؟ اپنے کمرے میں ہی گئے تھے۔"

"آیا! آخر کب تک میں یوں بستر پر پڑی رہوں گی؟"

"بیمار تو آپ بہت ہوئیں۔ اب جب ڈاکٹر صاحب چلنے پھرنے کی اجازت دیں گے تب آپ یہاں سے قدم نکالیں گی۔"

''سروش کے کمرے کا! ان کے کپڑوں وغیرہ کا کیا حال ہے؟ تم نے کچھ خبر لی؟''

''کہاں بی بی! میں تو اِدھر ہی لگی رہی۔''

''ہائے آیا! ایسے نہیں کرنا تھا نا۔ تھوڑا سا وقت نکال کر ان کی چیزوں اور کمرے کو بھی ٹھیک ٹھاک کر آتیں۔''

''خیال ہی نہیں آیا بہو رانی!'' وہ کچھ پشیمان سی بولی۔

''اب بھی انہیں مجھ سے زیادہ توجہ کی ضرورت ہے۔ میرا بخار تو اب اتر گیا۔ ایک دو دن میں یہ کمزوری بھی جاتی رہے گی۔ میں نے کہا نا کہ آپ کے بخار نے ہم دونوں کو ہی بوکھلا کر رکھ دیا۔ تین چار دن ہوئے بیگم صاحبہ کے خط آئے کو یقین کیجئے کہ اسے کھول کر پڑھنے تک کا کسی کو ہوش نہ تھا۔''

''تو اسی طرح بند پڑا ہے۔''

''جی ہاں!''

''کیا پتہ کوئی ضروری بات ہی لکھی ہو۔ لاؤ جلدی سے مجھے دکھاؤ۔''

سروش جی کو اچھا لگنے لگا تو مہ جبیں اور رعنا کی طرف سے بھی جو کدورتیں دل میں بسائے بیٹھی تھی سب آپ ہی آپ ڈھل سی گئیں۔ سروش کے توسط سے اب اس کی ماں اور بہن سے بھی دل چسپی سی محسوس ہونے لگی تھی۔

آیا اس کے بال سنوار کر اٹھی اور خط لا دیا۔ باورچی خانے کا کام ادھورا پڑا تھا۔ خود اسے نمٹانے چلی گئی۔

سمن جلد جلد لفافہ چاک کر کے خط پڑھنے لگی۔ ابھی دو تین سطریں ہی پڑھی تھیں کہ بھاری بھاری قدموں کی چاپ کان میں پڑی۔ بے اختیار نگاہیں اٹھ گئیں۔

جس کے لیے نگاہیں اٹھانے کو بے اختیار ہو گئی تھی وہ سوائے سروش کے اور کون وہ سکتا تھا۔ اسے دیکھتے ہی دل دھڑک اٹھا اور رخساروں پر سرخی سی دوڑ گئی۔

گرے پتلون اور اسی کے ہم رنگ گرے سوئیٹر میں بڑا اسمارٹ اور بانکا سا لگ رہا تھا۔ شاید تازہ تازہ شیو کی تھی۔ تبھی چہرہ بڑا نکھرا ہوا اور شاداب سا تھا۔

ایک ہاتھ میں چھوٹے چھوٹے پہاڑی خودرو پھولوں کا گلدستہ تھا اور دوسرے میں صرف ایک ننھی سی سفید کلی۔

گنگناتا ہوا کمرے میں داخل ہوا تھا۔ سمن کو بیٹھے دیکھ کر ٹھٹکا۔ پھر مسکراتے ہوئے اس کے قریب آ گیا۔ اس سے بات کوئی نہیں کی۔ عین سامنے سے جھک کر اس کی آنکھوں میں جھانکنے لگا۔

جواب میں سمن صرف مسکرا دی۔ سروش اس کے سر میں ہولے سے گلدستہ مارتے ہوئے سیدھا ہو گیا۔ پھر کچھ خیال آیا تو دوبارہ جھکا۔ اب وہ سمن کے ہاتھ میں پکڑے کاغذ کو غور سے دیکھ رہا تھا۔

''تو یہ امی حضور بول رہی ہیں۔''

''جی ہاں! مگر آپ کہاں چلے گئے تھے؟''

''تمہارے لیے پھول لینے۔''

خود ہی جا کر گلدستے میں سجانے لگا۔

سمن نے نظریں پھر خط پر مرکوز کر دیں۔ خط پڑھنے کے بعد نگاہ اٹھائی۔ سروش گلدستے میں پھول لگا چکا تھا۔

بے حد بے ترتیبی سے لگائے تھے۔ سمن کو ہنسی آ گئی۔

''ہنسنے کی کیا بات ہے؟ مرد تو عورتوں والے کام یوں ہی بے ڈھنگے پن سے کرتے ہیں۔''

کیسے سمن کے ہنسنے کی وجہ سمجھ گیا تھا۔ وہ حیران سی رہ گئی۔ سروش کی فرزانگی بڑی ہوشیار تھی۔

''جلدی جلدی اچھی ہو جاؤ تو پھر خود ہی کر لیا کرنا نا!''

سارے پھول گلدان میں لگا کر ہاتھ میں وہی سفید کلی لیے سروش اس کے پاس چلا آیا۔ زبان سے کچھ نہیں کہا۔ چپکے سے اس کے بالوں میں لگانے لگا۔

سمن چونکی، وہ تیزی سے شعور و آگہی کی منزلیں طے کرتا چلا جا رہا تھا۔ جذبات کے

اظہار کا یہ خوب صورت طریقہ' ایک دیوانہ انسان بھلا کیا جانے؟

وفورِ مسرت سے سمن بے خودسی ہوگئی۔ ابھی سروش کے ہاتھ اس کے بالوں ہی میں تھے۔ کلی اٹکا تا تھا' وہ گر پڑتی تھی' وہ اٹکا تا تھا' وہ پھر گر جاتی تھی۔

اس کی سمجھ میں یہ نہیں آ رہا تھا کہ کس طرح اٹکائے جو گر نہ سکے۔ سمن نے اس کے دونوں ہاتھوں پر جذبات کی یورش سے لرزتا کانپتا اپنا ہاتھ رکھ دیا۔

"کیوں؟"

سروش کے ہاتھ وہیں تھے۔ سمن کے کندھے پر سے سر جھکا کر اس کی آنکھوں میں بڑی گہری نگاہ سے دیکھنے لگا۔

"بری بات ہے کیا؟"

"نہیں!" سمن لجائی۔

"پھر؟"

"یوں نہیں۔"

"تو بتا دو!"

"بالوں والی پن کے ساتھ!"

"اوہ!" وہ مسکرایا۔

"ناتجربہ کار ہوں نا۔"

"کیا آج تک کبھی کسی لڑکی کے بالوں میں کلی نہیں سجائی؟"

سمن نے شرارت سے پوچھا۔

"غیروں کے بالوں میں سجانے کے ہم قائل نہیں۔"

اس کی باتیں سمن کو بے حد خوبصورت لگ رہی تھیں۔ "کیا اب تک اپنا کسی کو نہیں بنا سکے؟"

"بنا لیا!"

کلی لگا کر فارغ ہوا تو مسکراتے ہوئے اس کے سامنے بالکل اس کے قریب مسہری پر

ہی بیٹھ گیا۔ بڑی وارفتگی سے سمن کا شرمایا شرمایا خوبصورت چہرہ ہاتھوں میں لیتے ہوئے بہت
دھیرے سے، بالکل سرگوشی کے سے انداز میں پوچھنے لگا۔

''بنا لیا ہے نا اپنا؟''

''ہاں!''

اور سمن نے اس کی مخمور نگاہوں کی گرمی سے پگھلتے ہوئے اسی کے سینے میں اپنا چہرہ چھپا
لیا۔

آج بہت دنوں بعد وہ سروش کے کمرے میں آئی تھی۔ اب وہ بالکل صحت یاب ہو چکی تھی۔ کل شام ہی ڈاکٹر سے چلنے پھرنے کی اجازت ملی تھی۔

رات بڑے سکون کی نیند آئی۔ صبح اٹھی تو معمول کے مطابق اِدھر ہی کا رخ کیا۔ یوں بھی دل کے کسی اندرونی کونے میں یہ خیال بھی تھا کہ چلنے پھرنے کی اجازت ملی تھی تو سب سے پہلے سروش ہی کے پاس جائے۔

طبیعت بھی عجیب سی ہو گئی تھی' کبھی سوچا بھی نہ تھا کہ یہ وقت آ جائے گا' جو سروش کی رات بھر کی جدائی بھی اس سے برداشت نہ ہو پائے گی۔

اسے ایک نظر دیکھنے کو یوں بے قرار ہو کر آئی تھی جیسے برسوں سے اس سے بچھڑی ہوئی تھی۔ کچھ اس کی اپنی ہی توجہ نے اس کی طرف مائل کر دیا تھا۔ کچھ بیماری کے سلسلہ میں سروش کی توجہ اور خیال نے سمن کو اس کا گرویدہ بنا دیا تھا۔

کمرے میں داخل ہوتے ہی اسے جو پہلا احساس ہوا وہ یہ تھا کہ کمرے کی حالت وہ پہلی سی نہ تھی' بے ترتیب اور ابتر سی!

اس کے برعکس ہر چیز بڑی صاف ستھری تھی' بڑے قرینے سے دھری تھی۔ پہلے کی طرح سروش کا کوئی کپڑا کرسی پر' قالین پر' میز پر بکھرا ہوا نہ تھا۔

اور خود سروش' بڑے آرام سے' بڑی تہذیب سے لحاف اوڑھے سویا پڑا تھا۔ سمن کے سینے کے اندر سے خوشی کے فوارے سے پھوٹ پڑے۔ یہ اس کی صحیح الدماغی کی ایک اور دلیل تھی۔

وہ اچھا ہو رہا تھا' وہ اچھا ہو رہا تھا۔ بڑی تیزی سے' بڑی جلدی جلدی۔ عقل و شعور کی دنیا میں بڑھا چلا آ رہا تھا۔

خوشی کے مارے بے خود سی ہوتے ہوئے وہ سروش کی سمت بڑھی۔ اس کے پاؤں کی آہٹ بھی اسے بیدار نہ کر سکی۔

سمن نے سرہانے کی طرف' اس کے پاس بیٹھ کر بہت آہستہ سے اس کے چہرے پر سے لحاف ہٹایا۔ بڑی خوب صورت اور عجب پُرسکون سی مسکراہٹ اس کے ہونٹوں پر پھیلی تھی۔ جیسے کسی بہت ہی خوش گوار سی سوچوں میں کھویا کھویا سو گیا تھا۔

سونے سے پہلے وہ سمن کے پاس ہی تو تھا۔ اسے یاد آیا۔

سمن بیکار بیٹھے بیٹھے' لیٹے لیٹے اکتا جاتی تھی تو بستر پر بیٹھ کر ہی بُنائی کرنے لگتی تھی۔ سروش ہی کا سوئیٹر اس نے شروع کیا ہوا تھا۔

رات کھانے وغیرہ سے فارغ ہو کر سمن بُنائی کرنے لگی۔ سروش اس کے پاس ہی کہنی کے سہارے سر ٹکائے نیم دراز تھا۔

وہ بُنے جا رہی تھی۔ سروش بچوں کی طرح بار بار شرارت سے اس کی سلائی کھینچ لیتا تھا۔ وہ مسکراتی تھی۔ وہ الجھتی تھی' اسے مصنوعی خفگی سے منع کرتی تھی مگر وہ باز نہیں آ رہا تھا۔

آخر تنگ آ کر سمن نے اسے دھمکی دے دی کہ اگر وہ اسی طرح اسے ستاتا رہا اور اسے کام نہ کرنے دیا تو وہ سب کچھ چھوڑ چھاڑ سو جائے گی۔

وہ جانتی تھی کہ سروش کو اس کے آرام کا بہت خیال رہتا تھا لہٰذا جب وہ سونا چاہے گی تو وہ اسے لٹا کر' اچھی طرح کمبل اوڑھا کر' بتی گل کر کے وہاں سے چلا جائے گا۔

اور سمن کی دھمکی اثر دکھا گئی۔ سروش کا جی نہیں چاہ رہا تھا کہ وہ ابھی سو جائے۔ وہ شاید کچھ دیر اور اس کے حسن کی ضیا پاشیوں سے اپنے دل و دماغ کو منور کرنا چاہتا تھا۔

تب وہ شرارت سے باز آ گیا اور پھر اس نے سچ مچ سمن کے آگے ہاتھ جوڑ دیئے کہ اب اسے نہیں ستائے گا۔ سمن ہنستی رہی' مسکراتی رہی۔

رات کے ابھی نو ہی بجے تھے اور وہ اتنی جلد سونے کی عادی نہیں تھی۔ وہ پورا ایک گھنٹہ کام کرتی رہی۔ سروش اس کے پاس چپ چاپ لیٹا رہا۔

جانے اسے کیا ہو گیا تھا؟ ٹکٹکی لگا کر اسے دیکھے ہی جا رہا تھا۔ مسلسل دیکھے جا رہا تھا۔ بغیر آنکھ جھپکے دیکھے جا رہا تھا۔

کبھی کبھی سمن بھی بُنائی کرتے ہوئے نگاہ اٹھا کر اسے دیکھ لیتی' آنکھ سے آنکھ ملتی تو وہ

بے اختیار مسکرا اٹھتا اور سمن اس کی نگاہوں کی وارفتگی سے شرما کر، لجا کر رہ جاتی۔

بہت دیر یوں ہی آنکھ مچولی کا سا کھیل ہوتا رہا۔ ساتھ ساتھ وہ بُنائی کرتی رہی۔ دس یا شاید ساڑھے دس بجے کے قریب وقت تھا۔ سمن نے تھکا تھکا سا سانس لیتے ہوئے سلائیاں گود میں رکھ لیں اور پشت پیچھے ٹیک دی۔

''اب سلائی کھینچ سکتا ہوں؟''

آنکھوں میں شریر سا تبسم لیے اس نے سمن کی گود سے اس کی بُنائی اٹھالی۔

''کیوں؟''

''ان پر بڑا سخت غصہ آ رہا ہے!''

''وہ کیوں؟''

''مجھے یوں لگتا ہے جیسے یہ میری رقیب ہیں۔ کیسے تمہارے نرم نرم ہاتھوں میں ہر وقت رہتی ہیں۔''

عجیب سے جذبے میں سرشار ہوتے ہوئے اس نے سمن کے دونوں ہاتھ اپنے مردانہ مضبوط ہاتھوں میں تھام لیے۔ عجب مخموری سی نگاہوں سے سمن کی آنکھوں میں جھانکتے ہوئے بڑے پیار سے انہیں مسلا اور پھر ہولے سے دبایا۔

سمن کو نجانے اس وقت کیا ہو گیا۔ کوئی جواب سوجھا ہی نہیں۔ انگ انگ میں ایک انوکھی سی برقی رو دوڑ گئی۔ رخسار اتنے تپ اٹھے کہ ان کی تپش اسے دل کے اندر محسوس ہوئی۔

گھبرا کر، سٹپٹا کر اس نے اپنے ہاتھ کھینچ لیے تھے۔ جانے یہ اسے کیا ہو جاتا تھا۔

''ایک دم ہی نیند آ گئی۔''

اس نے مصنوعی سی جمائی لی۔

''بسم اللہ!'' سروش جلدی سے اس کے بستر سے اٹھ کھڑا ہوا۔

''سو جاؤ!''

جلدی جلدی اس کا بستر ہموار کر کے اسے لٹانے لگا۔

''جناب! اب مجھے ڈاکٹر نے چلنے پھرنے کی اجازت دے دی ہے۔ یہ آپ کو پتہ بھی

ہے؟''

سمن زور سے ہنس پڑی۔

''اور جناب! آپ کو پتہ بھی ہے کہ ہم آپ سے بڑے ہیں اور آپ کی دیکھ بھال ہمارا فرض ہے! احسان نہیں کر رہے فرض نبھا رہے ہیں۔''

سمن کو لٹا کر اسے اچھی طرح کمبل اوڑھا دیا۔ ''اچھی اچھی نیند سونا۔''

سروش نے جھک کر منے سے بچے کی طرح اس کے گال تھپتھپائے۔

جانے کون سا جذبہ تھا؟ سمن نے بے اختیار ہوتے ہوئے اس کا وہی ہاتھ تھام لیا۔ ہاتھ میں لیے اس کا ہاتھ کتنی ہی دیر خود پر جھکے اس کے چہرے کو دیکھتی رہی۔

مردانہ وجاہت کا مکمل نمونہ! اپنے اندر اتنا بے پناہ پیار سموئے ہر دم اسے گھورتے رہنے والی آنکھیں! مسکراتے ہونٹ' خوبصورت باتیں کرنے والی زبان! اور اتنا اس کا ہر وقت خیال رکھنے والا اس کا دماغ۔

وہ اتنا عرصہ کیوں ان سب نعمتوں کو نظر انداز کرتی رہی تھی۔ اتنی خوبصورت اور دل کش زندگی سے دور بھاگتی رہی تھی۔ سراب کے پیچھے' نخلستان کو چھوڑ کر صحراؤں کی طرف' انتقام کے غلط سلط اور بے سکون جذبے دل میں بسائے رکھے۔

پاگل ہی تو تھی وہ! سروش کی بجائے وہی دیوانی تھی!!!

سروش! سروش!! سروش!!!

رواں رواں یہی نام جپے جا رہا تھا۔ وہ تو اتنا اچھا تھا' اس کا اپنا سروش۔

غیر ارادی طور پر ہی سمن نے اس کے ہاتھ کو اپنے نازک لرزتے لبوں سے لگا لیا۔

سروش کی آنکھوں میں عجیب خمار آلود سی چمک لہرائی۔ اس کے پاس ہی' اس کے پہلو میں لیٹتے ہوئے اس نے اپنا دوسرا ہاتھ بھی سمن کے ہاتھ میں دے دیا۔

سمن ہنس پڑی اور پھر اچانک ہی اسے کچھ احساس ہوا۔ گھبرا کر اس نے سروش کے ہاتھ چھوڑ دیئے اور شرما کر کمبل چہرے پر کھینچ لیا۔

محبت کے، پیار کے اور یہ سکون کے جذبے! ذہن پر ایسی پیاری سی، میٹھی سی غنودگی چھا گئی کہ پھر اسے معلوم ہی نہیں ہوا کہ اسے کب نیند آ گئی تھی اور بتی گل کر کے کب سروش اپنے کمرے میں چلا گیا تھا۔

اور صبح جب نیند کھلی تو سب سے پہلے سروش ہی کا خیال آیا تھا۔ اسی وقت اس کے کمرے میں چلی آئی۔ اپنی ہی حرکات وسکنات پر جیسے قابو نہ رہا تھا۔

کچھ رات کے ان مدھر مدھر جذبات کا اثر تھا۔ کچھ اس وقت کمرے کی حالت ایسی درست دیکھی اور کچھ سروش کے چہرے پر پھیلی ان دلفریب مسکراہٹوں نے اسے اختیار میں رہنے ہی نہ دیا۔

جھکی......اور اس محبوب ترین ہستی کی فراخ پیشانی کو بڑی عقیدت واحترام سے چوم لیا۔

اس وقت کوئی اور جذبہ دل میں نہ تھا۔ سوائے اس کے کہ جیسے وہ ایک فنکار تھی اور جس قسم کا فن پارہ تخلیق کرنا چاہتی تھی، وہ ہو گیا تھا اور اب اپنا یہ فن پارہ اسے ایسا شاہکار لگ رہا تھا جو دنیا بھر سے زیادہ خوب صورت، بہترین اور انوکھا تھا۔

سروش شاید پہلے ہی جاگ رہا تھا یا ابھی ابھی اس کی نیند کھلی تھی۔ آنکھیں اسی طرح بند رکھیں۔ بازو بڑھا کر سمن کی کمر میں حمائل کرتے ہوئے اسے کھینچا۔ وہ دھپ کر کے اس کے اوپر ہی گر گئی۔

''کیا کر رہے ہیں؟''

سمن کسمساتے ہوئے جلدی سے وہیں اس کے پہلو میں سیدھی ہو کر بیٹھ گئی۔

''تم ابھی کیا کر رہی تھیں؟''

سروش نے شوخی سے مسکراتے ہوئے اس کی آغوش میں سر دھر لیا۔

''میں نے ابھی تو ایسی کوئی حرکت نہیں کی۔''

سمن نے جھینپتے ہوئے اس کا سر پرے ہٹانے کی کوشش کی۔

''میری نیند ابھی پوری نہیں ہوئی۔''

سروش آنکھوں کے گوشوں سے سمن کے تازہ تازہ اور چمکیلے چمکیلے' چہرے کو دیکھتے ہوئے کہنے لگا۔

''میں سونے لگا ہوں۔''

''ہائے! ہائے! ہوش کیجئے۔ ابھی آیا چائے لے کر آ جائے گی۔''

سمن گھبرا گھبرا کر دروازے کی سمت دیکھ رہی تھی۔

''تو آنے دو!''

سروش انتہائی بے پرواہی سے بولا! اور اپنے بازو بھی اس کے گرد پھیلا دیئے۔

☆ ☆ ☆

دونوں چشمے کے کنارے بیٹھ گئے۔ جانے کہاں کہاں سے گھوم پھر کر آئے تھے۔ سمن
نے تو تھکن کے مارے گھر تک مزید چند قدم بھی اٹھانے سے انکار کر دیا تھا۔ مجبوراً سروش کو بھی اس
کا ساتھ دینا پڑا۔

''تم لڑکیاں نجانے کانچ کی بنی ہوئی کیوں ہوتی ہو؟''

''نازک نازک چیزیں اچھی لگتی ہیں نا!''

''ہاں! جھٹ سے ٹوٹ کر بکھر جانے والی چیزیں، کسے اچھی لگی ہیں؟''

''ہمیں کیا پتہ؟ اپنے ہی دل سے پوچھئے۔''

''پوچھا ہے!''

''پھر کیا کہتا ہے؟''

''اوں ہوں'' ناک بھوں چڑھا کر۔

''کہتا ہے! ہمیں تو ذرا اچھی نہیں لگتیں۔''

''تو پھر ٹھیک ہے۔''

سمن اس کی طرف سے رخ پھیر کر بیٹھ گئی۔

''ایسی چیزوں کے بغیر ہی زندگی گزارا کیجئے۔''

''اتنی گزاری ہے نا! باقی بھی گزار لیں گے۔''

سروش جان بوجھ کر بے پرواہ بنا بیٹھا رہا۔ سمن کے اس روٹھنے والی ادا سے محظوظ ہو کر
ہونٹوں ہی ہونٹوں میں مسکرا بھی رہا تھا۔

''میں پھر امی کے پاس چلی جاؤں گی۔ کل ان کا خط آیا ہے کہ رعنا آپا کو دوبارہ پلستر
لگ گیا ہے۔ اس لیے ابھی بھی ان کا یہاں آنا محال ہے۔''

''پھر؟''

''میں چلی جاؤں گی۔''

''مگر سگا بیٹا تو ان کا میں ہوں! وہ تو مجھے ملنے کے لیے بے قرار ہوں گی۔''

''کیا مطلب؟''

گردن موڑ کر تیکھے انداز میں بولی!

''مطلب یہ کہ میں بھی جاؤں گا۔''

''چلیے پھر آپ چلے جائیے!''

''اور تم؟''

''پھر میں نہیں جاؤں گی۔''

''چلو جی! کانچ ٹوٹ کر بکھر گیا۔''

سمن بے اختیار ہنس پڑی! اور جلدی سے اس کی جانب رخ پھیرتے ہوئے بولی۔

''کب؟''

''نہیں؟''

''نہیں۔ لیکن آپ مجھے ستاتے بہت ہیں۔''

''پھر؟ اچھا نہیں لگتا؟''

''نہیں''اس کے سے انداز میں بولی۔

''چلو بھئی حساب برابر!''

مسکراتے ہوئے اس کے قریب آ بیٹھا۔

پھر سمن کی حسین پیشانی پر بکھری لٹیں سنوار کر اس کی لمبی چوٹی سے کھیلتے ہوئے بولا!

''ایک کہانی سناؤں۔''

''میں نہیں سنتی۔''

''کیوں؟''

''وہ ہنسوں کے جوڑے والی پھر سنانے لگیں گے۔''

''اچھی نہیں ہے؟''

''اچھی تو ہے۔''

پھر اچانک سمن کو کوئی خیال آیا۔

''آج میں آپ کو ایک کہانی سناؤں؟''

''کس کی؟''

''ایک بہت پیاری لڑکی کی ہے۔''

''اس لڑکی کی۔''

اس نے سمن کے رخسار کو انگلی سے چھوا۔

''نہیں! ایک بہت ہی پیاری لڑکی کی۔''

''تو پھر وہ کوئی جھوٹی کہانی ہی ہوگی؟''

''کیوں؟''

''اس سے زیادہ پیاری لڑکی اس دنیا میں کوئی اور ہو ہی نہیں سکتی۔''

''اور اگر میں سچ مچ وہ جیتی جاگتی دکھادوں؟''

''ہر شرط ماننے کو تیار ہوں۔''

''پکی بات ہے نا؟''

''بالکل پکی!''

سروش نے اپنا یہ بڑا سا ہاتھ پھیلا دیا! سمن نے اس پر اپنا ننھا سا ہاتھ رکھ دیا۔

''اب پھر مکر نہیں جایئے گا۔''

''مجال ہے!''

''لیکن شرط کیا ہوگی؟''

''جو کہو گی!''

''تو بس پھر ٹھیک ہے۔''

سمن اٹھ کھڑی ہوئی۔

''آپ یہیں بیٹھیے! میں ابھی اسے بلا کر لاتی ہوں۔''

سمن کا ہاتھ ابھی تک سروش کے ہاتھ میں تھا۔

''ہاتھ تو چھوڑیئے!''

''اونہوں! یہ تو اب نہیں چھوٹ سکتا۔''

''شرط ہارنے کا خطرہ ہے نا! تبھی اب ٹال مٹول کر رہے ہیں۔''

''نہیں! یہ شرط تو کبھی نہیں ہار سکتا۔''

سروش بڑے اعتماد سے بولا۔

''لیکن......'' اور پھر اسی لمحے سمن کی چیخ سی نکل گئی۔ ''وہ دیکھئے! وہ دیکھئے! وہ خود ہی آ رہی ہے۔''

سروش نے سمن کا ہاتھ چھوڑتے ہوئے جلدی سے پیچھے مڑ کر دیکھا۔

''یہ کون ہے؟''

''گل خانم! میری کہانی کا جیتا جاگتا اور حسین و جمیل کردار!''

وہ ہمیشہ کی طرح کمر پر گھڑا اٹکائے چھم چھم کرتی چلی آ رہی تھی۔ ان دونوں کو وہاں دیکھ کر پہلے ٹھٹکی۔ پھر سمن کے اشارے پر قریب آ گئی۔

وہی سکون و اطمینان بھری مسکراہٹیں اس کے لبوں پر تھیں۔ آنکھوں میں ستارے ناچ رہے تھے اور رخساروں کے ننھے ننھے گڑھوں میں مقناطیس بھرے تھے۔

سمن پھر اس کے مقناطیسوں کی جانب کھنچ گئی۔

''گل خانم! کیا حال ہے؟

''بوت اچا ہے بہو بیگم!''

شرماتے' لجاتے ہوئے مہین سی آواز میں دھیرے سے بولی!

''گل خانم! ان سے ملو' یہ بیگم صاحبہ کا بیٹا ہے۔''

سمن نے اسی کی طرح سروش کا اس سے تعارف کرایا۔ مگر اس کے انداز میں ایک خاص قسم کا فخر سا تھا۔

جیسے عورت' عورت سے کہہ رہی تھی کہ دیکھو تو اس کا شوہر اس کے عجیب الخلقت قسم کے

خاوند کے مقابلے میں کیسا بانکا' سجیلا اور وجیہہ تھا۔

مگر۔ دوسرے ہی لمحے وہ حیران سی رہ گئی۔

گل خانم نے سرسری سی نظر اس پر ڈالی تھی جیسے سروش کوئی عام سی شخصیت تھی' بالکل عام سی! اس میں کوئی خاص بات تھی ہی نہیں۔

وہ معمول کے مطابق ذرا سا شرمائی' لجائی اور پھر اسی طرح چونکتے ہوئے بولی!

''ارے! گھر میں پانی نہیں تھا اور اسے پیاس لگی ہے۔''

جھپاک سے اس نے گھڑا چشمے میں ڈال دیا۔ پھر نہ سمن کی جانب دیکھا۔ نہ سروش کی طرف۔ تھوڑا سا ہی پانی لے کر اپنے کوارٹر کی سمت بھاگ گئی۔

سمن کھوئی کھوئی سی اسے دور تک جاتے دیکھتی رہی۔ تو گل خانم اس حد تک اس میں ڈوب گئی تھی کہ اب اس کی نگاہ میں کسی اور کی کوئی حقیقت ہی نہ تھی۔ سب سے بے نیاز' سب کی طرف سے لاتعلق۔ جیسے دنیا میں بس اک وہی وہ تھا!

''تو یہ تھی تمہاری کہانی کی بہت ہی پیاری لڑکی!''

سروش کی آواز پر سمن چونکی۔

''دیکھا نا! کتنی پیاری ہے؟''

''ہوں! بس ٹھیک ہے۔''

سروش' سمن کے چہرے کو بڑے غور سے دیکھتے ہوئے کہنے لگا۔

''لیکن! تم شرط ہار گئی ہو۔''

''کیا مطلب؟''

''م [illegible] ک [illegible]''

سروش نے سمن کا بازو کھینچ کر اسے اپنے پاس بٹھالیا۔

''اس لڑکی سے زیادہ پیاری نہیں وہ۔''

''اتنی خوب صورت ہے' بھئی آپ جانبداری سے کام لے رہے ہیں یا پھر شرط ہار جانے کے خیال سے ایسا کہہ رہے ہیں!''

''ایمان سے! ان دونوں میں سے ایک بھی بات نہیں۔''

سروش نے سمن کو قریب کھینچ کر اس کا سر اپنے سینے سے لگالیا۔

''پگلی! یہ تو نظر نظر کی بات ہے! تم نے میری نگاہ سے خود کو کبھی دیکھا نہیں نا۔''

اس کے بالوں میں ہاتھ پھیرتے ہوئے ڈوبا ڈوبا سا بولا۔

''ساری دنیا کا حسن و جمال لا کر ایک طرف اکٹھا کر دو! مگر مجھے پھر بھی اِدھر والا پلڑا ہی جھکا ہوا دکھائی دے گا۔ اس لیے...... اس لیے کہ مجھے تم سے محبت ہے۔ سمی! تم میری ہو! تم میری بیوی ہو! اور مجھ سے پیار کرتی ہو! تم نے مجھے بہت کچھ دیا ہے۔''

پھر ایک دم چونک کر مسکراتے ہوئے اس کے آگے ہاتھ پھیلا دیئے۔

''لاؤ ہاری ہوئی شرط!''

☆ ☆ ☆

"اے!"

سنگھار میز کے آئینے میں سروش کا شگفتہ چہرہ نمودار ہوا۔

"کیا ہو رہا ہے؟"

"ابھی ابھی منہ دھویا ہے! اب بالوں میں برش کر رہی ہوں پھر! پھر!"

آئینے میں سے ہی سمن بڑی بڑی آنکھیں اس پر جمائے اسے دیکھے جا رہی تھی۔

گہرے نیلے سوٹ میں وہ بے حد شاندار لگ رہا تھا۔

"پھر ان کا جوڑا بناؤں گی۔"

"لیکن یہ اتنے غور سے مجھے کیوں دیکھا جا رہا ہے؟"

سروش نے پیچھے سے اس کے بالوں کو پکڑ لیا۔

"اس لیے......اس لیے......" شوخی سے سمن کی آنکھیں چمک اٹھیں۔

"ہاں! ہاں بک دو۔"

سروش نے......ہولے سے اس کے بال کھینچ دیئے۔ "جب بھی تمہاری آنکھوں میں ایسے ستارے ناچ اٹھتے ہیں تو مجھے پتہ چل جاتا ہے کہ اب کوئی شرارت ہوئی۔"

"نہیں سچی! شرارت کی بات نہیں۔"

"پھر؟"

"یہ پوچھنے لگی تھی کہ ایسی خوبصورت سی سج دھج نکال کر کہاں جا رہے ہیں؟"

"تھوڑی سی شاپنگ کرنا تھی! چلو گی؟"

"آپ کے ساتھ تو جہنم میں بھی چلی جاؤں گی۔"

غیر ارادی طور پر سمن کی زبان سے نکل گیا۔

"اوہ!"

بے اختیار ہو کر سروش نے پیچھے سے اس کے گلے میں باہیں ڈال دیں۔ پھر بڑی وارفتگی سے کہنے لگا۔

''سروش تمہیں جہنم میں کیوں؟ جنت میں لے کر جائے گا۔ بڑی خوب صورت سی جنت! سمی! انشاءاللہ!! ہمارا گھر ایک چھوٹی سی جنت ہی ہو گا۔''

راہداری میں آپا کے قدموں کی ہلکی ہلکی چاپ گونجی۔ دونوں کو ہی ہوش آ گیا۔

''چلو پھر جلدی سے تیار ہو جاؤ۔''

''کہاں جا رہے ہیں؟''

خوشی کا بھرپور تاثر لیے آپا کا چہرہ نمودار ہوا۔ ان دونوں کو دیکھ کر آپا کے تو آج کل پاؤں زمین پر نہیں ٹک رہے تھے۔ سارے گھر میں گنگناتی پھرا کرتی تھی۔ رومانی قسم کے فلمی فلمی گانے!!

ایسے لگ رہا تھا جیسے خود اس پر اچانک ہی جوانی آ گئی تھی۔

''شاپنگ کرنے جا رہے ہیں آپا جی!''

سروش نے مڑ کر آپا کے کندھوں پر ہاتھ رکھ دیئے۔ وہ تو بچپن سے ہی آپا سے بے حد مانوس تھا اور اکثر اس سے لاڈ پیار کرتا رہتا ''بتاؤ تمہارے لیے کیا لاؤں؟''

''میرے بچے خوش رہیں! مجھے تو دنیا کی ساری نعمتیں ہی مل گئی ہیں۔''

سروش کے چہرے کو ہاتھوں میں لیتے ہوئے بڑے پیار سے بولی۔

سروش ہونٹوں پر شوخ سا تبسم بکھیرتے ہوئے بڑے لاڈ سے پوچھنے لگا! ''آپا تمہاری دنیا اتنی چھوٹی ہے۔''

''میری دنیا چھوٹی تو نہیں! میری آنکھ سے دیکھو! ہر طرف ہی پھیلی ہوئی ہے۔''

''لو جناب! ہم تو تیار ہو گئے۔''

سمن نے سنگھار میز کے سامنے سے اٹھتے ہوئے نعرہ بلند کیا۔

''ماشاءاللہ!'' آپا سمن کو گھورنے لگی۔

نگاہیں سمن کے زہد شکن حسن پر جمائے جمائے سروش آپا کے کان میں بہت ہولے

سے کہنے لگا۔

''آپا جی! ہماری دنیا کو نظر نہ لگا دینا۔ اتفاق سے ایک ہی ہے۔''

''چل شریر! میں کوئی اس کی دشمن ہوں۔''

آپا نے بڑے پیار سے اس کے سر پر ہاتھ پھیرا۔

''اور پگلے میری بھی تو یہی دنیا ہے۔''

''ارے ارے! بال خراب ہو گئے۔''

آپا نے سر پر پیار کیا تھا۔ شرارت سے جلدی جلدی سنگھار میز کے سامنے کھڑا ہو کر بالوں میں برش کرنے لگا۔

''توبہ! توبہ! آج کل تو میک اپ کے معاملے میں لڑکے لڑکیوں سے بھی بڑھ گئے ہیں۔'' سمن نے پیچھے سے فقرہ چست کیا۔

''اور لڑکی جو دو گھنٹے آئینے کے سامنے بیٹھی رہی تھی۔''

جلدی سے برش پھینکا اور پلٹ کر سمن کا بازو تھام لیا۔

''اتنی دیر کرا دی۔ جلدی چلو!''

اسے کھینچتے ہوئے تیز تیز قدموں سے باہر کی سمت چل دیا۔

''بھئی آہستہ! آہستہ! میری جوتی کی ایڑی بڑی نازک ہے۔ ہائے! میں گر جاؤں گی۔''

''ساتھ میں کس لیے ہوں؟''

اور سروش اسے کھینچتے کھینچتے ہی باہر تک لے گیا۔ آپا انہیں دیکھ کر ہنسے جا رہی تھی۔ نہال نہال ہوئے جا رہی تھی۔

مانسہرے کی بہت ساری دکانیں پھرنے کے بعد وہ اسے ایبٹ آباد لے گیا۔ کچھ پسند نہیں آیا تھا اسے۔ جانے کیا خریدنا چاہتا تھا؟ سمن کو بھی کچھ نہیں بتا رہا تھا۔

وہیں انہیں دوپہر ہو گئی، بھوک بے حد لگی تھی۔ ایک دکان سے چپل کباب لے کر کھائے، پھر قہوہ پیا، کہیں سے پھل کھائے۔

اِدھر اُدھر گھومتے رہے۔ سیر سپاٹا کرتے رہے، پھر بہت ساری شاپنگ کی۔ ایسے ہی الّم غلّم بے شمار چیزیں خرید لیں۔

سمن نے کسی چیز کی طرف ایسے ہی پسندیدگی کی نگاہ ڈالی یا تعریف کی تو سروش نے جھٹ لے دی۔ سمن ساتھ تھی، خوشی کے مارے دیوانہ سا ہوا جا رہا تھا۔ بالکل بچہ بنا ہوا تھا۔

اور پھر...... وہ ساڑھیوں کی خاصی بڑی سی دکان تھی جس کے سامنے سروش جا کر رک گیا تھا۔ سمن نے کہا بھی کہ اس کے پاس بہت تھیں۔ مگر وہ مانا ہی نہیں!

اسے کھینچتے ہوئے زبردستی اندر لے گیا۔ کئی ساڑھیاں دیکھیں۔ سروش ہر ایک کو باتیں بنائے جا رہا تھا۔ کسی کے رنگ کو، کسی کے اوپر کیے ہوئے کام کو۔

سمن اسے آنکھوں ہی آنکھوں میں خاموش رہنے کے اشارے کر رہی تھی مگر وہ پھر بھی شوخی سے باز نہیں آ رہا تھا۔

کیونکہ وہ جانتا تھا کہ اس کی باتیں سن سن کر سمن کو ہنسی آئے جا رہی تھی اور دکاندار کے سامنے موجود ہونے کی وجہ سے وہ بڑی مشکل سے اپنی ہنسی کو ہونٹوں میں دبا رہی تھی۔

سیلز مین نے ان کے آگے ساڑھیوں کا ڈھیر لگا دیا تھا اور پھر اچانک، بالکل ہی۔ اس نے سفید ستاروں والی ایک بے حد خوبصورت سیاہ ساڑھی لا کر ان کے سامنے پھیلا دی۔

سمن ٹھٹکی...... سٹپٹائی...... اور پھر گھبرا کر وہ ساڑھی جلدی سے پرے ہٹا دی۔

نہیں! نہیں! کوئی اچھا سا رنگ دکھائیے! کوئی زرد، سفید یا آسمانی وغیرہ۔

"نہیں سمی!"

سروش نے ہاتھ بڑھا کر ساڑھی کو پھر اپنے آگے کھینچ لیا اور سامنے پھیلاتے ہوئے بولا!

"سیاہ رنگ پر یہ سفید ستارے، کام بھی بہت خوبصورت ہے اور پھر......"

اس کی طرف جھک کر بہت ہولے سے کہنے لگا "تمہارے گورے رنگ پر ایسا سماں پیش کرے گا جیسے ستاروں بھرے آسمان میں چاند چمک رہا ہو۔"

"لیکن...... لیکن!"، سمن ہکلائی۔

''یہ۔ سیاہ۔ اور آپ...... آپ......''

وہ پھٹی پھٹی آنکھوں سے سروش کو دیکھے جا رہی تھی۔ بات کی وضاحت بھی نہیں کر سکتی تھی۔ اپنا مدعا کیسے اسے سمجھاتی؟

''لیکن ویکن کچھ نہیں! تم اس کی قیمت کے متعلق پریشان ہو گی؟''

اس کی طرف دیکھتے ہوئے عجب انداز میں مسکرایا۔ پھر بڑے پیار سے بولا!

''یہ تو صرف پانچ سو ہیں، پانچ ہزار، پانچ لاکھ بھی تمہاری صرف ایک نظر پر قربان کر دوں۔''

سمن مسکرا پڑی۔ سروش نے سیلز مین کو وہی ساڑھی ڈبے میں بند کرنے کا اشارہ کیا۔

شام بہت گہری ہو گئی تھی۔ جب وہ گھر پہنچے۔ آپا بے حد فکر مندسی اندر باہر پھر رہی تھی۔ انہیں صحیح سلامت اور متبسم چہروں سے لدے پھندے آتے دیکھا تو کھِل اٹھی۔

دونوں نے بڑے شوق سے ایک ایک چیز آپا کو دکھائی۔ اس کے سوٹ کا کپڑا اور گرم چادر سروش نے ہنستے کھلکھلاتے ہوئے اس کے گرداگرد لپیٹ دیا۔ آپا بھی ان کے ساتھ بچہ ہی بن گئی۔ ہنس ہنس کر دوہری ہوئی جا رہی تھی۔

پھر اچانک ہی آپا کی نگاہ اس الگ ڈبے پر جا پڑی۔

''یہ ڈبہ یہاں علیحدہ کیوں پڑا ہے؟''

''میں نے رکھا ہے۔''

سروش مسکراتے ہوئے جلدی سے بولا۔

''اس میں کیا ہے؟''

''دکھا دوں؟''

سروش سمن سے پوچھنے لگا۔

''مجھے کیا پتہ؟'' سمن گڑبڑائی۔

وہ وہی سیاہ ساڑھی والا ڈبہ تھا۔ دکان پر تو کچھ نہ کہہ سکی تھی مگر گھر آ کر وہ پھر اس کا ذکر سروش کی زبان پر نہیں آنے دینا چاہتی تھی۔

کیا پتہ وہ کون سا لمحہ ہو جب وہ بگڑ جائے اور یہی سیاہ ساڑھی اس کی بدقسمتی کی دلیل بن جائے۔

سروش نجانے کیوں اس ساڑھی کو اتنی اہمیت دے رہا تھا۔ یہ ابھی تک سمن کی سمجھ میں نہیں آیا تھا۔

''بھئی اپنی آپا سے کیا پردہ؟''

اور پھر سمن نے محسوس کیا کہ اس ساڑھی کو دیکھ کر آپا بھی چونکی تھی اور چونک کر وہ کچھ کہنے ہی والی تھی کہ سمن کے بروقت اشارے نے اس کے لب بند ہی رہنے دیئے۔

''ساڑھی تو ابھی پہن کر دکھاؤ۔''

یکلخت ہی سروش ضد کر اٹھا!

''ہائے اس وقت؟''

''وقت کو کیا ہے؟''

''وہ میرا مطلب ہے......'' سمن بوکھلا گئی۔

''بیٹے! رات ہو گئی۔ صبح اٹھ کر پہن لے گی۔''

آپا بھی پریشان ہوئی جا رہی تھی۔

''یوں بھی سارے دن کی تھکی ہوئی ہے۔''

''ساڑھی پہننے میں کونسی قوتیں صرف ہوتی ہیں؟''

پھر بہت منت بھرے لہجے میں کہنے لگا۔

''میرا دل چاہ رہا ہے کہ تم اسی وقت پہنو! سمی! میری خاطر!!''

''لیکن......؟''

''لیکن ویکن کچھ نہیں! کیا میرے جذبات اس قابل نہیں کہ ان کا فوری احترام کیا جائے؟''

سمن کے پس و پیش نے اسے اور بھی ضد چڑھا دی۔ جانے آج کیا ہو گیا تھا اسے؟ ورنہ وہ تو اتنا ضدی کبھی بھی نہ تھا۔

سمن نے پریشانی سے اسے دیکھتے ہوئے ساڑھی مسہری پر سے اٹھالی۔ پھر آپا کی طرف استفہامیہ نگاہوں سے دیکھا جیسے کہہ رہی تھی۔

''للہ! تم ہی کوئی حل بتاؤ؟''

آپا بھی کچھ نہ کہہ سکی! فکرمندسی نظروں سے سمن کو دیکھتی رہی۔

''آخر بات کیا ہے؟ تم دونوں اتنی پُراسراری کیوں ہو رہی ہو؟'' سروش الجھے الجھے سے لہجے میں بولا۔

سمن جلدی سے ساڑھی لیے ملحقہ کمرے میں چلی گئی اور آپا چپکے سے باورچی خانے کی طرف بھاگ گئی۔ جانے اب کیا ہونے والا تھا؟

اس کی نگاہوں میں سروش کا وہی سہما سہما اور مجبور سا چہرہ گھوم رہا تھا جب وہ کسی کو سیاہ لباس میں دیکھ لیا کرتا تھا۔

پھر ایک دم ہی آپا کی آنکھوں میں اس کے بچپن کا وہ منظر پھر گیا۔ جب پہلی بار اس نے اسے چڑیل بن کر ڈرایا تھا۔ ''یا اللہ! مجھے معاف کر دے۔ یا اللہ! مجھے معاف کر دے!!''

باورچی خانے کے ایک کونے میں چپکے سے پیڑھی پر بیٹھ کر' آپا نے ہاتھوں میں سر تھام لیا۔

سروش کمرے میں اکیلا رہ گیا تھا۔ ٹہل ٹہل کر' گنگنا گنگنا کر' سیٹی بجا بجا کر اور خیالوں ہی خیالوں میں مسکرا مسکرا کر سمن کے ساڑھی پہن کر آنے کا انتظار کر رہا تھا۔

دوسرے کمرے میں سمن ہاتھ میں ساڑھی لیے فکرمندسی کھڑی تھی۔ سروش کی ضد تھی کہ ضرور پہنے مگر...... وہ پریشان ہوئی جا رہی تھی۔ کیا کرے؟ اور کیا نہ کرے؟

اتنی مشکل سے' اتنی محنتوں کے بعد تو یہ مسرت کی گھڑیاں نصیب میں ہوئی تھیں اور وہ ایسی غلط سی ضد کئے جا رہا تھا۔ کیا اس کی خوشی چند روزہ ہی تھی۔

''اوہ خدا! اب کیا بنے گا؟''

وہ بھی سر تھام کر ایک کرسی پر بیٹھ گئی۔

''سروش! للہ میرا سکون' میرا اطمینان میرے پاس رہنے دو۔''

ٹھک! ٹھک! اسی لمحے دروازے پر دستک ہوئی۔

''کون ہے؟'' الجھی الجھی سی بولی۔

''اب آ بھی جاؤ! کب تک انتظار کراؤ گی؟''

سروش کی آواز میں عجیب سی خوشی کی آمیزش تھی۔

''وہ وہ اچھا ابھی آتی ہوں۔''

اس کی بات نہ مان کر اس کی یہ معصوم سی خواہش رد کر کے اس کا دل توڑنے کو جی بھی نہ چاہتا تھا۔

کس مصیبت میں آ پھنسی تھی۔

دروازہ پھر کھٹکھٹایا گیا۔

''تم باہر نہیں نکل رہیں تو میں اندر آنے لگا ہوں۔''

''نہیں! نہیں! بس میں آ رہی ہوں۔''

''تمہیں ڈر ہے نا کہ نظر لگا دوں گا۔ لو! اُدھر رخ پھیر کر کھڑا ہو جاتا ہوں۔ تمہیں دیکھوں گا بالکل نہیں۔''

سمن کو اس پریشانی کے عالم میں بھی ہنسی آ گئی۔

''پھر اتنی ضد کر کے پہنانے کی کیا ضرورت پڑی ہے۔'' دل ہی دل میں بولی۔

سروش باہر کھڑا تھا۔ کب تک پس و پیش کرتی؟ آیا بھی ڈر کے مارے واک آؤٹ کر گئی تھی۔ وہ بھی کوئی مشورہ نہ دے سکی تھی۔

''اوہو! بھئی کیا مصیبت ہے؟ میری تو کھڑے کھڑے ٹانگیں شل ہو گئیں۔''

سروش کی جھنجھلاہٹ بھری آواز نے پھر اسے چونکا دیا۔ اور اب جو ہو سو ہو! غصے میں آ کر سمن ساڑھی پہننے لگی۔

''ایسی ضد بھی کیا ہوئی؟ جو دوسروں کو عاجز ہی کر دے۔'' ساتھ ساتھ بڑبڑائے بھی جا رہی تھی۔

ساڑھی پہن کر آئینے کے سامنے جا کھڑی ہوئی۔ ایک نگاہ سے زیادہ وہ خود کو دیکھ نہ

سکی۔ اس ساڑھی میں اس قدر حسین لگ رہی تھی کہ اپنے ہی آپ سے شرما گئی۔

واقعی سروش کا انتخاب لاجواب تھا۔ مگر اس کا انجام؟

خوفزدہ سی ہوتے ہوئی اس نے بہت ہولے سے دروازہ کھولا۔

سروش ابھی تک دروازے کی طرف پشت کئے کھڑا تھا۔ سمن کے قدموں کی آہٹ پر اسی طرح رخ پھیرے پھیرے ہی بول پڑا۔

''ماشاءاللہ! ماشاءاللہ!!''

''مابدولت چشم تصور بھی تو رکھتے ہیں۔''

سمن نے مسکراتے ہوئے بڑے پیار سے اسے دیکھا۔ اب کیسے پڑپڑ باتیں کرنا آ گئی تھیں۔ ورنہ پہلے تو اکثر گونگا ہی بنا پھرتا رہتا تھا اور پھر اگلے ہی لمحے وہ پھر پریشان سی ہوگئی۔

سروش اس سے صرف دوفٹ کے فاصلے پر اس کی جانب پشت کئے کھڑا تھا۔ ابھی، ابھی وہ اِدھر رخ پھیرنے والا تھا۔ پھر؟ پھر؟

وہ فکرمند سی سوچ ہی رہی تھی کہ وہ گھوما۔ سمن نے جلدی سے آنکھیں میچ لیں۔ اتنی محنتوں سے جو شاہکار تخلیق کیا تھا خود اپنی ہی آنکھوں سے اسے ٹوٹتے، بکھرتے نہ دیکھ سکی۔

''ارے! اب آنکھیں کھول بھی دو۔''

اپنے چہرے کے گرد سروش کے ہاتھوں کا ہالہ محسوس کرتے ہی اس نے پلکیں اٹھائیں۔

''ساڑھی بھی بہت خوبصورت ہے مگر پہن کر یوں کسی مجسمے کی طرح آنکھیں بند کر کے تمہارا کھڑے ہونے کا انداز اس سے کہیں زیادہ، کہیں زیادہ دلکش ہے۔ میرا تن من، صبر و قرار سب کچھ ہی لٹ گیا۔''

سروش کے انداز میں، ہوش و حواس میں کوئی تبدیلی نہیں ہوئی تھی۔ حیرت کے ساتھ ساتھ سمن کو جو مسرت حاصل ہوئی اس کی کوئی انتہا نہیں تھی۔ فخر و انبساط کی لہریں سارے جسم میں پھیلے جا رہی تھیں۔

سروش کے ہاتھ پرے دھکیلے اور بے خود اور بے اختیار ہوتے ہوئے آیا کو یہ مژدہ جانفزا سنانے کے لیے بھاگ کھڑی ہوئی۔

''ارے سنو تو! سمی! سنو تو!''

''ابھی آئی' ابھی آئی''

جوش مسرت اسے رکنے کب دے رہا تھا؟

''عجیب لڑکی ہے''، سروش بڑبڑایا۔ پھر اسی کے حسین حسین تصورات میں کھویا' جا کر مسہری پر دراز ہو گیا اور سیٹی بجا بجا کر اس کا انتظار کرنے لگا۔

وہ رات...... جیسے چاند رات تھی یا دیوالی کی رات تھی!

سمن اور آپا کی خوشی کی انتہا نہیں تھی۔ اسی سیاہ ساڑھی میں سمن سروش کے پہلو میں بیٹھی تھی۔

وہ اسے دیکھے جا رہا تھا' جی بھر بھر کر' آنکھوں میں چھپائے بسائے لے رہا تھا۔

سروش کا وہاں سے اٹھ کر کھانے والے کمرے میں جانے کو جی ہی نہیں چاہ رہا تھا چنانچہ آپا نے وہیں کھانا لگا دیا۔

سمن نے پلیٹوں میں سالن وغیرہ نکالا۔ مگر سروش کو تو جیسے کھانا بھی کھانے کی فرصت نہیں تھی۔ بس اسے ہی دیکھے جا رہا تھا۔

چند نوالے سمن نے ہی زبردستی اس کے منہ میں ڈال دیئے۔ وہ مسکراتے ہوئے کھا گیا۔

کھانے وغیرہ سے فارغ ہو کر آپا سونے بھی چلی گئی تھی۔ رات کے دس بج گئے۔ اس نے سمن کو اٹھنے ہی نہ دیا۔ اس کے ہاتھ ہاتھوں میں لیے مسلتا رہا۔ اس کے چاند ایسے صبیح چہرے کو گھورتا رہا۔

''بھئی مجھے تو نیند آ گئی۔''

گیارہ بجنے کی آواز سن کر سمن چونکی! پھر انگڑائی لیتے ہوئے اٹھ کھڑی ہوئی۔

''کہاں؟''

سروش نے بے چین ہو کر اس کا بازو تھام لیا۔

''اپنے کمرے میں۔''

''مت جاؤ!''

''کیوں؟ آج رات سونے کا ارادہ نہیں کیا؟''

''نہیں ۔''

''ہائیں'' وہ زور سے ہنس پڑی۔

''یہ رتجگا کس خوشی میں؟''

''تم خوش نہیں ہو؟''

سروش نے اسے بازو سے کھینچ کر پھر اپنے پہلو میں بٹھا لیا۔

''کیا مطلب؟''

''مجھے پا کر! میں تو تمہیں پا کر بے حد خوش ہوں ۔''

سروش کی آنکھوں میں مستی بھرے ڈورے ابھر رہے تھے۔

''میں نے کب کہا کہ میں خوش نہیں ہوں!''

وہ اس کی آنکھوں کی مستی میں ڈوبتے ہوئے بہت مدھم لہجے میں بولی۔

''آپ .... آپ تو ....''

اور پھر شرم و حجاب کی زیادتی کی وجہ سے مزید کوئی لفظ زبان سے نہ نکال سکی۔ اسی کے سینے میں چہرہ چھپا لیا۔

''مجھے اس کمرے کی تنہائیوں میں اکیلا چھوڑ کر نہ جاؤ' سمی!''

وہ اس کے بالوں کو سہلاتے ہوئے ڈوبے ڈوبے سے لہجے میں گنگنایا۔

''تمہارے بغیر ہر لمحہ مجھے کاٹ کھانے کو دوڑتا ہے۔''

وہ چپ چاپ اس کی چوڑی چھاتی سے لگی اس کے بازوؤں کے مضبوط حصار میں محصور پڑی رہی۔

''جانتی ہو؟ یہ ستاروں بھری ساڑھی میں نے کس سلسلے میں تمہیں لے کر دی ہے؟''

اس کے کان کے ساتھ ہونٹ لگا کر ہولے سے اس نے بڑے جذباتی انداز میں سرگوشی کی۔

''کس سلسلے میں؟''

''یہ تمہاری سلامی ہے! جب ایک لڑکے اور ایک لڑکی کی شادی ہوتی ہے تو پھر ان کی سہاگ رات......''

جانے بے خودی میں کیا کیا کہے جا رہا تھا کہ سمن نے بوکھلا کر' شرما کر' اس کی ہونٹوں پر اپنا لرزتا کانپتا ہاتھ رکھ دیا۔

☆ ☆ ☆

زندگی اتنی حسین تھی، دنیا اتنی خوب صورت تھی۔ یہ تو اب ہی انہیں معلوم ہوا۔
سچے، محبت اور خلوص بھرے جذبات انسان کو کیسا سکون اور لطف بخشتے ہیں۔ اس کا تجربہ تو اب ہی انہیں ہوا۔

کسی میں کھو کر، کسی کو پا کر زندگی جس معراج کو پہنچتی ہے، یہ تو اب ہی انہوں نے جانا۔

ان کے تو دن عید کی طرح اور راتیں شب برات کی طرح گزر رہی تھیں۔ ایک دوسرے میں ڈوب کر وہ تو دنیا و مافیہا سے بے خبر ہو گئے تھے۔ سارا دن ایک دوسرے کے ہاتھ میں ہاتھ دیئے پہاڑوں میں گھومتے گھامتے نکل جاتا۔ ایبٹ آباد، مانسہرہ، گڑھی حبیب اللہ وغیرہ کے نواحی علاقوں کے چپے چپے پر ان کے قدموں کے نشان تھے!

آبشاروں اور جھرنوں میں ان کے محبت کے نغموں کا مدھ بھرا ترنم تھا۔ فضاؤں اور ہواؤں میں ان کے پیار کی سرگوشیوں کی گونج تھی۔

یہ تو عجیب سی دنیا تھی۔ رنگوں اور مستیوں میں ڈوبی ہوئی...... احساسات و جذبات میں چُور، دلوں میں ہلچل مچاتی ہوئی، بن پیے ہی مخمور کر دینے والی!

اور اسی دنیا میں سارا دن گزار کر شام کو وہ گھر لوٹے تو آپا نے مہ جبیں کا خط انہیں تھما دیا۔

رعنا کا پلستر اتر چکا تھا اور اب وہ روبصحت تھی۔ چنانچہ اس کے شوہر کی خواہش کے مطابق اس کے غسل صحت کا جشن بڑے اہتمام سے منایا جانے والا تھا۔

گو مہ جبیں کو ایک ایک دن بھی وہاں رکنا دوبھر معلوم ہو رہا تھا مگر داماد کی خواہش بھی رد نہیں کی جا سکتی تھی۔

رعنا نے چونکہ بیماری کے دن وہیں کاٹے تھے، اس لیے جشن وہیں منایا جا رہا تھا۔ دوسرے جس قسم کا جشن اس کا شوہر منانا چاہتا تھا اس کے لیے وہی وسیع و عریض کوٹھی اور اس کا

ایکڑوں میں پھیلا لان ہی مناسب تھا۔

ڈنر کے بعد ناچ گانے کا خاصا طویل پروگرام تھا اور سینکڑوں مہمانوں نے اس میں شرکت کرنا تھی۔ رعنا کے سب سسرال والے تو وہاں پہنچ بھی چکے تھے۔

مہ جبیں کی دلی آرزو تو یہی تھی کہ ان کا سروش اور سمن بھی اس جشن میں شامل ہوتے مگر......

انہوں نے اس فقرے کو پورا نہیں کیا تھا۔ سمن سمجھ گئی تھی کہ وہ کیا لکھنا چاہتی تھی لیکن رنج کے مارے لکھ نہیں سکی تھیں۔

سمن کے ہونٹوں پر بے اختیار مسکراہٹیں پھیل گئیں۔ مہ جبیں کو سروش کی دماغی صحت کا ابھی علم نہیں ہوا تھا اور یہ سمن ہی کی خواہش تھی۔

وہ چاہتی تھی جب مہ جبیں واپس مانسہرے آئیں تو اچانک ہی انہیں سب حالات کا علم ہو اس لیے کہ اچانک کی خوشی کا لطف ہی اور ہوتا ہے۔

سروش اور وہ دونوں ہی خط پڑھ پڑھ کر ہنستے رہے۔

پھر۔ یکا یک ہی سمن چونکی۔

''سروش!''

''ہوں''

''ایک بات مانیں گے۔''

''تم دن میں سینکڑوں بار ایسے ہی کہہ کہہ کر مجھ سے ہزاروں باتیں منوا لیتی ہو۔'' زیر لب مسکراتے ہوئے وہ شوخی سے بولا۔

''ایسے ہی۔''

خفیف سا ہوتے ہوئے سمن نے پھر خط پر نگاہیں جما دیں۔ مگر دوسرے ہی لمحے چونک کر بولی!

''ویسے جناب آپ کا حساب کافی کمزور ہے۔ سینکڑوں بار ایک ایک بات منوانے کے لیے کہوں تو وہ ہزاروں کیسے بن جائیں گی؟''

''تم بے حد شریر ہوتی جارہی ہو' سمی؟''

''آپ سے کم ہی ہوں گی۔''

''چلو بھئی دونوں برابر۔'' سروش بڑے صلح کن انداز میں بولا ''اور ہاں وہ بات تو بتاؤ جو مانئے کے لیے کہہ رہی تھیں۔''

''کچھ نہیں۔''

''ارے! ارے!'' سروش نے اسے قریب کھینچتے ہوئے اپنے بازوؤں میں جکڑ لیا۔

''جانِ سروش! اتنی سی بات پر خفا ہوگئیں؟''

نجانے اس کے وجود کے لمس میں کیا تھا؟

کئی بار سوچتی بھی تھی کہ کبھی کبھی اس سے روٹھا کرے گی کہ یہ ٹانک دو میاں بیوی کی ازدواجی زندگی کو اک نئی طاقت اور نئی مسرت بخشتا ہے مگر جب وہ ذرا سا ہی روٹھنے کی کوشش کرتی تو سروش کی محبت والتفات بھری اک نگاہ ہی اسے پگھلانے کو کافی ہوتی تھی اور یہ اس کے بازو کا مضبوط حلقہ' یہ تو اس کے دل ودماغ تک کو مقید کرلیتا۔

''نہیں تو! آپ ہی آپ زبان سے نکل گیا۔''

''پھر؟''

''بس ایسے ہی۔''

''بس ایسے ہی! بس ایسے ہی!'' سروش ہنسا۔

''بھئی کبھی کبھی مصرع طرح بدل بھی لیا کرو۔''

''آپ تو ہر بات مذاق میں گول مول کر جاتے ہیں۔''

''یعنی؟''

''میری بات اب سن ہی نہیں رہے۔''

''اچھا اچھا کہو۔''

''میں کہہ رہی تھی کہ کتنا مزہ آئے جو اچانک ہم بھی رعنا آپا کے غسل صحت کے جشن میں شریک ہوجائیں۔''

خیال ہی خیال میں لطف اندوز ہوتے ہوئے بولی۔

''سب حیران رہ جائیں گے۔''

''یہاں ہم اتنے مزے میں ہیں۔ نہ کسی کی روک ٹوک نہ کسی کی بندش۔ بس تم اور میں!

دن بھی اپنے اور راتیں بھی اپنی!''

سروش نے کچھ سوچتے ہوئے کہا۔

''آزادی کے چند دن اور یہاں گزار لیں۔ گرمیاں ختم ہوگئیں تو پھر وہیں جانا ہے۔

انہی ہنگاموں میں۔''

''وہ تو ٹھیک ہے مگر میرا یہ تماشا دیکھنے کو دل چاہتا ہے۔''

بچوں کی طرح خوش ہو رہی تھی۔ جانے کی زیادہ خواہش اسی لیے تھی کہ وہ سب کے

سامنے اپنا شاہکار پیش کرنا چاہتی تھی۔

''دیکھئے گا کیسی چیخیں پڑتی ہیں؟ اور کیسے سب کو حیرتوں کے دورے پڑتے ہیں۔

ہائے! کتنا مزہ آئے گا!!''

''اگر تمہاری خوشی اسی میں ہے تو میری جان!''

سروش نے اس کا تابناک چہرہ ہاتھوں میں لیتے ہوئے اس کی آنکھوں میں جھانکا۔

''میری خوشی تمہیں خوش دیکھنے میں ہے۔''

''سچ؟''

سمن کی آنکھوں میں ستارے ٹمٹما اٹھے۔

''بالکل سچ!''

سروش نے وہ ستارے اپنے ہونٹوں پر سجا لیے۔

☆   ☆   ☆

ساری کی ساری ہی کوٹھی جگمگ جگمگ کر رہی تھی۔ سرخ، سبز، نیلی، پیلی روشنیوں نے قوس قزح کو زمین پر لا اتارا تھا۔ ہر ذرے ذرے پر اس کا عکس تھا۔

ریشمی ریشمی سرسراتے آنچل! شگفتہ شگفتہ چہرے اور پیشانیوں پر چمکتے چاند۔

یہ وہ کس دنیا میں آ گئی تھی؟ پھاٹک پر ٹیکسی رکی تو سمن یہ سب کچھ دیکھ کر مسکرا اٹھی! مگر حیران نہیں ہوئی۔

کوئی بھی دنیا تھی؟ اب اس کا سروش! اس کی زندگی کا ساتھی!! اس کا محافظ! اس کے ساتھ تھا۔

آیا سامان اتروانے لگی۔ وہ سروش کے پہلو کے ساتھ لگی بڑے فخر اور بڑے اعتماد سے کوٹھی کے عظیم الشان پھاٹک میں داخل ہوئی۔

برآمدے سے اُدھر ہی رعنا اور اس کا خاوند مہمانوں کے استقبال کے لیے کھڑے تھے۔ چہروں پر بڑی خوب صورت سی مسکراہٹیں تھیں۔

مہمانوں کو دیکھ کر دونوں نے ہی قدم آگے بڑھائے۔

''غسل صحت مبارک!''

''ارے سمن تم؟''

رعنا کی چیخ نکل گئی۔ لپک کر اس نے سمن کو بازوؤں میں لے لیا۔

''امی نے تو مجھے بالکل نہیں بتایا کہ تم پہنچ رہی ہو۔ اکیلی ہی آئی ہو؟''

''ارے رعنو آپا! ہم نے کوئی سلیمانی ٹوپی تو نہیں پہن رکھی۔''

''ہائے! سروش...... میرا بھیا' میرا چاند! یہ تم ہو؟ ارے یہ تم ہو!''

رعنا کی حالت قابل دید تھی۔ کبھی اسے گلے سے لگاتی، کبھی اس کا چہرہ ہاتھوں میں لے کر اپنی بھیگی بھیگی آنکھوں کے سامنے کر لیتی اور کبھی اسے سر سے پاؤں تک دیکھتی۔

بالکل پاگلوں جیسی حرکات کر رہی تھی وہ!

''میں نے تمہیں پہچانا ہی نہیں۔''

پھر اس نے دوسرے بازو سے سمن کو دوبارہ گھسیٹ کر اپنے پہلو میں لے لیا۔

''یہ تم دونوں ہی عجیب سے لگ رہے ہو۔''

''کیوں؟''

سروش شوخی سے مسکراتے ہوئے خود کو اور سمن کو سر سے پیر تک دیکھنے لگا۔

''سمی! کہیں اچانک ہی ہم بن مانس تو نہیں بن گئے؟''

رعنا مسکرا اٹھی۔ پھر دوسرے ہی لمحے سٹپٹائی۔ یہ سروش کی باتیں! یہ تو وہ سروش نہیں تھا!!

''نہیں میرا مطلب تھا' بے حد شاندار' بے حد خوبصورت' تبھی تو میں پہچان نہیں سکی تھی۔''

اور پھر رعنا پھٹی پھٹی آنکھوں سے ان دونوں کو دیکھتے ہوئے گھبرائی گھبرائی پلٹ کر کوٹھی کے اندر کی طرف بھاگی۔

''امی! امی جی! سروش اور سمن آئے ہیں! باہر تو آیئے!''

رعنا کا خاوند بیوی کی حرکات دیکھ دیکھ کر بڑے والہانہ انداز میں مسکرائے جا رہا تھا۔

''پگلی ہے! چلو بھئی اندر چلو! تم تو مہمانوں کی طرح کھڑے ہو گئے ہو۔''

رعنا کے شوہر نے بڑوں کی سی بے تکلفی کے انداز میں سروش کے کندھے کو تھپتھپایا۔

''اور ہاں غسل صحت کی مبارک باد کا بہت بہت شکریہ! بہت ہی اچھا کیا جو تم دونوں آ گئے۔ میری خوشی دوبالا ہو گئی ہے۔''

پھر بڑی شفقت سے سمن کے سر پر ہاتھ پھیرتے ہوئے کہا۔

''اتنے لمبے سفر سے آئے ہو اور یہاں ابھی دو چار مہمان ہی آئے ہیں۔ سینکڑوں اور آنے والے ہیں۔ سب کے پہنچتے پہنچتے ڈیڑھ دو گھنٹے لگ ہی جائیں گے' اتنے میں ذرا تازہ دم ہو لو!''

سمن اور سروش ہونٹوں پر دلآویز اور پُر بہار تبسم سجائے برآمدے کی سمت بڑھے۔

اتنی ہی دیر میں رعنا نے یہ خبر ساری کوٹھی میں پھیلا دی تھی۔ جانے ان چند لمحوں میں اس کے طول وعرض تک کیسے پہنچ گئی تھی۔

سب لڑکیاں' لڑکے بھاگے چلے آ رہے تھے۔ پھر وہ طوفان مچا' وہ ہنگامہ بپا ہوا کہ خدا کی پناہ!

''ارے بھابی! آپ تو پہچانی ہی نہیں جا رہیں۔''

ثروت اسے سر سے پاؤں تک دیکھتے ہوئے بولی!

''سچ مچ! ان پر سے مرچوں کا صدقہ دیں۔ یہ تو بے حد خوبصورت ہو گئی ہیں۔''

سائمہ نے بڑے پیار سے سمن کا چہرہ ہاتھوں میں لے لیا۔

''بھابی! کیا مانسہرہ میں ہر کسی کو حسن کی خیرات مل جاتی ہے؟''

''کیوں؟ بھابھی کو دیکھ کر کیا تم نے بھی وہاں جانے کا ارادہ کر لیا ہے؟''

نرگس مسکرائی۔

''ہاں!'' سائمہ سادگی سے بولی۔

''ارے لڑکیو! ہٹو! ہمیں بھی تو ملنے دو۔''

اشعر کو شاید اب خبر ہوئی تھی۔ دونوں بازوؤں سے سب کو پرے پرے دھکیلتے ہوئے آگے گھسا آ رہا تھا۔

''ارے لڑکے! لڑکیاں لڑکی کو ملیں اور لڑکے' لڑکے کو۔''

''کیا کہنے! خود اتنی اچھی چیز لے لی اور ہمیں اس ہونق کے سپرد کر دیا۔''

اشعر کی اس بات پر سمن کا چہرہ غصے سے انگارہ بن گیا۔ کچھ کہنے ہی والی تھی کہ اپنی شرارت کا اپنے آپ ہی اس کو احساس ہو گیا۔

سروش کی صحیح الدماغی کا ابھی یہاں کسی کو علم ہی نہیں تھا۔ وہ تو ہمیشہ کی طرح اسے عقل و ہوش سے بیگانہ ہی سمجھے بیٹھے تھے۔

لاعلمی کی بنا پر اس کی یہ گستاخی نظر انداز کر دی۔

''کہیے سمن جی! کیسی رہیں؟''

اشعر نے اس کے قریب پہنچ کر ہمیشہ والی بے تکلفی سے اس کا ہاتھ تھام لیا۔

''بہت اچھی! شکریہ!''

اشعر کی بات کا اس نے جواب یوں تو خفیف سا مسکرا کر دیا۔ مگر آتے ہی سروش کے متعلق جو بات اشعر نے کی تھی، وہ دل کے اندر گرہ سی بن گئی۔ بے شک ہر بات سے لاعلم تھا مگر پھر بھی اسے بڑے بھائی کے ساتھ ایسی بدتمیزیاں کرنا تو نہیں چاہئیں تھیں۔

''تم تو پہچانی نہیں جا رہیں؟''

وہ سمن کے انتہائی حسین چہرے کو گھورتے ہوئے بولا......اس کی نگاہوں کا انداز اب بھی ویسا ہی بے باک سا تھا۔ سمن کو اسی لمحے اپنے سروش کی میٹھی میٹھی سی اور پیار برساتی نگاہوں کا خیال آ گیا......کیسی پاکیزہ سی اس کی نظر تھی......!!

اور اب......وہ کہاں تھا......؟ لڑکے لڑکیوں کے اس ریلے نے جانے اسے اس سے علیحدہ کر کے کہاں پہنچا دیا تھا؟

سمن نے اردگرد نگاہ دوڑائی۔

''ان حسین آنکھوں کو کس کی تلاش ہے......؟''

اشعر نے عجب انداز میں ایک آنکھ دباتے ہوئے پوچھا۔

''اشعر! لوفروں والا انداز ٹھیک کرو۔ مجھے بالکل پسند نہیں۔''

سمن اسے پرے ہٹا کر برآمدے کی سمت بڑھ گئی۔

''ہائیں! یہ تغیر......''

''یہ تبدل......'' پاس سے سائمہ نے مسکراتے ہوئے ہانک لگائی۔ ''موسموں میں تغیر و تبدل ہوتے ہی رہتے ہیں......اب آپ بھی بدل جائیے اشعر بھائی......!''

''تم اپنی چونچ بند رکھو جی......'' اشعر غرایا۔

''انہیں اس وقت حیرت کا دورہ پڑا ہوا ہے۔''

زلفی نے ہنستے ہوئے کہا۔

''میں تو کہتا ہوں حیرت کی بجائے دیوانگی کا پڑ جاتا تو یہاں دو تو مل بیٹھتے۔''

اشعر مسکرا اٹھا۔

''وہ ایک کہاں گیا؟''

''بھابھی سے ایسی ڈانٹ کھائی ہے پھر بھی انسان نہیں بنے......''

سائمہ نے ناک بھوں چڑھاتے ہوئے اس کی جانب دیکھا۔

''کونسی بھابی......؟اور کس کی بھابی......؟''

''سمن بھابی......اور آپ کی بھابی......!!''

''تمھیں ہزار بار کہا ہے کہ سمن کو میری بھابھی نہ کہا کرو۔''

اشعر مُکّا تان کر اس کی طرف لپکا......سائمہ اسے منہ چڑاتے ہوئے وہاں سے بھاگ گئی......

☆ ☆ ☆

سب سے مل ملا کر' سب کی حیرت بھری نگاہوں اور باتوں سے بچ بچا کر کمرے میں آئی تو وہاں سروش کو مسہری پر آنکھیں بند کئے دراز پایا۔

''ارے! آپ یہاں کیا کر رہے ہیں؟''

''آرام......!''

سروش نے اس کی آواز سن کر بھی آنکھیں نہیں کھولیں......البتہ......اسی طرح لیٹے لیٹے بازو پھیلا دیئے۔

سمن چپ چاپ آ کر اس کے مضبوط بازوؤں میں سما گئی......جیسے خود وہ پہلے ہی کسی پناہ گاہ کی تلاش میں تھی......اور اس کی چوڑی چھاتی میں چہرہ چھپاتے ہوئے اس نے آنکھیں میچ لیں......

''یہ سب کیا ہے سمی......! یہ سب کیا ہے؟؟''

سروش اس کا سر سینے سے لگا کر بالوں کو سہلاتے ہوئے تشویش بھرے لہجے میں پوچھنے لگا۔

''سب عجیب عجیب نگاہوں سے مجھے دیکھتے ہیں اور عجیب عجیب باتیں کرتے ہیں......کیوں آخر......؟

''سب ٹھیک ہو جائے گا......''

''مگر یہ سب ہے کیا......؟ سب ایسا کیوں کرتے ہیں......؟''

''یہ......یہ......''

سمن بوکھلا سی گئی......اب اسے کیا بتاتی کہ وہ تو ہمیشہ ہی اس سے یہی سلوک روا رکھتے تھے' اور اب بھی سب اسے وہی پہلے والا دیوانہ سروش ہی سمجھ رہے تھے......

''ہاں ہاں......بتا دو......مجھ سے کچھ نہ چھپاؤ سمی! تمہارے اور میرے درمیان کچھ

نہیں ہونا چاہئے......کوئی راز......کوئی اسرار نہیں......"

"نہیں نہیں......ایسی تو کوئی بات نہیں......"

"پھر......؟"

"وہ......وہ......ایسے ہی آپ کو غلط فہمی ہوئی ہے۔"

"نہیں سمی میری جان! تم مجھے اتنا بے وقوف نہ سمجھو......کچھ ہے۔ یہ جو کچھ ہو رہا ہے......اس کی تہہ میں ضرور کچھ ہے۔"

"یہ آپ کیسی باتیں کر رہے ہیں......؟ میں......اور آپ کو بیوقوف سمجھوں گی......؟"

"تو پھر مجھے بتا دو کہ معاملہ کیا......؟ یہ سب کی نظریں......یہ سب کی کھسر پھسر......کچھ دیر اور تم نے مجھ سے چھپایا تو بخدا میں پاگل ہو جاؤں گا۔"

"نہیں نہیں......یوں نہ کہئے......"

پریشانی کے مارے سمن کی حالت غیر ہوئی جا رہی تھی۔ وہ دل ہی دل میں اس لمحے کو کوسنے لگی، جب اسے سب کو حیران کرنے کا شوق چرایا تھا۔ جب اس نے ان کا تماشہ بنانا چاہا تھا......اور اب......خود تماشہ بنی جا رہی تھی۔

آج تک اس کے اور سروش کے درمیان اس کی دماغی خرابی کے بارے میں کبھی گفتگو نہیں ہوئی تھی......نہ ہی سروش کی کسی بات یا کسی حرکت سے اسے اندازہ ہوا تھا کہ وہ سب کچھ جانتا تھا......

اور اب ڈر رہی تھی......پریشان ہو رہی تھی......کہ سب کچھ اسے معلوم ہوگا تو نجانے اس کے دماغ پر کیا اثر ہو......؟

ابھی اسے یہاں آنا ہی نہیں چاہئے تھا......پچھتاوے سمن کے اردگرد بکھرنے لگے، کیسی غلطی ہوگئی تھی......!

اگر معلوم ہوتا کہ ایسے حالات پیش آ جائیں گے......تو پھر سروش کو ہی ان سب کے لئے تیار کر کے لاتی......

اب وہ حقیقت جاننے کے لئے مُصِر تھا......اور سمن کو......نہ بتاتے بن رہی تھی......نہ چھپاتے بن رہی تھی......

''تو پھر......''

سروش اٹھ کر بیٹھ گیا اور بڑے غور سے سمن کے پریشانی بھرے چہرے کو گھورتے ہوئے بولا......

''تم مجھے کچھ نہیں بتاؤ گی......؟''

اس کے تیور خطرناک تھے......سمن بری طرح سہم گئی......پھر......بہت سوچ سوچ کر......بہت ہولے ہولے......بہت مناسب الفاظ ڈھونڈھ ڈھونڈھ کر......اس نے سروش کو سب کچھ بتا دیا......

وہ سنتا رہا......کرید کرید کر پوچھتا رہا......اپنی حرکات اور دوسروں کا کردار......کہ دیوانگی کے ان دوروں کے عالم میں وہ کیا کیا کرتا تھا؟ اور دوسرے اس کے ساتھ کیا کچھ کرتے تھے......؟؟

سمن خائف نگاہوں سے اسے دیکھتی رہی اور بتاتی رہی......اس کا سارا وجود لرز رہا تھا......کہیں سروش پھر اس دیوانگی میں نہ ڈوب جائے۔ پریشانی کی زیادتی سے ہکلا رہی تھی......

''لیکن یہ تمہیں کیا ہو رہا ہے؟''

سروش نے اس کے لرزتے کانپتے وجود کو اپنے بازوؤں میں بھر لیا......

''پگلی! تم کیوں اتنا پریشان ہو رہی ہو......؟''

سروش کی اس تسلی نے اس کی کچھ ڈھارس بندھائی......مگر دل کے اندر ابھی بھی خوف کی کچھ رمق باقی تھی......جانے کیوں......؟ چھٹی حس سہائے دے رہی تھی......اسی لمحے دروازے پر دستک ہوئی......

''کون ہے......؟ اندر آ جاؤ......''

سروش اٹھ کر کھویا کھویا سا کمرے میں ٹہلنے لگا۔

رعنا کا مسکراہٹیں بکھیرتا چہرہ نمودار ہوا۔

"ہائے! تم دونوں ابھی تک اسی طرح ہو...... میں نے کہا تھا سمن! کہ تمہیں باقاعدہ دلہن بننا ہے......"

"وہ......وہ میں......"

وہ گڑبڑا کر کبھی اسے اور کبھی سوچوں میں کھوئے ٹہلتے ہوئے سروش کو دیکھنے لگی......

"چلو اٹھو......جلدی کرو......سب مہمان آ بھی چکے......"

پھر وہ بڑے دلکش انداز میں مسکرائی......

"اکثر لوگ وہی ہیں جو تمہاری شادی میں بھی شریک تھے......مجھے یقین ہے اب تمہیں پہچان تو نہیں سکیں گے......"

"کیوں......؟"

سمن کی بجائے سروش نے رعنا کے قریب آتے ہوئے پوچھا......"اس لئے......اس لئے......"

رعنا نے شوخی سے آنکھیں نچائیں۔

"تمہیں بھئی! میں کچھ نہیں کہتی......تم اترا جاؤ گے......"

"کس بات پر رعنو آپا......؟"

"ایسی پیاری چیز تمہیں اللہ میاں نے دے دی ہے......اور کچھ مانسہرے سے نہ جانے تم اسے کیا کرلائے ہو......اب تو بالکل ہی نگاہ نہیں ٹک رہی......"

"اوہ......!"

سروش مسکرایا......پھر سمن کے چہرے کو غور سے دیکھتے ہوئے کہنے لگا......

"لیکن میری تو نگاہ ٹکی رہتی ہے اور سوچتی رہتی ہے کہ نجانے میری دلہن کا انتخاب کرتے وقت آپ کے ذوق کو کیا ہو گیا تھا......؟"

"چل شریر......!"

رعنا نے اس کی کمر میں زور سے دھپ لگائی......

''میں تو کہتی ہوں......ایسی بھی نہیں......اس سے کچھ کم تر ہی تم ہمیں ڈھونڈھ کر دکھا دو......''

رعنا نے شرارت سے اسے چیلنج کیا۔

''کم تر کیوں......؟ ہزاروں گنا اچھی......اور ایک نہیں سو......ابھی جاؤں......؟''

''کہاں......؟''

''باہر لان میں......سینکڑوں قسم کی تو آپ کی ٹیڈی ٹیڈی نندیں آئی ہوئی ہیں......''

رعنا بے اختیار قہقہہ لگا اٹھی......

''سروش کے بچے! تم بے حد خراب ہو گئے ہو......لوگوں کو باتیں بناتے ہو......''

''رعنو آپا! ایمان سے کسی کو باتیں نہیں بنا رہا......انصاف سے خود ہی کہیئے کیا وہ سب اپنے آپ کو انتہائی حسین بلکہ ساری دنیا سے زیادہ حسن والی نہیں سمجھتیں......!''

''ہاں......یہ تو بات ہے......'' رعنا نے تسلیم کیا۔

''تو بس پھر......حسن والوں کی یہاں کوئی کمی ہے......؟''

''اچھا بھئی باقی باتیں پھر......''

رعنا چونک کر بولی۔

''چلو دونوں جلدی جلدی تیار ہو کر آؤ۔''

اور رعنا کمرے سے باہر نکل گئی......بے حد خوش دکھائی دے رہی تھی۔

سمن بھی اب مطمئن سی ہو گئی تھی......وہ ڈر، وہ خوف جاتا رہا تھا......سروش رعنا سے اتنے نارمل اور پیارے انداز میں مذاق بھری باتیں کرتا رہا تھا......

''آپ کے کپڑے نکال دوں......؟''

''ضرور......اور تم کون سی پہن رہی ہو......!''

سروش سمن کے قریب آ کر اس کی پیشانی پر بکھری زلفوں سے کھیلتے ہوئے بولا......

''آپ میری پسند کے......اور میں آپ کی پسند کے......!''

''شاباش! اب سمجھنے لگ گئی ہو میرے دل کی باتیں......''

''تو کب نہیں سمجھتی تھی......؟''

''تھا ایک وقت......'' بڑے معنی خیز سے انداز میں بولا......

سمن چونکی......کہیں اس کا اشارہ اس وقت کی طرف تو نہیں تھا۔ جب سمن کے دماغ پر انتقام کا بھوت سوار تھا......مگر اس نے تو سروش کو ایسی کوئی بات نہیں بتائی تھی......اور ضرورت بھی کیا تھی بتانے کی......صبح کا بھولا شام کو گھر آ جائے تو اسے بھولا تو نہیں کہتے نا......جانے ان دنوں اسے کیا ہو گیا تھا......؟

''کیا سوچنے لگیں......؟''

''کچھ نہیں......'' وہ گڑبڑا گئی۔

''تو پھر نکالو میرے کپڑے......اور تمہارے اس بکس میں ہیں نا......؟''

''ہوں......''

سمن سروش کا بکس کھول کر بیٹھ گئی اور سروش اس کا بکس......

''لیجئے جناب......''

سمن نے جھٹ پٹ سروش کا سیاہ ڈنر سوٹ اور سفید قمیض نکال کر رکھ دی۔

''ارے......!'' پھر سروش کو اور اپنے بکس کو دیکھ کر حیران سی رہ گئی......اس کے سارے ہی کپڑے بکس سے باہر پھیلے ہوئے تھے اور اس کے باوجود سروش ابھی تک بکس میں سر گھسیڑے بیٹھا تھا......

''کیا ڈھونڈ رہے ہیں......؟''

سمن بھی اس کے کندھے کے اوپر سے بکس کے اندر جھانکنے لگی......

''ہائے اللہ! میری سب چیزیں خراب......''

''ہونہہ!'' سب چیزیں خراب کر دیں......! اور خدا کی بندی! وہ سیاہ ساڑھی کہاں رکھی ہے......؟''

''وہ تو چھوٹے اٹیچی میں ہے......''

سروش نے کندھے کے اوپر جھکی سمن کا کان پکڑ لیا۔

''مجھے تنگ کرتی رہتی ہو نا......؟''

''تنگ کب کرتی ہوں......وہ تو سب کپڑوں میں اس کے ستارے خراب ہوتے تھے۔اس لئے میں نے چھوٹے اٹیچی میں رکھ دی......''

پھر سمن چیخ پڑی......

''ہائے اللہ! میرا کان دکھنے لگا......چھوڑیئے بھی......میں نے ابھی وہ بُندے پہنے ہیں جو آپ نے سوات میں لے کر دیئے تھے......''

''اوہو......!''

سروش نے قہقہہ لگاتے ہوئے اس کا کان چھوڑ دیا۔

''تو آج ہماری سمی کا ارادہ محفل لوٹ لینے کا ہے......! سیاہ ساڑھی اور پلّو پر سفید ستارے......اور سفید نگینوں والے سفید بُندے......توبہ توبہ! ہم تو بے موت مر جائیں......''

''کیسی باتیں کرتے ہیں......؟''

سمی نے بے اختیار اس کے ہونٹوں پر ہاتھ رکھ دیا۔

''جب زبان چلنے لگتی ہے تو چلتی ہی جاتی ہے......''

''اللہ میاں نے چلانے کے لئے ہی تو دی ہے......''

''لیکن اچھی اچھی باتوں کے لئے......''

''مثلاً......؟''

''موت کی بجائے زندگی مانگا کیجئے......؟''

سروش مسکراتے ہوئے سمن کی آنکھوں میں دیکھنے لگا۔

''آپ کی طویل عمر ہو......میرے لئے اس سے اعلیٰ نعمت ہی اور کوئی نہیں......''

''مگر میرے لئے تب......جو تم ہمیشہ میرے پاس رہو......''

''تو میں کہیں بھاگی جاتی ہوں......؟''

اسی لمحے دروازے پر دستک ہوئی......

''ارے! رعنو آپا پھر بلانے آ گئیں......اور ہم میں سے ابھی کوئی بھی تیار نہیں

"ہوا......"

سمن سروش سے ہاتھ چھڑا کر غسل خانے کی طرف بھاگی۔

"میں ذرا نہالوں، آپ اپنے کپڑے لے کر ڈریسنگ روم میں چلے جائیے۔" سمن
بڑی عجلت میں بولے جا رہی تھی۔

"جلدی کیجئے نا...... ورنہ دیر کرنے کے جرم میں ان سے کوئی نہ کوئی سزا مل جائے
گی۔"

"بڑی شریر ہو تم......!"

سروش انتہائی محبت بھری اور پیار برساتی نگاہوں سے سمن کی افراتفری دیکھتے ہوئے
اس کی ہدایت کے مطابق ڈریسنگ روم میں گھس گیا۔

☆   ☆   ☆

''بہورانی! بہورانی!!''

آیا گھبرائی گھبرائی کمرے میں داخل ہوئی۔

''کیا ہوا آیا جی؟ کیا بات ہے؟''

سمن جلدی سے ڈریسنگ روم میں سے باہر نکل آئی' آیا نجانے کیا کہنے آئی تھی...... سب کچھ بھول بھال منہ کھولے سمن کو ہی دیکھنے لگی......

''ماشاءاللہ...... ماشاءاللہ......!!''

پھر آگے بڑھ کر سمن کی بلائیں لے ڈالیں۔

''ان سینکڑوں مہمانوں میں ایسا کوئی نہ ہوگا جو میری چاند بیٹی کا مقابلہ کر سکے......'' آیا اس کے بنگالی طرز کے بڑے سے جوڑے' سفید نگوں والے لمبے لمبے آویزے' ہلکے ہلکے میک اپ کی وجہ سے جگمگ جگمگ کرتے انتہائی حسین چہرے اور اس کے انتہائی متناسب اور خوب صورت سراپا پر لپٹی تاروں بھری سیاہ ساڑھی کو دیکھے جا رہی تھی۔

''مگر آیا تم کہنا کیا چاہتی تھیں......؟ ابھی اتنی گھبرائی کیوں تھیں......؟'' سمن نے آیا کو شانوں سے پکڑ کر جھنجھوڑ ڈالا۔

''وہ......وہ......''

آیا اس کے جھنجھوڑنے پر چونکی۔

''وہ بہورانی! وہ جو منجھلی بہو ہیں نا......؟ آپ کی بڑی چچی......!''

''میری بڑی چچی......؟''

''وہی...... وہ کیا نام ہے اس چھوکرے کا...... شیر...... آشیر......''

''اشعر......!''

''ہاں...... اشیر کی ماں...... وہ کتنی ساری مہمان عورتوں کو لیے بیٹھی ہیں اور آپ ہی

کے متعلق بڑی خراب خراب باتیں کر رہی ہیں .....''

''خراب خراب باتیں .....؟''

سمن متعجب سی ہوگئی۔

''میری کون سی خراب باتیں ہیں .....؟''

''وہ کہہ رہی ہیں کہ آپ .....تو بہ توبہ! میری تو زبان سے وہ الفاظ نہیں نکل رہے .....''

''کیا کہہ رہی ہیں آیا .....؟ آخر میں نے کونسی ایسی بری حرکت کردی ہے .....؟''

سمن بڑی سادگی سے پوچھ رہی تھی .....

''وہ .....وہ جب آپ اس اشیر کے ساتھ کلب جایا کرتی تھیں نا تو اسی کے متعلق باتیں

کر رہی ہیں .....''

''مگر کلب جانے میں تو ایسی بری بات کوئی نہ تھی .....؟''

سمن نے صاف دلی سے کہا .....

''اب آپ کیا جانیں بہو بیگم .....! انہیں باتوں سے تو پریشان ہو کر بیگم صاحبہ آپ کو

مانسہرے لے گئی تھیں .....''

''کیا مطلب .....؟ میری سمجھ میں کچھ نہیں آ رہا آیا .....!''

''وہ دن رات بیگم صاحبہ کو طعنے دیتی تھیں کہ آپ .....توبہ استغفار! توبہ

استغفار .....!!''

آیا کانوں کو ہاتھ لگانے لگی۔

''میری تو زبان کو زیب نہیں دے رہیں وہ باتیں .....''

''اوہ .....کچھ کہو بھی نا .....؟''

سمن جھنجھلا اٹھی۔

''مجھے صاف صاف بتا دو جو کچھ وہ کہتی تھیں .....''

آیا جھجکتے جھجکتے اور رکتے رکتے بولی۔

''کہ بیگم صاحبہ کی بہو آوارہ ہے اور ان کے بھولے بھالے بیٹے کو بھی خراب کر رہی

ہے......اور اب بھی...... بہت ساری عورتوں میں بیٹھی یہی باتیں کر رہی ہیں کہ آپ کو تو شروع سے ہی سروش میاں پسند نہیں تھے......اور آپ اس اشیر کو پسند کرتی ہیں۔'' پھر آیا ناک بھوں چڑھانے لگی......

''لو بھلا وہ ٹیڈی سا بھی کوئی پسند کرنے کی چیز ہے......اپنے سروش میاں کے تو پاؤں کی خاک برابر بھی نہیں......''

آیا بڑبڑانے لگی......

''پھر......؟ اور کیا کہتی تھیں......؟''

سمن کی بڑی گھٹی گھٹی اور ڈوبی ڈوبی سی آواز نکلی۔

''پھر یہ کہ آپ اسی کے ساتھ گھومتی پھرتی تھیں اور اپنے میاں کی طرف دیکھتی تک بھی نہیں تھیں......دن رات انہیں کے طعنوں سے گھبرا کر بیگم صاحبہ آپ کو مانسہرے لے گئیں......بڑی مشکل سے بلا ٹلی......اور اب پھر میرے بیٹے کو خراب کرنے آ گئی ہے......بس ایسی ہی باتیں کیے جا رہی ہیں......''

''اوہ......!''

سمن کھڑی نہ رہ سکی......پریشان ہو کر وہیں مسہری پر بیٹھ گئی......

''تو وہ یوں کہتی ہیں......؟''

پھر سمن کو غصہ آ گیا۔

''اور انہیں یہ علم نہیں کہ ان کے اس بھولے بھالے بیٹے نے مجھے گمراہ کرنے کی کتنی کوشش کی تھی......وہ تو شکر ہے خدا کا کہ میں اس کے نقش قدم پر چلی نہیں......اور اپنا دامن اس کے اردگرد پھیلی آلودگیوں سے بچائے رکھا......''

''مگر بی بی! لوگ کان کو نہیں دیکھتے کتے کے پیچھے بھاگتے ہیں......کسی دوسرے نے تو حالات و واقعات دیکھتے ہوئے یقین کر ہی لینا ہے......''

''تو کر لیں یقین......مجھے کوئی پرواہ نہیں......''

سمن زچ سی ہو کر بولی......

''میرا من صاف ہے آپا! میرے ضمیر میں ایسی کوئی خلش نہیں ہے، میں نے کوئی گناہ نہیں کیا......میرے دامن پہ گندگی کا کوئی چھینٹا نہیں......

سمن خیالوں میں گم سم کہتی چلی گئی......

''چند دن اگر سروش اور امی کو میں نے تنگ کیا تھا تو اس کا ازالہ بھی خود ہی کرلوں گی۔ انہیں باقی زندگی اتنے سکھ دوں گی کہ ان کی اتنی خدمت کروں گی کہ وہ دونوں اپنی پچھلی زندگی کے سب دکھ بھول جائیں گے......انشاءاللہ......!''

سمن کے چہرے پر خلوص و وفا کے بڑے خوبصورت سے رنگ بکھر رہے تھے......آپا ان میں کھوئے کھوئے بولی۔

''مگر بہو بیگم! میں اس لئے بھاگی آئی تھی کہ چھوٹے صاحب بھی وہیں ہیں۔ اشیر کی ماں کی پشت کی طرف جو صوفہ بچھا ہے نا......وہ وہاں تشریف رکھے ہیں......''

آپا فکر مند لہجے میں سمن کو سمجھانے لگی۔

''آپ سے انہیں بے حد پیار ہے۔ ایسا۔ کہ میں نے اپنی پوری زندگی میں کسی شوہر کا بیوی سے اتنا پیار نہیں دیکھا......اور یہ جو پیار کا رشتہ ہوتا ہے نا یہ بے انتہا نازک ہوتا ہے۔ کہیں کوئی بات ان کے کان میں نہ پڑ جائے......بس مجھے یہی ڈر ہے......اور آپ کے پاس میں اسی لئے بھاگی آئی تھی کہ آپ جا کر کسی بہانے انہیں وہاں سے ہٹا لیں......منجھلی بہو کی زبان تو کوئی نہیں روک سکتا......''

''اوہ......!''

سمن پریشان ہو کر اٹھ کھڑی ہوئی......

''تو اتنی لمبی تمہید باندھنے کی بجائے مجھے صرف یہی بتا دیا ہوتا......''

آپا سے مزید کوئی بات کئے سمن عجلت سے باہر کی سمت بھاگ گئی......

ابھی دس پندرہ منٹ پہلے ہی کی تو بات تھی......وہ نہا کر غسل خانے سے نکلی تو سروش لباس وغیرہ تبدیل کر کے جشن میں شامل ہونے کے لئے بالکل تیار تھا......

سمن نے اسے مہمانوں میں جا کر بیٹھنے کے لئے کہا......مگر وہ سمن کے بغیر جانا نہیں

چاہتا تھا......تب سمن نے ہی اسے سمجھایا تھا......

''رعنا آپا پھر واویلا مچاتی آ جائیں گی......آپ وہاں باہر موجود ہوں گے تو انہیں تسلی رہے گی اور یوں مجھے اچھی طرح ڈریس اپ ہونے کے لئے وقت مل جائے گا......''

''میں تو پہلے ہی کہتا تھا کہ تم لڑکیوں کا تیار ہونا کوئی ایسا آسان نہیں ہوتا''

''بھئی ہمیں کرنا بھی تو بہت کچھ پڑتا ہے۔''

''کیا کرنا پڑتا ہے......؟'' وہ تنک کر بولا۔

''اتنے لمبے بالوں کو سلجھانا......ساڑھی قسم کے ملبوسات پہننا......جو بہت وقت لیتے ہیں......پھر کہیں کانوں کو کہیں گلے کو اور کہیں بازوؤں کو زیورات وغیرہ سے سجانا......اور یہ کرنا اور وہ کرنا......''

سمن مسکرائے جا رہی تھی۔

''تو مت کرو یہ سب کچھ......!''

سروش اس کے موتیوں ایسے چمکتے دانتوں کو دیکھتے ہوئے اور ان کی خوبصورتی سے متاثر ہوتے ہوئے بولا......

''بسم اللہ......! میں پھر اسی لباس میں اور اسی طرح آپ کے ساتھ باہر چلتی ہوں......''

سمن نے جھٹ سے اس کا بازو تھام لیا۔

وہ ابھی سفر کے اسی ملگجے سے لباس میں تھی اور سروش نے سیاہ ساڑھی پہننے کی فرمائش کی ہوئی تھی......

سروش نے اسے سر سے پاؤں تک دیکھا......

''مجھے تو ویسے یوں گندی مندی بھی اچھی لگتی ہو مگر......''

اپنی طرف اشارہ کرتے ہوئے کہنے لگا......

''اس سمارٹ اور بانکے سجیلے لڑکے کے ساتھ نہیں سج رہیں۔''

اس نے مذاق سے کہا تھا مگر واقعی وہ سیاہ ڈنر سوٹ میں اتنا شاندار لگ رہا تھا کہ سمن کی

نگاہیں پہلے ہی اس کی مردانہ وجاہت پر قربان ہوئی جا رہی تھیں اور وہ اسے آنکھوں ہی آنکھوں کے ذریعے دل میں چھپائے بسائے لے رہی تھی۔

''پھر......؟'' سمن نے شوخی سے اس کی آنکھوں میں آنکھیں ڈال دیں۔

''کیا حکم ہے سرکار عالی......؟''

''جاؤ...... میرے ساتھ سجنے والی لڑکی بنو...... ایسا نہ ہو کوئی اور خوب صورت سی لڑکی تمہاری جگہ لے لے......''

سروش اس وقت بے حد شریر ہو رہا تھا۔

''کوئی نہیں لے سکتا......'' سمن بڑے وثوق سے بولی......

''خود پر اتنا اعتماد ہے......؟''

''خود پر نہیں...... آپ کے پیار پر......!''

''اوہ......!'' سروش نے اسے کھینچ کر اپنے ساتھ لپٹا لیا......

''سمی تم ٹھیک کہہ رہی ہو...... ویسے میری جان! تم خود پر بھی اعتماد کر سکتی ہو...... تم ایسا دنیا میں اور کوئی نہ ہوگا......''

اور وہ مخمور سا اس پر جھک گیا۔

''اب جائیے بھی...... دیر ہو رہی ہے......''

سمن نے اسے بہت آہستہ سے دروازے کی طرف دھکیلا۔

''اور تم آج وہ بنگالی جُوڑا بنانا اور بُندوں کے ساتھ والا سفید نگوں کا گلوبند پہننا نہ بھولنا......''

جاتے جاتے تاکید کرنے لگا۔

''دیکھا نا...... فرمائش خود ڈالتے ہیں اور بدنام ہم بیچاری عورتوں کو کرتے ہیں کہ تیار ہونے میں دیر لگاتی ہیں......''

''تو یہ کام چند منٹوں میں بھی ہو سکتا ہے......''

شاید اس کا جانے کو جی نہیں چاہ رہا تھا...... وہ اس سے الجھنے کے لئے پھر واپس چلا آیا

تھا......

''اچھا اچھا جائیے......ورنہ رعنو آپا آ جائیں گی......اور اب تو ہمیں سچ مچ کی ڈانٹ پڑ جائے گی......''

سمن نے اس کے قریب جا کر اسے باہر دھکیلتے ہوئے دروازہ بند کر لیا تھا۔

سمن سوچوں میں کھوئی برآمدے تک چلی گئی......

کیا ہی اچھا ہوتا جو وہ سروش کی خواہش سمجھ لیتی......اور تیار ہو کر دونوں اکٹھے ہی باہر آتے......

تمام لان روشنیوں سے بقعۂ نور بنا ہوا تھا......یوں جیسے اکٹھے ہی کئی سورج نکل آئے تھے......اتنی روشنی تھی وہاں۔

سمن کو دور سے ہی بڑی چچی نظر آ گئیں......ان کی پشت کی طرف تھوڑا سا پرے ہٹ کر صوفے پر کوئی بیٹھا تو تھا، مگر رخ پرلی سمت ہونے کی وجہ سے سمن پہچان نہ سکی۔

تیز تیز قدموں سے بڑی چچی کے پاس سے گزری تو اتنا محسوس کیا کہ اسے دیکھ کر باتیں کرتے کرتے وہ یکدم خاموش ہو گئی تھیں، پھر قدرے توقف کے بعد کچھ سنبھل کر بڑے تپاک سے اسے مخاطب کیا......

''آؤ دلہن......! آؤ یہاں کچھ دیر ہمارے پاس بھی تو بیٹھو......ہم تو تمہاری یہ موہنی صورت دیکھنے کو ترس گئے......بہت عرصہ مانسہرے میں رہیں......''

ساتھ ہی اردگرد والیوں کو آنکھ سے کوئی اشارہ کیا......جیسے انہیں بتانا چاہتی تھیں کہ یہی تھی وہ آوارہ عورت جوان کے بھولے بھالے بیٹے کو برباد کر رہی تھی۔

سبھی عورتیں اسے بڑے غور سے دیکھنے لگیں......کچھ اس لئے کہ وہ ایک ایسی عورت تھی جو ایک معصوم سے لڑکے کو پھانس رہی تھی اور کچھ اس لئے کہ اس کو خدا نے ایسا حسن عطا کیا تھا کہ نگاہ ہٹانے کو دل ہی نہیں چاہ رہا تھا......دونوں ہی لحاظ سے وہ کسی عجوبے سے کم نہ تھی......اور سب ایک ٹک اسے دیکھے جا رہی تھیں......

غصے سے سمن کا چہرہ لال بھبوکا ہوا تھا......دماغ ابل رہا تھا......سینہ کھول رہا تھا......کچھ

کہتی ضرور.....مگر اس وقت موقع نہیں تھا......

یوں بھی بڑی چچی کی مصالحے دار زبان سے سب ڈرتے تھے.....سمن بھی ان کی طنزیہ نگاہوں سے، جو اس کے حسین و جمیل سراپا پر پھسلتی جا رہی تھیں، خائف سی ہو کر سروش کی سمت بڑھ گئی۔

''ہونہہ!'' اپنے چمرخ سے بیٹے کو نجانے کیا سمجھتی ہیں؟

جا کر ذرا باہر کی دنیا میں دیکھیں نا.....ٹیڈی، ہپی سا......

کیا کیا گل کھلائے ہوئے ہے باہر.....اور ماں اسے بڑا پرہیز گار سمجھتی ہے۔''

چچی کے منہ پر کچھ کہہ نہیں سکی تھی.....بیچاری دل ہی دل میں بڑبڑا بڑبڑا کر اپنے غصے کا جوش کم کر رہی تھی۔

اسے اور تو کسی کی پرواہ نہیں تھی.....بس خیال تھا تو صرف سروش کا۔

اس کے کان میں ایسی کسی بات کی بھنک پڑ گئی تو بہت برا ہوگا.....آیا ٹھیک ہی تو کہتی تھی کہ وہ سمن سے ٹوٹ کر پیار کرتا تھا.....اس کے متعلق کوئی ایسی بات اس کی برداشت سے باہر ہو جانا تھی.....

''ارے.....''

اس کے پاس پہنچ کر سمن چونکی.....وہ سروش تو نہیں تھا.....کوئی تنہائی کا دلدادہ وہاں چپ چاپ بیٹھا سگریٹ پی رہا تھا......

''پھر سروش کہاں چلا گیا تھا؟''

سمن بے قرار سی ہو کر اسے ڈھونڈنے لگی.....اتنا وسیع و عریض لان تھا۔ سینکڑوں مہمان تھے.....دیوانی سی ہوئی اسے ڈھونڈھ رہی تھی.....اور ایک ایک سے اس کے متعلق پوچھ رہی تھی۔

رعنا سے.....اس کے شوہر سے.....لڑکیوں کے جمگھٹے میں شعر و شاعری کرتے اشعر سے.....سائمہ اور نرگس سے.....اِدھر اُدھر گھومتے پھرتے زلفی، صولت اور خاور وغیرہ سے...... بیروں سے.....ملازماؤں سے.....غرض ہر جگہ دیکھ ڈالا اور ہر ایک سے اس کے متعلق پوچھ

ڈالا......

لان کا ذرہ ذرہ چھان ڈالنے کے بعد وہ کوٹھی کے اندر چلی گئی۔

چھوٹی چچی کے سب کمرے...... بڑی چچی کے سب کمرے...... پھوپھی کے...... بڑا ہال...... اپنے کمرے......سب میں تلاش کیا...... کہیں بھی نہیں تھا......!

بالکل رونے والی ہو رہی تھی...... راہداری میں اچانک ہی آیا سے مڈبھیڑ ہوگئی۔

''آیا! تمہیں کچھ سروش کا بھی پتہ ہے کہ کہاں ہیں وہ؟''

''آپ جس وقت باہر گئی ہیں تو اس کے بعد ہی میں نے انہیں اِدھر اپنے اس پہلے والے کمرے کی طرف جاتے دیکھا تھا...... میرا خیال تھا کہ آپ نے ہی انہیں......''

آیا کی پوری بات بھی نہیں سنی تھی...... گھائل ہرنی کی طرح اس کمرے کی طرف بھاگ گئی......

اک وہی اس نے نہیں دیکھا تھا...... یہ سوچ کر...... کہ اس اجاڑ اور ویران کمرے میں جا کر سروش نے کرنا بھی کیا تھا......؟ وہاں کی تو ہر شے سے عجب سی وحشت ٹپکتی تھی......

سروش کو جب بھی پاگل پن کا دورہ پڑا کرتا تھا...... جانے کیوں......؟ وہ اتنے اتنے دن اسی کمرے کو اپنا مسکن بنائے رکھا کرتا تھا۔

اور اب وہ جب سے مانسہرے گئے تھے وہ کمرہ بند ہی پڑا تھا...... رعنا اور مہ جبیں اتنی دیر یہاں رہیں...... تب بھی کسی نے وہ کمرہ نہیں کھولا......

پھر...... سروش اب کیوں وہاں چلا گیا تھا......؟

سمن کے چہرے پر ہوائیاں سی اڑ رہی تھیں۔

سروش کو ڈھونڈنے کی خاطر بھیڑ میں پھر پھر کر اس کا جوڑا بکھر گیا تھا۔ لیکن اسے اپنا کوئی ہوش نہ تھا۔

جب وہ وہاں پہنچی...... کمرے کا قفل کھلا ہوا تھا...... مگر کواڑ بند تھے......

دھڑکتے دل کو تھامتے ہوئے اس نے دھیرے سے دروازے کو دھکیلا...... وہ کھل گیا۔

کمرے میں ہلکی روشنی والا بلب روشن تھا اور اس کی مدھم سی روشنی میں سمن نے دیکھا۔

سروش کھڑکی میں جھکا کھڑا تھا۔

''سروش......؟''

سمن نے ہیجانی انداز میں اسے پکارا۔

اس کی آواز پر سروش سیدھا ہوا...... پھر پلٹ کر سمن کو دیکھنے لگا۔

کوٹ کے بٹن کھلے تھے...... قمیض پتلون سے باہر نکل آئی تھی...... ٹائی گلے میں دوپٹے کی طرح لٹکی ہوئی تھی...... پاؤں جرابوں اور بوٹوں سے بالکل ہی بے نیاز تھے۔ ننگے پاؤں کھڑا عجیب سا لگ رہا تھا۔

آنکھوں میں حیرت تھی اور ہونٹوں پر وہی معصوم سا تبسم......!!

سمن چیخ مار کر اس کی طرف بڑھی...... اس کی ساڑھی کا ستاروں بھرا آنچل کندھے سے ڈھلک کر زمین پر آ رہا تھا...... اس کے ساتھ ساتھ گرد میں گھسٹتا گیا...... مگر اسے تن من کا تو ہوش نہ تھا...... ساڑھی کا کیا رہتا......

وہ اس کے پاس پہنچی...... سروش بڑی بیگانہ بیگانہ سی نگاہوں سے اسے گھورتا رہا پھر...... بالکل بچوں ایسی آواز میں ''چلبل...... چلبل...... مجھے اس سے بچاؤ......'' کہہ کر ہاتھوں میں اپنا چہرہ چھپاتے ہوئے مسہری پر بیٹھ گیا۔

''اوہ سروش! یہ تمہیں کیا ہو گیا......؟ یہ تمہیں کیا ہو گیا؟''

سمن بھاگ کر اس کے ساتھ لپٹ گئی۔

''میری محبت پر...... میرے پیار پر تم نے بھروسہ نہیں کیا...... میں تمہیں کیسے بتاؤں تمہیں کس طرح یقین دلاؤں سروش! کہ مجھے سچ مچ تم سے پیار ہے۔''

سمن روتے بلکتے ہوئے اس کے پاؤں میں بیٹھ گئی۔ ''تم تو اپنی اس دیوانگی میں ڈوب کر سب الجھنوں کو سلجھا لو گے اور سروش......!''

وہ اسی طرح چہرہ چھپائے بیٹھا تھا...... سمن اس کے گھٹنوں سے اپنے رخسار' اپنی آنکھیں رگڑتے ہوئے بڑبڑائے جا رہی تھی۔

''میں تمہارے بھی اور اپنے بھی سب دکھ اور پریشانیاں سینے سے لگائے ہمیشہ تمہاری

خدمت کرتی رہوں گی.....اس لئے.....کہ مجھے اب تمہاری یہ دیوانگی بھی عزیز ہے.....مجھے تمہاری ہر خوبی اور ہر خامی سے پیار ہے.....تم میرا دین اور ایمان ہو.....میرا سکون اور اطمینان ہو.....''

سمن نے جھک کر بڑے پیار، بڑے خلوص اور بڑے والہانہ انداز میں سروش کے پاؤں چوم لئے۔

اس چہرے پر وفا و محبت کے بڑے خوبصورت اور انوکھے سے رنگ بکھر رہے تھے.....وہ اور بھی حسین ہوگئی.....وہ گل خانم سے بھی عظیم تھی!!

☆ ☆ ☆